古典与人文
CLASSICS & HUMANITY / 中国古典丛稿

张源 张沛 主编

晚明诗学
现代阐释研究

王逊 著

商务印书馆
The Commercial Press

本书系
国家社会科学基金一般项目"晚明诗学现代阐释研究"
(批准号:20BZW097)结项成果,
扬州大学"高端人才支持计划"、扬州大学2024年度出版基金资助成果

古典与人文
CLASSICS & HUMANITY

主　编

张　源　北京师范大学文学院
张　沛　北京大学中文系

学术委员会（按姓氏拼音排序）

陈戎女　北京语言大学人文学院
方维规　重庆大学博雅学院
高峰枫　北京大学外国语学院
高全喜　上海交通大学凯原法学院
洪　涛　复旦大学国际关系学院
李　猛　北京大学哲学系
梁　展　中国社会科学院外国文学研究所
梁中和　四川大学哲学系
林国华　华东师范大学政治学系
刘铁芳　湖南师范大学教育科学学院
刘耘华　复旦大学中文系
马　勇　中国社会科学院近代史研究所
聂敏里　中国人民大学哲学院
任剑涛　清华大学政治学系
任军锋　复旦大学国际关系学院
唐文明　清华大学哲学系
魏朝勇　中山大学中文系（珠海）
徐晓旭　中国人民大学历史学院

杨治宜　德国法兰克福大学汉学系
詹文杰　中山大学哲学系（珠海）
张　辉　北京大学中文系
张新刚　山东大学历史文化学院

古典与人文

总　序

　　古人云,知今而不知古,谓之盲瞽;知古而不知今,谓之陆沉。在我们所处的历史时刻,今人更宜"瞻前"而不忘"顾后",这并非"遁世无闷""退藏于密"的隐忍退缩,而是必要的"温故知新""鉴往知来"的积极筹划。

　　出于历史意识的同一性认定,"古人"成了"今人"的自我镜像和本己他者。如果说"古人"是"今人"的他者,那么西方的"古人"对于我们来说就是他者之他者、双重的他者。今天我们惯于以"后见之明"纵论古人的"历史局限性"——这个说法本身就是一种傲慢无知的表现,事实上,这种对古人充满优越感的认识(确切说是缺乏认识)是一种偏见,甚至是无所见。我们首先要倾听古人—他者的声音,才有可能真正进入对话或进入真正的对话,而不是陷入自以为是的自说自话之中。"前不见古人"或将导致"后不见来者"的绝境(ἀπορία),这是需要我们严肃面对的一个"现代问题"。为此,我们回眸古人的世界,与"古代"建立对话关系,作为"现代"的他者参照,此即我们所理解的古典研究的精神实质。

　　在中西方古典之中,我们首先看重文学。如果说文明意味着个人、民族乃至人类整体的自我教育,那么这种教育的核心和基础——也是最生动和最丰富的一个部分——就是文学。优秀的古典文学作品是历史中持存的最深刻的人性记录,是人类在时间中战胜了时间流变的伟大标记。从现代大学学科设置来看,我国普通大学文学院的课程往往从《诗经》、屈原一路讲到鲁迅和当代,乃至最新的网络文学;而西方各国国文教育和研究(例如英国的英语系、法国的法语系或研究所)只涉及现代语文部分,中古以前的文学一律归入古典学研究。就此一项而言,西方文明的古今断裂和分立似乎更加明显。同时中国也有自己的问题,即在"中国文学"的统一叙事中,作为"研究对象"的文学文本之间的"平等"成为不言自明的前提,文学作品的价值差异随之消泯。我们既不盲目崇古,也不盲目崇今;既承认文学作品的价值差异,也不惮于对这些作品下价值判断。并非"古典的"就是"好的",而是"好的"终将变成"古典的";优秀的现代文学作品经过历史的择选与淘洗,将如耀眼星辰不断加入灿烂群星之中。

古典研究必须和现代生活发生更加广泛的联系,古典注目于现代就不会变得枯燥板滞,现代依托古典则不会流于浅薄浇漓。当前人文学科过分强调"研究方法",这多少导致了思想与学术的分离;而随着专业分工不断细化、深入,"前人之述备矣",有些学者为了出奇制胜,不惜数典忘祖、标新立异,而美其名曰"创新"。人文研究当然重视原创性,但首先要区分什么是真正的创新,什么又只是浅妄的标新立异。人文复兴的希望在于把古今对抗所割裂的人文传统结合起来,只有这样,日趋工具化、技术化的人文研究才有可能得到拯救。

这里谈到的人文传统并非旧人文传统。旧式传统有时会诱发玩乐主义的生活态度,在象牙塔中把玩故纸而心满意足的人文学者不在少数。人文研究要注入新的生命,不可能指望通过重振旧人文传统来完成,而是要在研究中更广泛地应用比较和历史的方法,把经典作品作为古代与现代世界一脉相承的发展链条上的环节,以更加广阔、有机的方式与当代生活联系起来。方法是外在的,贯通古今的人文精神才是问题的本质与核心。

基于以上理念,我们邀约志同道合的朋友,共同发起"古典与人文"书系,以辑为单位设定执行主编,从 2022 年起陆续推出。丛书分为"西方古典丛稿""中国古典丛稿""现代中国丛稿""现代西方丛稿"四个部类,形式包括(但不限于):1. 经典译介(西),2. 经典新刊(中),3. 经典研究(中西),4. 词典手册(中西),等等。以"西方古典丛稿"(第一辑)为例,其中既有经典译介(昆体良的《演说术教育》),也有经典研究(《柏拉图对话二十讲》),还包括工具书(《柏拉图戏剧对话背景手册》)。承蒙商务印书馆信托,编者愿尽心竭力筹划建设这一书系,诚望以此为平台,与同道学人携手培育一方园地:让我们手把青秧,在这里自足耕作,时而抬起头来仰望日月,照见古今一体,心地清净方为道,退步原来是向前。

编者

2021 年 6 月 22 日(辛丑年五月十三)

于京城·海淀

目 录

绪 论 …………………………………………………………… 1

第一章　多样与片面:时代变迁影响下的"晚明诗学"阐释 …… 24
　第一节　"晚明"的出场 ……………………………………… 24
　第二节　周作人与晚明诗学研究范式的建构 ……………… 45

第二章　预设与实证:"早期启蒙"学说的影响及反思 ………… 73
　第一节　"中国早期启蒙"说与"中国近代启蒙"说 ………… 74
　第二节　"早期启蒙"说与晚明诗学研究 …………………… 94

第三章　框架与格套:经济视野与晚明诗学研究平议 ………… 118
　第一节　走向经济活动内部 ………………………………… 120
　第二节　商人地位辨 ………………………………………… 127
　第三节　市民及市民文学辨 ………………………………… 142

第四章　策略与定论:"追溯晚明"现象的系统考察 …………… 164
　第一节　"追溯晚明"活动的复杂性 ………………………… 166
　第二节　"追溯晚明"活动的明显缺失 ……………………… 181

第三节 "追溯晚明"活动的学理检讨 …………………………… 189
　　第四节 "以今衡古"与"古今对话" …………………………… 199

第五章　祛魅与重建：晚明诗学研究范式的全面审视 ……………… 208
　　第一节 "复古—革新"范式的基本内涵 ………………………… 209
　　第二节 "复古—革新"范式的历史溯源 ………………………… 215
　　第三节 "复古—革新"范式的先天缺失 ………………………… 227
　　第四节 "复古—革新"范式的潜在幽灵 ………………………… 236
　　第五节 "复古—革新"范式的扬弃与超越 ……………………… 243

第六章　文学与思想：晚明诗学理论价值重估（上） ……………… 253
　　第一节 "自然人性论"辩证 …………………………………… 254
　　第二节 情感论考察视野之明确 ………………………………… 266
　　第三节 "性灵"说新诠 …………………………………………… 273

第七章　文学与思想：晚明诗学理论价值重估（下） ……………… 283
　　第一节 "过程史"的意义 ………………………………………… 283
　　第二节 "第一义"学说与晚明诗学 ……………………………… 285
　　第三节 元明诗学传统观照下的师古师心论争 ………………… 308

结　语 ……………………………………………………………………… 332

附　录　"会通"与"贯通"视野下的《书画跋跋》
　　　　——兼及对晚明文艺思潮研究的一点思考 ………………… 340

参考文献 …………………………………………………………………… 353
后　记 ……………………………………………………………………… 372

绪　论

晚明诗学(此"诗学"系就广义层面而言,包括了一应有关文艺现象或问题的看法与认识)因其特异风貌与丰富内涵向受学人关注,自明末以降,广为学人探讨,蔚为大观。但"晚明"成为话题,"晚明诗学"成为学术研究热点,并造就现今的格局,这一过程并不简单。政治形势、经济发展、学术文化等众多因素都以不同的程度和形式产生了影响,从而建构一个具多元背景、复杂脉络、错综机制与深远影响的繁复体系。学人对个中究竟少有细致追问,看似清晰而热闹的晚明诗学研究,实则处于"云山雾罩"中,时有误解与偏差,亟待系统梳理与阐发。

一、专业与追溯:两种路径及其歧异旨趣

与一般学术热点不同,晚明诗学研究又可抽绎出两种路径。其一,自然是传统范式下专门领域中的常规研究,就古代文学研究(包括部分古代文艺理论研究)而言,有关晚明文艺的考察本就是题中之义,相关成果不胜枚举,遍及诗、文、小说、戏曲等诸领域,此可称之为"专门研究"。其二,由晚明的特异所造就,即"晚明较之中国历史上其他时期显示出特别明显的'现代'参与性和文化意义"[1],它往往被视为后世建构当代文学理论乃

---

[1] 谭佳:《叙事的神话:晚明叙事的现代性话语建构》,中国社会科学出版社2009年版,第6页。

至思想理论的重要资源。因而后人屡屡在古今参照的名义下,通过历史回溯的方式,对其基本问题、演进轨迹、经验教训等进行细致钩沉,总结出若干结论或规律,这一系列行为姑且称之为"追溯晚明"现象。有学者指出,"就传统文学与20世纪中国文学之关系这一点上看,晚明文学却是与之最为密切、最为直接的时代。晚明文学思潮就是在20世纪中国新文化运动视野的关照和阐释中大放异彩的"[①]。此类操作的旨趣更多指向了现实,即服务于当代文化、文学新格局之探索与确立。诚如龚鹏程所说,"晚明思潮与社会变动,是民国以来文史哲各界关切时代问题者共同思索的对象,不仅解释观点颇有歧异,也代表了研究者对中国未来之路向的态度"[②],其中必然涉及对晚明诸端的理解和认识,且每每有新命题、新方法、新结论的提出,此可称之为"追溯研究"。

学人对这两种路径似乎并无明确的区分意识,反而往往将它们统合论之。譬如《中国古代文学通论·明代卷》一书有对19世纪末以来百年明代文学研究状况之回顾,计分四个时期,第二个时期为展开期(1920—1949),系随着五四新文化运动而蓬勃展开,其中"有些新文化人认定五四新文学与晚明文学有着深远的血缘关系……因此,对晚明文学的研究,尤其是对公安派和晚明小品的研究,成为一时热点,从而突破了《四库全书总目》划定的明代诗文史研究格局";在此时期,有陈中凡、方孝岳、朱维之、朱东润、郭绍虞等人,他们的相关著作"对明代诸家文学思想、文学观念的研究成为文学批评史研究领域中的重要内容"[③]。《明代文学研究》

---

① 吴承学、李光摩:《"五四"与晚明——20世纪关于"五四"新文学与晚明文学关系的研究》,《文学遗产》2002年第3期。
② 龚鹏程:《有关文学与文化的晚明思潮研究》,《现代与反现代》,幼狮文化事业公司1989年版,第15页。
③ 郭英德主编:《中国古代文学通论·明代卷》,辽宁人民出版社2005年版,第448—449页。

是一部对20世纪明代文学研究进行总结的著作,与《中国古代文学通论·明代卷》研究相类,其将晚明相关研究同样划分为四个阶段,第二阶段为1917年至1949年。此期比较突出的研究成果有二:一是作为文学革命发起标志的两篇著名文章,即胡适的《文学改良刍议》和陈独秀的《文学革命论》"都涉及到对明代文学的评价";二是"胡适、周作人等又推崇明代以袁宏道为代表的公安派,甚至认为是明季的'新文学运动'"。① 书中还特别说明"五四新文学运动兴起后,公安及竟陵二派备受青睐,主要原因是新文学运动与公安竟陵的文学运动都具有反传统和革新的意义,所以前者引后者为同道"②。同样在这一时期,宋佩韦、陈子展、刘大杰等人也在公安派、竟陵派研究方面有所建树,该书径直将他们的观点与胡适、周作人等人同列,依次介绍,等同视之。

由此不难发现,两书无论是历史时段的划分,还是核心内容的梳理,抑或基本结论的提炼都高度一致。在他们眼中,以胡适、周作人为代表的新文化人,较之其他"专业领域"内的"专门"学者,彼此有关"晚明"的理解和认识在"性质"上并无区别。这一立论有待商榷,双方无论是立论的前提、秉持的立场、投入的精力乃至研究的诉求,都存在明显分歧:第一类成果多带有追溯的意味,借古喻今、古为今用的意图极为明显;第二类则更多从属于专门研究,旨在揭示或彰显明代文学的基本面貌、特色及价值。

毋庸置疑,"追溯晚明"活动形成了诸多重要判断与结论,成为20世纪晚明诗学研究的重要成果,与所谓的专业研究存在紧密而复杂的关联。后人的研究缺乏区分意识,某种意义上正是这两种路径彼此纠缠状态的必然反映。细致审查百年来明代文学研究历程,我们不难获得以下几点

---

① 邓绍基、史铁良主编:《明代文学研究》,北京出版社2001年版,第3—4页。
② 同上书,第63页。

印象。

第一，追溯研究在相当程度上启发了专业研究的思路，开拓了专业研究的视野，甚而在一定程度上重塑了其基本格局。譬如上引书即提及，胡适、周作人等人的晚明文学观点：

> 在一个相当长的时期内发生过重要影响。主要表现在两个方面：首先是明代的小说、戏曲作为"平民文学"被空前地重视，诸多著名学者，对它们进行研究，成为一门"显学"；其次，明代诗文（公安派除外）被长期忽视。①

但这仅是就倾向而言，具体而论，则相关影响可谓无处不在，尤其是这里提及的被"除外"的公安派研究——更为准确地说，应是以公安派、竟陵派为代表的晚明文学研究，特别是小品文研究。众所周知，这一潮流的兴起与周作人的率先提倡、大力推动有极大关联。虽说他本人没有从事专门研究，也少有具体论断，但经由他提出并在诸多序跋中屡次阐发的重要命题——晚明文学是五四新文学的源头，影响实在太大。出版界当即就迅速响应，据统计"出版明清之际小品集和小品作家诗文集最多的是上海杂志公司和中央书店"，他们分别推出了由施蛰存主编的"中国文学珍本丛书"和襟霞阁主人（中央书店老板平襟亚）主编的"国学珍本文库《晚明百家小品》"，其中既包含徐渭、袁宗道、袁中道、谭元春、张岱等人的文集，更收录了多种笔记、小品文。② 尤需提及的当属林语堂主编、时代图书公司出版的"有不为斋丛书"，其中收录了由刘大杰主编、林语堂审阅（共四卷，第一卷由林语堂与阿英共同审阅）的铅印线装《袁中郎全集》。受经

---

① 邓绍基、史铁良主编：《明代文学研究》，北京出版社2001年版，第4页。
② 毛夫国：《现代文学史上的"晚明文学思潮"论争》，文化艺术出版社2011年版，第2页。

济利益等因素的刺激,另有多家出版社参与其中,以致不少作品一再重复出版,《袁中郎全集》就出现了至少六个不同的版本。① 除此之外,新编的晚明小品文选本也大量问世,据统计:

> 由于周作人的影响力,《近代散文抄》带动了30年代"晚明小品"的选本出版热,其中较重要的选本有:刘大杰编《明人小品集》(北新书局1934年9月初版),周作人题写书名;刘大杰编《山水小品集》(北新书局1934年8月初版),林语堂题写书名;施蛰存编《晚明二十家小品》(上海光明书局1935年4月初版),周作人题写书名;此外还有《晚明小品文总集选》(王英编校,上海南强书局1935年版)、《晚明小品文库》(阿英编,大江书店1936年7月初版)、《晚明小品》(笑我编,上海仿古书店1936年10月版)、《晚明小品文选》(朱剑心选注,商务印书馆1937年版)。②

阅读公安三袁乃至晚明文人的著作在此背景下成为一时潮流。《袁中郎全集》收有林语堂、郁达夫、周作人、阿英、刘大杰、张汝钊等数人所作序或论文,正可见出一时风气。施蛰存描述称"在周作人、林语堂的影响之下,也曾有一二年热中于明人小品文,把公安、竟陵派的几十部诗文集看了一遍"③。陈子展更是说"书架上不摆部把公安竟陵派的东西,书架好像就没有面子;文章里不说到公安竟陵,不抄点明人尺牍,文章好像就不够精

---

① 黄开发:《言志文学思潮研究》,人民文学出版社2021年版,第51—52页。
② 罗执廷:《民国社会场域中的新文学选本活动》,山东文艺出版社2015年版,第103—104页。此外,还可补充阿英编《明人日记随笔选》(署名王英,南强书局1935年版),薛时进选注《三袁文精选》("青年国学丛书",中华文化服务社1936年版)等,参见黄开发:《言志文学思潮研究》,第53页。
③ 施蛰存:《我治什么"学"》,载陈子善、徐如麒编选:《施蛰存七十年文选》,上海文艺出版社1996年版,第504页。

彩;嘴巴边不吐出袁中郎、金圣叹的名字,不读点小品散文之类,嘴巴好像就无法吐属风流……这一风气是从知堂老人开头的"①,虽是批评之辞,但恰能见出周氏影响之广泛。既有专门阅读,必有独到发现。这些发现可以是零星的印象式感受,虽难免意气之辞,但多少展示了公安派、竟陵派的特质;也可以是专门的学术探讨,譬如说任访秋的《袁中郎评传》(1933),郭绍虞的《性灵说》(1938)、《竟陵诗论》(1941)等文皆出现于彼时或稍后,不但提出众多创见,更在一定意义上构建了晚明诗学研究的基本框架或主要论断。

第二,追溯研究的不少成果直接成为专业研究的重要组成部分,并日益发展成为晚明诗学研究的重要理论参照。周作人对晚明的追溯不仅推动了一种潮流,更贡献了不少论断,他关于公安派及晚明文艺的一些相对简单而零星的认识,很快即被引入专业研究领域内,并日益成为常识和共识。当时即有称"至于公安一派在文学上的革命功绩和历史,已有周作人先生提倡在先,我在此地可以不必再说"②。可以说,整个20世纪二三十年代的公安派研究,都笼罩在周作人的影响之下。时人周劭在介绍《甓采馆清课》一书时说,"作者是一个晚明气息极重的人,他的思想文字,显见得受公安文学革命运动的影响很深"③,将公安派的文学活动冠以"革命"之名,这一评价显然是承周作人而来。正是在周作人及其同道的主导下,依照线性进化模式,"晚明"才被"赋予了今天所看到的一切历史意义和价值,譬如'进步'、'解放'等"④。关于此,我们显然是不陌生的,因为类似主张至今仍是我们观照晚明、阐释晚明的基础或前提。后人或是直接

---

① 陈子展:《不要再上知堂老人的当》,《新语林》1934年第2期。
② 郁达夫:《重印〈袁中郎全集〉序》,《人间世》1934年第7期。
③ 周劭:《甓采馆清课》,《清明集》,辽宁教育出版社1996年版,第48页。
④ 谭佳:《叙事的神话:晚明叙事的现代性话语建构》,中国社会科学出版社2009年版,第87页。

搬用，或是加以丰富，使其成为金科玉律般的存在。此处仅是就五四时期的情况而言，自20世纪30年代至80年代，追溯活动持续进行，并多有创获，其中的不少重要论断都渗透到了我们的诗学研究中，譬如我们耳熟能详的资本主义萌芽、市民社会、自然人性论、早期启蒙，乃至最新的现代性①等命题，皆出于此。影响所及，连文学创作都自觉遵从。②

第三，通过对追溯研究成果的大量引入和充分借鉴，专业研究获得了深入推进，与此同时，它也以其实绩为追溯研究提供了必要且充分的依据，强化了其论断的合理性与重要性。追溯研究虽提供了不少新观点和新主张，但多属假设和推断，缺乏必要且足够的支撑，但专业研究的深入推进改变了这一现状，众多学人循着追溯研究的思路，极力搜讨相关文献，晚明的"现代""进步"等色彩不断得以证实和彰显。譬如说我们每每在晚明诗文中感受到了个性解放乃至人性启蒙的色彩，又通过对众多小说的解读发现了资本主义萌芽的痕迹；至于晚明士人的生活态度和审美风尚则为中国现代性的发生提供了极佳证据。③ 凡此种种，不一而足。于是追溯所得便不再是研究对象、命题或方法，更是原则、前提与理论；相关论断也不再是假设或推断，而成常识和共识。

---

① 自20世纪90年代以降，晚明研究虽热度不减，但有关"晚明"的追溯则少有推进。及至近几年，有学人认为晚明士人的颓废审美风格是以消极方式来解除社会的压抑，尽可能地追求个体自由，已具有个性解放的精神质素，从而表征着中国的现代性，代表了有关"晚明"理解的最新成果。详参妥建清《颓废审美风格与晚明中国现代性研究》（人民出版社2018年版）一书。

② 譬如刘斯奋称其创作《白门柳》旨在"通过描写明末清初著名思想家黄宗羲以及其他具有变革色彩的士大夫知识分子，在'天崩地解'的社会巨变中所走过的坎坷曲折道路，来揭示我国十七世纪早期民主思想产生的社会历史根源"（载氏著：《〈白门柳〉的追述及其他》，《文学评论》1994年第6期）。这一立场显然深受早期启蒙思想的影响。

③ 最为可观者，当属章培恒先生主导的文学史编撰。其意在"以人性的发展作为文学演变的基本线索……探寻和抉发中国古代文学本身的演化和中国文学古今演变的内在联系，从而揭示出中国现代文学乃是中国古代文学的合乎逻辑的发展"（《中国文学史新著》[增订本]内容提要），其"野心"较之周作人更大，但工作要更为细致和深化，已成自足体系。

二、验证与还原：可疑影响及其反思

经由专业研究与追溯研究的"协作"，晚明诗学研究的格局焕然一新，但这样的结果实则多有可疑处：看起来是追溯研究形成的"判断"与专业研究提供的"史实"高度契合，展示了历史的"真相"，但这一切往往是建立在我们对既有论断不加辨析就全盘接受的基础上。究其实，由于"追溯晚明"的深入影响，在我们的专业研究尚未开展之前，实已被某种宗旨甚至目标所笼罩，于是所有的努力便成了"按图索骥"，即按照相关理论的框架去填充材料、完善思路。因戴着"有色眼镜"刻意探寻，故对一应材料的理解皆不免受制于"先入之见"，纷纷呈现出"既定"面貌，故而，与其说是二者理当契合，不如说是我们力求"合拍"。① 20世纪80年代后期，公安派、竟陵派研究重新复苏，先后召开了一次公安派研究学术会议（湖北公安，1987年）与两次竟陵派研究学术会议（湖北天门，1985年；湖北天门，1987年），会议论文先后结集为《晚明文学革新派公安三袁研究》（华中师范大学出版社1987年版）、《竟陵派与晚明文学革新思潮》（武汉大学出版社1987年版）、《竟陵派文学研究论集》（中国社会科学出版社1990年版）三书。个中不少论文，如《公安派——四百年前我国文学革新运动的一面旗帜》（张国光）、《从"公安派""竟陵派"到"五四"文学革新》（陈瑞

---

① "晚明"研究成为话题，直接且根本的原因在于其所具备的所谓"现代"因子，故而按照"时代精神"重新审视，系统发掘其特异价值，便成为理所当然之举。可以说，其展开背景就"规定"和"确定"了基本的研究方法为"按图索骥"，并因"新"价值的持续发现而不断强化和深入相关研究。至于可能的缺失，显然是被遗忘了。

荣)等可谓是对周作人命题的直接发挥①,其他文章的基本立场也未超出周作人(及其同道)对公安派、竟陵派的基本论断,似乎我们的任务就是去"验证"他们的结论。迄今,这一状况仍未有根本改变。

两种路径相互纠缠,我们的认识也偏于混淆,但二者存在巨大差别是不争的事实,忽视个中分歧,甚而变"重塑"为"验证"更是存在严重缺陷,理当审慎辨析。总的来说,专业研究意在求古昔之原貌,追溯研究则旨在立今日之格局,诚如赵园所说,"无论周氏兄弟还是其他人,以晚明注当代,据当代读晚明,'互文性'的根据,都在当时当世的时代空气与知识者的自我认知中"②。主观体认无妨纠缠,学术探讨则不可随意混为一谈。更何况在"追溯"与"建构"的过程中,由于特定时代主流话语的限制和现实诉求的影响,学人不可避免存在各取所需的想象性选择与塑造,故而学人有"晚明叙事"或"晚明想象"等说法。所谓"想象","偏重于指向一种历史记忆的文本建构"③;至于叙事,"就是不同叙述者根据各自旨趣,对同一对象的不断发现、阐释、建构的过程、内容和方式","它绝非客观的科学实证性研究,而是根据一定'标准'和'意图'产生且不断地在流动和变更"④,凡此种种,皆意在凸显主观建构色彩。类似操作的直接影响呈现为学人简单袭用"想象"晚明的成果,以致对晚明诗学本来面貌的认识时有曲解,由此生发的一应结论也颇值怀疑,这就更加警醒我们应对两种路

---

① 就具体内容来说,因"追溯晚明"活动的深入发展(具体详见后文),较之周作人有显著差别,但大体不超出既有的基本框架。以张国光文为例,他认为公安派兴起的社会背景是"我国封建社会进入末世,随着明王朝统治的趋于衰朽和资本主义因素在长江中下游城市的日益萌发",在思想上则"深受'左派王学'的启发",公安派运动的主要任务则在于"反传统、抒性灵"。
② 赵园:《想象与叙述》,人民文学出版社2009年版,第147页。
③ 秦燕春:《清末民初的晚明想象》,北京大学出版社2008年版,第24页。
④ 谭佳:《叙事的神话:晚明叙事的现代性话语建构》,中国社会科学出版社2009年版,第11页。

径的分歧有清晰认识。

"晚明叙事"①持续深入展开,并深刻影响,乃至一定程度上干扰了晚明诗学研究的正常开展,有鉴于此,系统检讨"晚明叙事"影响下的诗学建构活动,厘清其思维方式与研究方法的缺失,进而重新确立晚明诗学的阐释原则,具有重要的学术价值与现实意义。

其一,由于追溯晚明活动开展的阶段性差异,形成了有关"晚明诗学"的多种理解模式,由此产生的价值判断也多有歧异。譬如就20世纪30年代而言,即有分别以周作人和鲁迅为代表的"两个晚明"的存在。自此以降,或标举人性解放,或强调唯物史观,或高扬思想启蒙,以致有关"晚明"范围的界定、诗学流派的评价、诗学演进轨迹的描述等内容众说纷纭,研究范式屡经重塑,今人习焉不察,往往不加选择地随意引用一种"模式",或者嫁接、拼凑几种,极易造成认识上的混乱,以此为前提审视历史事件也不免多生偏见。譬如有学人在回顾周作人与鲁迅的争议时称:

> 鲁迅、阿英等左翼作家从关心世道、经邦济时的视角去解读公安派作家的内心世界,并且指明在政治上应学什么,虽然也可以产生共鸣,但毕竟只是其思想的表层,并且从政治的视角无法阐明他们在文学理论与创作方面的独创性,加之在事功方面他们也并无什么惊天地、泣鬼神的表现,因而能够接受和学到的东西还是有限的,既然如此,何不干脆去找一个更典型的古代政治家来学呢?即使要找文

---

① 依照谭佳的意见,"以'叙事'为思考路径就是对已有研究的重申和反思",较之其他术语,"叙事"的内涵更为丰富,也更契合笔者的思路,故在描述相关现象时借用这一说法。详参氏著:《叙事的神话:晚明叙事的现代性话语建构》,中国社会科学出版社2009年版,第13页。

家,杜甫或辛弃疾在这方面可圈可点的作品也比袁宏道突出啊!或许正因为如此,鲁迅和阿英等对袁宏道的肯定和接受是有限度的。①

这一论断既是对于历史现象的分析评判,实则也是对一种既有立场的继承发扬。该结论的形成理当有一前提,即对于公安派、竟陵派的理解应当规定在思想自由、人性解放等层面。鲁迅等人确实是从"关心世道、经邦济时"的角度立论,如此处理或许确实难以深刻阐明公安派作家在文学理论与创作方面的独创性,但鲁迅等人未必不了解其中的缺失,政治视角的突出与强调显然和他们的现实语境即回应周作人等宣扬并倡导的理论命题息息相关。揆诸史册,他们发现公安派存在多个面向,不应只是刻意突出其中一端,哪怕是较为突出的那一面向。他们的一应结论并非出于对公安派的全面审视,而是就事论事,着力凸显被当日主流论调有意无意间遮蔽的内容。刻意突出、极力强调,既是误解,也是误导。因此,依据他们在特定情境下做出的专门回答来批评他们的视角采用有误,又或者对公安派肯定有限,明显都是文不对题。故而,回归历史语境,梳理各种认识模式的理论基础与产生机制,从源头理清脉络,方能有的放矢,深入推进。

其二,自明末以来,晚明诗学就已参与到其时的文学建构中,成为时人表达文学观念的重要理论资源。特别是五四以来,诗学建构历程中的不少主张正是通过追溯、想象晚明得以呈现,上文提及的晚明乃五四源头一说便是个中最为经典的案例,除此以外,无论是为自然人性论张目,抑或为启蒙思潮呐喊,还是为现代性作推广,皆摆脱不了对于晚明诗学资源的征引和借鉴。如此一来,细致探索晚明诗学的现代阐释如何作用于诗学建构、诗学史如何在一定理论的"指导"下生成定型、各种不同的理论主

---

① 黄仁生:《论公安派在现代文坛的多重回响》,《复旦学报(社会科学版)》2006年第6期。

张如何能够共生等问题将有助于我们更好地理解百年来文学理论建设的利弊得失。我们的视角或许更多指向了缺失一面,毕竟此类活动虽影响深远,但在不断开创新局面的同时,也多有遮蔽与曲解,应当予以"还原"或完善。诚如上述,受特定理念的统摄以及现实关怀的制约,有关晚明诗学的理解多因削足适履式的处理而产生有意或刻意的误读,但相关结论却被引入到晚明(明代)诗学研究中,成为金科玉律,规定着对于晚明(明代)诗学的基本理解。如此既使得晚明诗学的基本面貌隐而不彰,也限制了其意义与价值的弘扬。这种遮蔽带来的不仅只是细节层面的"误会",更关涉全局性的考察。受晚明叙事影响,对晚明的理解主要着眼于某一部分(革新派)或某一层面(反封建、人性解放),凡此种种,均是就晚明相对于其他历史时段的变异、断裂来展开研究。假使转换思路,在认可上述研究价值的基础上,着眼于晚明的"同质性"与"连续性",将其视为明代诗学发展的一环,那么无论是考察明代诗学的发展逻辑、明清诗学的演进轨迹抑或晚明诗学的价值及特色,我们的认识都会有较大不同。① 因此,

---

① 黄仁生认为20世纪80年代以来兴起的"重写文学史思潮"对明代文学研究也产生了重要影响,不少研究论著,以及竞相推出的文学通史和分体文学专史"将明代文学作为中国文学发展进程中一个动态环节来论述,既是一个更广阔的视角,也是一种基于有机整体的价值评估,因而大多具有积极意义"(载氏著:《二十世纪的明代文学研究》,《复旦学报[社会科学版]》2001年第1期)。但需注意的是,在此类"整体"视野下,对于晚明诗学自身的特质以及其与前后时段的关联,并无太多系统审视,甚而我们往往是基于"现状",上下勾连、前后贯通,正如我们前文所说,是借由"专业研究"来验证和丰富"追溯研究"的价值。我们这里倡导的"连续性"有所不同,最大的差别即在于,此前多半是基于晚明的"异质"立论,却对"同质"一面缺少深入认知,这显然对其全貌有所扭曲。我们不敢奢谈去除标签,实则无论强调"异质"还是"同质"都凸显了一种态度,但我们仍应力求"回到无的境界,寻绎有的发生及其演化……既要警觉前人叙述框架存在的问题,不以其框架为事实或认识事实的前提,亦不以为批评对象,简单地站在前人叙述的对面立论,而要以历史事实为研究对象",归根结底,要"努力回到历史现场,充分展现历史的复杂性以及历史人物在此进程中所经历和体验的各种困惑,避免用外来后出的观念误读错解,或是组织后来条理清晰的系统"。参桑兵、关晓红主编:《解释一词即作一部文化史:近代中国的知识与制度转型》(概念编),上海人民出版社2021年版,第38—39页。

通过对晚明叙事以及晚明诗学建构的反思与重塑,重新理解相关模式与观念的历史语境及潜在价值,方能在扬弃的过程中,尽可能地回归晚明诗学的本来面貌,与此同时,也有助于在新的起点上探索文学理论古今对话的可能。

三、文献与语境:重建努力及其突破

晚明叙事是突出现象,晚明诗学是热点话题,二者紧密联结,建构了多元而繁复的文化生态,学人显然不会无动于衷,相关回应大致表现为以下四端。

其一,全面审视晚明诗学流派的传播与接受。自明末以降,晚明诗学得到后世文人的普遍关注,成为特定时代文学活动的重要理论资源。21世纪以来,学人对这一重要现象多有审视与检讨。黄仁生《论公安派在现代文坛的多重回响》、郝庆军《两个"晚明"在现代中国的复活——鲁迅与周作人在文学史观上的分野和冲突》等文,对20世纪二三十年代公安派在文坛重受关注并引发一系列文学争端的现象予以了细致考察。郝庆军探幽析微,发现彼时存在两个晚明,一方面,是周作人、林语堂等人"主张性灵文学,发现了一个姑且称作'风花雪月'的晚明",另一方面,鲁迅及左翼文人"考察了晚明的虐杀与逃遁,则发现了一个血腥的晚明"。① 黄仁生的考察更为细致,他认为其时形成了周作人及其门生、以林语堂为代表的"论语派"、以鲁迅和阿英为代表的左翼作家等三个群体、三种声音。他特别指出,林语堂虽是在周作人影响下关注公安派、倡导小品文,左翼

---

① 郝庆军:《两个"晚明"在现代中国的复活——鲁迅与周作人在文学史观上的分野和冲突》,《中国现代文学研究丛刊》2007年第6期。

文人的批判也时常将他们视作同一阵营,但他"不仅继承和借鉴了公安派最具有超前意识的精神成果,而且用西方文艺理论重加阐释,既从理论上发展了性灵说,又以此为指导而把现代小品文的创作推向了高潮"①,就实际效果和影响来说,两者有所区别。细究言之,林语堂对晚明的理解、采取的视角同周作人相比有较大不同,两者不应混为一谈。如果说郝文着重于历史现象的梳理与呈现,即回答"晚明是怎样进入30年代文坛的?"黄文则有总结历史经验教训的意味,即"谈谈这场论争的实际成效和意义"。故而他从中国文学古今演变的视角入手,认为"两派都有作家或学者与公安派持续进行对话,只是在接受过程中从各自的主张出发而有所侧重罢了",但他们都是"古代文学向现代文学演变的一种重要方式"。② 诚如上述,黄氏对两派持有不同态度,他依然是在"晚明叙事"影响下对昔日历史做出判断,这与他所处的时代背景及文化语境有莫大关联,后将有专文详述,此处暂付阙如。

吴承学与李光摩所撰《"五四"与晚明——20世纪关于"五四"新文学与晚明文学关系的研究》一文,则是对20世纪以来晚明文学研究的全面梳理,着重涉及的是五四时期和20世纪80年代以来这两个阶段。文中指出,"周作人的追宗晚明,并非空穴来风,是有其理论背景的,这就是当时人们对于晚明'近代性'的认识";而新时期以来,则是"'资本主义萌芽—王学左派'模式占主导地位"。与此相呼应,"文艺复兴""浪漫主义""启蒙运动"或者"资本主义萌芽""市民社会"等概念在晚明文学研究中频频出现,并成为学人研究中的指导纲领或重要参照。职是之故:

  20世纪关于"五四"新文学与晚明文学关系研究的显隐起落、云

---

① 黄仁生:《论公安派在现代文坛的多重回响》,《复旦学报(社会科学版)》2006年第6期。
② 同上。

谲波诡,典型地折射出政治、文化、意识形态的风云变幻、人事代谢。这种研究的时代色彩、研究者的个人主观色彩、政治色彩都非常强烈。在许多研究中,对于价值判断的关怀往往超出而且先于对于历史真相的追求。历来这种研究,更多地是在宏观层次上讨论的。在我们看来,还应该从更具体的、更实在的文学现象上去研究。①

21世纪以来,学人循此思路,或着眼于整体,或专注于具体的诗学流派与主张,晚明相关学术史梳理工作得到全面展开。

其二,系统考察晚明叙事(想象)现象。晚明的重新"发现",既有对其历史面貌的揭示,更有基于特定语境的重新阐释,故而晚明叙事,即对晚明的想象性建构,得到重点关注。关于此,既有断代研究,亦有通盘考察。就前者论,秦燕春《清末民初的晚明想象》一书旨在探究清末民初几十年间时人"到底要在这一晚明历史的频频回顾与反复叙说中,发现什么、表达什么乃至创生什么",进而发现"晚明想象之于清末民初,在时隔将近三百年之后,尤其是经过了有清一代各色人等或明或暗的反复言说的积累之后,所谓'晚明的想象'、'想象的晚明',几乎无法不是一个'幻中出幻'、'镜像中的镜像'一样光怪陆离的巨大怪物"。② 毛夫国《现代文学史上的"晚明文学思潮"论争》一书关注的是20世纪20—40年代的那段历史,他将论题细化为"晚明文学思潮"与五四新文学的渊源问题、"晚明文学思潮"与有关小品文的论证等两个层面。在他看来,"'晚明文学思潮'论争已经不再是单纯的文学价值问题,而与当时的社会现实背景紧

---

① 吴承学、李光摩:《"五四"与晚明——20世纪关于"五四"新文学与晚明文学关系的研究》,《文学遗产》2002年第3期。
② 秦燕春:《清末民初的晚明想象》,北京大学出版社2008年版,第2、23页。

密相关"①,因此除了历史脉络的呈现外,他还特别注重考察论争的实质及评判其影响,试图回答晚明的"重构"如何影响以及怎么影响了文学及诗学,可惜的是相关考察略显单薄,未能深入肌理。另有鲍良兵的博士学位论文《抗战时期的"晚明"言说与想象(1931—1945年)》,旨在着重考察"抗日战争带来时序'转换'和文化转型的这一时期中,读书人针对'晚明'历史的一再致意和反复言说中,追忆了什么、寄寓了什么,乃至创见了什么?考察'晚明'是如何被想象和谈论,并作为一种'话语实践'被传播的"②。在他看来,"晚明"可以视作一种"镜像","折射出的是抗战时期读书人思想、心态和文化政治"③。凡此种种,皆展示了特定时代对于"晚明"的想象性再造。

就后者论,则有谭佳的《叙事的神话:晚明叙事的现代性话语建构》。著者认为"不同时期对晚明的理解和研究并赋予它时代特征与意义的工作就是晚明叙事,它通过不同的叙述者、文本、观点或话语呈现,在不同的历史阶段往往出现某种具主导性的叙事方式"④。因此,不同于断代研究着眼于历史现象的系统梳理,谭佳则试图在全面审视的基础上,总结各时段晚明叙事的特点及影响,深刻剖析相关现象的产生背景、文化机制、后世影响等。她指出,"通过对晚明叙事的现代性话语建构过程的梳理与研究,我们不难看出现代社会言说晚明的一大明显倾向是从中汲取具有现代特征的'进步'因子"⑤。在细致分析具体现象的基础上,她得以从宏观

---

① 毛夫国:《现代文学史上的"晚明文学思潮"论争》,文化艺术出版社2011年版,第196页。
② 鲍良兵:《抗战时期的"晚明"言说与想象(1931—1945年)》,华东师范大学2017届博士学位论文,第19页。
③ 同上文,第255页。
④ 谭佳:《叙事的神话:晚明叙事的现代性话语建构》,中国社会科学出版社2009年版,第21页。
⑤ 同上书,第192页。

上对晚明叙事予以总体性思考,意识到"由于背离了中国道统与学统的内在发展与衔接,这套现代性叙事话语内部有着不可避免的矛盾现象"①,"叙事动因和特质""叙事矛盾与修辞技巧""晚明叙事的影响和表征"等内容即是对此的回应。应该说,该著达到了相当的高度与深度,但稍显不足的是,全书以症候分析为主,偏于考察晚明叙事如何形成、是何形态,无暇对晚明叙事和晚明诗学建构之间的关联予以系统考察。这看似是另一话题,但缺少了晚明诗学这一维度,实则会减弱相关探讨的分量与质量。晚明叙事造就的是晚明的应然状态,而晚明诗学研究则试图展现其本然状态,"应然"与"本然"二者的比较发明正是我们一应探讨的重要基础。

其三,多元聚焦晚明诗学发展生态。对晚明诗学的理解往往跳出学科边界,涉及政治、经济、思想等各方面,相关学科的研究突破必然对诗学研究造成重要影响。龚鹏程《晚明思潮》一书对内地数年来的晚明研究范式多有批评,他直言"由'王学—泰州—公安'这个角度观察晚明思潮,恐乏代表性"②,至于某些渐成俗套的言说,譬如"晚明便代表了一个由礼教道学权威及传统所构成的社会,逐渐转变为着重个体生命、情欲和现实生活世界取向的时代。而此种转变之所以会出现,则可能是因资产社会平民意识之勃兴或商业资本主义萌芽"③等等皆属无谓。所论不无偏激之处,但他对晚明思想史、学术史的重新解读理当重视。王汎森曾对明末清初道德意识的转化做过专门研究,发现"时下有些论著太多强调当时思想言论中'欲'的成分,因而过度强调思想解放的层面"④,可见现有研究中单一、偏狭视角之不足。此外沟口雄三、岛田虔次、陈来、李焯然等学者在

---

① 谭佳:《叙事的神话:晚明叙事的现代性话语建构》,中国社会科学出版社2009年版,第238页。
② 龚鹏程:《自序》,载《晚明思潮》,商务印书馆2008年版,第7页。
③ 同上书,第3页。
④ 王汎森:《序》,载《晚明清初思想十论》,复旦大学出版社2004年版,第8页。

晚明思想史,特别是泰州学派方面的研究,对文学领域内的某些"定论"多有颠覆;①社会经济史学者对明清经济发展情况的重估,特别是对"资本主义萌芽"等观念的审视,同样对文学研究构成了强大冲击。譬如李伯重郑重指出"'资本主义萌芽情结'对中国经济史学的消极影响,一言以蔽之,就是妨碍了我们对中国历史的真实进行实事求是的了解"②,鉴于"资本主义萌芽"对于中国文学特别是晚明文学研究作用之大,这消极影响就更为凸显了。

其四,不断突破现代阐释造就的格局。伴随晚明诗学专题研究的深入,既有认识频频遭到挑战。陈文新突破了复古派与革新派截然对立的偏狭论调,发现师心师古论在晚明有融合趋势,屠隆、李维桢、邹迪光和袁中道的诗论中已露端倪,竟陵派的理论建构则使之进一步趋于完善。③ 徐楠则从细节辨析入手,重新考察了明代格调派诗歌情感观。他认为明代格调派诗学具有复杂品格,我们的学术研究应处理好"预设"与"实证"间的矛盾关系。④ 张德建等则对"真诗乃在民间"等经典命题予以再认识,强调"既不能将明代文人的认识无限拔高(客观地说,很多讨论隐含着这种认识),也不能陷于其中,以为是一个新的理论范畴,而要看到其理论的延续性"⑤。尤其要提及的是郑利华,他以《前后七子研究》《明代诗学思想史》两部大作为我们垂范良多。在他看来:

---

① 详参〔日〕沟口雄三《中国前近代思想的屈折与展开》(生活·读书·新知三联书店2011年版)、〔日〕岛田虔次《中国近代思维的挫折》(江苏人民出版社2018年版)、陈来《中国近世思想史研究》(生活·读书·新知三联书店2010年版)、李焯然《明史散论》(允晨文化实业股份有限公司1988年版)等著。
② 李伯重:《理论、方法、发展、趋势:中国经济史研究新探》,清华大学出版社2002年版,第14页。
③ 陈文新:《信心论与信古论在晚明融合的学理依据及其历程》,《山东社会科学》2002年第2期。
④ 徐楠:《明代格调派诗歌情感观再辨析》,《文学评论》2015年第3期。
⑤ 张德建:《"真诗乃在民间论"的再认识》,《文学遗产》2017年第1期。

> 尽管有明一代文学流派或诗人群体林立，诗家或论家层出不穷，各种派别意识和阶层意识的相互隔阂甚至对立在所难免，诗学立场的歧异导致彼此观念的冲撞屡见不鲜，但同时可以发现，不同派别或群体之间，诸诗家或论家之间，其诗学思想的交叉与混成的情形又相对突出，以至于对此我们有时很难进行非此即彼的简单而明晰的归类。①

在其具体研究中，无论是对七子派诗学特质及价值的系统阐发，还是对七子后学"转向"的细致探究，都开创良多。

上述研究进展的大量出现，必然会促使学人对相应研究范式予以反思，实则学界早有类似声音。譬如"资本主义萌芽"，在史学界的最新研究成果尚未完全引入之前，学人就已指出该命题内涵不清，时有反对之声。左东岭质疑称："以前学者谈明代文学的解放思潮必先谈资本主义萌芽，仿佛这是个不证自明的真理……可又有谁去认真考察一下资本主义萌芽是否存在，甚至它是否是一个真命题？"②徐朔方也对"资本主义萌芽"以及"市民阶层"说表示怀疑，但他强调"并不是要抹杀商业经济和市民成分的存在，而是不能把微量扩大到超乎实际的程度"，同时也提醒"在今天的研究中固然不会有人看不到进步思想在明代文学中的影响和表现，可虑的倒是脱离实际的拔高"。③此可谓通脱之论。吴承学更是直言，"'资本主义萌芽'说和'市民'说在相当长时期内统治着大陆晚明文学研究界，甚至是许多论著的理论基石，假如这一理论受到挑战或者被推翻的

---

① 郑利华：《明代诗学思想史》，上海古籍出版社2022年版，第31—32页。
② 左东岭：《心学与明代文学》，载《明代心学与诗学》，学苑出版社2002年版，第400页。
③ 徐朔方：《前言》，载徐朔方、孙秋克：《明代文学史》，浙江大学出版社2006年版，第20—21页。

话,它所带来的影响和震动是可想而知的"①。综合来说,虽未有系统考察,但鲜明警觉已经具备。

学人既有研究纵横捭阖、创见良多,但也存在如下三个方面的不足:首先,"晚明诗学"自身的缺席。当下研究大多着眼于晚明叙事与现当代文学理论建设的关系,即主要着眼于近代以来的"追溯晚明"这一文学活动。追溯的前提应在于有一清晰的"晚明"可供借鉴,但有关晚明诗学自身的认识,却多半被想象性描述所替代。换言之,"追溯晚明"多半是在晚明缺席的状态下进行,如此既影响了晚明诗学研究的深入,也直接影响到探究古今理论转换或接续的成色。其次,先入之见对反思的制约。学人虽有对晚明诗学现代阐释历程的全面梳理,但少有对其具共通性的内在思维方式的全面探讨与辩证审视,不少认识也未能突破晚明叙事的干扰,在一定程度上影响了研究的客观与全面,反思与突破的力度也有待加强。最后,学科壁垒造成的束缚。晚明诗学研究涉及政治、思想、学术等多个领域,但相关学者少有论及文学问题,文学研究者相对而言又不太关注相邻学科的研究进展,不曾及时更新自我的知识结构,在一定程度上制约了对晚明诗学建构模式的反思。

就此,笔者可明确本书的研究立场与思路。所谓晚明诗学现代阐释,可做二解:一是指对"现代"因子的发明与发扬,此更接近追溯思路;二是指在"现代"对晚明进行阐释,此举可以带有主观意图,成为追溯研究的新阶段与新发展,亦可以尽量摆脱先在束缚,强调对其本来面貌的发挥,这就更接近于专业研究。本书自然采纳后一立场,旨在通过对历史的"还原",探究晚明诗学核心旨趣,进而寻觅其现实意义的赓续路径。正如史

---

① 吴承学、李光摩:《"五四"与晚明——20世纪关于"五四"新文学与晚明文学关系的研究》,《文学遗产》2002年第3期。

家所说：

> 如果只是为了把过去的历史打扮成现代人喜闻乐见的样子，那还研究它做什么呢？我个人认为"历史思考"的一部分是发掘历史中的各种音调(不只是低音)，并厘清它们之间的层次，免得读者误以为一个时代只有一种单音，或只有一种主旋律。①

但鉴于既有研究范式存在种种缺失，并对研究思路和方法造成了深远影响，我们首要应对追溯研究予以系统审视和超越，进而才能在专业研究上真正展开。

职是之故，我们应确立两大原则：其一，避免使用抽象的理论话语对观念对象作大而化之的处理，理当深入考察一应观念得以产生的思想语境及其针对的具体问题，呈现晚明思潮及诗学发展的多元语境；其二，立足文献，以完整的理论分析和相对客观的历史视野来克服预设的现代知识立场，重新思考晚明诗学的理论价值及其发展进程。

具体来说，研究可从以下角度着手。长期以来，"晚明诗学"的特质并没有引起特别关注，即使逐渐获得"独立"意义的公安、竟陵等诗学流派，也不断被贴上各类标签。细致梳理研究范式的确立及其不断塑造的过程为何实现、如何实现，理应成为一应研究的前提。这可从两个层面予以考察：就宏观论，"晚明"迄今无明确的时间界限，可涵盖自明嘉靖至清初一百多年的历史。与此相关者尚有多种说法，既相互区别，又彼此交涉。辨析彼此异同，阐发各自内蕴，需要从总体上把握晚明诗学现代阐释的基本逻辑。就微观论，晚明诗学固然纷纭复杂，主导流派不外乎七子后学、公

---

① 王汎森：《历史是扩充心量之学》，生活·读书·新知三联书店2024年版，第43页。

安派、竟陵派等,他们的诗学观念在各自历史阶段皆有歧异解读,以文献为基础,清晰呈现具体接受过程,审视关键节点,并揭示转变因由,也是亟待开展的工作。

不唯厘清史实,还应钩沉晚明诗学建构模式的逻辑线索与生成机制,详细剖析自然人性论、早期启蒙说、资本主义萌芽(经济因素)、市民社会等理论学说,如何被移植到晚明诗学研究中并发挥影响。自然人性论的彰显被视为晚明诗学的重要特色,鼓吹欲望、宁今宁俗等主张由此而得肯定,扬革新而抑复古的建构模式也因此发端;伴随着对明代人性论发展轨迹认识的变化,李梦阳被视为新风气的先导,复古与革新的敌对状态转趋融合。早期启蒙学说之影响从三个层面展开,或是探讨徐渭、李贽、王艮等人文学思想中的启蒙因子,或是探究晚明文艺启蒙思潮的演进历史与阶段特征,又或是将晚明与后代相对比,凸显其"启蒙"学说的价值与贡献。因对"早期启蒙"的不同理解,在时间分期、现象评价等方面,多有龃龉,需待厘清各自逻辑与线索,方不致产生淆乱。资本主义萌芽(经济因素)、市民社会等学说一般被用来作为解释晚明"特质"的终极之因,强调社会经济发展对个人心态、性情的影响及其在文学、诗学中的反映,但多半只是笼统套用,甚少系统论述。

以上述探讨为基础,应进一步反思晚明诗学建构模式的缺失。就共性而言,相关理论本就众说纷纭,学人各持一端,造成了复杂甚至混乱的局面;且学人对相关理论多半是一知半解,又很少关注最新进展,理论移植停留在了简单嫁接层面。就特性而论,在自然人性论的笼罩下,有关情感性质的讨论成为中心话题,但情感论尚涉及"情"在创作中具有的作用及其具体展现,诗学主张的文学价值有所遮蔽。持"启蒙论"者虽强调个性、自由,但他们强调的是由此反映出的社会解放思潮,而不太关心研究对象各自思想观念的差异。其对所谓个性、自由的解释每每归结到社会、历史的高度,而晚明士人的行为可能只是一种率性的生活方式。将视角固定在唯一的向度上,过度迎合某一思想观念,难免丧失了对鲜活、独特的个人的重视。以经济因素作为解释的终极之因,过度夸大了外在因素的决定作用,忽略了文学的内在演进逻辑,兼之相关理论本就存有缺漏,以致研究解读多有简单、粗疏之嫌。

与此同时,在扬弃的基础上还应重新考察以下问题:一是重估晚明诗学的理论价值,特别是文学价值。以往研究多半持思想标准,以进步与否为据。但晚明文士不是纯粹的理论家,更主要的是文学创作者,对于文学甘苦有独特感受。举凡情、格调、典范等诸多命题的探讨皆与其对创作实践的反思和创作经验的总结有紧密关联。据此,可对复古、革新两派的诗学观点予以重新评估,并对"李梦阳为晚明新思潮的先导""晚明新思潮消歇"等论点进行反思。二是对诗学发展模式的审视。今人的晚明研究模式可表述为"复古—革新"模式,而古人的观点则可表述为"矫弊—循环"模式,两相对比,古人虽视野相对狭隘,却避免了片面化与绝对化;今人持对立视角,古人却更强调连续。摆脱单一视角,综合吸取二者之长,有助于更好地理解古人的文学生态。晚明诗学之于明代诗学的意义、明清诗学的演进逻辑亦可由此抽绎出新线索。

在检讨历史上"追溯晚明"活动的不足,放弃以今视古、削足适履的思考模式的基础上,考察晚明诗学,特别是其问题意识、反思意识,以及在处理情与法、格调与性情、文学与思想等方面的经验教训对今日的启示,对于重新探讨晚明诗学之于当下文学理论的建设具有重要意义。

# 第一章 多样与片面：
时代变迁影响下的"晚明诗学"阐释

"晚明诗学"系学术研究的热点和重点，各类阐释可谓"异彩纷呈"，但若是立足基点，不难发现其研究范围始终未得明晰，以致研究视野、理论话语、评价标准亦是纷繁多歧，令人眼花缭乱，这一切都与作为命题的"晚明"（就整体论，诗学研究自然包含其间，且是重要组成部分）得以确立之时的背景、机制以及旨趣紧密相关。

第一节 "晚明"的出场

在当下的学术研究格局中，"晚明"可谓无处不在，"作为中国历史中一个相对特殊的时期，总是不停地引发着后人的无限关注与青睐"①。多元认识既与"后人"密切相关，这一局面的出现便不是天然如此或历来如此，实系不断发现、丰富甚至重塑的结果，个中过程学人已有不少细致梳理，似已题无剩义，但略作审视，不难发现有些基本问题始终未得解决，特别是何时是晚明、何以是晚明。

---

① 刘晓东：《"晚明"与晚明史研究》，《学术研究》2014年第7期。

一、从时段到对象

有关晚明的时间断限,迄今并无定论。相关说法甚多,兹列举数说如下:

> 这样一个思想史上的转型期,大体上断自隆万以后,约略相当于西历16世纪的下半期以及17世纪的上半期。①
>
> 上起万历元年(1573年),下迄崇祯十七年(1644年),正处在地理大发现后的经济全球化时代……②
>
> 晚明时期,一般是指嘉靖末年、隆庆、万历、天启和崇祯王朝,为时不足一百年。③
>
> 成、弘以后,重点在嘉、隆、万以至明末,也就是15世纪后半叶到17世纪前半叶(1450—1644),其间大约200年的时间跨度。④
>
> 所谓"晚明",一般系指嘉靖至明末这一百多年的历史时期。⑤
>
> 晚明时代大约应从万历初年,至弘光朝灭亡,前后经历了大约半个多世纪的时间。⑥

除此以外,谢国桢所撰《晚明史籍考》一书未对晚明作明确界定,但《凡例》中说明"是书所搜辑史籍之时代范围,由明季万历至崇祯,以迄清康熙

---

① 嵇文甫:《晚明思想史论》,东方出版社1996年版,第1页。
② 樊树志:《晚明史(1573—1644年)》(上),复旦大学出版社2015年版,第6页。
③ 刘志琴:《晚明史论:重新认识末世衰变》,江西高校出版社2004年版,第3页。
④ 万明主编:《晚明社会变迁:问题与研究》,商务印书馆2005年版,第2页。
⑤ 张显清:《晚明社会的时代特点》,《河南师范大学学报(哲学社会科学版)》2005年第6期。
⑥ 商传:《走进晚明》,商务印书馆2014年版,第22页。

年间平定三藩事件时为止"①。

以上多属史学视角,从文学方面看,朱剑心于1936年出版的《晚明小品选注·叙例》中有明确界定,称"明自神宗万历迄于思宗崇祯之末,凡七十年,谓之晚明"②。施蛰存所编之《晚明二十家小品》则称"本集中所选录的二十个晚明文人,从徐文长开始,以至于公安、竟陵两大派"③,涉及的时段大概为从嘉靖以迄明末。徐朔方《晚明曲家年谱》一书与此相当,收录的曲家大致活跃于嘉靖至崇祯年间。另有从美学层面立论的学者认为"'晚明'是一个学界公认的文化史分期,其大致起自隆、万,下至清初,在中国历史上,代表着一个充满了变迁意义的时代"④。

鉴于歧解纷出的情况,有学人认为"可见此前学者对晚明的界定极不统一,而且存在根据各自的需要随意界定、'削足适履'的倾向"⑤,基于前文引用的诸多文献,此论似有道理,但却不免囿于表象。细绎诸说,纷繁的局面下多有相似乃至一致处。其一,不管起于何时、终于何处、跨度多长,他们所理解的"晚明"基本以嘉靖、万历、天启、崇祯四朝为主,关键问题、核心事件大都与此期相关,某些时候上溯(如隆庆)或下延(如清初)是为了从整体上把握历史的需要。⑥ 其二,就角度言,上述诸说有政治、思想、文化等之不同;就视野论,更有立足一国和放眼全球之差别,看似面貌多歧,但这些无法遮蔽一个共性的思路或前提,即他们都对"晚"赋予了一种特别的理解。在描述历史时段时,我们时常会借用初、盛、中、晚或者

---

① 谢国桢:《凡例》,载《晚明史籍考》,华东师范大学出版社2011年版。
② 朱剑心选注:《晚明小品选注》,浙江人民美术出版社2015年版,第9页。
③ 施蛰存:《序》,载氏编:《晚明二十家小品》,上海书店1984年版,第1页。
④ 龚鹏程:《序》,载毛文芳:《晚明闲赏美学》,学生书局2000年版,第2页。
⑤ 何朝晖:《晚明士人与商业出版》,上海古籍出版社2019年版,第16页。
⑥ 高寿仙指出,"历史是一条连绵不断的河流,没有明显的起点和终点,晚明时代呈现的诸多现象和变动趋势,的确可以上溯到明代中叶,下延到清朝时期"。载氏著:《变与乱:光怪陆离的晚明时代》,《博览群书》2012年第4期。

前、后、末等概念,这样一种分期方式自然较为模糊,但多半是基于王朝历史时长和发展脉络予以切分,相对客观。至于"晚明",虽也不免类似特征,但被赋予了更多其他色彩。譬如上引文中已经出现了"转型期""充满了变迁意义"等内容,有学人表述得更加具体明确,认为:

> 中国历史上一个值得探讨的问题是在中国历史上被称之为"晚"的三个时代:晚唐、晚明、晚清。晚,即末世,但于此三个时代不用"末"而用"晚",当知其中定有不同其他末世之处。……晚与末之不同,在于其于政治上处于末世,而社会经济等则仍在发展之中,而此则恰为社会转型之特征。①

不管是真心认同还是随意盲从,"对于晚明是中国历史上一次社会转型期,也为愈来愈多的学者所认识"②。这或许概括了时下研究的基本状态,正如李佳指出:

> 关于"晚明"时代定性问题,其实可以转化成"有没有特征"与"有什么特征"这两个问题来思考。当下较为流行的观点是,晚明是一个"变革"的时代,它与"近代"的关联要强于古代史上的其他时段。③

职是之故,我们当有广义的晚明(作为时段)与狭义的晚明(作为话

---

① 商传:《史学传统与晚明史研究》,《历史研究》2003年第1期。
② 商传:《走进晚明》,商务印书馆2014年版,第12页。
③ 李佳:《君主政治的演进与权力关系格局:关于晚明政治史研究的范式、问题与线索的思考》,《求是学刊》2018年第3期。

题)之区分。就前者来说,它指向的是明王朝晚期的一段历史;就后者而言,它绝不仅是一个简单的时段界定,而是经由某种理念观照,有其特定的研究对象与旨趣。质言之,广义的晚明(作为时段)可视为客观之物,狭义的晚明(作为话题)却显然出自人为建构。学人所充分观照并探讨的,显然是指后者,它经由现代学人发端,进而不断丰富、完善,造就今日的思路与格局。但类似共识的形成多半是陈陈相因的结果,我们对其何时确立、何以确立、是否确立等核心问题少有明确检视。也正因为对其形成的复杂语境及造就的多元影响未做充分探究,我们只能听凭空洞的宣传口号驱使,而难有全面客观之体察。

相关局面的出现,实与"晚明"一词的出现及密切使用相关。我们不妨回归起点,从"晚明"一词的起源论起。有学人经考索后认为"'晚明'的说法则起源甚晚,在现代以前的历史表述中,我们几乎看不到'晚明'概念的用例"①,但有学者纠正说"早从清代初叶开始,'晚明'一词就已经频现于清人的笔端了",且认为"清人在使用这一词语的时候,显然不会有我们今天所谓'社会转型'的内涵。他们对'晚明'的理解要简单得多,只不过是'明代晚期'一种惯常而平实的称呼"②。两说基本呈现了事实原貌,但也各有不足,特别是忽略了某些因素,以致遮蔽了重要的历史细节。

第一,清人笔下确已出现"晚明"的用法,但是否"频现"则有待商榷,尤其是相对"明季""明末"等说法,"晚明"使用概率可谓极低。③

第二,清人使用"晚明"一词,内涵确实较为单纯,多做晚期、末期解,

---

① 赵强、王确:《何谓"晚明"?对"晚明"概念及其相关问题的反思》,《求是学刊》2013年第6期。
② 刘晓东:《"晚明"与晚明史研究》,《学术研究》2014年第7期。
③ 清人文献汗牛充栋,难以遍核,笔者通过中国基本古籍库、鼎秀古籍全文检索平台检索"晚明"词条,去除不相干内容(有些"晚明"当分作两词解),与清人相关者仅有数十条,数量并不算多。至于"明季""明末",则有成百上千条。两相比较,可见一斑。

即更多倾向于"广义的晚明",甚而有时会与"明末""明季"等概念混用。且不唯清人如此,"明代晚期"这样"一种惯常而平实的称呼"可谓始终存在。譬如谢国桢,其书虽采用"晚明"一词,但或言"在我学习研究明末清初历史的过程中……编写了这部《晚明史籍考》"①,又称"余既辑明季史部,野史稗乘,条其篇目,分其部居"②,则"晚明""明末清初""明季"等概念似无差别。再如徐朔方之《晚明曲家年谱》,其称"收入本书的更多曲家则活动于万历或天启、崇祯间。这是本书题名冠以晚明的依据"③,亦无特别意味。

但"'晚'既是一种时间表述,又寄寓着特定的情感蕴藉"④,故而自清人始,在"晚期"的一般意义外,也会于"晚明"一词中别有寄托,且其内涵日渐丰富。譬如储大文有云"邑里文视盛明、晚明尤振"⑤,将"盛明"与"晚明"对举,显具区分意思,所谓"晚明"于比较中带有衰颓色彩。杨念群也指出,"晚明清初汉人的历史遭际与南宋颇有相近的地方……清初士人的记忆却习惯把晚明与南宋的历史境况相互联系起来进行观察"⑥。细致审查,杨氏书中提及的清初士人笔下并未明确出现"晚明"字样,只是论者将他们讨论的话题自觉按照今日常识归类到"晚明"名下而已。但虽无"晚明"之名,却有"晚明"之实,将明代晚期(时人可能仅是就某些人物或事件发声,未曾做断代历史评判)从整体脉络中抽离,并与作为衰世的"南宋"类比的想法确实存在。经笔者检索,也发现了少量直接比附之

---

① 谢国桢:《晚明史籍考》,华东师范大学出版社2011年版,第2页。
② 同上书,第1页。
③ 徐朔方:《晚明曲家年谱自序》,载《徐朔方集》(第二卷),浙江古籍出版社1993年版,第1页。
④ 赵强、王确:《何谓"晚明"?对"晚明"概念及其相关问题的反思》,《求是学刊》2013年第6期。
⑤ 储大文:《骏坡公传》,载《存砚楼二集》卷二十五,乾隆京江张氏刻十九年储球孙等补修本。
⑥ 杨念群:《何处是"江南"?清朝正统观的确立与士林精神世界的变异》,生活·读书·新知三联书店2010年版,第159—160页。

词,譬如晚清薛福成云"自古养兵无善政,南宋之括财,晚明之加赋,皆为兵多所累,识者病之"①。后因特殊机缘,类似意见又在民国年间复活,譬如说:

> 议论愈盛而政治愈坏,口舌愈多而是非日滋,大较不立。文字大道,本无言说,乃反以奖进天下虚愤悲欢之声,南宋、晚明士大夫之风气,读史者未尝不掩卷太息,伤其用心之过。②

> 我们国家又到了非常时期,又到了生死存亡的关头,并且现在国家所遭遇的危险程度,实在十倍于南宋,十倍于晚明。但是我们国家现在有没有十个岳飞,十个文天祥,十个史可法,就是有了十个岳飞,十个文天祥,十个史可法,亦只能维持那南宋与晚明的局面……③

将"晚明"与"南宋"类比,传达的自然是危亡忧患之感。诚如有人言及,"比如说看书最喜欢'晚明'和'南宋',这所谓思古之情,沧桑之感了"④,另有人则表述得更为直接,直陈当日局势"已是晚明衰气象"⑤。

当然,此等意见已不是20世纪上半叶,特别是五四以后的主流论调。由于新文学运动等因素的推动,"晚明"逐渐被去除了传统枷锁和破败印象,更多呈现出异质色彩或转型特征。要想厘清我们今日的立场,需另寻线索。

第三,研究者认为"目前无从查证是谁在何时第一次使用了'晚明'概念,但可以确定的是,这一历史表述盛行开来是20世纪二三十年代以

---

① 薛福成:《应诏陈言疏乙亥》,《庸庵文编》卷一,清光绪刻《庸庵全集》本。
② 微中:《告政府与政客》,《亚细亚日报》1912年11月29日,第1版。
③ 林森:《中华民族的正气》,《新运导报》1938年第13期。
④ 挹彭:《读缘督庐日记》(上),《古今》1944年第50期。
⑤ 胡邵:《感事八首》,《工商日报》1937年8月7日。

后的事……'晚明'之被广泛使用,也在文艺批评和研究领域"①。这一观点大体不差,但有欠严谨和全面。"晚明"研究的兴起和确立,确实是近代以来自文艺领域发端,但众多倡导者及响应者最初基本没有使用"晚明"一词。譬如周作人使用的就是"明季"或"明末",甚而在同一文中出现混用现象,譬如《重刊袁中郎集序》,其称"公安派在明季是一种新文学运动"②,又称"我佩服公安派在明末的新文学运动上的见识与魄力"③。林语堂撰文使用的亦是"明末","近读岂明先生《近代文学之源流》(北平人文书店出版),把现代散文溯源于明末之公安竟陵派"④。这其实也是当日大众的一般态度,譬如说《袁中郎全集》预售广告中称"卓然一家,为明末浪漫派文学运动之健将"⑤,又如周邵称"余读中郎集,《人间世》适创刊。小品之文;萦于明季。乌可没中郎? 因操铅椠,以付剞劂"⑥。余不赘述。

当"晚明"一词出现于他们的笔端时,时人似也缺乏明确的区分意识,延续传统思路,将其与"明季"等概念混用的现象依然存在。施蛰存在《晚明二十家小品》中既称"本集中所选录的二十个晚明文人",又说"在我,只是应书坊之请,就自己的一些明末人的文集中选一本现今流行着的小品文出来应应市面而已"⑦,时在1935年。与此同时,变化或者转型也在逐步酝酿、发展。有关"晚明"的时间概念虽然模糊,一种研究取向,即关于研究内容的选择(以公安派、竟陵派为主),以及研究旨趣的确立(比如致力于挖掘传统资源中的革新因子等),也在趋向形成,换言之,时人虽

---

① 赵强、王确:《何谓"晚明"? 对"晚明"概念及其相关问题的反思》,《求是学刊》2013年第6期。
② 周作人:《苦茶随笔》,止庵校订,北京十月文艺出版社2011年版,第62页。
③ 同上书,第68页。
④ 林语堂:《新旧文学》,《论语》1932年第7期。
⑤ 《申报》1934年9月9日,第8版。
⑥ 周邵:《读中郎偶识》,《人间世》1934年第5期。
⑦ 施蛰存:《序》,载氏编:《晚明二十家小品》,上海书店1984年版,第1页。

未明确使用"晚明"之名,却已"实质"上逐渐建构起一种新的研究范式。伴随着此种意识的日渐清晰和影响的扩大,相关内容被纳入"晚明"的名义下,并开始在文艺领域大量使用。譬如周作人在《梅花草堂笔谈等》中已明确说"故晚明新文学运动的成绩不易得承认,而其旁门的地位亦终难改正"①。自此以后此论渐成正统。周黎庵于1939年发表的《清初理学与民族革命的关系:明清之际读史偶记之五》一文中,虽"晚明"与"明末"皆有出现,但比较"晚明公安、竟陵的流派"与"这些人物中,于明末看见更多,例如四公子中侯方域、冒辟疆之流"②这两种说法,内涵并不相同,后者更接近于史学层面的王朝末期,而前者,则与上述周作人确立的视域较为契合,"晚明"较之"明末"存在明显区分。就此而言,我们确实不清楚是谁最早使用"晚明"一词,但可以明确的是,新文学运动确立的不是"晚明"这个时间概念,而是具体的研究内容及旨趣,后因某种契机,"晚明"一词才逐渐与此种研究理路结合起来,造就了狭义的晚明(作为话题)之确立,这一过程似乎也是由无意而渐趋有意。

需要特别注意的一个现象是,彼时文艺领域尚未使用"晚明"一词,倒是思想史、学术史研究领域存有先例。譬如皮锡瑞《经学历史》中有云"承晚明经学极衰之后,推崇实学,以矫空疏"③。与此类似,梁启超有"其时正值晚明王学极盛而敝之后"④的说法。故不免有如下揣测,即时人接受了文艺界的主张,沿用了史学界的称呼,于不经意间开创了一个新局面。换言之,彼时本存在两种话语,或在时段的意义上使用"晚明"一词,所论不超出传统格局;或无明确的时间界定,但其主要研究对象,即公安

---

① 周作人:《风雨谈》,止庵校订,北京十月文艺出版社2012年版,第148页。
② 周黎庵:《清初理学与民族革命的关系:明清之际读史偶记之五》,《宇宙风:乙刊》1939年第11期。
③ 皮锡瑞:《经学历史》,周予同注释,中华书局2004年版,第214页。
④ 梁启超:《清代学术概论》,江苏文艺出版社2007年版,第9页。

派、竟陵派正对应于此一时期,只是时人更倾向于使用"明季"或"明末"来指称他们的生活年代。此类研究多半以凸显晚明的独特价值,发掘其现代意义为旨归。后在某种契机下,前者取其"名",后者取其"实",两种表述实现了合体。

大概正是从此时起,"晚明"从与"明季""明末"等概念混用的状态中分离出来,开始独自承担研究者赋予的特殊使命,而这显然是"明季"或者"明末"未曾拥有也无法拥有的,一个新的研究格局创生了。[①] 作为历史时段,即王朝的后期,由于视角不同,或对发展趋势的认识不一,自然会有具体断限的分歧(譬如说如何处理南明的问题)。这导致有关"晚明"的时段划分不一。但相较而言,这尚是较为单纯、含糊的历史梳理,一旦对其"性质"有了清晰界定,便会趋向严格,并就对象、轨迹、特征等内容赋予明确规定,无论时段如何延展,基本的思路和标准不会发生改变。从这一意义上说,从事晚明研究,时段的界定是必需的,但如果只停留在时段层面来从事研究或解释相关分歧则是肤浅的,因为"晚明"的确立,不是时间意义上的划分,而是现象、话题的出场。从此以后,"晚明"不再是一般意义上的王朝晚期历史,更不只是一段屈辱、颓败的历史,它是一个"新的时代"——预示着并朝向着现代转型的新时代。

二、从全景到异质

从字面意义上理解,晚明诗学研究当是对晚明时期诗学流派、主张、现象等问题的通盘系统考察。古人对此向无疑议,譬如朱彝尊如此描述他对明代诗歌发展史的理解:

[①] 关于"明末""晚明""明末清初""明清之际"等时间概念的背后意味,笔者曾有探究,详参《明末学风与诗学》(人民出版社2019年版)第1—11页。

> 明三百年诗凡屡变,洪、永诸家称极盛,微嫌尚沿元习。迨"宣德十子"一变而为晚唐,成化诸公再变而为宋,弘、正间,三变而为盛唐,嘉靖初,八才子四变而为初唐,皇甫兄弟五变而为中唐,至七才子已六变矣。久之公安七变而为杨、陆,所趋卑下,竟陵八变而枯槁幽冥,风雅扫地矣。①

《四库全书总目·明诗综提要》则论之更详,云:

> 明之诗派,始终三变。洪武开国之初,人心浑朴,一洗元季之绮靡,作者各抒所长,无门户异同之见。永乐以迄弘治,沿三杨台阁之体,务以舂容和雅,歌咏太平,其弊也冗沓肤廓,万喙一音,形模徒具,兴象不存。是以正德、嘉靖、隆庆之间,李梦阳、何景明等崛起于前,李攀龙、王世贞等奋发于后,以复古之说递相唱和,导天下无读唐以后书。天下响应,文体一新。七子之名,遂竟夺长沙之坛坫。渐久而摹拟剽窃,百弊俱生,厌故趋新,别开蹊径。万历以后,公安倡纤诡之音,竟陵标幽冷之趣,幺弦侧调,嘈囋争鸣。佻巧荡乎人心,哀思关乎国运,而明社亦于是乎屋矣。大抵二百七十年中,主盟者递相盛衰,偏袒者互相左右。②

其间,虽因立场、偏好不同,具体评价颇有歧异,但在梳理诗学发展轨迹时,论者始终具备全局视野,将所有重要流派与对象纳入考察范围。自现代以来,面对晚明较长的历史、众多的内容,学人的研究视野却存在明显偏向。有学人指出,五四时期造就了明代文学研究的两大倾向:一是整体

---

① 朱彝尊:《静志居诗话》,人民文学出版社1990年版,第636页。
② 纪昀等:《钦定四库全书总目》(整理本),中华书局1997年版,第2662页。

格局重俗轻雅,二是诗文层面崇革新斥复古。① 综观明代文坛,以前、后七子为主要代表的文学团体有着重要地位和深远影响,其参加人数之众、持续时间之长、影响发挥之深远,放眼整个中国文学发展史亦不多见。其创作成绩固然一般,但他们在理论上的创见却值得人们关注,"在明人中对古代诗史研究作出成绩者差不多都是格调派"②。不可否认,他们的诗文理论及创作存在明显的缺陷与弊端,当其全盛之日,就有严厉批评如影相随,但激烈如钱谦益或四库馆臣,也没有将他们一概抹杀,直至到了五四时期,局面才发生彻底颠覆。陈独秀《文学革命论》认为"元明剧本,明清小说,乃近代文学之粲然可观者。惜为妖魔所厄,未及出胎,竟尔流产",此论贻害无穷,所谓"妖魔"具体即指"明之前后七子及八家文派之归、方、刘、姚是也"③。其所论十八家中,明代独占十五家,基本囊括了彼时主流诗文领域的核心代表,"七子派从当年文学复古受赞誉的巅峰一下跌至被批判的低谷"④,以致很长一段时间内相关研究都陷入停滞状态。

另一方面,周作人无意中发现"公安派在明季是一种新文学运动,反抗当时复古赝古的文学潮流"⑤,他对中郎等人的文学主张、创作实绩极为钦佩,但可惜的是,"胡人即位,圣道复兴,李卓吾与公安竟陵悉为禁书"⑥,以至于当日"中国讲本国的文学批评或文学史的,向来不大看重或者简直抹杀明季公安竟陵两派文章,偶尔提及,也总根据日本和清朝的那

---

① 邓绍基、史铁良主编:《明代文学研究》,北京出版社2001年版,第3—4页。
② 袁震宇、刘明今:《中国文学批评通史:明代卷》,上海古籍出版社1996年版,第23页。
③ 任建树主编:《陈独秀著作选编》(第一卷),上海人民出版社2009年版,第290页。
④ 魏宏远、丁琪:《"宇宙文章"与"妖魔":明代七子派的污名化》,《云南大学学报(社会科学版)》2016年第6期。
⑤ 周作人:《重刊袁中郎集序》,载《苦茶随笔》,止庵校订,北京十月文艺出版社2011年版,第62页。
⑥ 周作人:《苦茶庵笑话选序》,载《苦雨斋序跋文》,止庵校订,北京十月文艺出版社2011年版,第95页。

种官话加以轻蔑的批语"①,为了扭转此类错误的看法,正面彰显公安派、竟陵派的可贵意义及价值,他才要积极倡导、大力鼓吹。

一进一退间,导致晚明诗学研究形成今日局面似乎不难理解,且此种局面的形成,正是特定逻辑的自然展开。

周作人等人关注的只是公安派、竟陵派及其周边文人,且欣赏的也只是他们的小品文,至于诗之类是排除在外的,②范围极其有限。需要说明的是,他们虽有明确倾向,但仅是特别关注或表彰某类作品而已,其他文学形式虽未得他们的肯定,却并没有被忽略甚至抛弃。换言之,他们的文学史架构是完备的,但存在明显偏好。或由于正面宣扬的舆论力量过于强烈,一种"误解"日渐形成,即所谓的"偏好"逐渐取代整体,被建构为文学史的基本面貌。譬如府丙麟即言"实则晚明诸家文学,自有其创造精神……晚明诸家文集之反正统文学者,遂未禁毁殆尽"③,所谓"创造精神""反正统文学者"主要指公安派、竟陵派,他已有将"晚明"与部分流派简单等同之倾向。今人格局虽略有拓宽,但基本沿袭了类似主张,譬如有论者称"晚明这个阶段就整个明代而言,说得上是一个思想自由活泼,深富创造力的时代……导流文学思想的乃是公安、竟陵二派。……由他们五人的生存时代看,他们的理论若举以代表晚明这个阶段应不致发生太大的谬误"④,无论时代主潮,还是代表人物及思想,都与此前设定高度匹

---

① 周作人:《近代散文抄新序》,《苦雨斋序跋文》,止庵校订,北京十月文艺出版社2011年版,第141页。
② 周作人曾明确表示"中郎的诗,据我这诗的门外汉看来,只是有消极的价值","我想他的游记最有新意,传序次之,《瓶史》与《觞政》二篇大约是顶被人骂为山林恶习之作,我却以为这很有中郎特色,最足以看出他的性情风趣"。载氏著:《苦茶随笔》,止庵校订,北京十月文艺出版社2011年版,第64页。
③ 府丙麟:《公安竟陵派之文学》,《约翰声》1935年第46卷(按:该刊物早年曾一卷多期,后来渐渐只分卷,不分期。本文刊于1935年,第46卷,无分期)。
④ 邵红:《晚明文学批评》,载魏子云主编:《中国文学讲话》第9册《明代文学》,贵州教育出版社2013年版,第349页。

配。但这里尚是取其大端,未有全面概括。伴随着相关意识发展到极致,便有学人明确声称:

> 所谓晚明文学思潮,指的是明代万历前后在阳明心学及泰州学派影响下所形成的一股弘扬主体、张扬个性、正视人欲为其主要精神的文学思潮。明代万历时期,以李卓吾、公安派、《金瓶梅》、《牡丹亭》、《三言》的出现为标志,把这股声势浩大的文学思潮推向高峰。①

因此,我们的晚明诗学研究自它于现代确立之日起就带有明显的区分、筛选性质,凸显与遮蔽同步发生,并日益强化乃至极端化。

诚如上述,这一局面的造成,可能是出于一种误会。起初,因公安派、竟陵派的重新发现,学人揭示出传统对象的别样价值,但这并不否认其他面向的共时存在;待晚明诗学于现代重新出场后,我们的直接印象或一般表述首先在于强调诗学领域的革新要素或现代因子,待专门论证时才引述中郎等人的观点,认知模式至此发生了颠倒,即先有总体判断,再基于相关言论予以明晰和强化,如此给人的印象似乎是:所谓"新",即是晚明时代精神的主导和核心。换言之,就现代文人来说,他们只是特别倡导公安派、竟陵派研究,或者说着力于探讨晚明诗学中的进步成分,不论他们的主观倾向如何凸显,这与晚明诗学总体研究并非一回事,毕竟它所包括的成分要更为丰富和多元,尽管某些内容在现代学人看来显得保守和落后。事实上他们并没有就晚明做出明确界定,也缺乏对于晚明的总体把握和整体考察,甚至可以说连相关意识都不具备,上文已经指出,"晚明"这一概念都是在无意中形成的。他们笔下虽涉及对于七子派文学主张及

---

① 宋克夫:《论晚明文学思潮的消歇》,《文学评论》2004年第2期。

创作成效的批评,但只是为了竖立一个对立的靶子,既没有专门考察,也谈不上深刻认识,他们重视的始终只是晚明诗学的部分人物和事件。某种意义上,他们只是在调整研究视野和对象,重新确立晚明诗学研究的主体和重点。当以"晚明"的名义来概括他们的相关研究时,无非是说明他们建立了新框架、提炼了新线索,但在随后的流布过程中,所谓新发现的意义被放大和泛化,从重点(部分)变成了根本(全部),也即有关晚明诗学的研究便是这些内容,或者说只有研究这些才抓住了晚明诗学的核心要素,才能发掘晚明诗学的本质意义。于是乎公安派、竟陵派被置于晚明文艺的核心位置,有关晚明诗学的核心论述也被所谓新思潮全面接管。延及今日,谈起"晚明",我们想到的就是公安派、竟陵派,或者三袁、钟、谭,以及上溯的徐渭、李贽,下及的张岱等人。或许,由现代学人开创的研究路径可称之为晚明革新思潮研究,但这一说法实则也存在歧义,即这"革新"到底是指其内容还是性质?就前者来说,革新思潮只是晚明诗学之一端,包括复古思潮在内的其他内容也必然是重要的组成部分,不可忽略甚至无视;就后者来说,革新便是晚明诗学之底色,有关晚明诗学的研究便主要围绕革新思潮展开。相较而言,我们的立场明显偏向于后者。

上述研究旨趣,起初或只是部分学人的一己偏好,但它却借由学术层面的鼓吹、探讨、印证,渐成常识与共识,而个中存在严重误判却是不争的事实。钱锺书即已指出"后世论明诗,每以公安、竟陵与前后七子为鼎立骎骎;余浏览明清之交诗家,则竟陵派与七子体两大争雄,公安无足比数"①。公安派的具体地位如何姑且不论,七子派的重要影响不容置疑,论及隆、万之后的诗学格局,忽略他们的存在显然有违事实,难以全面展示其时风貌。即使七子派的意义完全负面,也不应该、不能够将其历史痕

---

① 钱锺书:《谈艺录》,生活·读书·新知三联书店2001年版,第251页。

迹彻底抹去,更何况近年来七子派研究取得了长足发展,种种"污名化"认识得以澄清,历史评价也有了相当改观,但晚明诗学研究的基本格局始终未有太大调整,至少学人的基本理念不曾有所松动。一种不免偏颇的意见,因"误会"造就,进而得到"学术"确认,并形成强烈而牢固的影响,经久不易动摇,想来其背后存在某种(些)强烈的信念支撑与理论观照。故而欲对该范式有全面之理解,我们当寻根溯源,对"形式"背后的主导观念有所省察。

三、从"矫弊循环论"到进步史观

晚明诗学研究的名、实之间虽有龃龉,但既是误会造成,便不难澄清;或者可以澄清,学人却始终坚持这种主张,便不是误会那么简单了。

关于晚明诗学的演进逻辑,古人的认识模式被称为"矫弊循环"模式,①意即后一流派的兴起往往是出自对前一流派弊端的反动与矫正,彼此看似针锋相对、严厉攻讦,但"它们之间的对立实际上是互补,是文学史上经常出现的那种经由对立而构成的平衡关系……实际上的互补关系又提供了矛盾双方渗透和融合的可能,不然,平衡就永远不可能达到"②。

自现代以来,主导认识却出现了颠覆性的变化。笔者将其概括为"复古—革新"模式,其要有三:一是阵营的划分,或为复古派,或为革新派,分别以前后七子和公安派、竟陵派为代表,彼此泾渭分明、截然对立;二是价值判断标准的确立,即复古为落伍、守旧,革新则意味着进步、开放;三是发展轨迹的梳理,在他们看来,晚明诗学的演进路向表现为由复古向革新

---

① 详参魏宏远:《论王世贞明诗文流变观》,《兰州学刊》2008年第1期。
② 陈文新:《明代前后七子与公安派的对立互补关系及其融合》,《荆州师专学报》1987年第2期。

的过渡,且这一过程具有毋庸置疑的、合乎历史发展规律的必然性。这一模式的"定型",与学人的主导思想息息相关,最核心的莫过于进步史观。当然,因社会思潮与文化背景之别,或标举人性的解放,或高扬思想的启蒙,或探究社会的转型,皆有某一指导思想予以观照,①由此塑造了晚明诗学的多歧面貌。关于此,后文将有详细阐发,此处暂付阙如。

职是之故,学人不仅高度表彰与肯定具有异质因子的主张,还要论证并认定"对立"思想保守、落后,违背历史发展的"进步"轨迹,对其采取批判、否定乃至遗弃的态度系理所当然。现代学人在严厉批评七子派时,仍深受传统思路影响,矛头多指向复古、模拟等观念,但因"进步"史观的影响,论述模式也开始发生转型,周作人、郁达夫、郑振铎等人都有相关表述,最鲜明而集中的当属刘大杰,他指出:

> 到了明代后期,在新兴经济和市民思想的影响下,在学术界产生了富有积极精神、反抗传统、追求个性解放的哲学思想……这样的思想反映到文学上去,形成了晚明反拟古主义,反传统观点,重视小说、戏曲价值的具有进步意义的文学运动。②

自20世纪三四十年代至20世纪80年代,主流话语发生了从"阶级性"向

---

① 关于此,谭佳有详细梳理,其大概面貌为"五四时期,胡适以'进化'为根本立场,将李贽、公安派等纳入了代表进步的白话文学史谱系;20世纪30年代以后,受马克思主义思想洗礼的容肇祖、嵇文甫等学者强调左派王学的反叛精神和进步性;20世纪40—70年代形成经典叙事模式,旨在强调李贽等晚明士人的阶级反抗和革命战斗精神;20世纪80年代以后的新启蒙叙事强调以李贽为代表的晚明士人所掀起的文艺思潮对人和社会的解放意义。这些叙述的共同点在于:强调晚明士人、思想异于传统和反叛传统的进步精神"。载氏著:《叙事的神话:晚明叙事的现代性话语建构》,中国社会科学出版社2009年版,第192页。
② 刘大杰:《中国文学发展史》下册,上海古籍出版社1982年版,第886页。

"主体性"的转变,但"支撑经典叙事模式的内在学理并没有得到真正突破"①。后续学人在继承前人研究事业的基础上,充分把握了"晚"字的精神内涵,即在时代精神感召下出场的"晚明"诗学,理应具备清晰而明确的价值判断,依照李泽厚的说法,"正统文学在这时本已不能代表文艺新声"②,与此同时,"这种充满人文精神的反传统的启蒙思想反映到文学领域,不只是体现在公安、竟陵几个派别中,也不仅仅是李贽、公安三袁、竟陵钟谭等几个领袖人物的理论主张,它是一种普遍的文学思潮"③。学人想来并不否认全局意义上的晚明诗学包括众多内容,特别是七子派,但相关研究却仍然舍全局而取部分,显然既不是误解,也不是误会,反倒有充分的考量。"晚明"孕育了新的时代精神和命题,彼时的文学流派及主张或顺应或偏离,顺应者为主流,自当表彰,至于偏离者则为末流,既不契合时代精神,又难逃没落的宿命,自然不在研究视域内。有论者指出:

  "晚明"是一个与现代学术体系相伴而生的历史表述,人们在建构这一宏观、整体性概念时,是从传统史学资源中汲取的话语形式("晚"),又删汰了这一历史表述形式所暗含的一治一乱、一兴一亡的朝代循环史观,并将一种"现代"意识和历史进化观念灌注其中,进而生发出一系列关乎中华文明整体性演进、变革的重大历史命题。④

但种种模式都只是一种笼统的宣言式昭告或者强制的机械式套用,落实

---

① 谭佳:《叙事的神话:晚明叙事的现代性话语建构》,中国社会科学出版社2009年版,第185页。
② 李泽厚:《美的历程》,生活·读书·新知三联书店2017年版,第176页。
③ 周荷初:《晚明小品与现代散文》,湖南人民出版社2004年版,第5页。
④ 赵强、王确:《何谓"晚明"? 对"晚明"概念及其相关问题的反思》,《求是学刊》2013年第6期。

到具体的专门研究中,总有需要细化、完善乃至存在曲为之讳处。尽管他们称这些异质因子是主流,"构成了明代中叶以来的文艺的真正基础"①,但如何处理那些落后成分仍是他们无法回避的问题。换言之,多元的历史发展脉络与单线的进化演进轨迹之间势必需要有所平衡。在他们的思维模式里实则已经给出了答案,依照进化论的视域,所谓"主流"代表着历史发展的根本方向,至于那些对立的、落后的成分,非但不能阻碍这一历史洪流,相反,要么在前进过程中被淘汰,要么主动接受进步因子,实现自我的改造更新,甚而有时候在时代主潮的裹挟下自觉响应。这些全都能够在我们的文学史中找到根据,譬如说"王世贞晚年定论",譬如说"真诗乃在民间",②此皆早有明示。今人更是发现了复古派主脑人物李梦阳与革新思潮间存在密切关联,并发挥了先导作用,③有学人更是直陈"李梦阳的文学思想,其主要的积极的部分与晚明文学思潮是相通的"④。与此相关,既然我们提炼出的是历史发展的根本趋势,所谓"主流"便不应是偶然、孤立事件,理当有一贯的演进历程,譬如李泽厚即认为:

> 这在当时是一股强大思潮和共同的时代倾向,它甚至可以或追溯或波及到先后数十年或百年左右。例如,比三袁早数十年的唐寅、茅坤、唐顺之、归有光这样一大批完全不同的著名作家,却同样体现了这种时代动向。⑤

---

① 李泽厚:《美的历程》,生活・读书・新知三联书店2017年版,第175页。
② 学人在使用这些说法时皆存在误读误解处,详可参李光摩《钱谦益"弇州晚年定论"考论》(《文学遗产》2010年第2期)、魏宏远《钱谦益"弇州晚年定论"发覆》(《上海交通大学学报[哲学社会科学版]》2013年第5期)、徐楠《明代格调派诗歌情感观再辨析——以考察该派对诗歌情感价值、限度的判断为中心》(《文学评论》2015年第3期)等文。
③ 详参章培恒:《李梦阳与晚明文学新思潮》,《安徽师大学报(哲学社会科学版)》1986年第3期。
④ 陈建华:《晚明文学的先驱——李梦阳》,《学术月刊》1986年第8期。
⑤ 李泽厚:《美的历程》,第178页。

这是向上溯源,又可向下寻迹:

> 这一倾向虽经随后的假古典主义的反对、斥责,但在从清初的金圣叹、李渔、石涛直到乾隆"盛世"的扬州八怪、袁枚等人的创作和理论中,却仍然不绝如缕地延续着。①

与此同调者尚有吴调公、许苏民等人。② 此处要特别提及一下李泽厚的研究。晚明文学有雅俗两条发展脉络,且各有专门研究,但在描述晚明诗学的进化发展脉络时,学人多是泛泛而谈,既显空疏,也遮蔽了诸多差异和分歧,倒是李泽厚予以了分别考察,并最终认定"小说、木刻等市民文艺表现的是日常世俗的现实主义;那么,在传统文艺这里,则主要表现为反抗伪古典主义的浪漫主义。下层的现实主义与上层的浪漫主义彼此渗透,相辅相成"③。结论或可商榷,这一区分显示着实必要,于完善逻辑的同时,也开阔了视野。

类似观点产生了深远影响,晚明诗学虽具多元面貌,但碍于陈见,在相当长的时间内未能开拓新境,后在特殊机缘下凸显了其长期遮蔽、未得彰显的部分,但随着逻辑的延展,诸多学人却重新建构了一套理论话语,驱使所有的洪流都汇聚到统一、明确的走向,即革新、现代云云。如此一来,虽有多元,实则一脉,在历史的演进过程中,"进化"才是最核心的主导力量。无论"新"还是"旧",终要展现为"新"的状态,也唯有"新",才是根本的要素。由此我们便能理解,为何学人虽不否认七子派之于晚明文

---

① 李泽厚:《华夏美学》,长江文艺出版社2019年版,第248页。
② 详参吴调公、王恺《自在 自娱 自新 自忏悔:晚明文人心态》(苏州大学出版社1998年版)、萧萐父、许苏民《明清启蒙学术流变》(人民出版社2013年版)二书中的相关章节。
③ 李泽厚:《美的历程》,生活·读书·新知三联书店2017年版,第175页。

坛的重要地位及影响,但晚明诗学研究始终以公安派、竟陵派为代表的革新思潮为主流,甚而有时候晚明诗学就是革新诗学,名实的逻辑错位并不影响事实认定。可以说,扣住"晚"字,明了晚明"出场"的背景及机制,我们方能理解相关研究的思维模式及呈现面貌。

晚明诗学的出场,造就了崭新格局,对"异质"的表彰固然是其核心内容,但拓展视角,其意义显然不止于此。作为历史时段,"晚明"无疑是客观存在的,过往历史中相关表述也从未忽略,但此前的历史叙事多呈现为连续、线性模式,作为历史发展进程某一环节的"晚明"并未获得突出强调与重视,其与前后时段之间的关联可纳入同一演进轨迹。但在今人视野中,连续遭打破,断裂被发现,"晚明"与前后时段间存在明显的异质色彩,过往的评价标准难以准确估量其价值,旧日的演进轨迹也不能束缚其手脚。由此造成了"狭义"晚明(作为话题)与"广义"晚明(作为时段)的区分,广义的晚明作为时段一直存在,"狭义"晚明的确立才代表着一种新范式的出现。在过往的视野中,"晚明"多是被轻视和批判的对象,此时则被辩白、正名,凸显其历史意义与价值。

但这种重新发现于开拓的同时,也滋生了不少流弊。其一,"晚明"既有广、狭二义,晚明诗学也应当具备两种形态。首先是一般历史意义上的,即相应晚明时段的诗学;其次还存在基于某种规定或限定的"晚明"诗学。前者只是就历史时段做"客观"描述;后者则是在特定理论参照下的特别观照,有其基本命题和理论内涵。在相当长的时间内,虽然现代研究视域下确立的晚明诗学研究占据主导,但另一种思路也同时并存。我们当下虽有丰富考察,却没有厘清二者间的差别,以致混为一谈、张冠李戴之事时有发生,这就不免造成认识和理解上的混乱。其二,即使我们意识到"晚明"系被塑造生成,也清楚它呈现出鲜明的阶段性特点,背后的理论支撑不同,表现形态也各异,但我们看到的只是有关七子派、公安派、竟陵派等诗学流派的评价以及晚明诗学演进轨迹的描述等,内容众说纷纭,研究旨趣不断得以确立与重塑,却未必清楚明白个中逻辑和机制。我们习焉不察,往往不加选择地随意引用一种,或者嫁接、拼凑几种,极有可能进一步加剧认识上的混乱。其三,也是最根本的,这一理论思路看似严谨周密,但以"革新"之名能否整合多元思潮仍存疑问,以"革新"这单一的所谓进步视角考察晚明诗学,亦难能周全。有历史学者指出,晚明的确在各个领域都出现了新因素、新趋向,"但其内涵或许只有脱离开'社会转型'的简单理路,似乎方可看得更为透彻"①,诗学研究或许也应有所思考。

第二节 周作人与晚明诗学研究范式的建构

得益于现代文艺领域的表彰与推动,以公安派、竟陵派为代表的晚明文学革新思潮正式走到台前,成为至今仍兴盛的学术研究热点与重点。寻根溯源,周作人起到了至关重要的作用,诚如论者所说:

> 真正让公安和竟陵派凸显美学魅力的是周作人。五四新文化运动以后,周作人经过自我反思和批判,赋予晚明散文以现代社会所追求的"审美解放"意义,完成了晚明叙事的美学话语转型。②

但由于周作人在晚明诗学研究方面未有专门投入,加之其标举晚明又有

---

① 刘晓东:《"晚明"与晚明史研究》,《学术研究》2014年第7期。
② 谭佳:《叙事的神话:晚明叙事的现代性话语建构》,中国社会科学出版社2009年版,第105页。

现实考量,①故而我们除强调周作人的首倡之功外,所论不超出鼓吹小品文以及此一主张引发的现实文学论争等层面。或许在论者看来,周作人的意义就是提出了一项命题或者形成了一种语境,这显然失之于简单了,至少他造就的联动效应远不止于此。

一、主张的误读

有关五四与晚明关系的确立,是周作人的重大发现,自 1926 年发端,以迄 1932 年在辅仁大学的演讲,日趋成熟。及至今日,"关于晚明文学思潮与五四新文学运动之间的精神联系及其差异,已不是什么新鲜话题"②,相关研究亦可谓丰富而深入,但仍有一定继续思考的空间。

周作人提出的"源流说"实则包含了两个层次的内容。一是对于公安派、竟陵派的重新发现,这不仅是指从历史的遮蔽处发掘他们的存在,更是指着力彰显他们身上的具有现代意义的革新、解放精神。二是对"晚明"与"五四"关联之揭示,从而证明现代新文学的孕育并非全然来自外来影响,实有本土历史渊源。两者结合,方构成完整逻辑。但我们在面对这一问题时,注意力基本被后者所吸引,即"五四"与"晚明"之间异同的辨析及关联程度的确认,更进一步便是梳理、提炼中国文学乃至中国社会的自主现代化脉络。至于周作人有关晚明的若干新发现,我们则少有细致考辨,或者说视为理所当然的结论予以认可。但相关判断在周作人之

---

① 学人通过对《中国新文学的源流》的系统考察,认识到该书"被众多'言外之意'环绕着、簇拥着,成为一个不堪重负的历史文本。从让新文学顺利进入历史,到回应革命文学的严峻挑战,有不少'言外之意'是周作人意识到,并故意透过历史叙述暗示、提醒给人们的"。参罗岗:《写史偏多言外意——从周作人〈中国新文学的源流〉看中国现代"文学"观念的建构》,《中国现代文学研究丛刊》1996 年第 3 期。
② 周荷初:《晚明小品与现代散文》,湖南人民出版社 2004 年版,第 64 页。

前未有清晰表述,他本人也不曾系统阐发,换言之,这是一个经由周作人首倡但未有明确论证的话题。时人对此并非完全没有"谨慎"态度,譬如陈子展即指出"我们要论公安竟陵的散文,还得起先对于有明一代的散文作一个鸟瞰,然后才可以窥见公安竟陵的真面目,真精神,他们是在怎样的情况之下产生出来,而且在文学史上尽了怎样的一种任务"①,总之不能轻易盲从。另有钱锺书在评论《中国新文学的源流》一书时,因其方法是"把本书全部地接受,而于其基本概念及事实上,加以商榷",自然难以避免对公安派、竟陵派的讨论,且评价并不算高。在他看来,"公安派的论据断无胡适先生那样的周密;而袁中郎许多矛盾的议论,周先生又不肯引出来"。②但除此以外,学人基本少有质疑,并予以了充分认可。假如有关"晚明"的界定不能成立,则相关逻辑无从展开,一应后续探讨也成了镜花水月。换言之,如何认识晚明文学的精神旨趣及时代特征,看似无关的闲笔,却系我们考察"晚明"与"五四"关系的要害所在。职是之故,相关研究的前提,甚至这一命题本身都有重新审视的必要。

回到源头处,学人曾对周作人为何提出"源流说"予以了充分考察,至于将源头溯及公安派、竟陵派的原因则少有关注。③ 新文学研究者主要关注"在场事件",故而所论多集中在这一事件的现实意义上。但于我们而言,相关结论随后被引入晚明诗学研究领域,成为重要命题,对此该有全

---

① 陈子展:《公安竟陵与小品文》,载陈望道编:《小品文和漫画》,上海书店1981年版,第125页。
② 中书君:《中国新文学的源流》,《新月》1932年第4卷第4期。
③ 陈子展称"我想怕是他做了这次新文学运动的元勋之一还不够,再想独霸文坛,只好杜撰一个什么'明末的新文学运动',把公安竟陵抬出来,做这次新文学运动的先驱。而在这次新文学运动的元勋人物里面,只有他晓得讲什么公安竟陵,无疑的这次新文学运动的第一把交椅要让给他老先生"(载氏著:《不要再上知堂老人的当》,《新语林》1934年第2期),但此说显然既充斥偏见,也不能解决疑问,倒是他指出的"只有他晓得讲什么公安竟陵",可见公安派、竟陵派彼时并无影响,周作人的着意标举当系出于个人特别考量的有意开创,理当深究。

景性的观照。我们更需要了解的不是周作人标举公安派、竟陵派意欲何为,或者说,我们要了解的不是潜台词或影响,而是这一命题如何造就。只有从源头处明白厘清相关问题,我们才能对其在专门研究领域的申论有所判断,故而从这被学人遗忘的话题处入手,或能让我们有一些新的思考。

虽是大力推举公安派、竟陵派的第一人,但在他们"相遇"之前,周作人已经形成相对成熟的文学主张,尤其是在散文方面。正如有学者指出的,"周作人首倡小品'美文'时,并未直接受到晚明小品的影响,而是取法英法的随笔"[①],黄开发更是认为:

> 周作人早年读过张岱《陶庵梦忆》、王思任《文饭小品》等越中乡贤的著作,以及金冬心、郑板桥的书画题记,这与他个人的散文创作及1920年代以后的新文学叙述有关,但难以找见与新文学发生的联系。这样,晚明的言志派文学就不会是新文学的真正源头。在我看来,新文学的源头反而更有可能是儒家的载道文学。[②]

就此来说,"晚明"的凸显更多是一种策略性的需要,无论我们如何强调"晚明"与"五四"间的关联,这一事实理应成为我们相关认识的前提。当然,仅凭这样一个结论并不能否认周作人对晚明存有认同,譬如有学人就认为"周作人之所以极力推举公安派为言志派文学的代表和现代散文的源流,很大原因正是公安派不顾一切的反叛精神,无视道统和文统的勇气,完全将小品当作充分表达自己的方式,都深契他的文学无用却反抗的

---

① 周荷初:《晚明小品与现代散文》,湖南人民出版社2004年版,第242页。
② 黄开发:《言志文学思潮研究》,人民文学出版社2021年版,第40页。

观念"①。看起来周作人标举公安派是因为彼此理念上的相通,他自己也有明确澄清,"公安派的文学历史观念确是我所佩服的,不过我的杜撰意见在未读三袁文集的时候已经有了"②,但在这"确认"里,我们却能读出一些别样的潜台词。彼此的文学历史观念虽有"类似",但周氏自述早具相关认识,并非受公安派影响,"不过"云云更显露出一种刻意保持距离的姿态。由此可见,二者的"共鸣"系出自一种"事后追认"。若进一步深究,更可以发现二者的联系不是必然地生成,而是刻意搜求的结果。众所周知,周作人是在五四落潮之后方才关注中国传统,试图证实"新文学在中国的土里原有他的根,只要着力培养,自然会长出新芽来,大家的努力决不白费"③,由此,公安派、竟陵派方有可能进入他的视线。但传统文学范围广泛,他最终将目光停留此处应有特别原因,除所谓主张的接近外,似乎境遇的相似更为关键。周作人曾屡屡强调明季的情况与彼时有很多相似处,其中最关键的莫过于:

> 民间也常有要求民主化的呼声,从五四以来已有多年,可是结果不大有什么,因为从外国来的影响根源不深,嚷过一场之后,不能生出上文所云革命的思想,反而不久礼教的潜势力活动起来,以前反对封建思想的勇士也变了相,逐渐现出太史公和都老爷的态度来,假借清议,利用名教,以立门户,争意气,与明季、清末的文人没有多大不同。这种情形是要不得的。现在须得有一种真正的思想革命,从中

---

① 蔡江珍:《在传统与现代之间:中国散文现代性理论与公安派小品文》,《文学评论》2007年第1期。
② 周作人:《中国新文学的源流序》,载《苦雨斋序跋文》,止庵校订,北京十月文艺出版社2011年版,第88页。
③ 周作人:《关于近代散文》,载《知堂乙酉文编》,止庵校订,北京十月文艺出版社2013年版,第64页。

国本身出发,清算封建思想,同时与世界趋势相应,建起民主思想来的那么一种运动。①

周作人以民主问题为例,说明西方传入的思想虽对中国社会存有巨大价值,但无论现实诉求多么强烈,却难以获得成效,一个根本原因即在于封建思想的强大,因此,可行的思路唯有借传统以反传统。新文学的命运也与此类似,"我说现今很像明末,虽然有些热心的文人学士听了要不高兴,其实是无可讳言的。我们且不谈那建夷、流寇、方镇、宦官以及饥荒等,只说八股和党社这两件事罢"②,于是他注意到了公安派、竟陵派。虽说他宣称"两次的主张和趋势,几乎都很相同"③,但更多强调的还是趋势或处境方面,依照他的说法,"公安派反抗正统派的复古运动,自然更引起我们的同感,但关系也至此为止"④。虽说他也肯定了公安派、竟陵派反对复古、对抗潮流的功绩,但给予他更大触动的恐怕还是昔人的不幸遭遇,就古时论:

> 公安派在明季是一种新文学运动,反抗当时复古赝古的文学潮流,这是确实无疑的事实,我们只须看后来古文家对于这派如何的深恶痛绝,历明清两朝至于民国现在还是咒骂不止,可以知道他们加于正统派文学的打击是如何的深而且大了。⑤

---

① 周作人:《道义之事功化》,载《知堂乙酉文编》,止庵校订,北京十月文艺出版社2011年版,第80页。
② 周作人:《关于命运》,载《苦茶随笔》,止庵校订,北京十月文艺出版社2011年版,第124页。
③ 周作人:《儿童文学小论 中国新文学的源流》,止庵校订,北京十月文艺出版社2011年版,第30页。
④ 周作人:《重刊袁中郎集序》,载《苦茶随笔》,止庵校订,第68页。
⑤ 同上书,第62页。

就现实看：

> 近来袁中郎又大为世诟病，有人以为还应读古文，中郎诚未足为文章典范，本来也并没有人提倡要做公安派文，但即使如此也胜于韩文，学袁为闲散的文士，学韩则为纵横的策士，文士不过发挥乱世之音而已，策士则能造成乱世之音者也。①

事业虽然正义，遭遇的却是误会、批判与否定，此处不免有"借他人酒杯，浇自己块垒"的强烈意味。对于周作人来说，他真正在意的不是一时一地的得失，而是新文学运动的整体兴衰，这构成了他所有思考的出发点，包括对公安派、竟陵派产生浓厚兴趣并大力提倡。他对于昔人及其作品的喜好以及彼我主张的相通固然都是事实，但更重要的恐怕是具有相通主张的一群人所遭受的种种境遇让他感同身受，他是"借古讽今"，既强调自身事业的正确和重要，也反映自身事业面临的扼制和倾轧，希望就此获得世人的理解、认同和支持（包括同情），避免走上昔日公安派、竟陵派一样的道路。

既然是策略，周作人对晚明种种便不见得会真心认同；也正因是策略，便可根据需要时做调整。他明确指出"中郎是明季的新文学运动的领袖，然而他的著作不见得样样都好，篇篇都好"②，就诗而论：

> 中郎的诗，据我这诗的门外汉看来，只是有消极的价值，即在他的反对七子的假古董处，虽然标举白乐天、苏东坡，即使不重模仿，与

---

① 周作人：《厂甸之二》，载《苦茶随笔》，止庵校订，北京十月文艺出版社2011年版，第31—32页。
② 周作人：《重刊袁中郎集序》，载《苦茶随笔》，止庵校订，第63页。

瓣香李杜也只百步之差,且那种五七言的玩意儿在那时候也已经做不出什么花样来了,中郎于此不能大有作为原是当然,他所能做的只是阻止更旧的,保持较新的而已。

至于散文:

中郎的成绩要好得多,我想他的游记最有新意,传序次之,《瓶史》与《觞政》二篇大约是顶被人骂为山林恶习之作,我却以为这很有中郎特色,最足以看出他的性情风趣。尺牍虽多妙语,但视苏黄终有间。[①]

一为完全否定,一为部分肯定,但这只是表象,背后的理念更值玩味。此时的周作人具有强烈的"进步"思想,他"觉得旧诗是没有新生命的"[②],对古代诗歌不屑一顾自在情理之中。就散文的评价只是相对僵化、濒死的旧诗来说"好得多",且为周作人欣赏的偏偏是昔人所厌弃的作品,个中是否有刻意对抗的意味且不论,至少他是以今律古,价值立场明显有偏向,更使其"肯定"大打折扣。钱理群即认为:

提起周作人的散文,人们很自然地要联想起晚明公安、竟陵派的散文。看来,人们是夸大了这种联系。……周作人的散文与明末公安、竟陵派散文之间存在着创作观念、创作精神上的共鸣与继承。但

[①] 周作人:《重刊袁中郎集序》,载《苦茶随笔》,止庵校订,北京十月文艺出版社2011年版,第64页。
[②] 周作人:《人境庐诗草》,载《秉烛谈》,止庵校订,北京十月文艺出版社2011年版,第44页。

如果超越了这个范围,将"共鸣与继承"扩大到艺术风格的范围,就会产生失误。①

据此来说,周作人对公安派具体创作的评价并不高,甚而在其看来,他们依旧秉持旧思想和旧趣味,从事的仍是腐朽、没落的事业,并不代表进步方向,无法也无力开拓新境界,他们的贡献只在于拒斥,所以称之为"消极的价值"。他高举公安派的旗帜,但肯定的只是部分理念,也不认同其实践,我们所以为的他对于公安派的高度表彰着实存疑。

作为一个起点,周作人其实并没有塑造或确立一个高不可及的典范,即没有就晚明的"现代"色彩予以实质上的充分确认。某署名为"主"者昔日评论《中国新文学的源流》时就指出,"周先生仅把公安派来代表文学的革命,这与胡适之作白话文学史把杜甫、白居易都拉到白话文学作家里来一样的见解,因为他们所宗的是什么,就把古来的作者当作什么了"②。作为一个策略性的口号,它潜藏着诸多误解与曲解,但现今却被全盘接收。从有利的一面说,它为我们提供了全新角度,带来了晚明诗学研究的长远发展。但从不利的一面论,种种"缺失"客观存在,且在流布过程中会有种种"变形",甚至进一步地扭曲。这些都会影响到对晚明诗学的客观认识及相关命题的展开。

随着"源流说"的流布,最突出的问题就是误会周作人的原意,盲目夸大"晚明"与"五四"之间的联系,过高认定"晚明"的现代性色彩,及其之于"五四"的实际影响,相关论调从彼此精神气质的相似一变而为"五四"对"晚明"的直接继承,历史的片段被捏合成连续的潮流。譬如魏紫铭昔日即称:

---

① 钱理群:《关于周作人散文艺术的断想——读书札记》,《江海学刊》1988年第3期。
② 周作人:《中国新文学的源流》"附录六",华东师范大学出版社1995年版,第95页。

> 从十五世纪（明孝宗弘治晚年）到十六世纪（明孝宗天启初年），中国文坛，曾经有过一次极其伟大的演变，厥后，这种势力虽然一度消失，可是直到清季，还在不绝如缕的潜伏着呢。迨及民国初年，她更爆炸起来，造成了等量齐观的新文学运动，来完结她的未了的夙愿。①

就此来说，今有人声称"随后的周作人，曾在1932年发表的《中国文学的源流》的讲演中，从文学观的具体性质出发，认为新文学受晚明'公安派'的文学思想影响颇多"②也就不足为怪了。既是源头，必有后续，但这可以是精神信念的感召、历史发展的必然，不见得是直接的作用。周作人虽有将古今作家及其创作进行比拟之举，但多属策略使然，他自始至终只强调古今的相似或暗合，不曾有"晚明"直接干预或介入"五四"的看法，且由于各种"缺陷"的存在，晚明也难以承担这一使命，越此而论的观点既是对周作人主张的误读，更是对历史发展的曲解。通过此类论断，我们或能明白何以专业领域的晚明研究始终不能脱离周作人模式。"晚明"既被视为"五四"的源头，便需具备种种"现代"因子，即我们往往是依据"五四"的需要来塑造"晚明"的面貌，且认定两者间的关系越是直接、紧密，则"晚明"的革新、解放色彩越加浓厚，如此一来辩证审视甚而调整视角便难有可能。

换言之，专业领域的晚明研究看似以丰硕的成果完善了周作人的命题，但他们实际上是在周作人的框架内，遵照他的思路予以深化，有今日的结果也在情理之中。周作人的巨大感召力和渗透性始终是我们一应研究的前提，这既是启发，也是约束，他以一种特殊但决定性的方式，影响甚

---

① 魏紫铭：《明清小品诗文研究》，《北强月刊》1935年第2卷第5期。
② 陈宝良：《晚明文化新论》，《江汉论坛》1990年第6期。

至规定了晚明诗学研究的基本方向。在其命题的影响下,我们所做的不是辨析题,即考察晚明诗学的特征,而是问答题,即论述晚明诗学革新特征的表现。譬如言及晚明,便瞩目公安派、竟陵派,论及公安派、竟陵派,则着力表彰革新、解放,少有其他视野或路径,并且在历史发展过程中这些论点与多种理论思潮及现实诉求相混合,形成一股更强大的合力,至今仍在发挥巨大影响。

二、命题的延伸

随着"源流说"的传播,"晚明"与"五四"的关系引发了旷日持久的探讨。20世纪30年代形成了一股讨论热潮,其后受制于政治、文化因素,直至20世纪80年代二者关系再度成为重要话题,相关情况周荷初曾有简单梳理。[①] 实则这里也蕴含两重话题:一是对"晚明"与"五四"之间的源流关系存有疑问,故而予以细致辨析;二是认同周作人提出的命题,并将其具体落实到近三百年的文学发展历程中。众多讨论都不可避免地涉及有关晚明性质的确认或辨析(两种思路的目标虽有不同,但前提是共通的,即具有现代因素之"晚明"的存在),并在相当程度上影响甚至规定了我们的研究格局,这可谓是周作人之于晚明诗学研究的意外收获。

及至当代社会,认同周作人的命题,肯定"晚明"与"五四"之间存在一定(甚至紧密)关联仍是主流论调,但这一"共识"的形成不仅是对历史传统的简单继承,更是时代主潮的必然要求。简单来说,首先,随着传统文化的复兴,不再一味趋新厌旧,反倒着力强调文学传统及遗产的现实意义与当代传承,故而有学人指出:

---

① 详参周荷初:《晚明小品与现代散文》,湖南人民出版社2004年版,第290—303页。

> 一个新时代的文化,不仅必然是对前一时代文化糟粕的扬弃与否定,同时必然是对前一时代文化精华的继承与发展。晚明文化作为民族文化心理结构的沉淀,在民族文化的长河中,潜移默化地影响着近代的新学与"五四"新文学,成为它们的民族文化的渊源。①

其次,则是在探讨中国社会的近代化问题时,学人对曾有深远影响的中国传统社会停滞论进行检讨与扬弃,日渐强调转型说,且其起点正是晚明,就文学领域来说:

> 中国古代文学向现代文学转换是在中国传统文化发生从量变到质变的过程中文学自身所作出的历史选择……这次转换是个曲折而漫长的过程,它并非同中国近代反帝反封建的政治斗争史齐步,而是随着明中叶后古代文化结构系统的调整而调整、变化而变化。②

周作人以"言志"与"载道"的交替演进来描述中国文学的发展显然失之于简单、粗疏,"他只勾画出一个比较简单的轮廓……他对这段思想解放与文学革新,以及二者相互间的关系,在论述中很少涉及"③。于是不断有人试图延续他的思考方式予以丰富,当然主体是落在了"晚明—五四"这一阶段,这本就是周作人的论述重心,也是他们认为存在密切联系、理应明晰呈现的一段历史。首先要提及的是任访秋,因为其系周氏亲传弟子。他原本认为"这次的新文学运动,我们无须来附会说是从公安来的,因为它显然是受着西方科学与民主的新思潮,以及西方的文艺论与

---

① 陈宝良:《晚明文化新论》,《江汉论坛》1990年第6期。
② 朱德发:《中国古代文学向现代文学转换的第一部曲》,《齐鲁学刊》1991年第3期。
③ 任访秋:《中国新文学渊源》,河南人民出版社1986年版,第3页。

创作的影响,而与晚明文学是绝无关系的"①,后却转变观念,步武周作人,试图探讨中国文学内在的发展动力,譬如其《中国小品文发展史》一书,可谓"源流说"的一个具体实践或印证,所谓"有明一代诗歌,竟无可述,在散文上居然能有着这么多的佳作,这追根溯源,你能说这不是当时的新文学运动之赐吗?"②至于具体的论述过程,无论是强调"越是思想解放的时代,它们就越发荣,但一到思想统一的时候,它就跟着枯萎了"③,还是循此认识,将小品文的盛衰起伏与时代的变迁联系起来,分"萌蘖期——由魏至隋(220—617)""中衰期——由唐至明中叶(618—1566)""大成期——由明中叶至清中叶(1567—1794)""凋悴期——由清中叶至民国初(1795—1919)""复兴期——现代(1920—1940)"五个阶段,④都与周作人的论调多有呼应。更要提及的当然是其效仿周作人,撰成的《中国新文学渊源》一书,"把晚明文化革新运动与五四文化革命运动,这三百年间的中国学术思想与中国文学的发展,联系起来进行考索",并自认比周作人讲得"要详细、要具体"。⑤ 但客观来说,他虽详细梳理了晚明至晚清、五四时期思想与文学的嬗变轨迹,并试图勾连前后发展线索,但所做工作仍不免简单、粗浅。近三百年的文学历程,由于强大的文学传统、共性的精神追求等因素的影响,必然存在不少看似趋同的观念主张和共性的创作实践,故而罗列事实、描述现象本非难事,关键在于依照何种理念、基于何种标准,从多元、繁复的文学史中筛选若干现象,并串联成线,换言之,相关研究要有整体观照和理论统领。任访秋未必没有这种意识,他也强调历史发展的必然,但凸显的不过是反封建云云之类模式化的说辞,我

---

① 任访秋:《袁中郎研究》,上海古籍出版社1983年版,第108页。
② 任访秋:《任访秋文集·未刊著作三种》(上),河南大学出版社2013年版,第80页。
③ 同上书,第7页。
④ 同上书,第8页。
⑤ 任访秋:《中国新文学渊源》,河南人民出版社1986年版,第3页。

们看到的仍只是一个个的点,而非具有规律性和必然性的线。

关爱和在其基础上有所发展,依他之见,晚明和清初(代)"由于学风、学术指向与文化性格的不同,构成了两者之间的巨大反差",各自孕育的文学思潮自然明显有异,"或以个体发展理想为基础,荡漾着浪漫激情;或以群体生存需求为基础,闪烁着理性之光",但外在形式尽管不同,却具备统一的内在精神,即"都蕴含着丰富的启蒙和反封建精神";因此,它们虽属于历史发展的不同阶段、展现出不同形式,却有着一致的走向,故而都具备"一种文化类型学的意义",并"形成了中国前近代期的两种思想原型,它给予鸦片战争之后中国近代文化与文学的发展以深刻的影响"。① 这一表述至少有两层推进:第一,是力图准确、深入把握各时段的思想、文化特征,避免简单、浮泛描述;第二,是他意识到从晚明到"五四"发展过程中的种种歧异、偏差,并从分歧中抽绎出了统一的发展脉络,保证了历史发展的一致性和延续性,实现了论述的全面与完善。

陈宝良持有与关爱和类似的看法,认为"新文学的文化渊源至少还有两点值得注意,一是从李贽、公安派开启的'言志派'文学,一是钱谦益、顾炎武、王夫之的'经世致用'的文学思想"②。表述虽有差别,大体意思趋同,他不唯揭示这一事实或现象,更试图说明此种延续或影响的背后机制,突出强调了这种发展轨迹的必然性。与此同调者甚多,在此思维方式的启示下,有学者开始着意于重新描述近现代文学史,譬如《近四百年中国文学思潮》,依照编者意见:

这里所说的"400年",并非严格意义上的四个世纪,而是泛指自

---

① 关爱和:《历史潮汐与文学回声——晚明至五四文学变动掠影》,《中州学刊》1993年第1期。
② 陈宝良:《晚明文化新论》,《江汉论坛》1990年第6期。

> 16世纪晚期（大致相当于明万历年间）至20世纪末叶这个时段里中国文学思潮的发展演变……近400年文学思潮的演进，尽管头绪纷繁，事象庞杂，总体上却构成了统一的流程，其实质便是中国文学由传统向现代的转变。①

此类探讨系对周作人命题的发展和丰富，但未必符合他本人的期待。众多研究已经发现，"周作人的《源流》并不能当作一部严肃的史学著作来看待"，"周作人《源流》褒'言志'、抑'载道'表面上看是在传达自己的文学观，实质则是通过一褒一抑达到捍卫新文学传统的目的"，②换言之，作为一种策略性的表述，重要的是"言外之意"。有学人以"轮回"模式界定周作人的文学史观，认定"周作人总是强调新文学与晚明文学根本精神相同，不顾两者根本精神不同的事实，也不顾及他本人对公安派、晚明文人的低调评价，这是因为轮回的情节模式在制约着他的叙事，晚明文学必须与新文学相同，才构成轮回的变迁"③，此论不免失之于苛。周作人确实有比照意味，但其核心旨趣在于解决现实问题，未必上升到所谓哲学高度。他非但不渴望轮回，反倒惧怕轮回，渴望超越轮回。据此来说，敷衍、铺陈个中脉络并非周作人本意。

周作人有明确的现实诉求，今人亦然，对"五四与晚明的关联性"这一命题采取不同的思考角度，进而获得不同的理解亦在情理之中。但基于现实关怀的不同，随着这一命题的展开，偏离周作人昔日设定的轨道，改变"源流说"基本面貌的情况也会屡屡发生。或许可以这么说，"源流说"

---

① 陈伯海主编：《近四百年中国文学思潮》，东方出版中心2007年版，第1页。
② 王瑜：《谁在写史？由〈中国现代文学研究丛刊〉几篇文章看周作人〈中国新文学的源流〉解读的"误区"》，《中国现代文学研究丛刊》2012年第6期。
③ 曾锋：《轮回对历史叙述的支配——〈中国新文学的源流〉及周作人论之一》，《鲁迅研究月刊》2003年第4期。

在流布过程中逐渐由"结论"转变为"方法",其意义和价值也随之丰富。对于20世纪80年代以来的学者来说,激烈的革新巨变以及随之引发的与传统的断裂亟须反思和检讨,重建二者的联系成了一时急务。故而对于他们来说,周作人提出的命题不仅是可贵的思路,更是有待践行的任务。或许是现实诉求过于急切,他们的"行动"积极而高效,却少了些冷静而必要的审视。他们面对的时代命题是重新审视传统与当下的关系,需要特别注意的是不可像过去那般肆意鄙弃传统并盲目割断古今联系,而这一切实有赖于对传统和当下的全面体认,进而总结、提炼历史经验与规律;但许多学者在具体操作环节往往矫枉过正,在未经全面、客观审视的情况下,汲汲于重建那久被忽视的联系,故而依赖的材料是碎片化的,采用的思考方式是主观性的,一应结论并不那么可靠。前已提及,周作人虽标举公安派,却未曾对其价值有充分审视,这一"缺漏"在新时期仍然未能补足,宣扬的依旧是一空洞口号,持续不断的填补、充实也始终停留在浅表。所谓重新审视当下与传统间的复杂联系,就应充分考虑各种可能性,而我们所做的似乎只是将周作人的逻辑完善、充实。从晚明至五四近三百年间的文学进程是否展示为统一的发展脉络?假使有统一路径又有何具体表现?是否存在其他可能?显然我们的思考远远不够。当缺乏根基与前提,却又要确认联系时,所得种种只可能是简单比附与浪漫想象。历史的束缚本就沉重,现实的情势又这般急迫,所谓"晚明"始终未得清晰展示。

从逻辑上讲,将两个相隔数百年的时代单列出来做类比本就显得不伦不类,因此,要证实此间联系,就必须能够呈现历史的合目的性,揭示出历史发展的潮流和趋势,这才是《中国新文学的源流》"言志""载道"双线交叉演进的目的所在。但今天的大量讨论显然忽略了这一背景,仅是从几个范畴入手,比较二者异同,即使有综合性的探讨,也只是套用反封建等空洞说辞（早期启蒙学说相对完善，但依然存有局限，详见后文讨论），将几个历史阶段并举，却未能解决周作人存有的"硬伤"。钱锺书昔日在批评周作人的文学演进模式时指出，"如此着眼，则民国的文学革命运动，溯流穷源，不仅止于公安竟陵二派；推而上之，则韩柳革初唐的命，欧梅革西昆的命，同是一条线下来的"①，这样一番质疑同样可以用在此处。而这似乎是当日就没有解决甚至没有意识到的问题，譬如郁达夫就称"由来诗文到了末路，每次革命的人，总以抒发性灵，归返自然为标语；唐之李杜元白，宋之欧苏黄陆，明之公安竟陵两派，清之袁蒋赵龚各人，都系沿这一派下来的"②。这些将一应现象全都纳入历史传统的做法，在确立合理性的同时也消解了独特性。按照我们今日的理解，晚明发生的一切虽不无传统色彩，但更是呈现出"异端"因子，故而问题的关键还是要落在对"晚明"性质的思考上。

"晚明"与"五四"的关系学人虽有众多探讨，但展示的多是趋势和倾向，实则其间充满复杂和曲折，这就意味着我们不能对所谓的"继承与发展"作太过草率、简单的理解，学人有关"源流说"的质疑或者说辩证也多半由此发端。譬如冯至强调，"新文学是继承和发展了中国进步文学的传统"与"受到西方文学的影响"这两种说法都有一定道理，理应结合考察，不能偏废，但结合具体的文学事实来说，这一平面化的理论总结有待细化，即"先有了西方文学的影响，新文学才能更好地继承和发展了中国文学的优良传统，而不是相反"③。换言之，就影响论，传统与西学皆发挥了作用，但二者的介入方式、程度及效果存在明显区别，不能一概而论。其

---

① 中书君：《评周作人的新文学源流》，《新月》1933年第4卷第4期。
② 郁达夫：《重印〈袁中郎全集〉序》，《人间世》1934年第7期。
③ 冯至：《新文学初期的继承与借鉴》，载《冯至学术论著自选集》，北京师范学院出版社1992年版，第218页。

后有学者对此表述得更为明确,譬如朱德发指出"晚明人文主义曙光没有照亮东方帝国的现代化征程;并表明中国古代文化、文学系统只靠本身的调整功能与转换机制难以完成由古典向现代转变的历史重任"①。观点自然是鲜明的,但何以如此立论到底缺了些翔实的说明,这便有赖就"晚明"与"五四"的差异做具体辨析。有学者在肯定"五四"新文学受到传统滋养的基础上,着力考察了彼此的本质差别:

> 晚明文学与五四文学之间的精神联系并不能取消二者之间的本质差异,它们不仅属于两个时代,更属于两种文化。从文化底蕴、人生价值和自由境界上都存在着传统与现代、生命与思想、个体与群体的不同形态与素质。简而言之,晚明文学在这两两对应的范畴中多表现为以前者为中心的单向选择,而五四文学则多表现为以综合两者为中心的双向选择。古代人与现代人、历史的局限与历史的恩惠之间的区别也正在这里。②

无论从理论还是历史层面看,这些意见都有一定道理,并能够帮助我们祛除某些误会,特别是有关"晚明"性质的认定。此类探讨虽非直接针对晚明而发,却细致辨析了表面相似主张背后的巨大分歧,等于从外部打开了一重缺口。

自周作人推举公安派、竟陵派以来,在一股浪漫主义精神的笼罩下,"对晚明文学与五四文学作了同源同质的理解"③,我们想当然地给晚明

---

① 朱德发:《中国文学:由古典走向现代》,《文学评论》1997年第5期。
② 张福贵、刘中树:《晚明文学与五四文学的时差与异质》,《中国社会科学》1996年第6期。
③ 同上。

贴上了思想启蒙、人性解放等诸多标签，却少有精细论证，遑论慎重反思。就效果而言，我们在强化了五四"现代"性质的同时，似对晚明的"传统"色彩选择性忽略，依旧奉行一贯论调，本为一体两面的结论，却采取了区别性对待，从逻辑上说是无论如何都讲不通的。可能的原因有二：一是我们有关晚明的"定论"过于强大，难以轻易更张；二是学人虽揭示了"晚明"与"五四"的差别，但多是就社会性质、文化思潮等宏观层面立论，执着于古和今的时代差别，尚缺乏足够的说服力。譬如有学人就强调，时代的总体差别确然存在，但旧时代的主潮下另有暗涛，展露出新时代的曙光，"从晚明到五四以前的三百来年里，这种个性主义，虽然一直没有占据过主流地位，也没有呈现完整的思想体系，但也从未消竭过"①；晚明士人的局限性也无可置疑，但忽略细节，就总体趋势而言，"（晚明与清初）两者都保持着强烈的社会和政治参与热情，其理论命题都蕴含着丰富的启蒙和反封建精神"②。换言之，这到底是根本性的本质差别还是细节性的程度不同，未能清楚辨析。其中的关键症结在于，我们在考察相关问题时，往往专注于情欲、公私等范畴，要么脱离时代语境，就其一般意涵作过度发挥，故而强调古今之同；要么强调时代差别，认定古今难以具备趋同理路，说到底这种宏大叙事也是脱离实际的一种表现。切实可行的做法应是回归历史语境，细致梳理并辨析相关范畴背后的时代语境、现实关切及核心旨趣，譬如沟口雄三有关明清之际公私问题的分析就是一个极好的示范。就此来说，上述论断虽动摇了"晚明"的根基，但尚缺乏细致的阐发。

---

① 王铁仙：《中国文学中的个性主义潮流——从晚明至"五四"》，《文艺理论研究》2001年第3期。
② 关爱和：《历史潮汐与文学回声——晚明至五四文学变动掠影》，《中州学刊》1993年第1期。

三、格局的塑造

虽因周作人的标举，公安派、竟陵派或晚明研究方才成为重要命题，但大家的目光多半停留在命题周边或衍生线索，对他与晚明诗学研究间的直接关联少有关注。概而论之，当有四端。

其一，周作人促成了关注并阅读公安派、竟陵派的风潮，改变了他们少有人知、多遭恶谥的局面。这一点时人多有提及，此不赘述。

其二，周作人本人虽在晚明诗学研究方面并无开拓，但他指导了两名研究生从事袁宏道研究，相关成果成为晚明诗学研究的重要收获。第一位即我们熟知的、上文也已提及的任维焜（笔名访秋）。他早在周作人观点"在社会上尚未引起关注"①的1931年就涉足公安派研究领域，先后发表《中郎师友考》等论文②。1935年，他考取北京大学研究生，更是在周作人的直接指导下，撰写毕业论文《袁中郎研究》。该论文于1936年暑期答辩通过，直至1983年，经其修改后，方由上海古籍出版社出版，公安派研究可谓任氏的终身事业。20世纪80年代以后，他的研究重点转移到中国近代文学研究领域，但旨趣仍在于"由近代上溯至晚明，探求'五四'文化革命的渊源"，所著《中国近代文学作家论》（河南人民出版社1984年版）、《中国新文学渊源》（河南人民出版社1986年版）二书"打通的不仅是先生自30年代即孜孜以求的明末与'五四'两段文学史，打通的还有古

---

① 黄仁生：《论公安派在现代文坛的多重回响》，《复旦学报（社会科学版）》2006年第6期。
② 继《中郎师友考》发表于《师大国学丛刊》第2期后，《公安派的文学主张》《中郎的小品文》《公安派与十八世纪英国浪漫派》刊发于《师大国学丛刊》第3期，《袁中郎评传》《中郎的思想》《中郎的诗》等文则因《师大国学丛刊》第4期缺少经费无法刊行，发表在了《师大月刊》1933年第2期"文史社会专号"上。这些文章写于任氏大二至大四时期。依照他的规划，上述论文可以成为单行本印行，书名为《袁中郎评传》，并已拟定好目次。详参《袁中郎评传》一文后记。

人、清儒、'五四'学者、唯物史观治学方法的壁垒"①。

另一位是魏际昌(字紫铭),有关他与周作人的渊源少有论及。魏氏早年先考入吉林大学教育系文学专业,后因抗战形势影响,吉林大学被迫解散,他转入北京大学中文系读书,并在此先后完成本科及硕士学业。其硕士学位论文系在胡适指导下完成,题为《桐城古文学派小史》,本科毕业论文则是《袁中郎评传》,得到了胡适与周作人的共同指导。据其自述:

> 我在本科第四学年开始之前(1934年秋)说明志趣,请求胡先生指导我的毕业论文。胡先生说:"……关于这一方面的知识,周启明(作人)先生比我多,周先生开过'近代散文'的课,可以去找找他,让我们两人共同来帮助你吧!"

周作人后答应了他的请求,但"很谦虚,只给我开了有关的参考书……并约略地指出诸重要篇目,有助于'评传'撰写的种种";九个多月后,他将写成的初稿"拿给胡先生看。胡先生看得很仔细",②并没有提及请周作人审查的情况,照此看来周作人起到的作用似只是提供参考书目及必要提点。但就魏氏发表的相关论文看,诸如"朱明诗文,载道者多,前后七了,人都此类,其能清新流丽超逸爽朗者,公安竟陵两派而已"之论,特别是"载道"之说,显系承袭周作人而来,其他如"与夫近世之新文学运动,又何莫非先生直接间接之流风乎"等,亦可见出周作人的影响。类似观点显然并非胡适立场,但魏氏却在文中刻意抹去了周作人的痕迹,极力凸显

---

① 关爱和:《从同适斋到不舍斋——任访秋先生的学术道路及其贡献》,《文学遗产》2010年第6期。
② 魏际昌:《胡适之先生逸事一束》,载中国人民政治协商会议河北省保定市委员会文史资料研究委员会编:《保定文史资料选辑》第6辑,内部印刷,第103—104页。

胡适的意义,称"民国初立,一切革新,初五之年,绩溪胡公首倡文学革命之义,论者怪之,以为前所未闻,其实胡公之八不主义……讵知非遵中郎先生之义以大而化之者乎?"①——其实,这也是周作人昔日论调。

其三,时人所谓关注、阅读晚明,或是兴趣使然,但兴趣往往成为研究的动力,故而亦是在周作人的影响下,以公安派、竟陵派为主的晚明诗学研究获得了极大推进。周作人身边的朋友与学生在阅读公安派、竟陵派诸人文集的过程中都有着或零星或系统的发现。前者如郁达夫通过细致阅读即意识到"然而矫枉过正,中郎时时也不免有过火之处,如他的《西湖纪游》里关于吴山的一条记事……这岂不是太如《明史》列传作者之所说:'以风雅自命'了么?"②类似有关中郎性格的质疑其时尚有不少,虽多是零散印象,未能形成系统判断,且其中尚有意气成分,③但多少意识到其人并非如周作人、林语堂描述的那般单纯。就现有研究来审视,不难发现他们的某些感觉颇有见地。后者如刘大杰撰有《袁中郎的诗文观》一文,将其文学主张总结为反对模拟、不拘格套、重性灵、重内容四条,④个中的不少观点已然成为今日学界的共识与常识。

随着《中国新文学源流》的出版和公安三袁以及竟陵钟、谭文集的翻印发行,与公安派、竟陵派相关的研究日渐兴盛,魏际昌《明代公安文坛主将袁中郎先生诗文论辑》(《北强月刊》1934年第1卷第6期)、《明清小品诗文研究》(《北强月刊》1935年第2卷第5期),张汝钊《袁中郎的佛学思

---

① 魏际昌:《明代公安文坛主将袁中郎先生诗文论辑》,《北强月刊》1934年第1卷第6期。
② 郁达夫:《重印〈袁中郎全集〉序》,《人间世》1934年第7期。
③ 譬如曹聚仁对袁宏道多有讥讽,称其"以陶渊明、潘岳自比",却无非沽名钓誉,"出卖高雅",又批评"中郎的出游,无有不高声叫卖,直叫令人头痛。纪游文非无佳构,那股酸味就够使文章减色了……袁中郎本非遁世之士,谈禅说佛妄作解人,可笑"(载氏著:《何必袁中郎:书刘大杰标点本〈袁中郎全集〉后》,《太白》1934年第1卷第4期)。一应批评虽有合理处,但难免因立场不同而有偏颇之辞。
④ 刘大杰:《袁中郎的诗文观》,《人间世》1935年第13期。

想》(《人间世》1935年第20期),府丙麟《公安竟陵派之文学》(《约翰声》1935年第46卷),李万璋《谈谈公安派的小品文》(《期刊[天津]》1935年第5期),吴奔星《袁中郎之文章及文学批评》(《师大月刊》1936年第30期)等论文先后问世。相关论文中时时提及知堂及其论断,在在见出他们所受周作人开创事业的启发,譬如吴奔星言道:

> 故林语堂一流人之提倡晚明小品,俾免汩没,固袁中郎之功人,而其使袁中郎受辱,又是罪人矣!我之研究袁中郎,虽不敢抱"功人"之妄想,但也不愿趋时顺俗,转入下流的幽默之漩涡。①

此系纠偏者。又如府丙麟言道:

> 公安竟陵二派文学之价值,不在其著作,而在其力倡文学革命之精神。周作人先生……其语殊当……三袁之反抗正统派复古运动,其识见,其魄力,皆是为今日新文学运动之楷式矣。②

此系发扬者。推而广之,论及明代文学,也多不超出周作人设定的框架,譬如郭麟阁称"魏晋义士,襟怀高迈,洒脱不羁,故其出来小品,抒情诗歌,率多言志之作,趣味盎然,魏晋以降,正统派又复得势。至明代公安竟陵出,言志派又大放异彩矣",又称"自来言明代文学者,多囿于传统,不曰归、宋,便曰何、李,若去此数子,明代无文学也。岂不知明代文学之所以重要,不在有前后七子,而在有公安竟陵之小文,与小说传奇也",③无

---

① 吴奔星:《袁中郎之文章及文学批评》,《师大月刊》1936年第30期。
② 府丙麟:《公安竟陵派之文学》,《约翰声》1935年第46卷。
③ 郭麟阁:《论明代文学》,《期待》1947年第1卷第2期。

论是思维模式、评价标准,还是具体观点,其论述均打上了鲜明的周氏烙印。

经由周作人的宣传、表彰,改变了明代文学的研究格局,并规定了相关判断。由于我们的关注点长期停留在时代论争方面,于此方面的成绩多有忽略,学人虽曾梳理相关文献,但仅是罗列题名,未有系统审查,以致其中的远见卓识未得彰显。综合来看,相关研究的价值表现在三个方面。一是接续周作人的话题,对三袁及钟、谭等人的生平交游,公安派、竟陵派的文学主张和诗文创作予以细致探讨,关乎此已有相对充分的学术史梳理,此不赘述。但要说明的是,在此过程中,周作人开创的命题也得到了丰富与推进,譬如朱维之也强调在公安派、竟陵派之前,"实际上揭出叛旗更早更鲜明的,倒是李卓吾",且他对卓吾的影响有更为全面的认识,即除了诗文外,还特别表现在小说戏曲批评方面,二者经由种种传承,都在五四后继续发挥影响。① 二是批评周作人的某些曲解(某些是他的观点流布后进一步产生的误解),并在一定程度上扭转和完善晚明诗学的研究路径。譬如曾广烈强调"袁中郎的诗确实是改革的拜古派的诗,他是向拜古派的示威(因为他这种诗完全是随意写的自我的诗);但是,我们不能因此便说他的诗是如何的好",具体来说,"既没有唐人的热情,又没有宋人的冷味,更没有元人的细腻柔媚,只是一股粗浮矜躁之气",即使是为人所赞许的小品文和尺牍,也不免"名士气味太多,有时使人难堪"。② 曾氏观点或许可商,其趣味不免古典,但这种客观的态度与细致的辨析难能可贵。再如周木斋,他也和阿英一样,认为在周作人的影响下,中郎虽获得了充分关注,却也在此过程中遮蔽了自己的本来面目。略有不同的是,他结合明代文学史,就相关细节予以了细致考察。譬如他指出,"在嘉靖时,对于

---

① 朱维之:《李卓吾与新文学》,《福建文化》1935 年第 3 卷第 18 期。
② 曾广烈:《谈袁中郎》,《文学生活》1936 年第 6 期。

李梦阳、何景明的复古,已经有人反抗了,如起初也学秦汉的王慎中……和他齐名的唐荆川,也响应他……又有归有光出来抗争",既然他们与中郎有共通的文学追求,则"中郎的反抗复古,总受些影响的,他在《叙姜陆二公同适稿》一文中,就推重归唐",①而在周作人的论述框架下,归、唐这些人无疑都属于对立面的"载道"派。除此以外,他还特别说明中郎的思想系儒释道三家综合所致,那么当日过于浪漫主义的言说便不免简单化。特别要提及的,也是成就最高的当数郭绍虞,他先后撰成《性灵说》(《燕京学报》1938年第23期)、《竟陵诗论》等文,探微抉隐,于明代诗学研究功莫大焉。他还特别指出,"近人每以公安与竟陵并称,而属之于小品文一类。实则公安与竟陵相同者,仅在反抗七子的一点。除此点外,公安、竟陵的作风并不相同。不仅作风不同,即其理论亦颇不一致"②。此论于时人的盲从论调大有廓清之效。三是随着公安派、竟陵派及晚明小品文研究的深入,带来了整个明代文学研究的推进,形成了不少高明论断。譬如吴奔星认为"有明一代,不特不能说是中国文学的衰微时期,而且在文学批评史上,它是一个相当重要的时期"③,其对明代文学成绩的肯定主要着眼于散文方面,这或受时人影响,稍嫌格局不够开阔,但已属难能可贵。至于其对明代文学批评价值的肯定,更可谓别具只眼。再如魏紫铭,则对明代文学演进大势有精要概述:

> 由于七子的返古模拟,而引起唐(伯虎)、徐(文长)的首竖叛旗。不过,两人只有创作,未见主张。迨至公安(三袁),方才有了极明确的口号——知文学变迁之迹,倡诗文清新之旨——然后其弊也肤浅。

---

① 周木斋:《袁中郎集》,《文学(上海1933)》1935年第4卷第4期。
② 郭绍虞:《竟陵诗论》,《学林》1941年第5期。
③ 吴奔星:《袁中郎之文章及文学批评》,《师大月刊》1936年第30期。

> 竟陵(钟谭)代兴,正以笃厚,但是幽峭冷僻,识者病之。于是归(震川)、唐(荆川)一出,而公安、竟陵两派文坛,只剩残兵偏将了。①

所论自有偏颇、疏略处,但就其大致言,正与今日格局相当,可谓先导。

不唯如此,类似影响还溢出了文学研究领域,嵇文甫就高度评价了周作人的发现,称:

> 从前讲明代文学史的,只注意一堆假古董……好像明代文人就没有一点性灵天才,就不会创造一点新东西。近来经周启明、俞平伯等提倡晚明文学,特别表章公安竟陵诸子,于是我们才恍然见到明中叶以后的文学界自有一种新潮流。

与此相呼应,他认为:

> 其实何止文学如此。明中叶以后,整个思想界走上一个新阶段,自由解放的色彩从各方面表现出来……道学界的王学左派和文学界的公安派、竟陵派,是同一时代精神的表现。②

这一观点随之又回流到文学研究领域,郭绍虞即称赞他"这话极是",并沿袭他的思路予以申述,"左派王学之中影响中郎思想最大者,又当推李卓吾。……中郎能不受卓吾的影响吗? 能不受卓吾大刀阔斧直往直来的影响吗? 王李之学,又如何牢笼得住!"③

---

① 魏紫铭:《明清小品诗文研究》,《北强月刊》1935年第2卷第5期。
② 嵇文甫:《左派王学》,上海三联书店2014年版,第2页。
③ 郭绍虞:《性灵说》,《燕京学报》1938年第23期。

其四,论及晚明诗学研究模式的确立,我们多谈及20世纪30年代左翼文人的影响,譬如嵇文甫和容肇祖,实则周作人就已提出了不少论断,并持续影响了我们的后续研究。其要有三:一是以李贽为源头,认为"明季的新文学发动于李卓吾",这一观点或受容肇祖影响,因为他"在《李卓吾评传》中也曾说及"①,如此一来,周作人与嵇文甫可谓互相影响,文学与思想彼此促进。二是与第一点相关,强调思想革命对文学革命的重要意义:

> 民初的新文学运动正是一样,他与礼教问题是密切相关的,形式上是文字文体的改革,但假如将其中的思想部分搁下不提,那么这运动便成了出了气的烧酒,只剩下新文艺腔,以供各派新八股之采用而已。②

具体到晚明,其思想资源首先是王学,"明朝因王阳明、李卓吾的影响,文学思想上又来了一次解放的风潮"③。此外还应注意禅宗的影响,"明代中间王学与禅宗得势之后,思想解放影响及于文艺"④。三是总结了古今一致的现代精神,即"不承认权威,疾虚妄,重情理,这也就是现代精神,现代新文学如无此精神也是不能生长的",到了现代更是"接受科学知识做帮助"⑤。后世所论不超出此,只不过对其内涵或指导思想的看法不一而已。

综上,不难发现周作人对于晚明诗学范式的建构产生了全面影响,不论是基本命题的提炼、核心思路的确定,还是相关话题的展开,始终都能发现他的身影。这样一个现象的昭示,有助于深化我们对周作人的认识。

---

① 周作人:《知堂乙酉文编》,止庵校订,北京十月文艺出版社2013年版,第64页。
② 同上。
③ 同上书,第56页。
④ 周作人:《苦茶庵笑话选序》,载《苦雨斋序跋文》,止庵校订,北京十月文艺出版社2011年版,第95页。
⑤ 周作人:《关于近代散文》,载《知堂乙酉文编》,止庵校订,第65页。

这既是指他在晚明方面的专门判断,还应包括对他本人思想形成及发展的理解;与此同时,更能指引我们的晚明诗学研究格局。依照前贤的看法,"晚明"是由传统向现代过渡的转型时代,但这一看法本身便是伴随现代化进程不断得以明晰和丰富的。职是之故,有关晚明的理解亟须打破现今的学科畛域,真正勾连起古代文学和现当代文学两大领域。所谓"真正"是指这不仅仅是部分概念的借用或者话题的套用,类似的所谓成功已然多矣!我们需要的是沉潜历史语境,深入剖析相关概念、命题的产生背景、基本内涵、演进历程,获得全局性和整体性的认识。

第二章 预设与实证：
"早期启蒙"学说的影响及反思

晚明诗学发展离不开特定文化学术环境的滋养,由思想史观照诗学史是我们的必然选择与必要手段。"早期启蒙"、资本主义萌芽、市民社会等学说构成了相关阐释的重要理论支撑,其中影响最大的莫过于"早期启蒙"学说,后两者皆与它紧密相关,在一般的论述框架中我们不难见到以下言论：

> 随着明朝晚年商品经济和资本主义萌芽的不断发展,作为日益壮大的新兴市民阶层意识之折射的阳明后学,也面临着新的重大转向,这就是以李贽、王夫之、顾炎武、黄宗羲、方以智、傅山等人为代表的中国早期启蒙思潮的勃兴。①

学人多半形成了以下共识或常识,即伴随社会经济的发展,特别是资本主义萌芽的出现,社会结构发生重要变化,一股新的力量即市民阶层开始出现和壮大,他们在辨识自我意义和追求自我权力的过程中,逐渐孕育新的思想观念,这便是早期启蒙思想。当早期启蒙思想取得足够影响后,又会

---

① 唐明邦主编：《中国近代启蒙思潮》,江西人民出版社1993年版,第13页。

反过来,"向中世纪封建社会的君主专制主义、蒙昧主义、禁欲主义、伦文意识和抑商思想等进行了猛烈的抨击,形成了一股前所未有的社会批判浪潮,中国人也由此而迈出了自觉走出中世纪的第一步"①。可以说,一切异质因素的孕育、演进,最终汇聚到"早期启蒙"处,整合成为系统学说,其各自的意义和价值也唯有在此背景参照下,方能得到系统全面的阐发。延及晚明诗学研究领域,便顺理成章地形成了"'王学—泰州学派(李贽)—公安竟陵—文艺解放'的知识谱系与经典化叙述模式"②,理论的介入实现了文学观照的重新解释,文学现象的呼应又强化了理论命题的合理属性,彼此协调,构成具有总体性的一般原则和规律。但此类观点虽言之凿凿,个中却充满疑问与混乱,有待审视并扬弃,本章首先对"早期启蒙"学说及其影响予以省察。

第一节 "中国早期启蒙"说与"中国近代启蒙"说

当我们郑重审视这一问题时,发现有关中国启蒙思潮(运动)起点的认识,存在两种不同的说法。有学者称"中国启蒙运动,从维新变法运动算起"③,有学者以为还可适当提前。譬如何干之就认为"鸦片战争是新旧中国的转变点","曾李的洋务运动、康梁的维新运动、辛亥反正的三民政策、'五四'时代的文化运动、国民革命时代及其以后的新社会科学运动等"构成了中国启蒙运动演进史。④ 此类看法具体细节或有差别,但皆是

---

① 唐明邦主编:《中国近代启蒙思潮》,江西人民出版社1993年版,第14页。
② 谭佳:《叙事的神话:晚明叙事的现代性话语建构》,中国社会科学出版社2009年版,第7—8页。
③ 姜义华:《理性缺位的启蒙》,上海三联书店2000年版,第1页。
④ 何干之:《近代中国启蒙运动史》,生活·读书·新知三联书店2012年版,第3页。

从中国近代社会论起。① 与此同时,另有学者认为早在16、17世纪之交的明清之际,中国社会就已孕育出具有现代性质的异端思想。这一观点滥觞于梁启超的"中国文艺复兴说",其称"'清代思潮'……对于宋明理学之一大反动,而以'复古'为其职志者也。其动机及其内容,皆与欧洲之'文艺复兴'绝相类",并以为"其启蒙期运动之代表人物,则顾炎武、胡渭、阎若璩也"②。梁启超开创的这一学说产生了较大影响,就20世纪30年代的情况来看,"梁启超这一思想遗产的继承者和发挥者,更多的是中国马克思主义者和赞成马克思主义的学者",譬如张岱年、范寿康、吕振羽等人。③ 至侯外庐明确指出"中国启蒙思想开始于十六七世纪之间"④,正式奠定此一学说⑤。此后经不少学者,特别是萧萐父(及其弟子)的努力,该学说论述更为完善、体系更为广博⑥,最终被发扬光大⑦。职是

---

① 当然,个中情况也颇为复杂,另有学人提议中国启蒙思潮的起点应当从五四时期算起。至于终点,或以为至五四运动后,或以为当延续至1949年以后。此外,由于"救亡压倒启蒙"之说的提出,对五四以降思想发展脉络的理解亦呈现较多争议。但从总体上说,这些学人皆是就现代语境来讨论启蒙问题,并无追溯至明清之际的想法,因而与赞同早期启蒙说的学者构成了本质区别。
② 梁启超:《清代学术概论》,江苏文艺出版社2007年版,第9页。
③ 李维武:《早期启蒙说的历史演变与萧萐父先生的思想贡献》,《武汉大学学报(人文科学版)》2010年第1期。
④ 侯外庐主编:《中国思想通史》第五卷《中国早期启蒙思想史》,人民出版社1956年版,第3页。
⑤ 侯外庐于抗战期间撰著的《中国近世思想学说史》一书(该书于1944年由重庆三友书店出版,1947年改名为《近代中国思想学说史》由上海生活书店再版)中创立是说。20世纪50年代中期,他又将其中从明末到鸦片战争前的部分单独修订成书,改名为《中国早期启蒙思想史》,列为其主编的《中国思想通史》的第五卷。
⑥ 唐明邦主编《中国近代启蒙思潮》(江西人民出版社1993年版)一书系在萧萐父指导下编成。该书"把中国近代启蒙思想研究的视野扩展到'从万历到五四'整个文化历程,把这一文化历程看作中国走出中世纪、迈向近代化的坎坷曲折的历史道路"(见前揭书第243页)。在萧萐父与其弟子许苏民合著的《明清启蒙学术流变》一书中,则将早期启蒙的孕育时间进一步追溯至16世纪30年代的明嘉靖时期,并认为"从明嘉靖初至清道光中的三个世纪……明清启蒙学术思潮正是这一历史时期思想文化的主流"(见前揭书第18页)。
⑦ 吴根友认为萧萐父"在继承、扬弃了梁启超、侯外庐以及钱穆、蒋维乔等人有关(转下页)

之故,在我们的思想史研究中,形成了"中国早期启蒙"与"中国近代启蒙"两套理论表述,并长期共存。相对来说,学人对"中国近代启蒙"的事实存在并无疑义,倒是对"中国早期启蒙"说颇有些暧昧不明,甚而其至今仍在孜孜争取自身的合法性。

一、"早期启蒙"说的确立依据

持"早期启蒙"说的学人对该理论十分信服,认为这是出自"对历史经验教训的反思和总结"①,并对我们认识中国近代社会的发展历程具有重要意义。在此说之外,学者一般认为,"中国人是在西方侵略者用大炮打开中国的大门,被迫向西方学习和接受新事物的。他们首先看到的是侵略者的坚船利炮,然后才接触新的政治制度和学说,从事变法维新和革命。这也正是启蒙思潮的开端,是逐步深入的"②,类似说法将中国现代化进程的开启归因于外部力量,明显有着"冲击—回应"模式的影子:

> 这一理论框架所依据的前提假设是:就19世纪的大部分情况而言,左右中国历史的最重要影响是与西方的对抗。这种提法又意味着另一假设,即在这段中国历史中,西方扮演着主动的(active)角色,

---

(接上页)明清学术与思想研究成果的基础上……坚持并深化了明清'早期启蒙说'。他在'启蒙哲学'的概念界定、阶段划分,中国'早期启蒙哲学'批判的对象及其历史进程的曲折性等多方面,都有超越前人的新论述,从而对明清之际'早期启蒙说'作了中国化的马克思主义哲学的规定……一方面更加明确、系统而又有说服力地证明,中国也有'哲学启蒙'运动,从而将明清学术、思想纳入了'世界历史'(马克思语)的思想、文化进程;另一方面又揭示了古老的中国在走向现代化的过程中所具有的自身的独特性与复杂性,从而丰富并深化了世界范围内'启蒙哲学'的内涵"。载氏著《萧萐父的"早期启蒙学说"及其当代意义》(《哲学研究》2010年第6期)一文。
① 唐明邦主编:《中国近代启蒙思潮》,江西人民出版社1993年版,第243页。
② 丁守和:《中国近代启蒙思潮》(上),社会科学文献出版社1999年版,第7—8页。

中国则扮演着远为消极的或者说回应的(reactive)角色。①

该学说在很长时期内是美国中国近代史研究的主流,并对中国学术界产生了重要影响,但在其流布过程中,相关反思乃至质疑也日益推进,特别是柯文,认为"冲击—回应取向,作为理解历史的指针,即使在理应最适用的情况下,也有许多局限性"②,因而他试图采取"以中国为中心的"思路来重新理解近代中国的历史。在柯文之后,持早期启蒙说的一些学人回应与践行了此一呼声,他们普遍认为:

> 从传统文化中绸缪化生出的早期启蒙文化,野火春风,衍生着现代化的新文化,这是一个自我发展又不断扬弃自身的历史过程。明清早期启蒙学术的萌动,作为中国传统文化转型的开端,作为中国式的现代价值理想的内在历史根芽,乃是传统与现代化的历史接合点。③

假使无视这一基本事实,便"割裂了早期启蒙思潮与近代启蒙(鸦片战争之后)之间的内在联系,以西方的近代化作为判断中国历史和启蒙历程的取舍标准,在否认明清之际出现早期启蒙思潮的同时,也否定了中国文化以及中国启蒙思想发展的内在延续性"④。

情感虽强烈,表态也郑重,但可能的疑问并未消除,他们仍需要回答"早期启蒙"是否存在以及如何存在。就这些问题而言,首先得了解其具

---

① 〔美〕柯文:《在中国发现历史:中国中心观在美国的兴起》,林同奇译,中华书局2002年版,第1页。
② 同上书,第8页。
③ 萧萐父、许苏民:《明清启蒙学术流变》,人民出版社2013年版,第18页。
④ 魏义霞:《平等与启蒙:从明清之际到五四运动》,中华书局2011年版,第200页。

体观点,这便涉及对早期启蒙思潮的孕育背景、基本性质和核心宗旨的认定。

有学人强调,"关于中国的启蒙思想(包括启蒙哲学)起于何时,应以其历史规定性为准则,才能确定",这一前提想来应无疑义。据他们考察,"自欧洲发生了文艺复兴和法国革命前的启蒙运动,启蒙思想与启蒙哲学便有了鲜明的时代意义和特定的历史含义,'即专指反对封建专制主义和宗教蒙昧主义的新兴资产阶级文化而言'"①。置入到中国语境中,"'启蒙哲学'的历史规定性就是:反对封建专制主义及其精神支柱程朱理学的新兴资产阶级哲学"②。个中关键首先落在了"资产阶级"上,启蒙运动应是资本主义兴起以后的产物系大家的共识。何干之据此认为:

> 在奴隶社会里,在封建社会里,奴隶们、农民们,是没有这样的福气的。他们受着奴主与地主的鞭挞,已上气接不了下气,所谓文化,与他们是无缘的。而且奴主、地主,也乐得他们愚蒙、迷信、盲从,在这样的社会中,是没有所谓启蒙。因此在奴隶社会或在封建社会,从来听不到有所谓启蒙,有所谓启蒙运动。③

所论稍欠严谨,但联系社会形态来考察思想文化的研究方法却是确定无疑的。遵循这一思路,有学者对明清之际的社会经济状况予以了审查,认为彼时:

> 社会经济虽然出现了资本主义萌芽,并也出现了市民阶层,但这

---

① 陈庆坤:《中国近代启蒙哲学》,吉林大学出版社1988年版,第4页。
② 同上书,第11页。
③ 何干之:《近代中国启蒙运动史》,生活·读书·新知三联书店2012年版,第1页。

种萌芽始终处于封建经济的附属地位,不但没有对超稳定的自给自足的自然经济起解体作用,反而是封建经济的一种必要补充,市民阶层也不过是古代工匠和商人的延续。在当时社会经济构架中占主导地位的,仍然是以小农业和家庭手工业相结合的生产结构。……社会的主要矛盾仍然是地主和农民的矛盾,市民阶层根本无法扩大自己的势力。①

故而并不具备孕育启蒙思想的可能。他们倒不否认彼时出现了一些异端思想,只是突破色彩并不充分,仍属于传统思想的自我批判。恰如有学人所说:

晚明和清初的许多思想家对封建专制主义有所批判,但着眼点仅是批判明代统治的流弊,还不是一般意义上的反封建。尽管他们批判的言辞相当激烈……这只是封建制度在儒家思想中的理想化,而不是超越儒家的新的理想社会。因此,在这一思潮中所经常使用的概念、范畴和命题,虽然根据时代的要求作出了自己的解释和说明,赋予了某些新的含义,但它与理学仍有相通之处,仍然属于地主阶级改革派的哲学意识形态。②

与此同调,先后出现了"中古异端说"(针对晚明)、"正统儒家说"(针对

---

① 陈庆坤:《中国近代启蒙哲学》,吉林大学出版社1988年版,第6页。
② 马涛:《走出中世纪的曙光:晚明清初救世启蒙思潮》,上海财经大学出版社2003年版,第1—2页。

顾、黄、王三大家)和"遵奉圣意说"(针对戴震的理学思想)①,无不对早期启蒙说提出了有力挑战。

　　针对上述思路,学人有两种应对,一是将对"启蒙"的理解泛化。譬如魏义霞,一方面她承认"现代意义上的启蒙对于中国来说是一个舶来品……寓意从黑暗走向光明",另一方面,她仔细梳理了中国文化语境中的"启蒙"话语,认为其原意是"开启童蒙……一开始就与去蔽、兴知相联系"。据此引申,她强调了启蒙与教育的紧密关联,"以至于到了近代,一个人开始读书识字或接受教育依然被称为启蒙或发蒙",由此认定"从这个意义上说,中国历来不缺少启蒙"。可能她也意识到此等阐释不无牵强,于是转而又强调,"中国还有另一种意义上的启蒙,即纠正蒙昧",由此得出结论,称"就广义的启蒙而言,一切从无知到有知、从知之甚少到知之较多乃至从错误之知到正确之知的运动都是启蒙……任何时期都需要启蒙,启蒙与人类的进步息息相关"。②

　　类似思路在处理思想史问题时颇为常见,但无论其前提还是推论步骤都存在一些缺陷。首先,enlightment 与启蒙的对应只是翻译时的便宜之举,二者并非截然对应。即使要做溯源工作,我们应当先明了 enlightment 的基本含义,进而去搜寻中国传统,看看有无与其类似的思想观念,彼此的同异如何。以"启蒙"翻译 enlightment 固然是看到了二者的关联,但毕竟不是一回事,以"启蒙"(在很多时候仅仅是"蒙")的内涵去与 en-

---

① 持"中古异端说"的学者认为晚明思潮只是我们民族在中世纪黑暗时期的一度觉醒,并不具有近代性的早期启蒙性质;"正统儒家说"源于海外新儒家,他们认为明清之际的顾炎武、黄宗羲、王夫之仍是正统儒家,其学说系对宋明理学的继承和完善;"遵奉圣意说"来自鲁迅,后经学者发挥,认为乾嘉学者的反理学是"遵奉圣意",并不具启蒙意义。详参许苏民:《晚霞,还是晨曦? 对"早期启蒙说"二种质疑的回应》,《江海学刊》2010年第3期。

② 魏义霞:《平等与启蒙:从明清之际到五四运动》,中华书局2011年版,第4页。

lightment 类比可谓鸡同鸭讲。其次,剥离一个概念的产生语境和问题意识作宽泛化解读,既不严谨,也不合理。作为广义的"启蒙",是个人通过理性不断去除枷锁、实现自我自由的过程,确实"任何时候都需要",并与"人类的进步息息相关",但既是人的基本状态和必然诉求,似乎也就没有了特意强调和表彰的必要。"启蒙"之所以成为现象和话题,显然是因为它超出了一般层面,取得了特别反响。这包括它孕育的特殊情境、针对的具体问题、获得的重大成果以及取得的广泛影响。总之,它不是一种自发的个体行为,而是涉及特定时代多数人的普遍诉求。作为日常和作为命题(事件、运动)的"启蒙"显然不是一回事,我们今天郑重标举且视为一种宝贵传统的"启蒙",显然就是指西方文艺复兴以来的一系列思想文化运动,不应随便泛化,否则反倒容易造成理解的混乱。若任由这种思路发酵,所谓的溯源很容易变成到处攀扯亲戚的主观活动,譬如有人就称中国的启蒙不仅可以追溯至明清之际,早在先秦时期就已有充分意识。①

另有一类学者尊重且强调启蒙的基本含义,但认为明清之际已然具备了相关要素。譬如侯外庐一早就指出:

> 十六世纪末以至十七世纪的中国思想家的观点,是中国社会经济发展特点和中国社会条件的反映,它不完全等同于西欧以至俄国的"资产者—启蒙者"的观点,然而,在相类似的历史发展情况之下,启蒙运动的思潮具有一般相似的规律。……中国十七世纪的情况是

---

① 杨泽波认为"如果说启蒙运动的核心特征是启动理性、远离宗教的话,先秦儒家以'借天为说'的方式处理道德根据与天的关系,既巧妙地解决了形上来源的问题,又很好地延续了先前'怨天''疑天'的传统,保持着相当强烈的理性精神,勇敢地从宗教背景中解脱出来,完成了早期的启蒙"。载氏著:《早期启蒙:中国文化的一个奇特现象》,《中州学刊》2019 年第 4 期。

不同于俄国的十九世纪的情况,但是启蒙思想的性质是共通的。①

这一观点得到了不少学者的认同和发挥,譬如:

> 几乎与西欧启蒙思想产生同时,在中国封建社会进入末世的时候也产生了早期启蒙思想。17世纪初期的明清之交,封建社会出现了严重的社会危机。资本主义生产方式的萌芽已经在封建生产关系的堤坝上打开了缺口,人民的反抗斗争正震撼着封建统治的大厦。……正是在这种历史条件下,产生了以李贽、方以智、黄宗羲、顾炎武、王夫之、戴震等为代表的早期启蒙思想家。②

不唯背景相似,论者对欧洲近代早期启蒙思想家和中国早期启蒙思想家的主张进行了比较,发现了诸多的内在一致性。譬如说他们都肯定人的个体性格(一是否定宗教神性,一是否定传统礼教的伦理意识),都肯定人的世俗欲望(一是反对教会的禁欲主义,一是反对道学家"存天理、灭人欲"的伦理说教),都批判蒙昧主义(一是针对经院哲学,一是针对宋明道学),都批判封建专制等级制度,都注重和发展科学技术,都积极肯定个人私利的合理性。③

通过这一确认,他们进而对世界范围内启蒙思潮发展,乃至人类历史走向予以了重新审视:

---

① 侯外庐主编:《中国思想通史》第五卷《中国早期启蒙思想史》,人民出版社1956年版,第26—27页。
② 彭平一:《启蒙思潮史话》,社会科学文献出版社2011年版,第1—2页。
③ 唐明邦主编:《中国近代启蒙思潮》,江西人民出版社1993年版,第14—16页。

从15—16世纪始,人类社会开始从国别的、区域的历史进入"世界历史"——在西方和东方文明内部都先后生长出现代经济和思想文化等"世界历史"的因素,并按照体现着这一总趋向的各自的特殊发展道路而走向对于人类普遍价值的认同。在中国,从明代嘉靖初至清道光二十年,即16世纪30年代至19世纪30年代,正是一个使古老文明汇入世界历史的特殊发展时期。它既体现着社会发展和人类心灵发展的一般规律,同时又因中国古代文明形成和发展的既往的特殊性而使从传统走向现代的社会发展和思想启蒙的道路具有格外"坎坷"的中国特色。[①]

如此一来,便在古今、中西的坐标中,为中国早期启蒙思想找到了合适位置。相较于前一思路,此举显然更具学理性和说服力。

二、"早期启蒙"说的尴尬身份

通过众多学人持续不断的努力,"早期启蒙"说可谓实现了理论自洽,确认了自己的意义及位置,但尴尬的是,尽管影响日益扩大,各种可能的质疑自其诞生之日起就一直如影随形。[②] 到了20世纪90年代,观点分歧更多,既有阵营内的式微论、逝去论、错误论,也有阵营外的启蒙外来说、文化保守主义和后现代主义,这些都对"早期启蒙说"产生巨大冲

---

① 萧萐父、许苏民:《明清启蒙学术流变》,人民出版社2013年版,第1—2页。
② 这里需要区别"早期启蒙"说的现实危机与历史质疑两个层面。所谓"现实危机"是指它面临式微的命运,这既因先天不足,更是受制于现实处境,至于其存在乃至影响是确定无疑的。详可参李维武《早期启蒙说的历史演变与萧萐父先生的思想贡献》(《武汉大学学报[人文科学版]》2010年第1期)、吴根友《萧萐父的"早期启蒙学说"及其当代意义》(《哲学研究》2010年第6期)二文。至于历史质疑则是对该理论自身的不认可。

击。① 进入21世纪以后,许苏民与邓晓芒还围绕这一话题进行了一场笔战,就相关争议话题作了充分总结与延伸。② 许苏民在回应有关早期启蒙说的质疑时指出,"判定明清之际思潮是否具有启蒙性质,不仅是一个理论思辨的问题,更主要的是要拿证据来。只有把严格的学理辨析与严谨的文献解读紧密结合起来,才能对明清之际主流思潮的性质作出比较准确的判断"③。这一思路自然可靠、可信,但其实际效果未必尽如人意,反倒横生更多枝节。

面对这一问题,为难处不在取证,实则各方都有充分的材料支撑,关键在于如何判定相关证据的性质及程度,不同的立场和视角很可能得出大相径庭的判断。说到底,类似话题并非呈现为非黑即白的逻辑方式,个中充满纠缠不清和暧昧不明,很难要求一个明确的说法。肯定早期启蒙说的学者可以认为"从明代嘉靖至崇祯十七年(16世纪30年代至1644年),古老的中国、烂熟的社会结构开始发生异动,中国传统社会开始其向现代化转型的早期阶段"④。反对者则认为,明清之际且不论,即使到了乾嘉时期"被称为资本主义萌芽的部分却有增无已,但仍旧是封建经济的附庸。……这个超稳定的、僵化的、凝固的社会形态,凭其自身的发展,何时才能进入资本主义社会,实在难于断定。任何主观拟断,都只能是算命先生的臆语"⑤。即使是在尊奉早期启蒙说的学者内部,分歧同样存在。譬如说当萧萐父、许苏民将清乾隆到道光三十年(1850)视为早期启蒙发

---

① 田云刚:《早期启蒙说的当代使命》,《中国哲学史》2015年第2期。
② 详参邓晓芒《20世纪中国启蒙的缺陷》(《史学月刊》2007年第9期)、《启蒙的进化》(《读书》2009年第6期),许苏民《为"启蒙"正名》(《读书》2008年第12期)、《晚霞,还是晨曦?对"早期启蒙说"三种质疑的回应》(《江海学刊》2010年第3期)等文。
③ 许苏民:《晚霞,还是晨曦?对"早期启蒙说"三种质疑的回应》,《江海学刊》2010年第3期。
④ 萧萐父、许苏民:《明清启蒙学术流变》,人民出版社2013年版,第21页。
⑤ 陈庆坤:《中国近代启蒙哲学》,吉林大学出版社1988年版,第10页。

展的第三阶段并予以高度表彰时,朱义禄则认为:

> 在持续达一个半世纪的专制主义的文化氛围中,在主要矛头针对知识分子的高压环境中,要对业已蔚为社会思潮的启蒙学说作进一步的发展是不能的。不可否认戴震(1724—1744)在文化史上的贡献……可以视为明清之际启蒙思潮的回响。但这毕竟只能搅起小小的微澜,像戴震那样有见识的思想家委实太少了。……乾嘉学派……在古代典籍的整理与考订方面是有功绩的,然而这一学派的学者的眼光是短浅的。他们囿于古籍而不知世道,蔽于文字而不晓人的个性;他们有对以往的众多疑问,独独缺乏对将来社会的追求。①

你有你的明确结论,我有我的细致剖析,似乎都有一定道理可言,个中是非,殊难论定。如此一来,所谓的举证很容易变成自说自话的游戏。

再多的证据,再多的交锋,似也难以从根本上解决问题,可能的结果只会是各自越发坚定一己的立场,顺势发展,极易造成偏狭的格局。早早地自我设限,一应讨论都要沿袭既定套路,必然只有量的累增而无质的突破。甚而很多时候,种种曲解、误解的产生,也与这种心态有关。我们可举一例予以说明。有学者认为"童心的具体内容有两个方面:一是指市民阶层的思想意识",因为"童心为'好察迩言'后所得的'本心'。'迩言'本为浅近之言,李贽则以劝人好货、好色、多积财富为'真迩言'……迩言即为童心之言,是同市民阶层的谋利牟私的本性相联系的"。② 此种解说值得慎重检讨。首先,正如论者已经意识到的,李贽标举"迩言",是要

---

① 朱义禄:《逝去的启蒙:明清之际启蒙学者的文化心态》,河南人民出版社1995年版,第317页。
② 同上书,第253页。

"反而求之,顿得此心"。迩言是认识"此心"的方式和媒介,跟"此心"并非一回事,并且他还郑重声明"然此好察迩言,原是要紧之事,亦原是最难之事。何者?能好察则得本心,然非实得本心者决必不能好察",因此,说"迩言即为童心之言"是简单化、庸俗化的理解。其次,李贽所谓的"迩言"确是指"如好货,如好色,如勤学,如进取,如多积金宝,如多买田宅为子孙谋,博求风水为儿孙福荫"之类,是所谓"凡世间一切治生产业等事",似乎不仅只是"市民阶层"的诉求。且李贽只是描述世人的真实想法,何来"劝人"之说?就李贽本人来说,他"所好察者,迩言也。而吾身之所履者,则不贪财也,不好色也,不居权势也,不患失得也"。他固然承认"趋利避害,人人同心",为的是从真切事实出发教化世人,反对在不了解基本情况、不具备同理心的情况下,强以道德说教为手段,如此不免自欺欺人,其结果必然是"其谁听之?"[①]就此来说,认为"童心说"反映了市民阶层的思想意识可谓莫名其妙。此类谬失与其说是能力问题,倒不如说是观念问题。当事先具有明确的立场和宗旨时,所谓的阐释不免由开放状态收缩到指定路径,极力渴望每一条材料都能为证实和强化自己的观点服务,或者说戴着有色眼镜去审视每一条材料,过于浓重的倾向和情感会在不经意间影响甚至扭曲论证的逻辑。这一思维模式的影响或者说弊端甚大,后随着早期启蒙思想被引入文学研究后,愈加流布深广。

对立双方尽管泾渭分明,但或许他们都没有差错,这正是当时社会性质的多元繁复所致。诚如王汎森所说,"必须注意晚明以来有很多思潮在竞争的,而且有起有落,我们应该把发展看成竞争的过程,在过程中有主旋律与次旋律一直在变换,这种起伏、竞争、扩充、萎缩等现象都值得深入

---

① 有关迩言的论述引自李贽:《答邓明府》,载《焚书 续焚书》,中华书局2009年版,第40—42页。

了解"①。即使是认可早期启蒙思潮的学者,也坦诚彼时思想文化状况的复杂,特别是思想启蒙的不彻底,譬如侯外庐即强调:

> 上面所讲的是从启蒙学者主观理想所表现出的共同的纯真态度来分析的,然而这不等于说他们中间客观上就没有代表某些集团的阶级倾向。相反地,他们是有着派别的。……王夫之虽然在哲学体系上是更进步的,傅山虽然敢在京师做平民运动,但他们的思想倾向却接近于代表城市中等阶级的反对派(不要误会为中小地主);颜元虽然在方法上是复古的,但他的思想倾向却接近于代表城市平民反对派。②

朱义禄更是认为:

> 明清之际的启蒙学者,不可能一下子跳出他们所处的时代。占统治地位的还是封建君主专制与传统的意识形态,新的社会力量与社会思潮还是比较薄弱的。……启蒙学者力图摆脱传统意识,但总显得那么拖泥带水,污渍斑斑。要想寻找出一个干干净净的启蒙思想家,那只是一种理想,决非历史的真实。③

假使我们不怀疑上述论断的合理性,那就意味着,过往历史本就呈现出多元面貌,对立各方都在一定程度上触及了部分事实,那便很容易引发一个

---

① 王汎森:《天才为何成群地来》,社会科学文献出版社2019年版,第212页。
② 侯外庐主编:《中国思想通史》第五卷《中国早期启蒙思想史》,人民出版社1956年版,第35—36页。
③ 朱义禄:《逝去的启蒙:明清之际启蒙学者的文化心态》,河南人民出版社1995年版,第335页。

疑问。即有关明清之际异端思想的描述,是否一定要假"启蒙"之名?仅仅强调当日多元脉络中的一端,是否会在凸显的同时造成遮蔽?包遵信就说"我对所谓'启蒙说'就一直表示怀疑",进而认为"对明清之际思潮的特点、性质和历史作用,似乎还有必要进行深入的探讨"。①

20世纪80年代,在多种因素推动下,形成了文化研究热,中心议题即"传统文化现代化",其中"有关明清之际是中国文化近代化开端的观点,如异军突起,引人注目"②。伴随此一话题的展开,有关中国封建社会晚期"社会转型"的问题引起众多关注,明代后期或曰晚明部分同样是重点关注对象。针对中国历史"停滞论"之说,有学者宣扬"发展论",认为"中国古代社会经历长期而艰难的跋涉,至明代后期(16世纪初叶至17世纪中叶)已经开始起步向近代社会转型"③。其中的典型成果当属万明主编《晚明社会变迁:问题与研究》(商务印书馆2005年版)及张显清主编《明代后期社会转型研究》二书。万著未曾标举"启蒙"二字,张著仅第七章题为"早期启蒙思潮的涌现",但无论其研究旨趣(强调中国社会自晚明开始启动自我转型),还是研究思路(遍及经济、政治、文化等各领域),都与早期启蒙的探讨如出一辙。从总体格局来看,早期启蒙思想发展引领和推动了"变迁"或"转型","转型"和"变迁"呼应和证实了早期启蒙思想发展,本就同属一体。就此来说,张著特意辟出专章,可谓多此一举。但两相比较,彼此不只是名目的不同。首先,不使用"早期启蒙"的名义,而标举"变迁"或者"转型",既相对契合和客观,也避免了可能的理论束缚和观念混淆,有利于探讨的深入和全面。其次,往日的举证之所以陷入泥淖,另有一个重要的缺陷在于仅是简单胪列一些事实,缺少对相关问题

---

① 包遵信:《晚霞与曙光:论明清之际的社会思潮》,《湖北社会科学》1988年第6期。
② 刘志琴:《晚明史论:重新认识末世衰变》,江西高校出版社2004年版,第160页。
③ 张显清主编:《明代后期社会转型研究》,中国社会科学出版社2008年版,第1页。

的深入考察,究其实仍只能算是一种理论层面的空谈,而强调"变迁"或"转型"的类似著作则深入社会结构各层面做系统、全面探究,更显说服力。

尽管如此,此类研究依然免不了要涉及定性问题,依然无法呈现唯一的或鲜明的答案,故而同样沿袭了早期启蒙说的流弊。我们并不否认晚明社会的多元景致,尤其是突破色彩,但这意味着我们应当具有多元视角和多重视域,细致寻绎其中的可能意义。过于强调某一因素,无论是"启蒙""转型"还是"变迁",都不免早早地贴上了"标签",专横霸道地强行往一种思路上靠拢,所谓的探究变成了搜寻或借助具体实例来证实既有结论,"主题先行"的嫌疑过于明显,阻碍了也拒绝了多元探讨的可能。挖掘新意,某种程度上变成了赋予新意,毕竟论证的最终目标和宗旨是明确的,展开方式和逻辑也是规定的,从正确的开始走向正确的结局,根本不会有歧出的可能。这样的思路本就让人存疑,更不必说在"靠拢"的过程中,时时需要依靠引申、比附等方式,弥漫着过度阐释、曲意迎合的色彩。这是我们必须慎重思量的问题,也是现有研究最大的缺失所在。

三、"早期启蒙"说的可疑影响

早期启蒙学说还面临着另一重疑问,即它的实际演进脉络,以及对后世启蒙思潮的影响。虽说不少学人倾向于认可明清之际孕育了一股新思潮,但有关它与近代启蒙思潮的关系,大家的认识存在分歧。

彭平一认为随着清王朝的建立,在封建专制统治的严重倾轧下,"随之而来的是启蒙思想的夭折。中国早期启蒙思想的'理性法庭'没有导致'理性王国'的建立,甚至它本身也被封建专制主义的文字狱'法庭'判处了死刑",基本认为早期启蒙思想已经胎死腹中,未能持续稳定向前发展;

其后,"西方殖民主义又破门而入。伴随着民族危机的深化,中国思想界面临着前所未有的大变局。一些敏感的知识分子……一方面继承了17世纪中国早期启蒙思想家的思想材料,另一方面又接受了伴随着殖民者入侵而涌入中国的西学思想,从而逐步形成了带有明显资本主义性质的近代启蒙思想"。① 综合考虑继承和吸收两方面的因素,看似融通,但所谓的"自我批判"由于历史因素的制约胎死腹中,再次重见天日并发挥影响也是建立在外部思想涌入的基础上,是在西学的参照下,通过回溯的方式予以确认,因此,它并非自足发展的有机力量。换言之,论者一方面承认两种启蒙形态的存在,并认可"早期启蒙"思潮对后世的影响;另一方面,则对"早期启蒙"思潮的命运表示莫大的遗憾,至其成效也未有系统的正面肯定,其所谓影响更多存在于象征层面。故而他在梳理中国启蒙思潮发展史时,从鸦片战争后开始,以为此时形成的思想"尽管没有形成完整的理论体系",但"开启了一代新的学风,并给后世以新的启示,成为近代启蒙思潮的萌芽"。②

有学者则认为,早期启蒙思潮的发展虽在清朝成立后遇到了极大阻力,但并未断绝,"随着乾嘉时期资本主义萌芽的复苏,戴震、汪中、焦循、章学诚、曹雪芹、李汝珍、袁枚、洪亮吉等一批早期启蒙思想的自觉承继者们,也试图奋力冲破清朝文化专制主义的束缚,积极推展王夫之等人所开创的启蒙业绩",虽说"他们的新思想也不过是乾嘉朴学这棵大树上所突出的几枝嫩芽",但毕竟好似一股涓涓细流,始终在前行,最终汇入到新时代的洪流中去,"把早期启蒙文化的种子传递到了狂飙突进的近代社会"。③ 另有些学者的态度要更为乐观,以为"从晚明到五四,历时三百多

---

① 彭平一:《启蒙思潮史话》,社会科学文献出版社2011年版,第2页。
② 同上书,第3页。
③ 唐明邦主编:《中国近代启蒙思潮》,江西人民出版社1993年版,第17—18页。

年,中国的启蒙思潮经过漫长而曲折的发展,就其思想脉络的承启贯通而言,确可视为一个同质的文化历程",如此来说,早期启蒙思想并非只是历史记忆或者理论遗产,自晚明以来,它就是一股自足的发展力量,不断推进,日渐壮大,至鸦片战争以后全面爆发,"中国走出中世纪、迈向现代化及其文化蜕变,是中国历史发展的产物;西学的传入起过引发的作用,但仅是外来的助因"。[1] 类似观点实则包含密切相关的两个层面,即启蒙的自足发展与现代化的自主实现,前者是后者的必备条件。但自足发展的提出,实则是早期启蒙研究的一项重大突破,同时也是对学人的重大挑战。既往学人固然承认在明清之际孕育了一股新生力量,也肯定其对后世造成了深远影响,但往往是强调某些人物的思想中出现了异质因子,或是发现特定时期涌现出了不少现代意识。此类新思想、新理论往往是片段的、零散的,既难有完整体系而言,也未呈现稳步演进轨迹,但如今一些学者却号称其中有着"同质的文化历程",便不是要论证早期启蒙思想的有无,而意在构建中国早期启蒙思想发展史的事实存在。

  类似想法不仅只是口号或宣言,部分学人已有积极践行,并渗透到晚明诗学研究领域。详加审视相关著述,可疑者颇多。其一,此类想法更加大胆,难度自然也大幅飙升。早期启蒙的发展或许有其内在要求和必然趋势,但我们不能仅仅满足于空谈意图,一切讨论必须落实到具体而微的复杂过程,譬如说彼此之间如何接受、衔接甚至超越,只怕不易落实。上面提及,有学人认为近代启蒙思潮的孕育系早期启蒙思潮长期演进的必然结果,但依据何在? 或认为明中叶以来的早期启蒙学术获得了近代学者的广泛认同,具体包括对早期启蒙者倡导科学的认同、对早期启蒙者的初步民主思想的认同、对早期启蒙学术中的新道德观的认同等等[2],甚而

---

[1] 萧萐父、许苏民:《明清启蒙学术流变》,人民出版社2013年版,第18页。
[2] 同上书,第15—18页。

"从鸦片战争到五四新文化运动,无论是洋务派、维新派、革命派,还是五四学者,都从不同的层面对早期启蒙学术表示过肯定,或直接将早期启蒙学者的思想视为自己的先驱"①,但这些只是皮相,未能深入肌理,并不能就此证明早期启蒙思想与近代启蒙思想之间的内在联系。所谓认同,可能是真心信服,也可能是策略使然,比如为了便于外来思想的理解和传播,借助传统资源作为接引,这在中国历史上可谓屡见不鲜。且即使奉作先驱,他们首要继承的也只是使命,不见得就是其主张。更何况,继承不同于延续,不能无视甚至抹平其间的断裂或缺口。在早期启蒙思潮演进过程中,前后主张存在诸多分歧和对抗,想要消除分歧将其纳入统一演进轨迹中着实不易!

其二,若是按照相关学人的描述,似乎中国历史进程就是按照计划图,在曲折中稳步有序推进,这一前提实在有违历史的客观发展规律,具体的论证过程无论多么完善精妙,也难以消除可能的疑问。王汎森指出:

> 所谓的延续显然不是简单的连续,现代人的"后见之明"每每把历史中一些顿挫、断裂、犹豫的痕迹抹除,使得思想的发展,看起来是一个单纯而平整的延续。各种以"origin"为题的思想史研究,很容易加深这种单纯延续的印象。另外,各种选编、各种资料集,也往往给人一种印象,以为特定议题是单纯的前后相连,这些文章原来分散在各种刊物、分刊于不同时间,但是在选编或资料集里往往去除了这种零散感。而且因为简单连续的感觉比较强大,人们每每忽略了前后几十年间,即使是相同的词汇或概念,其实质意涵已经有所不同。②

---

① 萧萐父、许苏民:《明清启蒙学术流变》,人民出版社2013年版,第15页。
② 王汎森:《启蒙是连续的吗? 从晚清到五四》,《近代史研究》2019年第5期。

此论恰可给我们足够警示。所谓的连续实则可以呈现为多种形态与方式,但很难持续不断、无缝对接,然而持早期启蒙学说者强调的正是这样一种状态。至于原因倒也不难理解,只有保证了纯粹的连续,才能证明发展的自足,症结还是落在了有关中国社会发展进程的探讨上。虽说他们都强调中国近代启蒙思潮的兴起是内外因相结合的产物,但无论是感情色彩还是论证倾向都落在了内因上,甚而会有这样的假设:

> 活跃在16、17世纪之际的社会思潮,预示晚明社会有可能成为孕育新社会的母胎,但是真正催生新社会的经济动因却先天不足……晚明社会毕竟开始跃动社会变革的曙光……如果没有新兴的清兵入关重整封建统治……明代缘此不是没有可能走出不同于以往,也不同于西方的道路,步入新的时代。……可以预测,中国的近代化可能提前到来,早期启蒙思潮给了这一信息。①

历史显然不能预测,也不必预测,但这种心态颇值思量。思想革命往往需要来自外部的刺激,欧洲的文艺复兴受惠于古希腊经典,启蒙运动在伏尔泰、孟德斯鸠等人的东方先进论思潮中渐次发动,西方思想史研究者并不想证明西方启蒙是"独立自主"的内生事件;而毫无疑问受到西方冲击才进入现代化的中国,为什么还要有这样的纠结呢?②

有关早期启蒙的探讨尚有不少可深入的空间,但这并非我们题旨所在,暂且收束。基于上述考察,我们应明确两点。第一,在思想史研究脉络中,存在两套启蒙话语,且各自内部尚有诸多分歧,迄今也无定论,使该论题呈现出多维且驳杂的局面。许苏民在接受访谈时指出:

---

① 刘志琴:《晚明史论:重新认识末世衰变》,江西高校出版社2004年版,第172—173页。
② 这一观点得益于对西方古典学有精深研究的我的同事——胡镓博士。

> 至于您说的何干之、丁守和从鸦片战争或洋务运动开始论述中国启蒙的生成,李泽厚、姜义华和邓晓芒等人从五四运动开始论述中国启蒙的生成,我以为未尝不可。每个人的学问都有自己比较专精的领域,也有自己不大熟悉的领域,我也是如此。能够贯通当然更好,但事实上人的精力总是有限的。讲到德国哲学,我也是战战兢兢,生怕说错了,说错了还要请晓芒指正。①

此观点极为通脱,但于开明的同时也留下了隐患。专门研究者有清晰的知识体系和理论脉络,能够在各自畛域中进行学理讨论,但对于大量受其影响的人来说,并不了解个中究竟,也很少细致研习,往往径直袭用一套成说以为研究参照,看似同在"启蒙"框架下探讨问题,实则各有论述话语,以致混乱、冲突不断。第二,在建构早期启蒙学说的过程中,其思维方式和操作手段存有"先天不足",流布之后更是平添不少流弊,诗学研究在参照该理论时也一并沿袭了相关缺失,于开拓文学研究的同时也导致了大量误解与曲解。凡此种种,皆需从源头上厘清头绪,正本清源,或者说,明了问题所在,并积极矫正,才是我们的改讲之方。

第二节 "早期启蒙"说与晚明诗学研究

及至今日,"早期启蒙"思想作为理论指导统摄晚明研究全局,文艺领域自不例外,将晚明诗学视为"早期启蒙"思想大潮中的重要组成部分已成常识与共识,由此造就了晚明诗学研究中的"早期启蒙"范式,其核心在

---

① 冯琳、彭传华:《关于早期启蒙说的相关问题——许苏民教授访谈录》,《江海学刊》2017年第1期。

于以"早期启蒙"思想中的某些论断来梳理晚明诗学发展轨迹、分析评价晚明诗学具体现象。这一范式经过长期的"操练"已然相当成熟,但必要的警醒与反思却有所欠缺。

一、启蒙诗学抑或诗学启蒙?

崇奉并遵循"早期启蒙"范式系晚明诗学研究中的常态,但除了个性、启蒙等高频语词外,学人多半语焉不详,以"早期启蒙"为指导的意识固然明确,必要的概念厘定与辨析似乎仍有缺位,以致这一"常识"或"前提"的根基实在算不得牢固。首要的,我们似乎应当有一个关于"启蒙诗学"与"诗学启蒙"的区分。就前者来说,明清之际已经形成较为成熟、完善的早期启蒙思潮,时人在其引领下自觉按照相关理念来进行创作。就后者来说,诸多领域显现特别因子,预兆一种新的风尚即将成熟,但此时还不曾汇聚成洪流;文艺创作亦然,其中表露的旨趣契合了早期启蒙思潮的主题,配合了这一思潮的推广及兴盛。如果说前者是主动自觉,后者则少了些明确的意识和积极的响应,只能算是一种暗合。如此划分似有刻意之嫌,其合理性甚至必要性让人生疑,因为这两种情形可谓我中有你、你中有我,并非泾渭分明,过于明确而单纯的立场并不可靠。此举看似无谓,但揭示出的迥异思维方式确然存在。况且相关学人高蹈激昂的论调清晰呈现出某种较为鲜明的单一化倾向,在在与"启蒙诗学"的内涵趋同。譬如有人称:

16世纪,是我国社会发展历史的一个重要阶段。这时,由于出现资本主义萌芽,社会各种矛盾交互上升,新和旧的冲突不断激化。特别由于启蒙运动思潮的兴起,重新确认人的价值观,从而否定过去束缚人们思想的许多封建传统观念,要求个性解放,精神自由。[1]

在此潮流裹挟下,文艺领域自然会有积极反应。就流派论,"从晚明来说,如果没有商业资本社会土壤的培育,如果没有十六七世纪的启蒙狂飙的喷薄,从而在社会风气上成为思潮,在文艺上成为流派,在文化嬗变上成为群体化的个体意识,公安与竟陵的形成,是不可能的"[2]。就个人说,"由于启蒙思潮对袁宏道的影响,所以不主故常、爱奇尚异、穷新极变的意识,在他的审美观中也居于主导地位"[3],甚至于"嘉靖万历之后的明小品代表作家,几乎都是在李贽人道主义启蒙学说影响下展示才华的,人道主义自然也就是这时小品文的思想灵魂"[4]。

一应论调可谓言之凿凿,但可能的质疑并不缺乏。譬如说启蒙诗学的相关表述多半呈现为"因某思潮必然出现某现象""某现象的产生必然归因于某思潮"等论断,不免简单而空洞。此种"无能"实则出于"无奈",无论主动抑或暗合,个中关联都难以明白确证。我们似乎从其时的文艺现象中找寻出了与早期启蒙思潮相匹配的元素,但这种"匹配"有赖于我们的界定与阐释,至于由一点而扩充至其他,揭示普遍倾向与规律,更有赖积极建构。譬如说,吴调公认为公安、竟陵系浸染启蒙思潮而形成,并有具体研析:

> 首先,从晚明文学的创作方法看,浪漫主义的独树一帜,是体现

---

[1] 李健章:《袁宏道的审美观及其游记艺术美》,载《炳烛集》,武汉大学出版社2012年版,第369页。
[2] 吴调公:《晚明文艺启蒙曙色中的双子星座——公安与竟陵个体意识比较》,《文学遗产》1991年第3期。
[3] 李健章:《袁宏道的审美观及其游记艺术美》,载《炳烛集》,第371页。
[4] 胡义成:《人道主义启蒙思潮的散文载体——论明代小品文的思想实质》,《湘潭师范学院学报(社会科学版)》1998年第4期。

启蒙思潮的一个重要特色……从晚明文学的生活题材看,市民性格的描写与文人性灵的坦率抒发,较之前代,都有了进一步发展……语言风格的生动活泼和格律的解放,是体现文艺启蒙思潮的又一特色。①

一连两个"体现",可见文学现象与思想观念的结缘,系两相对照、比较后求同的结果。据此,晚明诗学与早期启蒙思潮关联之确立,或者说晚明诗学早期启蒙性质之判定,系事后追认所得,是基于某种理论的历史追溯,所谓"本然"更多出自"应然"。李健章在总结其研究方法时称:

> 留心公安派的文艺思想和创作实践所表现出来的新特点、新趋向,进而根据这些新的特点和趋向,探索其历史根源和社会根源,与当时社会经济方面出现的资本主义萌芽和哲学思想方面兴起的早期启蒙思潮联系起来,从总体上进行观察、分析,希望尽量减少一些主观性和片面性。②

应该具有相当多的共通性。此举旨在重新审视传统,发掘其"现代价值",但我们往往得有一个"先入之见"作为指引,进而去"搜索"合适内容,否则为传统换上"新装"便成为难事。胡适昔日明白宣称,"我们在那时候所提出的新的文学史观,正是要给全国读文学史的人们戴上一副新的眼镜"③,没有这类颠覆之举,无法开出新局面。

回溯源头,"早期启蒙"理论的萌芽,就是一种不无刻意求同甚至比附

---

① 吴调公:《文艺启蒙的曙光——晚明文艺思潮鸟瞰》,《枣庄师专学报》1984年第1期。
② 李健章:《炳烛集》,武汉大学出版社2012年版,第450页。
③ 胡适:《胡适文集》(第1册),北京大学出版社2013年版,第115页。

的结果。譬如梁启超谓：

> 此等论调，由今日观之，固甚普通甚肤浅，然在二百六七十年前，则真极大胆之创论也。故顾炎武见之而叹，谓"三代之治可复"。而后此梁启超、谭嗣同辈倡民权共和之说，则将其书节钞印数万本，秘密散布，于晚清思想之骤变，极有力焉。①

"三代之治"与"民权共和"存在极大错位，彼此间应很难找到交集，但却有一种论调，三百年前可供复三代之治，三百年后又能为民权共和张目，这自然不是基于该理论阐释可能的丰富与多元，而系梁启超刻意"安排"使然。前后语境及指向大相径庭，却能在理论源头上获得统一，想来是为了加强"外来"思想的传播和接受，给它赋予本土标签，既能便于"理解"，也能照顾情感上的认同。若说此举乃是曲解或许过于苛刻，称之为"调适"想来恰切，即在历史和当下间都做些调整，尽量使其对应。

这一手段或许有效，但我们对其缺陷应有充分认识。有学人指出：

> 梁启超以欧洲启蒙思想家的学说来与中国启蒙先行者的思考相比较，显然此时还囿于本土民本传统的经学影响，因而难免有夸张之嫌，因为在中国的经学启蒙与欧洲启蒙运动之间，两者的相似性是表面的，而忽略了彼此在对人的自由认识上的深层差异。②

要论证两个不同事物间存在本质性的相似或联系，应有充分的支撑材料

---

① 梁启超：《清代学术概论》，江苏文艺出版社 2007 年版，第 22 页。
② 郝明工：《从经学启蒙到文学启蒙：现代文学思潮的中国生成》，中国社会科学出版社 2013 年版，第 41 页。

和严谨的逻辑关联,仅凭一些抽象概念的相似或比附所得的结论显然无法令人信服,更不必说诸多概念的内涵和外延本就不够坚实和清晰。但我们似乎对这一"比附"深信不疑,并全情投入,极力证实我之"启蒙"具有彼之启蒙所涉的一切条件,不免过于盲目。

一应结论出自"事后追认"而非"理所当然",这着实让人有些灰心。尽管无奈,却系必然。一种新现象当其孕育之时,虽显露出"特异",却未必足够明晰,时人也难有明确界定,甚而身处其中不自知,须待其发展充分,经全面确认和总结方能获得新名义。面对明清之际的"异质"因子,原有的理论资源显然难以应对,新观点、新视角的引入实属必需,至于具体思路,也不可避免是前后比较、对照。此举有助于建立有效的解释机制,超越传统思维,发掘出酝酿发展中的现代价值,但我们需谨记此乃"策略"使然,且先天存在不足。

第一,新方法与新理论的引入,必然带来对旧现象的新认识,催生种种花样翻新的理论观点,这种局面看似热闹,却未必有助于理解的推进,甚而带来困扰。谭佳指出,"不同时期、不同言说者受话语机制影响,表述出历史属性与意义不一的'晚明'","'晚明叙事'历时性形成一套阐释晚明文艺思潮的主导话语",与此相伴随的一个问题是"从'五四'时期至当下,对具有'解放革新'精神的晚明应该如何冠名,成为各持己见的问题。……或称之为文艺复兴运动,或称为启蒙运动,或称之浪漫主义思潮,或认为是从超现实主义到现实主义思潮,甚至称为自然主义等"[①]。名目繁多,固然是由于现象的复杂,但和我们的操作方式也有关联。"追认"有赖预先确定立场,但采用何种立场,往往与一时的政治文化形势、个人的偏好诉求有极大关联,故从源头处就注定了多歧面貌的出现。一旦

---

① 谭佳:《现代性影响下"晚明叙事"的矛盾与修饰策略》,《中外文化与文论》2009年第1期。

宗旨确立，早期启蒙思潮得以确立过程中存在的一应问题在此轮番上演。我们的所谓考察往往是按图索骥，寻找符合预期的材料，因是有目的的"筛选"，故视野不免狭隘，对晚明文艺现象的全面考察向来阙如；且此种过程往往排他性较强，一旦确立了某种立场，便坚信不疑，假使遇到了新材料，与其一致的自不必说，若有歧异，抑或是回避，抑或是以曲折迂回的方式纳入既定的论述框架中。有关晚明的多种言说即是明证。

多元的背后实则就是多歧，上述几种模式虽有共同趋向，矛盾甚至对立处也明显存在。刻意求同实属奢望，极力彰显"异"之面向则更具深意，即通过多元探讨充分展现问题的复杂性，大家在此基础上综合考量，超越单一立场，对这一问题获得总体把握。但上述诸家显然不作此等设想，确立自我观点的一尊地位才是他们的宗旨，如此不免令人无所适从，既然各有道理，似亦不能轻易偏向一端。恰如包遵信指出的，"抽象地说'经世致用'是或者不是启蒙思想，都难免失之武断……把'经世致用'和'启蒙思潮'等同起来，是缺少根据的"①，此结论或可商榷，但这一警醒本身不无道理。赋予一种新"名义"本是为了解释的方便，但"名""实"到底有别，"命名"在赋予确定性的同时，也会将解释导向单一框架，遮蔽了其他的可能性。多歧固然令人烦恼，却也不能以清晰之名消解多元。

第二，面对明清之际的特异现象，"早期启蒙"抑或其他类似言说虽有解释效力，却不宜视为根本宗旨或唯一准则，文艺领域尤其如此。按照不少学人的逻辑，在启蒙思潮的感召下产生了启蒙诗学，虽说文艺固然深受时代风气影响，难逃社会发展大势，但它毕竟不是所谓社会存在的简单、机械图写，这也正是其魅力和深刻所在。加之悠久的历史传统和独特的艺术规律，使文艺具有了相当程度的自足性。就一时文人来说，也显然不

---

① 包遵信：《晚霞与曙光：论明清之际的社会思潮》，《湖北社会科学》1988年第6期。

会极端地依凭某一观念来安顿人生,他们还具备作为文人的情趣和旨趣,这就决定了所谓影响不会也不可能构成他们的全部。公安派的理论主张及文学创作受阳明学影响或许不假,但要将他们的智慧全都系于阳明处,却不免将其视野狭隘化了。说到底,他们是文学之士,处理文学问题时自会有其作为专业人士的专业考量,断不至于自觉归属某一思想,进而仅凭此来改造自我的文学观念。文学问题毕竟不等于思想问题,不可以将二者简单混同。二者也并非简单对接,思想观念需要经转换才能成为文学命题和文学行动,其中涉及创作理念、创作主题、创作风格、创作手法等一系列问题,绝非如一些理论判断理解的那般想当然。

二、彰显新意还是强赋新词?

以新概念考量旧话题是无可奈何地不得不然,但需注意"度"的把握,着力克服可能产生的主观臆断,即我们在回溯过程中应防止一己情绪投射过多,以致盲目攀扯。寻找相似之处总是容易的,但偶尔的"似"不一定构成必然的"同";而且既是追溯源头,萌芽期的理论多半不全面、不丰富,我们虽承认彼此的同源关系,却不可过于乐观,高估其成熟程度。"早期启蒙"范式是建立在"晚明"的重新发现或者说事后追认的基础上,在此过程中屡有出位之举,学人多有反思。郝庆军直言"晚明在30年代中国的复活,是一个非常典型的知识建构和话语建构的行为"[①]。公安派的"重新"发现首先应归功于周作人、林语堂等人,但在这"源头"处,却存在不少曲解和误解,"林语堂的做法,是标榜古人,张大其说,根据宣传幽默

---

① 郝庆军:《两个"晚明"在现代中国的复活》,《中国现代文学研究丛刊》2007年第6期。

小品文的某种需要,有重点地加以利用"①。出于特定情境下的现实诉求,"早期启蒙"与晚明诗学的联姻多存故意"曲解"或者说有意建构。自此以降,因建设当代文论之需,晚明的"再阐释"成为常态,此举固然有其现实意义,但相关结论后被大量引入晚明研究中,成为我们对晚明的基本界定,"策略"变成"常识",便不免滋生流弊。

具体到对诗学所具有的启蒙特色之界定,或谓"中国早期的文学启蒙,紧紧围绕人的自由、人的思想解放问题,走着一条艰难曲折的道路"②,与此同调者甚多。学人揭示出的不少现象的确见出不同于传统的崭新因子,也可纳入"启蒙"的论述框架,就其内容来说,不超出"早期启蒙—资本主义萌芽—市民社会"的基本体系,就方式来说,同样沿袭通过举证来确认之法,自然也就难以避免因定性而导致的纠缠与分歧。譬如说关于商人的话题,我们对明后期商人地位的提升以及士商关系的变革大为褒奖,但汪荣祖却提醒说,"明清商人并不想永远做商人,不是靠捐纳入仕,就是如何经由子侄科考使家族转为士人。换言之,商人在下意识里根本瞧不起自己的商人地位,所以想要转换社会角色"③。再如情欲。情的突破、欲的肯定,是晚明文学"启蒙"特质的突出表现,"这种对人的本能欲望的追求,顺应了当时反对理学禁锢、追求个性解放的社会思潮……包括有些作品对于肉欲的赤裸裸的自然主义描写,却闪烁着一种前所未有的启蒙精神"④,但有学者通过对"三言二拍"的分析指出,其中存在的

---

① 李健章:《30年代关于公安派问题的宣传和论争》,载《炳烛集》,武汉大学出版社2012年版,第421页。
② 王忠阁:《关于中国早期文学启蒙的断想》,《信阳师范学院学报(哲学社会科学版)》1989年第1期。
③ 汪荣祖:《明清史丛说》,广西师范大学出版社2013年版,第239页。
④ 王忠阁:《关于中国早期文学启蒙的断想》,《信阳师范学院学报(哲学社会科学版)》1989年第1期。

大量性描写虽是"对禁欲主义的道德观的长期横行造成的一种病态社会现象的反思与批判",但"矫枉过正……反映了发迹了的城市工商业者严重畸变的性爱意识,反映了作者似乎病态的审美情趣",从根本上讲"以纵欲主义来反对禁欲主义最终还是陷入历史的误区"①,将提倡情欲等同于高扬人性、鼓吹自由显然失之于简单。表现形态多元,形成因素繁复,是晚明文艺现象的突出特征,理应客观审视、详细梳理,假现代意识之名,任凭浪漫情绪驰骋,不免失之于偏颇与绝对。

一应论调多从文学之外着眼,又或者紧扣文学问题发声,但因从属于同一研究范式,无论思维方式抑或结论主张必然高度同步。前已提及,由于事先确定立场,过于强烈的主观情感会影响甚至扭曲论证逻辑,从思想史研究转入文学研究,问题愈加凸显。综合来说,其弊有三。

其一,妄断,即没有充分理由就凭借主观立场做出结论。譬如有人称"李贽的'童心',就是与传统的社会理性相对立的个体感性之心。这种'童心',实际上就是市民之心,反映的是市民阶层的思想意识"②。但关乎此论论者没有任何的必要说明,以"实际上……"为名,强行做出判断,缺乏必要的说服力,让人困惑。

其二,泛化,即在解读文献时脱离语境,过度引申。譬如有论者对袁宏道"不拘格套,独抒性灵"之说有所诠解,认为:

> "性灵"是具有反封建意义的个性。"格套"则为从内容到形式的一切清规戒律,传统的各种习惯见解,主要的是儒家的传统教条。

---

① 范立舟:《"三言二拍"中的市民意识与传统道德观念》,《湘潭大学社会科学学报》2003年第2期。
② 马涛:《走出中世纪的曙光:晚明清初救世启蒙思潮》,上海财经大学出版社2003年版,第148页。

> "独抒性灵,不拘格套",是要打破各种陈规,无拘束地表现自己的思想个性与艺术个性……他所倡导的个性,有着市民阶层的气息。①

袁宏道标举此说确实意在打破外在束缚,自由表达个人情性。但我们理当注意,这一观点的提出有其语境,即七子派诗学主张流布产生了因袭模拟之弊,中郎此论有具体所指。论者却无视这一基本事实,脱离语境,将对因袭模拟的批评导向思想批判层面,似乎于史无征。当然,论者也有自己的说辞:

> 不能把他说的"不拘格套"仅仅局囿于审美的领域里,"不拘格套"本来就是袁宏道处世哲理的组成部分……从袁宏道希求的人生真乐来看,是同封建社会传统生活规范决裂、径情直遂、自由自在的乐趣。既无外在的社会规范的束缚,又无内在的精神教条的制约。只求个人的自然情性去生活,亦即顺从自己的个性去生活。他把自身处世哲理中的"不拘格套",化为文艺创作中"不拘格套",从而与"性灵"的独抒有机地结合在一起。这是有着个性解放的市民阶层色彩的新的审美情趣与生活理想,又是与市民阶层的重利轻义价值观相关的。②

"不拘格套"作为袁宏道提出的重要文学命题,自然与其生活态度、人生理想有密切关联,在一定程度上做必要联想和引申未尝不可。但该命题毕竟是在文学领域提出,且有其专门语境,阐释过程中的所有引申都应当尊

---

① 朱义禄:《逝去的启蒙:明清之际启蒙学者的文化心态》,河南人民出版社1995年版,第288—289页。
② 同上书,第291页。

重基本解释的正当性和自足性,即引申所得不可扭曲或背离原始语境的基本含义,且因为是引申和附加,必须有清晰、完整的论证,不能仅是想当然的联想。就此处来说,所谓的突破"审美"领域,无非是要给"不拘格套"添加必要思想成分,即个性解放、市民阶层云云,但从逻辑上看,论者仅是强调"不拘格套"系"袁宏道处世哲理的组成部分",故而文学层面一定会沾染必要色彩,看似理所当然,实则想当然的成分不免过多。袁宏道或有去除一切枷锁的诉求(这一点其实也存疑),但并不代表其有关"文学"的专门研讨必然要通盘沿袭自我的人生态度。"文"毕竟有其独特、独立性,相关探讨系其个人针对特定话题,基于文学理解,做出的恰当回应与反应,最起码的做法,所谓"格套"有其专属内涵,不宜盲目扩大。引文中还存在诸多逻辑不严谨处,譬如将中郎的"自适"定性为"同封建社会传统生活规范决裂",又比如将个性解放与市民阶层简单等同。这些阐释基本是罔顾具体事实,仅凭对概念的一知半解做强行的类比或参照,种种"泛化"理解多半因此种"先天不足"而造就,自然缺乏坚实的立论根据和可靠的理论前提。

其三,曲解,即基本文学事实不清,这一问题表现得最为突出。所谓"不清",有常识层面的论述。譬如有人称"明初文坛……文艺逐渐沦为封建纲常名教与'天理'世界的附庸,文艺界也以是否有利于道德教化与等级制度作为衡量的标准。……但到了晚明时期,这一情况发生了变化,代表情的个体感性得到了张扬"①,看似言之凿凿,却存在着明显的问题,即简单制造对立,片面描述对象,武断确定评价,故而他们对文学史基本发展线索的认识充满误解与偏见。或许另有一种可能性,即他们根本缺乏对明代文学的深入认识,不但没有精微处的辨析,甚而连宏观的扫描都

---

① 马涛:《走出中世纪的曙光:晚明清初救世启蒙思潮》,上海财经大学出版社2003年版,第144—145页。

不具备,竟然大肆谈论晚明的突破与变革,实在是咄咄怪事。

更为突出的是对文学现象深层本质或规律的认识存在错谬甚至扭曲。譬如有人声称:

> 明代中期,整个中国文学领域到处笼罩着复古主义和形式主义的迷雾……所谓台阁体、茶陵派、前七子等文学思潮使整个文坛了无生气,一步步把文学引向令人窒息的死胡同,并使诗、文、词三种主要的文学体裁陷于绝境。……在举世亦步亦趋、墨守陈规的时代里,王阳明非难孔孟程朱,强调"良知"是判断是非的标准,这种大胆的怀疑精神和批判性格,使得"厌常喜新"的风气迅速吹进了敏感的文学领域,并使文学上开始了对复古主义和形式主义的猛烈冲击。①

一应观点亦为晚明诗学研究中的常识,却同样在在显示出知识与逻辑层面的错谬与混乱。其一,强分阵营、妄生臧否,甚而歪曲基本事实。王学孕育与七子派文学运动兴起基本同时,一则思想,一则文学,本各导先路,并驾齐驱。王学是对理学的批判,七子亦然,只因阳明学被归入启蒙一脉,七子派则系其攻击对象,便刻意制造对立。此种处理方式在晚明诗学研究中时有发生,甚而整个晚明文学的发展线索都被建构为复古与革新的斗争演进史。其二,辨析疏略,以致概念含混、结论浅表。谈及启蒙思潮对文学的影响,首在表彰其对复古、模拟之批判,但复古与模拟并非一事,也不应简单评判。就复古来说,钱锺书指出,"复古本身就是一种革新或革命……一切成功的文学革命都多少带些复古……若是不顾民族的保守性、历史的连续性,而把一个绝然新异的思想或作风介绍进来,这个革

---

① 刘辉平:《王阳明心学与明清之际早期启蒙思潮》,《中州学刊》1994年第2期。

新定不会十分成功"①。此言绵密细致,诚不刊之论。至于模拟,确易滋生严重流弊,七子派虽崇尚复古,个人创作也不免因袭、剽剥前人之失,但他们对模拟并不缺乏深刻警醒与反思,并在理论主张中有所体现。何景明首次于文学领域标举"拟议以成其变化"之说,后李攀龙、王世贞等人皆有响应,至胡应麟则明确为"法—悟—化"之演进②,"模拟"既是必要方法,又是理当超越阶段,可谓中肯。其三,视野狭隘,拘泥于一己立场,少有全面审视,对文学演进内在机理的认识失之于机械。依照引文说法,正是在王学引领下,晚明文学革新才蓬勃展开,关乎此,学人多有强调和阐发。但文学因革历代不乏、渊源有自,王学影响的特异处何在?是否缺少了王学的引领,文学就难有变革?即使就对"模拟"的批判来说,七子派本有相应自觉,这是文学创作的基本规律和原则使然。种种社会思潮的兴起可能会与文学反思相应和,或者在文学反思未及处,引发对模拟因袭之批判,但若因有对模拟因袭之批判,就认定所谓社会思潮的决定性作用,这逻辑明显混淆了充分条件与必要条件。与此类似,所谓个性鼓吹、情感张扬也多归功于阳明学,但它们都是文学创作的一般原则,七子派何尝不言?先贤何尝不言?文学发展固然与社会思潮的推动相关,但也不能忽略了其自身动力和逻辑,前文已有理论层面的反思,此处又得具体案例予以印证。

即使我们不拘泥于理论的圆满,以较为宽容的态度寻求一种片面的深刻,似乎所得也甚少。以"早期启蒙"来界定、描述和解释晚明诗学现象,似乎并没有给我们带来新的智慧,看似鲜明的"标签"下难掩其苍白与

---

① 钱锺书:《论复古》,载《写在人生边上 人生边上的边上 石语》,生活·读书·新知三联书店2002年版,第333页。
② 详参陈国球《胡应麟诗论研究》(华风书局有限公司1986年版)第五章"由法至悟与兴象风神"。

空洞。譬如论李贽,有论者将其文艺思想称之为具有"新理性主义特征",具体表现有三,即"复'童心'、做真人的新理性主义""'神圣在我,技不得轻'的创作技巧论和艺术境界论",以及"论文学家的人品与文品、诗品的统一性"。虽然论者在评述这些观点时使用了"高度重视""深刻命题"这类程度副词以壮声势,但细读相关言论,却难让人有焕然一新之感。所论种种,系以思想成色为衡量标准,但既是论文衡艺,便不能仅仅考察思想观念之"进步"与否,我们更为关切的是在此种思想引领下,文艺主张有何特异之处。熟悉中国文艺思想发展史的人看到上述概括想来是失望的,因为它并没有超出我们常规的认识框架,且论之草草,未曾达到前人的精深高度。不少地方,论者认为李贽超越世人取得了巨大理论创新,譬如说"纵观中国文学史,总结艺术创作的规律性,李贽得出了一条重要结论,即'未有其人不能卓立而能文章垂不朽者'这一极为精辟的命题,深刻揭示了文学家的人品与其文品和诗品的内在统一性。对于文学家的成长和人格之培养以及文学创作,具有重大的理论意义"[①],但这不过是常识而已。

综上,自文艺领域挖掘出的"早期启蒙"成色实在生疑,如此虽不足以使我们从根本上有所动摇或怀疑,但这一研究范式的当下阐释效力实在有限,既无法提供新理解,还阻断了新可能,我们理当于深刻反思之余有所调整。

三、因子乎?潮流乎?

"早期启蒙"思想最初被引入文学领域,或用于分析某些特殊文学现

---

① 许苏民:《论李贽文艺思想的新理性主义特征》,《文学评论》2007年第4期。

象,或用于解释某些文人的"另类"主张。及至当下,越来越形成一种趋势,即以此统摄明后期以来的整体文学发展风貌,论及晚明种种,动辄见此论调,循此倾向流布,便有构建诗学启蒙思想发展史之设想与实践。20世纪80年代,王忠阁就撰有《关于中国早期文学启蒙的断想》一文,既为"断想",则尚有不确定、不完善。进入21世纪,有学人则对这一潮流的发展阶段、代表人物及观点、特征及影响作出了清晰描述,一篇《明代文艺启蒙的三次冲击波》横空出世。此外,章培恒《李梦阳与晚明文学新思潮》、谈蓓芳《明代后期文学思想演变的一个侧面——从屠隆到竟陵派》等文都在有意无意间契合了或者说配合着这股潮流。理论层面的完整论述、实践层面的广为流行,才使得"早期启蒙"被不容置疑地加诸晚明诗学。从点的探讨,到线、面的建构过程,既使得启蒙诗学日益丰富和完善,同时也充分暴露了,或者说涌现出了诸多晚明诗学与"早期启蒙"相勾连的破绽与障碍。

尽管不一定完全同步,构建通史的思路在诗学与哲学思想史领域同步兴起。诚如前述,就哲学思想史层面而言,"早期启蒙"初期也只是用于说明某些"异类"人物的"另类"思想,即在传统人物身上发现了"现代"因子,预示了一种新的可能。随着这种"发现"的深入,学人日益感觉(或者说极力促成)这些因子足以汇成洪流,且是连续不断的巨流,于是有了早期启蒙思想发展史之确立。从具有"早期启蒙"性质,或者说部分呈现这种精神气质,到构建完整的启蒙思想史,从零散片段到完整机体,为了保证线性演进轨迹的确立,就需要完善诸多细节、填充诸多空白,在此过程中不免发现漏洞多多,需费力弥补。

首要面临的即在于如何处理思想发展史上前后阶段的分歧、批判与对立,即如何弥合鸿沟、消除杂音,将"多元"纳入"一轨",实现前后同步。譬如说,有人追问并反思"作为启蒙思想家的李贽,为什么会遭到同样是启蒙思想家的后人的如此无情的批判呢?"①如果只是梳理个别、具体的启蒙观点,本不会出现问题。在思想孕育期,受外部环境制约以及诸多个人因素影响,自然纷繁多歧,反映了积极探索过程中的多元理解,出现矛盾甚至对立和倒退都是难以避免的情形。一种思想的演化,应当重大势而略小节,历史的发展本不会一帆风顺、齐头并进。但启蒙学人不仅要构建通史,且强调"成熟性""稳固性",要求具有"一种自觉的一以贯之的思想承继与理性认同"②,换言之,尽管我们可以从理论和事实层面对前后间的冲突、对立做出辩解,他们依然不能满意,因为这影响了启蒙思潮合理性、必然性的成色,他们需要的是毫无破绽、一往无前。忽略细节处的分歧,从大处着眼,固然可以将对立面统摄到同一框架内,但这一目标过于"宏观",边界过于宽泛,便少了必要的区分价值与可能,"历史的合目的性"少了圆满意味。就此而论,"一致性""稳固性"确属必要,但尴尬处在于,没有宏观引领为前提则统一难以实现,基于这一前提则个体价值遭到极大消解,所谓思潮演进沦于浅表。

无论如何,"成熟性"和"稳定性"只是一厢情愿的奢望,学人纵然有强烈期待,在处理具体问题时要清醒许多,会尽量在总体和个性间寻找平衡。据谭佳分析,侯外庐、李泽厚,以及萧萐父和许苏民各有不同的"修饰策略"③,至于核心要义无过一条,即"求同存异",搁置相应分歧,抽绎共

---

① 王记录:《论清初三大思想家对李贽的批判——兼谈早期启蒙思想问题》,《河南师范大学学报(哲学社会科学版)》2002年第3期。
② 同上。
③ 一是"'阶级'划分中的同一性",譬如,"用马克思主义的进步解放观来诠释历史矛盾的合法性与同质性",因此泰州学派、东林党人、清初三杰虽阶级不同,却都"反封建求解放",尽管"进步"程度不同;二是"历史客观意义上的不谋而合",譬如李贽与清初三杰虽有对立,客观上却在批判封建统治传统方面不谋而合,共同构成启蒙思潮;三是"历史线索中的前后承递关系",李贽和清初三杰"分别处于不同的阶段,各自发挥阶段价值,并共同起到了从传统走向现代社会的'启蒙'作用"。参见谭佳:《现代性影响下"晚明叙事"的矛盾与修饰策略》,《中外文化与文论》2009年第1期。

同倾向,当然他们会强调此倾向系主流价值之呈现。但三种策略便有了三种核心价值观,多元的存在即是对一元的消解,所谓"策略"便足见刻意操作意味,使其意义打上折扣。更不必说就具体的理论阐释模式而言,矛盾的化解往往依赖于刻意曲解与生搬硬套,一旦深究,怕是会瓦解理论根基。

就文学领域而言,学人似乎更为乐观,也显得粗疏。他们对"同"予以突出强调,至于"异"则少有关注,甚而无意或刻意忽略,并且还营造出通过对具体问题的分析梳理出了清晰的"同"之脉络的印象。相关做法多是主题先行,以"同"为号召,将各对象集合起来作笼统概括,少有个案专题分析,即便有此打算也往往因主题先行而被统摄。因此,虽未必有主动解决前后对立的意识,在构建启蒙诗学通史的过程中,上述"策略"在在发挥着作用和影响,至于其弊病也同样如影随形。

最初,"早期启蒙"是和晚明诗学相联系的,吴调公即将李贽、公安派、竟陵派视为三个发展阶段的代表,在此之前"从徐渭、汤显祖到李贽,战斗精神愈益顽强"[1],一般论述框架不超出此。其后,这一脉络不断被人向前追溯。由晚明而上的通史建构,实则就是将围绕晚明确立的研究范式向前延伸、向外推广的过程,即将整个明代诗学的发展纳入早期启蒙思潮框架。局限于晚明一隅已多有疑问,现今却要推而广之,将更大范围内的诗学现象,尤其是诸多一向被视为对立的观点、流派纳入一致脉络中更属不易。想要实现这样的目标,不可避免需要研究方式的调整甚而突破,但在此过程中却少有研究思路与方法的更新,学人较为自信、娴熟地化解或曰回避了种种对立,实现了通史的建构。

首先被化解的是复古派与革新派的决然对立。强行划分两大阵营,并将明代诗学的发展史描述为两股敌对力量的斗争史,这一做法确有反

---

[1] 吴调公:《文艺启蒙的曙光——晚明文艺思潮鸟瞰》,《枣庄师专学报》1984年第1期。

省重建之必要。章培恒导其先路,认为晚明文学新思潮"并不是在晚明突然产生的,它至迟萌芽于明代正德年间(1506—1521)。作为此一萌芽代表的,乃是前七子之首的李梦阳(1473—1530)",通过细致比较,他发现了李梦阳的主张与李贽、袁宏道、冯梦龙等人的一致处,"故其与晚明文学新思潮之间的密切联系,实在十分明显"①。在此基础上,他进一步认为"晚明文学新潮流乃是由元末明初和明代中期文学发展而来,其演进之迹是很明显的"②。其时同调者还有陈建华,称"李梦阳的文学思想,其主要的积极的部分与晚明文学思潮是相通的。值得注意的是,那些晚明新潮的代表作家,如李贽、袁宏道等人对李梦阳推崇备至,把他看作一位先驱者"③。此说流布后,影响深远,于今渐成共识和常识,但它的内在体系并不严密。有学者指出,所谓七子派与公安派具有相似性之说完全出自误会和曲解,七子派的主情言说也根本不具备"进步"价值:

> 一方面,重情取向在他们的创作中并没有发生实际效用,没有改变他们诗歌创作的总体情态和历史地位;另一方面,"重情"诗观以及相关的思想表述大部分只是祖述陈言,并不具备独创性,因而其在文学思想史上的价值不必高估。这一观点受到现代学者的重视,只不过因为它与现代思潮存在某些耦合之处而已。这样看来,"重情"诗观并不足以给李梦阳和七子派带来高位价值,当然更不会因为他们口头上的"重情"言论就说他们具有与公安派一样的"进步"特质。④

---

① 章培恒:《李梦阳与晚明文学新思潮》,《安徽师大学报(哲学社会科学版)》1986年第3期。
② 章培恒:《明代的文学与哲学》,《复旦学报(社会科学版)》1989年第1期。
③ 陈建华:《晚明文学的先驱——李梦阳》,《学术月刊》1986年第8期。
④ 段宗社:《李梦阳"重情"诗观评议——兼论七子派评价中的一个缺失》,《学术论坛》2016年第1期。

上述观点并不见得完全恰当,却有以彼之矛攻彼之盾的效果,特别是它揭示出了相关考察未能结合具体语境予以细致辨析,却简单强调表面类同的突出缺失。这一倾向在相关研究中显然是普遍存在的。我们对不少命题的理解往往脱离具体的文化语境和历史传统,以后视之明做想当然的解读。

不唯深入语境、辨析概念,此类化解对立的思路本身亦值得审视。依照相关学人的考察,不唯前七子的领袖李梦阳可被视作革新思潮的先导者,后七子的中坚王世贞晚年也有自悔之举,至于一众追随者更是不免,譬如王世懋、胡应麟等人都被认为是由复古折中入革新者。但这种论断是颇会引起麻烦的,比如李梦阳若被视为革新思潮的先导者,那该如何给他定性?是称他为复古派的领袖还是革新派的先导?学人似乎倾向于同时认可这两种身份的存在,但有关彼此间的巨大分歧缺乏合理解释,很难令人信服。又比如在屠隆的身上他们似乎找到了一条前后发展的演进逻辑,但类似划分是否合理本就值得商榷,有不少恐怕是出自论者的"夫子自道"。晚明社会多种思想迸发,儒、释、道等各种学说皆在文人内心深处交锋,这就注定了他们的思想在很大程度上系杂糅而兼综,想要作出简单地截然区分实在不易。如果说在王世贞、屠隆处他们还能建构出所谓明显的"转变"轨迹,换作其他人就颇为勉强,比如李维桢,郭绍虞称他为"欲调和此二端"。这样一个"调和"者被扣上的帽子是新思潮的"过渡者",可为什么是向新思潮的过渡,而不是旧思潮的救赎?进一步的问题是:为什么凡是为今人肯定的观点都一定要置于"革新派"旗下?复古派为什么一定要跟"革新"联系在一起才有其正当性?当然,这一切都可以得到解答,因为在"早期启蒙"等思潮的引领下,明代诗学的演进走向必然是也只能是革新取代复古。于此不难发现一个悖论,向前追溯是为了建构完整的启蒙诗学发展史,这也正是五四以来建构起的晚明诗学研究的基本逻辑,而这一通史的建构某种程度上正是启蒙思潮指导下的产物。

这些逻辑层面的混乱且不论,复古派屡遭恶评,批判矛头每每指向他们的复古模拟之弊,因此他们过往多被置入反启蒙阵营,换言之,他们身上存在明显的"缺陷"并因此遭受了经久的严厉批评,如今我们却对过往评价"视而不见",以其存在其他进步因素的名义,彻底扭转了百年来的评价,过大的调整幅度似令人在接受上面临障碍。尊奉"早期启蒙"范式者自然清楚复古派的相关负面评价,且并不否认这一基本事实,他们只是强调复古派依旧展现出了可贵的与"早期启蒙"思潮契合的因素,但昔日批判的"缺陷"与今日肯定的"价值"间存在紧密关联和严重对立,不是简单的区别对待就能获得圆满解决,若不能就历史问题做出清晰辨析,轻易地替换标签难以令人信服。按照我们的理解,假使要挖掘其正面价值,应当排除陈见,对其理论主张予以客观评析,而非故意回避往日话题另立新说。否则正说也可、反说也可,以一个片面取代另一个片面,成了逻辑循环游戏。

"早期启蒙"诗学体系至许苏民等人处可谓完备。他们认为"明朝弘治、正德至崇祯年间……文艺启蒙的思潮一浪高过一浪,对统治文坛的程朱理学形成了三次强有力的冲击波",具体表现为:

> 第一波以祝允明、唐寅等"吴中四才子"和李梦阳、何景明等"前七子"为代表,反对程朱理学之"理"对文艺创作之"情"的束缚,凸显了文艺创作的"情感—审美"特质;第二波以归有光、徐渭等人为代表,标举"天下之至情",凸显了"真我为体,觉灵为用"的创作主体意识;第三波以李贽、汤显祖、袁宏道、冯梦龙等人为代表,以"童心说"的新理性主义文艺思想为旗帜,进一步凸显了"人即是诗,诗即是人"这一文艺启蒙的本质特征和灵魂。①

---

① 许苏民、许广民:《明代文艺启蒙的三次冲击波》,《云南大学学报(社会科学版)》2008年第6期。

此种描述囊括了自明中叶以来几乎所有重要文学流派和代表作家,全面、宏观,真可谓石破天惊、颠覆性十足。它延续了上述逻辑展开方式,涉及对象更广,"求同"难度自然更大,但论者却似乎更为乐观,"成功"将传统认为彼此对立的文学流派纳入同调的演进脉络中。

搁置争议,着力挖掘各家精神意趣的内在统一是一贯策略,差异是明显的,统一是潜在的,若能发现这一内在脉络,自是卓识。但肯定"同"不代表可以无视"异",且在确认"同"之前,应先对"异"进行细致辨析和梳理,并明白昭示,所谓"异"的存在并不影响或阻碍根本上的同调演进。对照上文,我们不免遗憾地发现论者对这"统一性"的说明过于空疏,仅是列举部分言论,做简单类比,未曾联系各自语境做深入阐发,对彼此的内在勾连也没有清晰界定。更重要的是,为了说明统一性而提炼出的理论主张,或是存在误读,或是对某些向来极具争议的话题简单取信了有利于自己的一面。譬如说,在论及第二波启蒙思潮时,论者谓"其来势之猛和影响之大,就连如日中天的'后七子'领袖人物王世贞也成了归有光文学主张的呼应者,其创作理论也成了从'格调说'走向'性灵说'的中间环节"①。有关王世贞后期思想转变之说,影响最大的莫过于钱谦益所标举之"弇州晚年定论",但个中多有引文错误,钱锺书《谈艺录》中已有细致剖判,近有李光摩详为辨析,认为"如果说世贞晚年确有改变的话,更多的是为人处世的态度而非文学主张"②。此系明确反对者,另有人虽肯定王世贞前后期存在较大的变化,但也强调"王世贞的思想并不会从一个极端走向另一个极端"③,并非那般高昂激进,所谓"冲击波"之说有失公允。

---

① 许苏民、许广民:《明代文艺启蒙的三次冲击波》,《云南大学学报(社会科学版)》2008年第6期。
② 李光摩:《钱谦益"弇州晚年定论"考论》,《文学遗产》2010年第2期。
③ 魏宏远:《钱谦益"弇州晚年定论"发覆》,《上海交通大学学报(哲学社会科学版)》2013年第5期。

窥一斑而知全豹,相关表述中多有阙失,根基既不牢靠,大厦必有倾颓之虞。

综上,我们显然无力对"早期启蒙思潮"予以全面、系统审视,甚至当它介入诗学领域后引申出的系列话题,我们也难以做出全面回应,但假使暂时摆脱"宏大叙述",结合历史情境和细节,不难发现无论是对文学现象的解读,还是对发展脉络的建构,都存在程度不等的缺陷。一种新理论的引入,未能带来新智慧,反而流弊甚多,我们实在没有理由不认真检讨,尤其是随着这套话语的日渐风行,由思想而文艺,由局部历史而渐次统摄全局,使一种事后追溯变成历史本然,尤当警醒。换言之,我们无法说明晚明诗学与"早期启蒙"之间的关联如何,但以"早期启蒙"观照晚明诗学的相应举措和效果却存在诸多缺失,我们理当慎重。

经过一番费力研讨,仅以此收束,想来是难以令人满意的。因为与论题关系最密切的两个话题,同时也是学人最为关心的两个疑问,即晚明诗学是否具备"早期启蒙"因素,以及本文对晚明诗学研究中的早期启蒙范式予以了强烈否定后如何确立新思路,始终未曾给出明确说法。刻意逃避或者回避不是明智思路,关于前者,依照笔者的看法,某些现象或可当得这样的名义,但不能过度拔高其影响。在此,笔者想要追问的是,有无"启蒙"因素是否真的重要?实则包遵信早已给出答案,"明清之际思潮是否具有启蒙性质,和明清之际学术上的成就和文化上的贡献,是两个不同却又不是不相干的问题"①,颇有远见。我们的任务是对某些新现象做出客观、合理解读,而不是努力营造某种理论体系,尽管它背后可能有着更为深层和深刻的意义。对于理论体系过度"牵挂",极易陷身其中而不自知,给一切历史现象都涂抹上别样色彩,反倒得不偿失了。至于第二个

---

① 包遵信:《晚霞与曙光:论明清之际的社会思潮》,《湖北社会科学》1988年第6期。

问题的解答,则更为容易,回到起点而已。所有问题的产生,在于我们抱定先入之见,并以此去衡量、阐释具体材料,以致邪路岔出。正确的做法在于"尽可能细致地逐一清理全部基本文献的原始语境,掌握其言说意图的多种可能性,并从思想基础、思维方式、表达惯例等不同层面体察其诗学史的恰切上源,由此尽量做到诠释的相对可靠",自身定位与立场是基础,去除各类束缚,尊重文学传统和规律,总结归纳基本结论,进而纳入历史语境,探究丰富性与可能性,而不能本末颠倒,强行将历史事实纳入既定轨道;"如果我们只是无条件地演绎那些根据局部材料归纳出的观点,那么无论其是否确属合理,都难以遮蔽研究中存在的致命学理问题,即'预设'与'实证'二要素的失衡"。[①]

[①] 徐楠:《明代格调派诗歌情感观再辨析——以考察该派对诗歌情感价值、限度的判断为中心》,《文学评论》2015年第3期。

第三章 框架与格套：
经济视野与晚明诗学研究平议

依照马克思主义的经典学说，"政治、法律、哲学、宗教、文学、艺术等的发展是以经济发展为基础的。但是，它们又都互相影响并对经济基础发生影响。……但经济条件归根到底还是具有决定意义的，它构成一条贯穿于全部发展进程并唯一能使我们理解这个发展进程的红线"①，此即我们熟知的经济基础决定上层建筑，故而从经济角度考察文学活动实属必然。由于这"制约""决定"意义，此种研究多半是将经济活动视为具有根本意义的因素，考察其对社会演进、文人心态、审美风尚等一系列命题的影响。就晚明诗学研究而言，更是免不了被笼罩在宏观经济背景的系统审视之下，依照广泛认知，商业于这一时代取得巨大发展，并在全国不少地区出现资本主义萌芽，进而导致社会产生巨大变革，或谓出现了"近代"因子，连带文学也处于由传统向现代的转型过程中，出现诸如反传统、尚自由、重个性的风貌。②"因为资本主义萌芽，所以……"或类似表述充

---

① 〔德〕马克思、〔德〕恩格斯：《马克思恩格斯选集》第4卷，中共中央马克思、恩格斯、列宁、斯大林著作编译局编，人民出版社1972年版，第506页。
② 有论者指出"明代中期，社会经济蓬勃发展，促进了城市的繁荣和资本主义的萌芽，反映在社会思潮上，一股反传统、重个性的洪流，猛烈地冲击着专制正统意识。李贽提倡'童心说'，公安派提倡'性灵说'，汤显祖崇情抑理，徐文长称誉'天机自动'的'市巷歌引'。这些强烈的呼声打破了思想上的沉闷与呆滞，给文学创作带来了极大解放，不仅影响了文学创作的内容与风格，而且鼓舞作家去创作长期受人轻视的通俗文学，一时（转下页）

斥于各类论著中。相关研究的价值自不容抹杀,但可能的疑问也无可回避,最根本的莫过于"新中国成立以后直至改革开放之前,在'经济基础决定上层建筑——意识形态'理论的指导、制约之下,文学研究变成了单一的'经济关系—阶级关系'研究"①,此举非但导致理解文学的方式过于单一和狭隘,且将文学创作与社会生活的关系简单处理为决定与被决定,这些显然背离了基本规律,相关结论也因之多有曲解。除此以外,受特殊时期意识形态的影响,还给文学研究添加了过多不必要的"标签"或干扰,即在考察文学问题时首先分析阶级立场或社会意义,并由此展开相关论述。至于艺术特色与审美趣味反倒退居其后,甚至往往是依据阶级性来决定或主导艺术价值的判断,文学作品便因反映特定时代的社会风貌之名沦为一堆材料,任凭学人根据立场需要进行取舍。② 这种做法因过于刻意的诉求和主观的操作而多有缺失,但更为严重的,也是首先需要检讨的,是这一研究旨趣本身即可谓"反文学研究"的。③

(接上页)间小说戏曲蒸蒸日上,终于超越正统诗文,成为那个时代的文学正宗"(祁志祥:《历代文学观照的经济维度》,河南人民出版社2012年版,第114页)。此论述细致演绎了经济—思想—文学间的内在勾连,相关论断大多不出乎这一框架。
① 祁志祥:《历代文学观照的经济维度》,河南人民出版社2012年版,第6页。
② 黄霖指出,"《水浒传》是反映了农民起义,还是描写了市民起义?《西游记》是写了阶级斗争,还是歌颂新兴市民?《金瓶梅》中的西门庆是16世纪的新兴商人,还是基本上是一个封建老板?曹雪芹是站在新兴的市民立场上来反封建,还是更像一个地主阶级中的进步分子?这些问题之所以会引起争论,都与生搬硬套、简单比附有关"(载氏著:《旧视角 新起点》,载许建平、祁志祥主编:《中国传统文学与经济生活》,河南人民出版社2006年版,第13页)。
③ 许建平即认为"庸俗社会学研究文学的逻辑出发点是以经济为基础的社会形态,归结点是文学所反映的以经济为基础的社会形态,其研究的直接目的与其说是文学,倒不如说是社会,与其说是经济,倒不如说是政治,故而并非真正意义上的研究文学"(载氏著:《文学研究的新经济视角与分析方法》,上海古籍出版社2008年版,第35页)。

第一节　走向经济活动内部

学人日渐不满于这一"决定因"的宏观审视,在他们看来,文学与经济二者间具有复杂而微妙的关联:

> 作为文学家生存和创作的基础,经济元素渗透在作家的个人生活、价值观念、创作动机、创作方式、作品内容和作品的传播接受中。当下文学与经济关系的研究应当将触角拓展到作家的个人生活、价值观念、创作动机、创作方式、作品内容和作品的传播接受等各个环节。①

于是有学人试图打通经济学与文学的关系,重新确立研究二者关系的方法乃至范式,从而实现文学研究的推进与转型。

"新经济视角"概念便在如此背景下横空出世,意在与20世纪80年代以前的"社会经济视角"相区别,具体表现在对于人的本质理解、文学观念、美学观、理论基础、研究视角与方法、经济与文学的中介等六个方面的不同。② 窃以为其中最重要的应属文学观念,不唯其他几个方面与此紧密相关,后续一系列的命题和结论也多由此阐发。如果说传统视野将文学创作视为对社会生活的反映,那么"新经济视角"则"将文学视为道义富

---

① 祁志祥:《历代文学观照的经济维度》,河南人民出版社2012年版,第8页。
② 详参许建平《文学研究的新经济视角与分析方法》一书第一章"古代文学研究的新经济视角及其方法"。

贵人情感抒发或想象需求满足的语言艺术表现"①,这句话听起来颇为拗口,细究其意,核心内涵无非两点:第一,文学的表现形式是语言艺术;第二,文学的表现内容是情感抒发和想象需求。这与传统理解并无显著差别,但学人试图强调由于情感抒发的主体,即"道义富贵人",与昔日有所不同,由此产生了根本性的分歧。这一不免奇怪乃至刻意的概念无非想要强调,以往认识过多偏向精神层面,实则文学还具有重要的经济或物质属性,且从根本上说,"经济生活是人得以生存延续的基本条件,也是人的生命活动的基本内容。它不仅维持人的生命、生理需要,而且直接影响人的心理、情感和精神活动,故而也影响人的情感表达、心理抒写的文学活动"②,故而应开拓思路、转换视角,"通过对经济生活的考察,最终弄清文本的叙事体系、情感焦点、审美价值、艺术表现个性等内在结构的变化,对文本的价值个性作出深刻的阐释"③。换言之,以往研究虽强调经济视角观照,但少有对经济活动丰富内涵的关注,以及据此展开的细致探讨,我们依赖的只是一种笼统的教条律令,④"新经济视角"则要求走向经济活动内部,充分考量经济基础、市场需求、商业思维、社会传播等要素或环节

---

① 许建平:《文学研究的新经济视角与分析方法》,上海古籍出版社2008年版,第2页。
② 同上书,第35页。
③ 同上书,第56页。
④ 胡明指出,"那些看似陌生的学理途径与这些看似熟悉的基本教义,在我们的传统文学研究史上其实没有得到过合理的配置,又像是两块落差巨大的断桥桥板,从来没有平实地连通过,对于两个断面的内涵学术界也从来没有拿出过令人信服的科学阐释……经济——经济形态与经济生活——只是雨里雾里一堆抽象的概念,甚至只是一个道德谴责的符号"(《序二》,载许建平、祁志祥主编:《中国传统文学与经济生活》,河南人民出版社2006年版,第2页)。他自陈这主要是20世纪50至70年代的情况,其后虽告别了政治笼罩下的文学史叙述模式,经济视角的考察渐趋沉寂,但却并未退出历史舞台。相关研究虽摆脱了政治干扰,但没有"合理配置"、缺乏"令人信服的科学阐释"等问题仍未能得到很好解决。

对于文学创作的具体影响。①

这一论断自然合理,此一设想也显然美妙,但具体实践却并不令人满意。一来,"新经济视角"的引入确属必需,但矫枉难免过正,不知是为了刻意同以往的道义视角相区分,还是学人对"新经济视角"的理解有偏颇,利益、欲望等内容往往得到特别凸显和高度表彰。譬如依照"新经济视角"的立场,"文人的兴趣,说到底总不离'功名富贵'四字,能获得功名富贵往往是文人的兴奋点所在。文人对富贵钱财的向往促成中国文学史上占统治地位的文学样式的生成、更迭与繁荣"②,这一结论显然是我们不能认同和接受的。经济因素不论怎样重要,绝非唯一影响,且既是"渗透",便当有不同的表现形态和后续影响,若是在文学活动与经济生活间简单画一等号,声称"中国古代文体产生于人的需求""中国文学样式的兴盛也是人的物质欲求"③云云,不免简单化和庸俗化。文体产生于人的需求固然不假,实则一切精神活动都遵循这一机制,但这只是外在刺激或干预,为何存在千差万别的艺术形式及其微妙的发展演进,显然非此笼统

---

① 为推进相关研究,上海财经大学人文学院与中国社会科学院文学研究所《文学评论》编辑部联合召开了全国性的"中国传统文学与经济生活"研讨会,后会议论文结集为《中国传统文学与经济生活》一书。该书将相关论文分为五个部分,除第一部分"从经济视角研究文学的学理依据"可谓确立理论前提外,其余四个部分都是可能的积极实践,计有"经济生活与文学流变""书刊营销与文学传播""作家经济状况与文学创作""园林经济与园林文学"。胡明在为该书所作《序》中指出,从事相关研究有四条途径,即"一是体现在文学作品与作家头脑里的经济意识与经济理念;二是传统文学作品中描写的经济生活与社会形态;三是经济生活对中国传统文学生存发展的促进与制约;四是文学史人物的微观具体的经济活动与其文学活动的关系"(《序二》,载许建平、祁志祥主编:《中国传统文学与经济生活》,河南人民出版社2006年版,第2页),可谓全备。
② 许建平:《文学研究的新经济视角与分析方法》,上海古籍出版社2008年版,第49页。
③ 同上书,第15页。

言说能够解释。① 更重要的是,从理论上说,经济因素与利益诉求并非一事,将个人的努力、文学的发展归结为利益驱使,不免妄断。利益诉求固然是士人的重要动力,但除了现实需要,理想信念更是根本性的力量,否则如何理解"三不朽"之说,以及古今中外的种种伟大事迹?就文学兴盛繁荣而言,其实有赖于伟大时代的召唤、历史传统的发扬、个人才华的展示,这其中都与卓越的灵魂、崇高的精神相关,否则我们如何解释,人人都有利益诉求,而最终成就非凡的只是那个别的一些人?忽略复杂语境和微妙心态,紧紧扣住一个利益诉求大做文章,显然是简单化和庸俗化之举。更需要警惕的是,因为抱定了一种先在理念,故往往戴着"有色眼镜"去考察文学史,做出种种牵强附会、削足适履的解释,譬如将"不平则鸣""发愤著书"一概视之为"是富贵失落的心理反应,其最深层的东西同样离不开经济问题",又认为"明清时期的小说、戏曲创作,单从作品分析,作者在什么地方关注最多、花笔墨最多、投入的情感最多,必定是他人生最缺失的东西或最得意的东西"②。古代文人自然具有强烈的名利需求,但他们同样具备伟大人格与理想信念,并因此主动介入、批判和指导现实。前引及类似的表述为了迎合"经济"需要,只关注庸俗与现实,忽略甚至无视人性的光辉,这些应当都是认识的偏颇,而非"经济"的观照。去除历史上所有经典作品的神圣外衣和理想光辉,剥离其复杂态势与纠葛关联,却将所有的注意力投注在可能的利害计较与每一事件必然的成败得失上,这无疑是对历史的简单化、庸俗化、片面化的理解。如果说传统的经济视角过于强调精神面向,重义轻利,新经济视角则不免矫枉过正,完全转向

---

① 吴承学曾对中国古代文体观念的发生做过系统深入的考察,他指出"文体观念的发生是人的思维、语言形式与社会需求发展到一定程度的必然结果",具体说来,则与文体运用、制度设置、礼制、典籍归类、文献称引、命篇命体等多种因素相关。(详参氏著《中国早期文体观念的发生》一书)据此,强调"人的需求"根本未曾进入命题要害。
② 许建平:《文学研究的新经济视角与分析方法》,上海古籍出版社2008年版,第48页。

利的一面。将经济考量与利益、欲望简单挂钩只是一种妄断和曲解,是我们引入经济视野首先需要注意的问题。说到底,这还是因为人文学者缺乏必要的专业知识,"理所当然"地做了一些不切实际的发挥。

某种意义上,上述视角仍未摆脱传统思维,依旧是将经济因素作为一种外在"决定因",只不过置换了其内涵而已,算不得真正走入经济活动内部。若果真能够贯彻"新经济视角"的原则,在"细节"上做一些深入开拓,确可有不少成绩。譬如有学人通过货币等因素考察成书年代等命题并得出了有益结论①,这虽属难能且有效视角,但一则难以成为充分之论,终究要与其他要素综合考量,二则只能偶一为之,具有较强的偶然性和随机性,不能成为普遍方法和范式。

与此同时,我们发现了另一尴尬问题,即不少具体探讨虽有开拓,但要么背离文学研究旨趣,仅是将文学作品视作一般材料以考察社会面貌②;要么其核心价值仍是验证了某些传统论断,或者未曾脱离传统论断的笼罩,我们的思维方式及处理手段终究没有超越既有框架。譬如有学者考察了明代经济生活与诗歌创作的内在关联,其不少发现,譬如明诗视野所呈现的社会图景勾勒出了兴废繁滋的经济侧影,赋诗唱和中的微妙态度折射出了经济变迁影响下的士商互动,生计压力下的作诗求利更是经济关系的现实体现之类③,显然与我们的既有认识大致相应。

上述局面的出现并不意外,此类细节研究意在阐发经济与文学的复

---

① 详参祁志祥《历代文学观照的经济维度》第十七章"白银使用与〈水浒传〉成书年代考辨"。
② 有学人认为"中国文学在历代的演变中,总是从不同侧面联系着、反映着时代的经济生活状况或面影",譬如《诗经》中就蕴藏着中国古代饮食文化的密码;汉大赋层层铺叙帝王、贵族的宫苑游猎生活的奢华,从一个层面展示了汉代取得的经济成就;明清小说反映了城市市民的市井生活云云。以文学为材料,考察中国社会经济状况,换言之,是以文学证经济,于文学本身的理解似无太大意义和价值。详参祁志祥:《历代文学观照的经济维度》,河南人民出版社2012年版,第111—112页。
③ 详参郭万金:《明代经济生活与诗歌传统》,《文学评论》2008年第1期。

杂关联,而所谓联系,不外乎促进、制约、反映等内容,这些都是传统论述框架的应有之义,故而它们最终只会成为传统研究的丰富和深化,论证支撑其合理性。更重要的是,经济要素作为背景和语境,本就是根本的、总体性的制约因素,无论是宏观审视,还是微观体察,都无法背离这些基本原则和规律,所以我们总能从不同研究取向中发现共性逻辑①,由此导致我们在考察具体现象时首先能想到的还是那些宏大命题,唯一的不同或许便是致力于将宏大命题落实到具体细节上,实现了相关结论的丰富与完善。当然,这并不意味着走向"细节"失去了意义,无论如何,"具体"总能成就"丰富",但除此以外我们还期待"完善"和"深化",这或许依赖两方面的努力。第一,虽然存在基本原则和规律,但仍难免出现例外情况,职是之故,细节的考察不能抱着验证的态度,更有甚者,某些操作就是按照基本规律的格局,搜罗材料,填平框架,尤需杜绝。我们应当重视和尊重每一个案,细致分析、阐释其特色,由个性上升到共性,即使其与基本规律契合,那也是理所当然,而非想当然。第二,经由一番阐释,特殊性虽汇入了普遍性,但这只应该是连带结果,而非核心目标。我们的任务是指向每一对象,是要在具体分析中充分展现其可能性。结论虽是普遍的,但文学史的发展却是多姿多彩。② 此外,虽然我们仍是将经济因素作为一种具有重要影响的外因予以考察,但学人逐渐摆脱了决定论色彩,能从多元视角、恰当分寸予以阐发,这或许是新时代的经济视野最可贵的成绩。

---

① 在章培恒看来"这主要表现在通过对人性的影响而影响文学的内容,以及通过推动人的生活方式及需求的变化而影响文学的发展这两个方面",因而,"在杜丽娘、罗惜惜身上所显示出来的'历史地发生了变化的人的本性'"自然要跟"当时的市民的意识相联系"。详参章培恒:《经济与文学之关系》,《学术月刊》2006年第5期。
② 有论者指出,进入明代中叶以后,"财色"成为小说、戏曲的叙述中心,但其具体表现却颇为多元,"或以钱财为叙事的主线""或以钱财隐喻人物的身份价值""或写钱财经营者在小说情节中的穿针引线作用""或以货币市场景为叙事空间,演出来来往往的人物故事"。许建平:《总序》,载《文学研究的新经济视角与分析方法》,上海古籍出版社2008年版,第11页。

在暂时尚无理想范式的情况下,固然可以进一步深入探讨种种可能性,但这既有赖于"跨"学科,即对于相关专业领域内知识结构与体系的理解,又需要强调"守"学科,即充分尊重任一学科的自身属性与特定规律,避免随意比附。跨学科最近数年来成为时髦话题,并渐成主导理念。我们不否认文学活动涉及多端,需有综合视角,但这并不意味着一定要确立若干"文学与××"之类的新范式,并提炼相应的研究方法。事实上,跨学科虽强调多学科视野,但并非简单扩大版图,之所以"跨",乃是因为某一对象具有的多重属性有赖于相关专门、专业学科的客观考量,换言之,就文学研究而言,跨学科是为了深化和彰显其本身被遮蔽或忽略的内容。因此,重要的不是有多少新概念和新命题,而是能针对"旧"对象提出多少新理解和新认识。依照"新经济视角",需要开展"作家经济生活状况与文学创作关系研究""作家性爱生活状况与文学创作的关系""作家疾病与文学创作的关系""茶酒等生活对于文学创作的影响""游学、游宦、交游等旅游生活(这类生活是需要消费、盘缠的)与作家创作关系研究""区域经济与文学创作的关系""宫廷经济生活与宫廷文学、城市经济生活与城市文学、园林经济生活与园林文学关系的研究"等等。[①] 相关研究自然属于"跨学科"领域,但任一命题可以说都没有超出文学创作这一核心本身,都是影响文学创作的诸多因素之一,只是在传统视域下难有深入开掘,故有赖于各专门领域的知识予以拓展。既然此类考察的目的并不背离传统的文学研究,故宗旨及落脚点不可模糊。这就要求我们不能只是简单地在文学与经济生活、感情生活等因素间确立一模糊关系,而应具体说明如何影响、影响为何,否则便只是一种空洞的理论宣告,昭示了某些常识,而无专业的推进。同时,这也更不是将专业概念或命题与文学现象

---

① 许建平:《文学研究的新经济视角与分析方法》,上海古籍出版社2008年版,第35—39页。

做简单类比,如此则是验证专业知识,而非文学研究。

此外,更可行也更一般的思路,仍是社会历史批评,严格来说,上述"新经济视角"提出的诸多话题并未超出这一视域,即将经济因素作为一种宏观力量引入阐释框架。当然,这有一个前提,即我们对此宏观情况应有正确、专业之认识。落实到晚明诗学研究领域,我们有必要对几个取得高度共识的经典命题予以重新审视。

第二节 商人地位辨

论及明后期的社会状况,世人喜谈所谓社会秩序的动摇或者破坏,譬如说四民顺序的更张,尤其是士商关系的变化,诸如士商合流、士商相混之说由此而发,究其实,其核心不过是想强调商人阶层的壮大与地位的提高,与此相关的自然是商业繁荣、经济发展以及随之而来的社会变革。余英时的相关研究及论断尤具典范意义[1],学人又在不同领域和层面有所拓展与深化,但在"溢出"的过程中,也难免"变形",特别是对历史发展趋势的认识,日益显示出过于乐观的倾向,并因之而丧失客观性与合理性。所谓"新四民论"和"士商相混"说即已表露相关苗头,更有学人浪漫昭告"明清之际,以私人工商业为杼机和主体的相对自由的商品经济的突兀性发展对社会生活产生了广泛而深刻的影响,使得传统的士商观念发生了带有根本性质的转变",就商人地位而言,明中叶以后"士商之间已无清楚的界限可寻",明清之际则商人地位"几乎可与士子比肩,甚而有过于士子

---

[1] 详参余英时《儒家伦理与商人精神》(广西师范大学出版社2004年版)一书。

者",及至清初"士商观念转变到令人瞠目的地步"。① 凡此种种,听来固然令人振奋,却明显有违事实。

一、士商关系研究的缺失及反思

有关商人地位提升、士商关系转型的论述占据学界主流,并日益成为"常识",虽然必要的警醒与专门的检讨并不缺乏,但或由于学人对"常识"的过度信赖,加之相关探讨多针对具体问题展开,未能凝聚成整体的、全局性的反思,学界的研究基础至今未有根本动摇。但若综合审视,不难发现诸多研究对所谓定论构成了巨大的冲击和消解。

就总的历史发展趋势来看,学人虽认可明中后期以来发生的一系列变化,并高度评价其历史价值,但也强调"明清时代生产力虽有所前进,出现了资本主义萌芽,新思想、新意识在社会上也有所反映,但没有飞跃的发展,并且是稀疏地、孤立散在着"②。因此若从整体上予以判断,可以认为"在近代以前,中国并未真正发生过标志着'社会转型'的实质性变化"③,如此一来,在未发生根本性制度变革的情况下,我们探讨商业发展影响、商人地位转型等问题时就当保持必要审慎,以免过度拔高。此类言论屡屡昭示,引发学人注意,但类似宏观论断对既有观点的冲击实在有限,更加难以构成突破现有范式的决定力量,毕竟在不少人眼中,异质因素再微弱,也是摧毁旧势力的进步性力量,代表着未来发展的新趋势,故而予以充分肯定与高度表彰并不为过。更何况在他们看来,反思者们的

---

① 高建立:《明清之际士商观念的转变与商人伦理精神的塑造》,《江汉论坛》2000年第1期。
② 傅衣凌:《明清农村社会经济 明清社会经济变迁论》,中华书局2007年版,第192页。
③ 王家范:《明清江南史丛稿》,生活·读书·新知三联书店2018年版,第24页。

总体判断往往是基于过往笼统经验或传统视野的陈陈相因,而新近发掘出的不少材料恰能纠正甚而推翻某些定论。至此,意气之争或含糊立论无益于问题的解决,不妨回归起点,细致审查相关材料与事实,以期能有合理之判断。

在考察士商关系转型问题时,最有利也最可靠的证据或在于彼时社会流动方面的特殊现象,譬如其时发生了不少弃儒从商的现象,在徽州等地更是形成一种潮流,标举"以商贾为第一等生业,科第反在次者","故虽士大夫之家,皆以畜贾游于四方"。关乎此,其实学人亦有不少总体论断,譬如说"当时社会虽然释儒从商的现象屡见不鲜,但仍然还可看到包括商人在内的不少人依然持守崇本抑末之见,他们菲薄商贾,心慕儒业,此种情形同样不能忽略"①,又比如说"在明代,尽管商而儒,儒而商,出商入儒或出儒入商,不乏其例,但商人的理想目标仍然是中科举而后出仕"②,但这些似乎都无法构成对新生且特异现象的回应,且因相关材料的不断发现,更是掀起了巨大的讨论声浪。

近有学者细致审查相关命题,发现一应认识多系误解。其中又以梁仁志着力甚多,他撰作多文,对在论证士商关系中有决定意义的"弃儒就贾""良贾何负闳儒"等命题予以了详细辨析,廓清迷雾良多。因兹事体大,故不避烦冗,稍作交代如下。就"弃儒就贾"而言,学人多半解释为放弃儒生(士人)身份而经商,且他们还觅得相关文献材料若干,认定彼时已造就"弃儒就贾"的潮流,反映了商人社会地位提高与士商融合的趋势。但梁仁志辨析发现,所谓"弃儒就贾"潮流的出现近乎一个伪命题,至多也只能理解为众多潮流之一,因为:

---

① 常文相:《儒、贾之间:明代商人的职业选择及价值理念》,《齐鲁学刊》2021年第6期。
② 陈宝良:《明代的致富论——兼论儒家伦理与商人精神》,《北京师范大学学报(社会科学版)》2004年第6期。

一是"儒"一般是指"儒业",即科举,而非"儒学",这是科举时代人们不打算读书科举而决定另谋他业的一种较为普遍的表达方式。二是"弃儒"行为的发生与"弃儒"者儒学水平之高度并无必然联系,即"弃儒"者不一定是儒生或士人。三是"弃儒"不必然"就贾"。①

至于"良贾何负闳儒"一语出自晚明著名文人,同时也是商人之子的汪道昆之口,向来被视为明清商人社会地位提高与士商融合的重要证据,譬如余英时即认为:

> 汪道昆,就可以说是商人阶层的代言人。例如,当他谈到自己的故乡——安徽新安时,就说道:"大江以南,新都以文物著。其俗不儒则贾,相代若践更。要之,良贾何负闳儒?"……尤其是最后一句这样傲慢的话,是过去的商人连想都不敢想的话。②

但这样一番言之凿凿的论断却是出于断章取义的误解,据梁仁志考察,"良贾何负闳儒"一语出自《太函集》卷五十五《诰赠奉直大夫户部员外郎程公暨赠宜人闵氏合葬墓志铭》,其原文为"大江以南,新都以文物著。其俗不儒则贾,相代若践更。要之,良贾何负闳儒,则其躬行彰彰矣!"换言之,良贾之所以不负闳儒,是建立在一定条件和基础上,即他们的品性可以和闳儒相当,一旦少了"这句关键性的话和历史实境,'良贾何负闳儒'

---

① 梁仁志:《"弃儒就贾"本义考——明清商人社会地位与士商关系问题研究之反思》,《中国史研究》2016年第2期。
② 余英时:《明清变迁时期社会与文化的转变》,载《儒家伦理与商人精神》,广西师范大学出版社2014年版,第192页。

就很容易被断章取义地解释为商人社会地位不比士人低之意"。①

再如"徽州风俗以商贾为第一等生业,科第反在次者"等命题,似乎更能说明士商关系的调整以及商人地位的决定性翻转,但梁仁志指出,所谓"第一等"并非"第一等级"或"第一品级"之意,更加符合原意的当是"最主要的":

> 经商和业儒是明清时期徽州人最主要的两条谋生之道。但在当时科举录取率很低的情况下,蟾宫折桂毕竟犹如登天一般难度太大,对不少徽州人而言并不现实,只能望而却步,反倒是通过经商维持生计要相对容易得多……因此经商的人数自然较业儒者多。故"徽州风俗以商贾为第一等生业,科第反在次者"一语应同汪道昆说"不儒则贾"所要表达的意思一样,也是对当时徽州人职业选择基本现状的一个客观描述,并非是说在徽州这个地方商人的社会地位如何之高。②

这样一个解释应当是符合事实的,否则就无法解释为何在徽州会出现"先贾后儒""先儒后贾""亦儒亦贾"等"贾而好儒"的表现。

综合来看,应观点及其思路的缺失有二:一是将具有多元可能的常规现象(弃儒而从他业)视作仅有单一选择的特殊事件(就贾),二是将具有一贯性的日常思路(弃儒而从他业)视作特殊条件下的历史抉择(就贾)。从表面上看,这是因对材料的错误解读以及想当然地过度发挥所致,但从根本上说,正如我们一直强调的,学人的主观诉求才是关键因素,

---

① 梁仁志:《"良贾何负闳儒"本义考——明清商人社会地位与士商关系新论》,《湖北大学学报(哲学社会科学版)》2018年第4期。
② 同上。

即往往是抱定了某个信条,以有色眼镜予以扫描的结果。归根结底,我们太在意种种"转型"及其承载的意义,并将历史发展或者人性构成简单理解描述为按照某种"约定"或"信念",一成不变地持续演进,却忽略了其中的复杂性。职是之故,对于具体观点或现象的辨析是必要的,但却不够充分和完善,因为彼时确实出现了异质因素。我们固然可以强调总体格局并未改变,对某些因素的高度评价乃是出自误解,但如何理解和认识类似现象仍是必须回答的问题。因此,我们当从相关论断思维方式的缺失入手,突破单一思维,基于多元复杂语境,努力重建一种合理的考察视野。

另有人强调了明中后期士商间的交流互动日渐频繁这一事实,譬如说彼时文人士大夫流行为商贾撰写传状碑志,且在其中对商人、商业多有褒奖,我们可以开列一个很长的名单,其中包括了李梦阳、归有光、汪道昆、王世贞、张四维、李维桢、顾宪成等著名文人,故而有学人在此基础上"对16世纪以后士、商关系的演变提出了一些新诠释、新定位,商人传记俨然成为标识商人社会地位提升以及士、商关系由疏离走向亲善、融洽的象征符号"[①]。但我们实在不必对此作过高估量,傅衣凌早就指出:

> 在明清两代的文献中,有关商人的传记固然有许多,但是他们之所以被文人儒者记载而流传下来,似乎不是他们的工商业行为,而大多是他们从事工商业之后的行为,符合于儒家思想,符合于社会的伦理道德,而值得时人的留念。是以在地方志中,商人们的传记,绝大部分收在《孝义》、《笃行》等志类中;在各种文集中,他们的事迹,亦大多以所谓孝义、笃行而被津津乐道。[②]

---

① 黄开军:《明清时期商贾墓志铭的书写与士商关系》,《学术研究》2019年第11期。
② 傅衣凌:《明清农村社会经济 明清社会经济变迁论》,中华书局2007年版,第387页。

今有学人则从体裁角度指出"明代中晚期士人为商人创作了大量的寿序、墓志铭、记、传、行状等文章。赠序与这些文体基本相似,多为应酬之作,但明代中晚期士人为商人所作的赠序数量很少"①,个中隐藏的仍是区分对待士商的意识。

至若表彰的具体内容,假使去除某些先入为主的意识和望文生义的理解,也难以支撑现有结论,上引傅文的观点,即商人因符合儒家思想和社会道德而得到表彰便很能说明问题,若是进一步分析所谓"进步思想",依然未超出这一格局。有学人认为王守仁以一代宗师的身份,为苏州府昆山商人方麟作墓表宣扬士可为商,商可为士,堪称重大突破。但就阳明的具体言论来看,其云:

> 古者四民异业而同道,其尽心焉,一也。士以修治,农以具养,工以利器,商以通货,各就其资之所近,力之所及者而业焉,以求尽其心。其归要在于有益于生人之道,则一而已。士农以其尽心于修治具养者,而利器通货,犹其士与农也。工商以其尽心于利器通货者,而修治具养,犹其工与商也。故曰:四民异业而同道。②

这里确有肯定商人价值的意味,但需注意的是,他看重的不是商人的具体行为,而是其行为的效果,即"有益于人生之道"。换言之,只要归于"道",可士可农可工可商,在"普遍性"的名义下,各种职业的具体属性被无形中消解了,自然也就谈不上对其的认同与肯定。更进一步说,他有关商人与"道"关联的说明某种意义上只是一厢情愿,现实情况并非一定如

---

① 张世敏、张三夕:《明代中晚期士商关系反思》,《北方论丛》2013年第1期。
② 王阳明:《节庵方公墓表乙酉》,载《王阳明全集》(新编本),浙江古籍出版社2011年版,第986页。

此，否则也就不会有对为富不仁、竞相奢靡等观念和行为的批评。故而，与其说阳明对商人表示尊重，不如说他重新塑造了一种虽理想却未必存在或者说他们希望的商人类型。① 又李梦阳曾为商人王文显作墓志铭，中引王氏言论，云：

> 夫商与士，异术而同心。故善商者，处货财之场，而修高明之行，是故虽利而不污；善士者，引先王之经，而绝货利之径，是故必名而有成。故利以义制，名以清修，各守其业，天之鉴也。②

个中观点与阳明可谓同调。作为商人，王文显颇有高明手段，"善心计，识重轻，能时低昂，以故饶裕"③，但墓志铭中更为强调的却是"利以义制"，即"道"的完善，而非"商"的特色，诸如"善商者……虽利而不污""善士者……绝货利之径"之辞更是明显体现出了区分意识。特别要注意的是，此类言论乃出于商人之口，更能见出一时之世风民情。

又比如说有学人引及的江右王门学派的代表人物罗洪先为商人周松冈所作墓志铭，其中称"遂弃儒，独力走楚之汉川，贷人子母钱，居奇化滞。久之，诸用渐舒，兄得卒儒业，弟妹婚嫁咸有倚"④，这一现象及相关评价

---

① 陈立胜认为"如何避免士途、仕途由'成圣之途'堕落为'市途'，如何将新兴的工商文化纳入'生人之道'，这是《墓表》全文的主旨。换言之，在'士阶层'随波逐浪而日趋丧失其'士意识'，'四民'日趋'三民'化的时代中，如何重新激活'志道、明道、弘道'以道自任的'士'精神，唤醒士阶层的王道意识、大道意识，截断众流，扭转'士风'与'仕风'，保守住'士'的本色、牢记'士'的使命，这才是阳明念兹在兹的问题意识"（参氏著：《王阳明"四民异业而同道"新解：兼论〈节庵方公墓表〉问世的一段因缘》，《哲学研究》2021年第3期）。据此，时下诸种解读可谓偏离航道。
② 李梦阳：《明故王文显墓志铭》，载《李梦阳集校笺》，郝润华校笺，中华书局2020年版，第1562页。
③ 同上书，第1561页。
④ 罗洪先：《董岭周君松冈墓志铭》，载《罗洪先集》（下），徐儒宗编校整理，凤凰出版社2007年版，第848页。

也很具代表性。此处对周松冈这位"商人"的肯定,同样不是从商业活动本身出发,而是看到了他以一人的"牺牲"成就家人的可贵品格与精神。且其本人虽从商,兄弟则仍业儒,高下分别可见。上述王文显墓志铭中也提到,当其弟举于乡后,其父喜之曰"兄商而利,弟士而名,乃吾今何憾矣!"看似于两种身份间并无轩轾,但当文显读书有得,质之乃父时,其"大惊喜",以为"汝商而士邪,乃吾今何憾矣"①,可见其还是重儒而轻商。如此说来,作为评价标准的仍是传统观念,商人或商业活动得到认同乃是因为他们分享了以往专属士人的某些品质,从而被纳入既定体系中,至于商人、商业的专属特性倒未见得有什么发明与赞扬。②

高度表彰或者过度轻视可能都不是合理思路,于是有学人强调这一"具转折意义的现象"反映出的问题"远比我们想象的更加多元和复杂"③。一方面他们会承认商业的治生价值,阐发义利相通的经营哲学,进而肯定商人的社会角色,与此同时,也会强调"异类论"和"代表论"的分野,反映出时人对自身文化立场的坚守。④ 此举排除单一视角,兼顾各种立场,自然是更为通脱的思路,但他们在理解这一话题时,仍系从士商

---

① 李梦阳:《明故王文显墓志铭》,载《李梦阳集校笺》,郝润华校笺,中华书局2020年版,第1562页。
② 有学人指出,"明中期以后商人的地位有较大改变,但社会声望毕竟还难以与士人相匹敌。例如,对商人的赞誉都是比照士人:'商名儒行'、'恂恂如儒生',等等。以符合'士行'作为衡量商人是否良贾的标准,商人所得到的最高赞誉也不过就是'有士行'、'如儒生',由此不难推知士与贾在人们心目中的地位高下"。详参蒋文玲:《明清士商渗透现象探析》,《江海学刊》1995年第1期。
③ 以墓志等作为考察材料确需充分关注其中的复杂性,但此"复杂性"不仅指相关材料中表露出来的观点,更是指这一操作行为本身。有学人指出,在考察墓志等材料时,要充分注意撰写者(士人)与对象(商人)的关系,弄清写作动机,以及可能的因素,这些都会影响到相关评价的成色。此外,现在流传的多是大商人甚至知名商人的墓志铭,与普通中小商人相关的则较为稀缺,"我们很难从商人墓志铭中把握中小商人的精神面貌,以及当时文人对中小商人的看法"。详参谷梦月、梁仁志:《明清士商关系嬗变新论——兼论商人墓志铭的史料价值》,《黄山学院学报》2019年第1期。
④ 黄开军:《明清时期商贾墓志铭的书写与士商关系》,《学术研究》2019年第11期。

关系入手,最终试图凸显的是一种所谓的新的"商人—商业"观,究其实质,还是以呼应或强化商人地位提升这一话题,故而同样存在自我设限的倾向,束缚了考察问题的视野与格局。

二、从"商人"回归"人"

就一贯传统而言,士商之间虽有地位差别,但士人对于商人的情感态度却呈多元面貌,恰如学人指出的,"士"对于"商"的态度,并不仅限于轻视或者非难。他们既会对商人的富裕优越生活表示羡慕,也会对商人的危险艰难处境表示同情,至于商人的社会贡献也会得到他们的积极肯定,个中原因也不复杂,"他们也是一些普通人,在基本的人性上与'商'是相通的"①。换言之,他们的一应判断首先是基于"人"的考虑,而非关于"商"的考量。每一个体虽有其社会属性,但我们首先看到的是一个个鲜活的个人,而非那些空洞的标签。及至近世,士人对商人的态度除了延续基本的人性立场外,确有因时代变革而赋予的新内容,但所谓的新立场、新认识固然受到特定时代政治、经济、文化等诸多因素的影响,终究从属于对"人"的思考,不能脱离最基本的人类情感。故而我们有关士商关系的理解不可过于绝对和狭隘,处处将士、商对立考察,或者仅从士商关系角度入手,而忽略了其中的复杂可能。

拘泥于士商关系来考察彼时的社会结构,这容易给人造成一种错觉,即曾经地位稳固的两大阶层,至此开始出现力量翻转,这显然是对中国传统社会结构有所误解。古人虽有士农工商之排序,但对其稳固程度不宜过高估量,"虽然法律规定了四民的先后次序,士为其首,次为农、工、商,

---

① 邵毅平:《文学与商人》,复旦大学出版社2019年版,第2页。

但中国史上有哪一个时代曾严格地遵守,还是很值得怀疑",主要对社会身份地位起决定作用的因素是"教育、劳力与财富"。① 故而社会流动本是一种常态,"商业贸易及其他生产性行业,或与读书举业交替轮换,或与读书举业同步进行,这样的事实是很普遍的,以致许多明清社会观察家都有一个印象,认为士农工商四种主要的职业之社会区隔是模糊的"②。既然"身份属性"不能简单决定社会地位,所谓士商的差别便不能简单而论。③ 当然,由于士和商在传统社会代表了差异较大甚至对立的两种价值形态(所谓义利之辨),因此二者间的互动、交流确应受到特别关注和重视。但我们需要注意的是,正如上文已经提及的,在考察相关问题时,不应拘泥于身份色彩,更应首要考察作为"人"的基本属性和诉求。梁仁志在论及徽州商人时即已提醒:

> 在讨论明清贾儒关系问题时,一些学者往往过于强调商人的特殊性,从而使相关讨论难以接近历史真相。如对徽商"贾而好儒"兴起原因的考察,如果将徽商视作徽州人之一部分,则了解徽州人"好儒"之风的形成,便很容易明白徽商"好儒"的原因。但已有研究却过于纠结作为"商人"的徽商"好儒"的原因,故在"商"字上苦下功夫,其结论遂不免偏离真相,或即使触碰到了答案,也只是其一部分。强调徽商"贾而好儒"的功利性目的是大多数论者的认识,有一定的

---

① 何炳棣:《明清社会史论》,徐泓译注,中华书局2019年版,第23页。
② 同上书,第325页。
③ 何炳棣指出,"研究中国社会史的学者往往会遇到显示士与商间流动的案例,有许多穷书生弃儒从商,也有不少商人累积一定的财富之后弃商从儒。理论上,在传统中国社会,法律及社会地位上,穷书生必定比富商高;实际上,还是要看穷书生自己,他才是本身利益的最佳裁判,他要考虑的是包括转换职业可能带来的社会地位的得失。现代的学者只能推估弃儒从商可能拖累社会地位,但我们并无可靠的方法估算经济地位的实质改善,是否在理论上能补偿其社会地位的损失"。载氏著:《明清社会史论》,徐泓译注,第64页。

合理性，但也容易导致忽略或漠视商人的精神文化需求和内心喜好，以及因身份的模糊性所导致的中国传统社会商人内心世界复杂性的问题。①

我们在考察士人时也当有此自觉。论及士人，我们往往会强调他们的道德操守和理想信念，即偏于"义"的一面，至于"利"，则是羞于提也不该提的话题，仿佛一旦涉足相关领域便难免自我堕落。但理想映射不能替代现实处境，对于任何一个体来说，生存都是首先需要面对的切身问题。古人中虽然不乏固贫之士，孔门高第颜回即因安贫乐道而大受赞誉，但对更多的普通人而言，他们却不能不艰难抉择。譬如上引文提及的周松冈，出于家族责任感（这也是传统道德规范的要求），他只能"牺牲"个人以成就其他成员，这一现象应该具有较大普遍性。据何炳棣考察发现，生员（他们应当是弃儒的主体）由于在法律和社会意义上是"末举"身份，"如果家庭不富裕，就得随时随地努力工作才能维持贫寒生活。他们大部分在村塾中教书，或当家教，通常薪资仅够维持温饱……明清时代此种例子，比比皆是"②，也有人会选择经商，"各种传记丛刊经常出现生员与监生放弃他们的专长去做小生意"③，甚而有些时候，"由于生活压力太大，明清的生员与清代的监生经常从事有损学者身份的工作"④。就此而言，没有必要过度解读士人、儒生的转向或兼顾它途（包括经商）的行为，身为儒生，读书应举自是他的首要追求和终身职志，但面对生存的难题，他也不得不便宜行事。理想与现实间的巨大反差，导致世人无法拘泥于教条式的理

---

① 梁仁志：《也论徽商"贾而好儒"的特色——明清贾儒关系问题研究之反思》，《安徽史学》2017年第3期。
② 何炳棣：《明清社会史论》，徐泓译注，中华书局2019年版，第42页。
③ 同上书，第43页。
④ 同上书，第42页。

想信念,故一方面致力于科举进学,另一方面多能鄙事,以养家糊口。这一点正是历史的常态,"从明清时代许多士大夫的例子可知,在他们努力于转换社会身份的初期,均同时从事农耕与读经"①。

以上或属不得已的抉择,但在历史经验和现实处境的驱使下,不少家庭在规划发展模式,特别是子女的成长道路时,便多有功利性的考量,譬如说他们会安排多个儿子分别去课儒和经商,同时保证经济和政治地位。一位继承父业的商人即直言,"吾兄以儒致身,显亲扬名,此之谓孝;吾代兄为家督,修父之业,此之谓弟"②。如此一来便不难理解明清时代的这等现象:"在人口构成中,农商不分、农工不分相当普遍。……我们再从商人的传记中,更可以看到即使同一家庭中,这种农商工贾分工兼营的现象也相当普遍"③。

在此背景下再来考察"弃儒就贾"等命题,可有不同认识。片面强调"弃儒就贾"容易给人造成一种错觉,即世人在二者之间做出了一种抉择,预示或代表着一种新的社会趋势。但正如史家已经指出的,时人并非仅限于在上述二者间作非此即彼的选择,"弃儒"后尚有就医、就农等多种可能。一应士人系根据治生的需要,结合个人的特点,选择可以解决自己实际困难的方式,是"现实"而非某种抽象、空洞的观念在主导其行为。因此,出于谋生的考虑,士人放弃科举之路,转投他业,是历史上的一般现象,只不过彼时的可能性较多,且读书人的压力相对较小,作为一个基本的生存命题,未曾引起突出关注。但及至明后期,读书登第的困难越来越大,转投他业越来越成为不得已的选择,与此同时,在"就儒"不成、为求生计投入多业之时,基于商业的繁荣和经商带来的巨大回报,"就贾"日渐成为首要考量。需要说明的

---

① 何炳棣:《明清社会史论》,徐泓译注,中华书局2019年版,第93—94页。
② 李维桢:《方仲公家传》,载《大泌山房集》卷七十二,《四库全书存目丛书》集部152,齐鲁书社1997年版,第247页。
③ 傅衣凌:《明清农村社会经济 明清社会经济变迁论》,中华书局2007年版,第383—384页。

是,虽然士与贾成为时代的中心话题与选择,但从理论上说,二者并非处于同等地位,世俗的价值信念并未改变,"就儒"仍是优先考量,只是从实际出发,世人首先考虑的不是地位和声誉,而是现实可能性。最佳结果自然是二者兼顾,否则只能退而求其次,审慎抉择哪一端更容易实现。士、商地位在这种情况下倒真可谓实现了"平等"。但这里起着决定作用的是人的现实考量,而非对二者性质、地位的确认,恰如有学人认为"与读书人相比,明代普通民众对儒贾取舍的认知更为朴素直接……考量维持家计及继承祖业等现实'治生'因素,明中后期很多家庭的成员都可以视生活境况和个人资质在儒贾两业间择善而从"①。因此,不是商打败了士,是世俗化、功利化的考量打败了理想追求,当然,这种考量本身可能也是一种商业思维。② 与此相关,弃儒而就贾,时人看重的并非商业自身的价值,而是商业活动可能创造的财富及对家庭生活的重要影响,财富与商业在彼时虽难以割裂,但毕竟不是一回事,对于财富的向往也不能简单视之为对商业的肯定,就此径直引申出商人地位提升云云,也有欠严谨。

综上,或许我们当从现实与理想两个层面来考察时人心态。从现实层面来说,生存问题是首要的,故而他们多持功利思想,因治生需要,选择合适且必要的方式,并在儒业难以依赖的情况下,转向他途,其中经商又因回报较高而获得更多青睐。但由于历史文化传统的影响和现实政治环境的制约,他们又不能忘怀于读书登第等传统思维,于是或在生计问题解决后重新寻求文化领域的可能,或者在培养子女的过程中采取分类培养

---

① 常文相:《从士商融合看明代商人的社会角色》,《东岳论丛》2016年第11期。
② 我们对此也不必过于介怀,功利化、现实化的考量并非经济高度发达以后的产物,而是世人面对生存问题时的必然选择,但就社会价值而言,我们从来都是超越现实需求,追求理想境界,所以我们才会大力表彰坚守传统与信守理想的士人,所谓安贫乐道云云即是。商人地位的提升以及士商关系的变动,固然影响或者丰富了我们的价值观,却没有颠覆和取代。及至今日,儒家传统、士人风范中的可贵品格依然被纳入到价值理念中。

的方式。① 其中自然免除不了功利考量(即使投身文化事业也未必单纯,他们可能也在期待科举入仕带来的现实保障和收获),但这更多是与生存保障息息相关,而非商业兴盛导致的另类思维,更不必说,不管怎样务实,理想信念始终是照耀着他们的终极追求。

既然肯定了"人"的意义和价值,那么我们考察具体问题时就不必过于拘泥,换言之,我们不应该简单比附士人(出格)行为与所谓市民阶层的关系。譬如说有学人论及李贽时,强调其"肯定私欲和物质利益的观念也显然是市民式的",且因其祖上曾是巨商,更是坐实了这一结论。此外,袁宏道把"一身狼狈,朝不谋夕,托钵歌妓之院,分餐孤老之盘,往来乡亲,恬不知耻"当作人生快乐之一,此种快乐"本身就是市民社会的生活方式之一种"。至于冯梦龙、凌濛初等人"靠写作和出版通俗书籍谋生的文人,更与商贾有着千丝万缕的联系"②。换言之,我们在认定所谓异端士人的思想观念系市民阶层诉求的表达或反映时,依据有二:一是他们自身与商人或市民阶层有着密切联系;二是类似表述与市民要求契合。但严格来说,这两条都算不得严谨证据。就前者来说,李贽虽祖上为巨商,我们无法否认他会受到家庭氛围的影响,但更不能忽略后天教育与经历的意义;至于冯梦龙和凌濛初,作者自己都承认他们于表现射利欲望的同时还有"补世"的苦心,尽管他声称不知道"哪一样更重要"③。其实我们只要对他们

---

① 赵益通过分析通俗文学作品发现,"商人虽成为社会群体的重要分子,但只有捐纳功名才可能获得向上流动的机会,一如文士固不废治生,科举及第还是最根本的目标。此一社会伦理不仅没有彻底否定传统社会阶级差别,相反却始终予以维护。显然,这样一种'商业伦理道德'、'社会伦理道德'虽然不无新义,但未能彻底突破传统,仍是无法否定的事实"。载氏著:《普化凡庶:近世中国社会一般宗教生活与通俗文学》,上海古籍出版社2021年版,第245页。
② 高小康:《市民、士人与故事:中国近古社会文化中的叙事》,人民出版社2001年版,第33页。
③ 同上书,第47页。

的生平经历有所了解,特别是他们在经学方面的孜孜努力,便可知他们始终不能忘怀于士人的责任与担当。至于后者,同样存在疑问。袁宏道标举的生活方式不外乎纵情声色、追求物欲,这自然与特定的社会潮流及个人心态相关,但我们需追问的是此种表现到底是"市民"本色或专享,还是一般的作为"人"的欲望?又,学人在评价某秀才的举止时称,"这位秀才的处世方式,明显带有一点商人式的精明与机变"①,难道精明与机变属商人独有?人性皆有阴谋算计,实在不必事事往商人身上靠拢。

第三节 市民及市民文学辨

商人、商业问题看似与文学(诗学)研究无关,但置入晚明这一特殊时段中,它却是一个重要中介,勾连起了"资本主义萌芽"与"市民文学"等话题,而后者可谓是明后期文艺的重要内容。按照一般的逻辑,随着经济的发展和资本主义萌芽的出现,市民阶层(商人是核心成员)不断壮大,市民社会逐渐成形。为了反映市民社会的日常状况、迎合市民阶层的精神需求,于是就有了市民文学的产生与繁荣。故而就晚明诗学研究来说,商人、商业等话题势必要细致审视,有关市民文学的探讨也应随之调整。

一、市民界定的分歧与尴尬

有关市民文学的专门研究虽不多见②,但作为一种突出现象,似已成

---

① 高小康:《市民、士人与故事:中国近古社会文化中的叙事》,人民出版社2001年版,第56页。
② 现今的专门研究仅谢桃坊《中国市民文学史》(四川人民出版社1997年出版,2015年修订再版)与方志远《明代城市与市民文学》(中华书局2004年版)两部。

为学人共识,故市民文学、市民文艺、市民文化、市民精神、市民阶层等概念屡屡出现在晚明以降的专题文艺研究中。可令人遗憾的是,尽管相关表述环环相扣,逻辑严谨,但其立论基础,即市民或市民文学之确立却多存疑问,且其标举和推广多有时代性、策略性之考量,以致其理论体系自身存在含糊乃至冲突处,只是学人对此似乎缺乏必要意识。譬如何谓"市民"?"市民"地位如何,有何诉求?市民诉求与市民文学间是何关联?这一系列问题都有待追问和思索。

毫无疑问,"市民"概念系从西方引入。在西方语境中,"市民"概念的内涵也伴随时代变化而屡有调整①,但我们今日普遍接受的大概是指封建社会后期城市商品经济发展到一定阶段的产物②。这一概念引入我们的历史语境后,学人的接受和应对方式无非两端,要么较为严格地对照西方概念,极力在中国传统社会中按图索骥寻找相似或相应对象;要么,则强调尊重中国语境,确立符合历史实际的本土概念,这种"自觉"多半也是由于在中西比照的过程中发现了难以调和的矛盾,不得不有所折中。现有的两部以"市民文学"为题的专门著述,恰好代表了上述两种思路。

有学者认为"市民自然包括在平民之内,但它却是古代商品经济发展到相当程度时以商人和手工业者为主体而形成的一个新阶层"③。据研究发现,"北宋时已初步具有了资本主义萌芽的物质条件,或者说具有了

---

① 详可参何增科《市民社会概念的历史演变》(《中国社会科学》1994年第5期)、何历宇《市民社会的演变及基本理念》(《学术研究》2000年第4期)等文。
② 何历宇指出,"在西方,也正是商业行为才逐步确立了独立人格的概念,只有一个具有完全权利能力和行为能力的人,才是一个真正意义上的商人。可以说,人的价值最早是由商业行为重新发现的,而自由、平等观念的真正普及则完全归功于市场经济交换的发展。同时,市场经济作为一种自在领域也是制约国家权力最强大的力量。因此,现代西方的市民社会观念与市场经济是不可分割的"。载氏著:《市民社会的演变及基本理念》,《学术研究》2000年第4期。
③ 谢桃坊:《中国市民文学史》(修订版),四川人民出版社2015年版,第31页。

资本主义的若干因素"①,与此社会发展趋势相适应,"我国市民阶层的兴起是以公元1019年(北宋天禧三年)坊郭户单独列籍定等为标志的,这在世界历史进程上恰恰与欧洲市民的出现基本上是同时的"②。如此一来,"市民"学说虽系西方引入,但也是我们的本土产物,且无论其发展进程、内涵特征都与西方世界一一对应。可惜的是这般清晰、明确的结论难以获得学界认同,包伟民便直言"在关于'市民'文化或'市民'文艺的讨论中,几乎所有论者都清醒地认识到,中国传统时期的'市民'与西欧中世纪城市复兴时期的市民阶层,其社会地位与身份特征存在显著差异,因此,当时东西方之间的'市民文化'不应相提并论"③。如此一来,我们就当深刻剖析外来概念的内涵,特别是其产生语境及应对问题,进而搜寻其对等物,随意比附之举或能避免。

强行嫁接既不可行,尊重中国语境适当调整便成为优先选择,但如此一来的结果,往往是造就一个新概念,其与外来词汇的关系颇为微妙,甚至有时候为了多方照顾,炮制出一个"大杂烩",看似客观,却也在相当程度上消解了其独立的必要。有学人通过细致梳理和辨析,认为:

> 中国古代的市民应该包括这样一些成分:无业游民、各种力夫、杂色人员、服务行业及艺术行当的从业人员、城市知识分子、商人和

---

① 谢桃坊:《中国市民文学史》(修订版),四川人民出版社2015年版,第2页。
② 同上书,第14页。
③ 包伟民:《城市史的意义:宋代城市研究杂谈》,载包伟民、刘后滨主编:《唐宋历史评论》第六辑,社会科学文献出版社2019年版。杨念群则进一步说明,"'公共领域'与'市民社会'在西方是一组相关概念,阐明的是欧洲市民阶级通过特定空间表达自身诉求,形成制衡封建帝王权威,最终诱发资产阶级革命的历史。其'公共领域'中'自治'状态的营造,成为'市民'阶级崛起的基础。然而,这组概念一旦移植到对中国历史的解释中就完全失去了原意"。载氏著:《百年清史研究史·思想文化卷》,中国人民大学出版社2020年版,第12页。

手工业主及其雇员、城居地主和乡绅、各阶级各阶层的家庭服务人员、非主管官员及吏员、各衙门的差役人等、无职位的贵族、闲居人员等,以及他们的家属。①

这一界定超越了经济、文化、阶级等诸多标准,包含对象的范围之广、差别之大,不能不让人怀疑将这些人视作一种类型,并探究其共性特征和普遍诉求是否存在意义,甚至是否可行。由于市民范围的多元,与此相关联的市民文学也因之无所不包,依照论者的看法:

> 一、主要通过口头的方式,或者既通过口头也通过书坊版刻方式进行传播的作品,包括白话小说、戏剧、民歌时调、说唱词话、笑话、打油诗、嘲讽曲、谣谚等。
> 二、主要通过书坊版刻进行传播的作品,包括科举时文,历代名诗、名词、名曲、名文选集,历史文学作品,文言小说中的传奇小说、志怪小说,城市知识分子的部分诗、词、文,以及一些以反映文人风流韵事为主的诗话、词话、文话等。②

同样超越了各种层次,涵盖了多个领域,甚至打通了雅、俗文学的边界,如此一来,还有什么不算市民文学呢?这样的市民文学又还有什么特殊性与必要性呢?

但这种局面的出现正是其理论演绎的必然结果,有论者指出:

> 所以凡主张市民文学观念者,首先要对中国城市居民进行划分,规定哪些城市居民可以算作市民,哪些不能算作市民……如果分析

---

① 方志远:《明代城市与市民文学》,中华书局2004年版,第13页。
② 同上书,第23—24页。

人们划分市民的依据,可以看出在中国市民的划分办法中,实际需要符合两个简单标准:既要求生活在城市中,又要求社会地位低下。①

按此标准,我们有关"市民"阶层的界定当是较为清楚的,其核心成员莫过于商人、手工业者等等,至少文人不应该轻易列入其中,但问题是"有商人及其他行业的市民作为文学消费者,还不能构成文化市场,还必须要有生产者"②,这就决定了文人无法缺席。商人、手工业者等"市民"阶层发展壮大的同时,形成一系列社会风尚和精神意趣,造就"市民文化",但对于这类现象的文学呈现,即市民文学的产生,非有赖于文人不可,毕竟是他们掌握了文化主导权。要想文人主动反映市民生活,传达市民声音,有赖于一个前提,即他们对于市民阶层的理解、欣赏和认同,或者说,他们的思维方式、审美趣味与市民阶层同一,最好能成为其中的一份子。否则,由于身份、地位及趣味的差别,他们难免会以俯视、轻视等态度来审视相关现象,并表露曲解、误解或者嘲讽、贬斥等倾向,此类作品显然不能与市民阶层声气相求,也无法获得他们的认同与喜爱。由此就不难理解,为何在划定市民阶层时要将文人网罗在内。或是由于文人与市民阶层存在显著差别,故不少学人强调底层文人云云。但此类文人文化水平和层次较低,与创造经典的标准存有差距,且其沉沦下僚,难以造就轰动影响。学人既认定彼时市民阶层日益壮大,市民文学不断勃兴,必然应在社会主流层面造成普遍影响,故而他们的眼光仍需投向主流文人。③ 在不少学人看来,

---

① 董国炎:《市民文学与平民文学之争》,《吉林师范大学学报(人文社会科学版)》2014年第4期。
② 陈东有:《社会经济变迁与通俗文学的发展:明嘉靖后文学的变异与发展》,《江西社会科学》2005年第6期。
③ 就事实来看,这一判断显然属于想当然,赵益即指出,"理论上,这一'文人'群体也可能包括传统精英雅士,但事实表明明清通俗小说的作者在总体上只能是一个低级文人群体"。详参氏著《普化凡庶:近世中国社会一般宗教生活与通俗文学》(上海古籍出版社2021年版)相关章节。

彼时发生的社会变动显然呼应了这一诉求或潮流,所谓士商合流、士商相混正是典型反映。① 如此一来,无论是市民阶层,还是市民文学,必然要多方兼顾,最终成为无所不包的拼盘。但也正因为其无所不包,故左支右绌,多有含混、冲突之处,时时威胁到自身理论体系的稳固。诚如上述,文人的地位以及士商关系的实质等命题并未有颠覆性改变,则据此引申的诸多文学判断也难以成立。譬如李贽有"就其力之所能与心之所欲为,势之所必为者以听之,则千万其人者,各得其千万人之心,千万其心者,各遂其千万人之欲。是谓物各付物"②之提倡,学人据此认为"所谓的'千万人',正是指当时已经形成了阶层和一定力量的工商业者和城市市民。李贽的观点实际上是代表了这些平民意识,代表了已成为社会文化主流的平民文化。李贽只是他们其中的更为突出更为激进的代表而已"③。类似解读具有相当的普遍性,不少学人在论证和强调市民文化时,都以李贽为旗帜和标杆,动辄声称其表露市民意识、宣扬市民精神。但将卓吾口中的"千万人"理解为市民阶层,实在牵强和突兀。他从来不曾以某个阶级或阶层的代表自居,类似的鲜明意识始终阙如,作为广大"教主",他是要教化世间大众、天下苍生,即他不是要宣扬专属于某一群体的诉求,而是为天下人立法。在他看来,其所提出的乃是一般的、普遍的作为人的要求,或许这些跟所谓"市民"意识有相似处,但这只能说明,市民作为大众的一部分,

---

① 方志远特别指出,明代的市民构成有两个明显特点,其中之一为"所受教育程度的提高,这既表现在市民中士人比例的扩大,也表现在整个市民文化层次的提高"。详参氏著:《明代城市与市民文学》,中华书局2004年版,第116页。林庚也认为"从李贽到三袁和冯梦龙,文人们一步步地接近市民文学也正是不难理解的",但他同时也指出,"市民的因素在文人的思想体系中毕竟没有占据一个主要的位置。在市民身上,文人似乎也并没有寄托更多的希望"。载氏著:《西游记漫话》,北京出版社2004年版,第139页。
② 李贽:《道古录》,载《李贽文集》第七卷,张建业主编,刘幼生整理,社会科学文献出版社2000年版,第365页。
③ 陈东有:《人欲的解放:明清社会经济变迁与大众审美》,江西高校出版社1996年版,第83页。

拥有共同心声,相关解读不免将普遍性置换成了特殊性。

因市民划分而导致的"市民文学"的尴尬远不止于此。"市民文学"虽内涵丰富,但其主体当属通俗文学无疑。就通俗文学的历史发展来看,城市固然是其生产、传播、接受的重要区域,乡村也是不可忽视的存在。除了城市居民,广大农民也是通俗文艺的爱好者。如此一来,"城市"的独特性被消解,"市民"也不再有意义。故有论者就称"城市和农村都不是孤立静止的,各阶层各类型人口的流动、影响、交融,也从未停息。如果综合把握农村文艺与城市文艺相结合的过程,很多文艺品种称为平民文艺更准确,更符合它们的动态状况"[1]。

但"市民"这样一个"标签"显然是不能轻易去除的,因为无论是市民社会的提出还是市民文学的凸显,皆非单纯的学术事件。彼时的城市发展及城市平民的需求中应该说出现了不少新情况、新特征,且与"市民""市民社会"的部分内涵一致,但二者显然并不完全一致。借鉴现代学说来观照、审查彼时的现象,并予以现代解读未尝不可,但我们往往会往前多走一步,根据部分相似或类似,径直给昔日对象重新命名,此"正名"之举说白了无非两个意图:其一是要证明凡西方人所有的我依然具备,更何况这是要跟马克思所言社会发展进程相适应。其二,也是更重要的,将彼命名为市民及市民社会,便可以分享它们的一切"光环",进而塑造出一系列历史判断,诚如包伟民所说,"市民文化理应蕴涵的新型、自由——因而不见容于旧体制——的特质,这才是论者殚精竭虑试图论证的内容,舍此关于中国古代市民文化的讨论也就没有多大意义了。所以'自由'、'新型'等等词汇就常常出现在相关的论述之中"[2],置换到文学研究中,

---

[1] 董国炎:《市民文学与平民文学之争》,《吉林师范大学学报(人文社会科学版)》2014年第4期。

[2] 包伟民:《唐宋城市研究学术史批判》,《人文杂志》2013年第1期。

便是人性解放、鼓吹欲望、与传统决裂等概念的高频亮相。换言之，我们已基本设定了一条明后期社会的演进路线，需要的不过是补充具体证据。

照搬西方概念出现此种情况倒在情理之中，但我们往往强调尊重历史语境，建立本土概念，最终也"殊途同归"，①便不免令人疑惑。此种"言行不一"其实不难理解，我们之所以移植外来理论，看重的本就是那种种"规定"，尽管做了严谨区分，但并不影响我们的初衷，甚至于辨析本身就是为了让这些规定可以合法进入我们的论域。换言之，随着某一命题的引入，我们也全盘接受了其理论前提与思维模式，具体概念不妨细致辨析和重新界定，但基本框架却非但不能突破，更要精心贴合。假使没有"自由""新型"等特质，标举"市民"学说也就毫无意义。②

---

① 包伟民即指出"学术史上的这一现象说明论者对概念内涵的谨慎界定，以及对中外城市发展史实差异的小心分辨，无疑是正确的。有意思的是，当开始具体描述起中国传统时期的'市民'时，也几乎是所有的论者都强调他们的新型、自由——因而不见容于旧体制——的特质……就这样在从一般走向具体的讨论过程中，又不自觉地回到了自己原先所否定的立场。"详参氏著《城市史的意义：宋代城市研究杂谈》(《唐宋历史评论》第六辑，社会科学文献出版社2019年版)。

② 明清时代的社会构成及文化状况发生明显变化或是事实，但既有研究不免过于强调分化和对立，而忽略了可能的复杂性。赵益认为彼时催生了一个"中间阶层"，具体包括"生员、'杂流'、地主、商贾、市民和手工工业者、相对富裕的小农、脱离生产的宗教职业者、民间艺人"，这与所谓的"市民"阶层大致相应，但其特点却与我们的既有结论明显不同。他们不仅是"文化、社会意义上的中间阶层，同时也是思想观念意义上的中间群体。……大多数奔走衣食、贫困潦倒且始终未能拥有任何权力、资源，故能更接近于广大人民从而具备了强烈的世俗性。同时，他们的文化水平和最低一级的'有文之人'身份，又使其自觉维护传统伦理而有意教化"。详参氏著《普化凡庶：近世中国社会一般宗教生活与通俗文学》(上海古籍出版社2021年版)第二章。我们还可再举一例。很多时候，学人往往将"市民"与"市井"混合使用。譬如林庚称"这就具体地说明了孙悟空的形象也正是产生在市民生活的基础之上，并且是以市民心目中英雄好汉的形象为原型的"(林庚：《西游记漫话》，北京出版社2004年版，第38页)。在类似表述中，所谓"市民"并不具备政治学或经济学意义上的特殊含义，与"市井"含义相同，代表了世俗的、民间的之类含义，或者说与小传统的紧密融合。这也恰好与上面提及的赵益的判断相应，即通俗文学起到了沟通大小传统的意义。

二、理论意识的淡漠与市民文学理论的缺失

具体到"市民文学"来说,亦可见出强烈的指向性和规定性。我们的传统研究视野并无该名目,诚如论者所说,传统的通俗文学研究多从"文白雅俗角度展开,其社会基础问题基本无人重视和研究",但自欧风东渐以后,情况发展变化,"有关生产力和生产关系、阶级和阶级斗争理论的传播发展,通俗文学的社会基础问题,就成为重要问题",由此才产生了市民阶层及市民文学等命题。[①] 如此一来,市民文学的出现绝不只是文学表现内容的简单扩容或文学类型的单纯新增,它作为一个信号,与思想文化领域的其他现象互相影响,彼此配合,代表或预示着一个巨大变革时代的到来。

不容回避的是,因特殊年代意识形态的影响,"市民学说"引入的过程中多有狭隘、教条的因素。随着时代的发展和观念的演进,带有鲜明时代烙印的表述多因其陈旧和僵化而被抛弃,但相关反思多半表现在史学领域,文学层面虽有改观,却缺乏全面性与系统性,其核心表现即是:学人虽抛弃从其他学科引入的作为指导原则或纲领的教条式律令,却未曾对其已产生的影响,譬如有关文学现象的众多认识和判断,以及隐性的思维方式遗存等,予以清算。于是时代烙印固然不见了,它们的产儿,即众多结论却保留下来了。昔日曾有人言道:

> 在明代的封建社会里,由于新兴资本主义生产关系的产生,在一定程度上打破了封建的小农经济生产所带来的封闭性和落后性,刺

---

① 董国炎:《市民文学与平民文学之争》,《吉林师范大学学报(人文社会科学版)》2014年第4期。

激了生产力的发展,促进城市繁荣,引起了意识形态上革命性的变化。反映在哲学思想上,出现了以李贽为首的左派王学思想,反对程朱理学和孔孟之道……他批判了那些扼杀人性的假道学,推崇通俗小说,打破对文学的传统偏见……我们必须站在无产阶级思想高度审视市民文学作为新的生产关系的派生物,肯定它反封建反礼教的民主主义思想要求,促进资本主义因素的发展,哪怕它在经济学领域只是小资产阶级范畴,客观上也是符合历史前进步伐的(虽然有它的历史局限性)。因为其进步性不在于它的"剥削性质"本身,而在于它反映了新的生产关系,促进了生产力的发展。①

这一论断带有强烈的时代烙印,不少意识形态色彩过浓的表述早已被我们抛弃,但个中表露出来的核心思想,即市民文学顺应了时代发展潮流,在反对封建传统、鼓吹新思想、确立新道德等方面具有进步意义,却为我们延续至今。这些结论是否成立或可商榷,但我们需要明白一点,即这些看似单纯的结论与被我们抛弃的时代烙印间存在紧密关联,甚至可以说互相依赖,彼此成就。正是有关市民及市民文学的种种界定,才引申出了我们后续的种种判断。现在一应前提多被取消,譬如"资本主义萌芽"等命题已很少为人提及,后续结论又在何种层面上予以确认?② 换言之,过往的认识虽存在局限,毕竟有周密的逻辑和完善的论证,如今种种原则和论据作为时代烙印被抛弃,只留下了单一的结论,不免让人难明究竟。但

---

① 汪玢玲、罗丛秀:《"三言"的市民文学特色》,《东北师大学报》1989年第4期。
② 当然,市民学说昔日是借助资本主义萌芽、阶级斗争等学说得以确立,及至今日,它依然可以借助于早期启蒙、自然人性论等学说维持自身的合法性,且已建立起完整逻辑链条。但我们需要注意的是,今日流行的学说也是昔日理论的产物,或者说明里暗里受其影响颇多,彼此交织,根本难以剥离。抛弃昔日的某些教条学说,沿袭部分经典命题,难免存在逻辑漏洞。

我们似乎并没有产生类似疑惑,也未曾意识到逻辑缺失导致的问题,反倒基于某种习惯,想当然地延续着传统思维方式和态度,仍旧将它们视作前提和基础。

在缺乏严密论证的情况下就轻易肯定一个结论本应引起怀疑,但学人却少有这种自觉,或是因为他们只有笼统结论,没有完整逻辑,所以意识不到问题的所在;但核心症结更在于我们虽引入理论,却缺少真正的理论自觉意识,以直接征用和套用为主,不曾直接介入相关讨论,对必要的研究动态缺乏了解,自然难免简单因袭和片面曲解。上引文指出,市民文学研究随着西风东渐而兴起,但它真正成为一种潮流当是在20世纪50年代,彼时市民社会理论在史学界引起讨论热潮,文学研究领域也同步响应,"市民文学概念,不仅与西方文学发展史呼应,更符合新中国成立以来盛行的政治经济学理论、阶级和阶级斗争理论,因而受到重视和广泛采纳"[①]。特别是小说史研究,有多位学者撰文"论述了市民文学所体现的市民阶层反对'封建礼教'的精神,是对'资本主义萌芽'的进一步解说"[②],这一论断也与彼时史学界的主张相呼应。但自20世纪80年代以来,从政治学界开始,再度引入西方"市民社会"理论,并在一定程度上脱离了先前确立的框架,而"以'资本主义萌芽说'为主流的国内史学界,特别是中国古代史学界对此反应比较平淡"[③],至于文学史领域就更为消极。不过史学界对于"资本主义萌芽说"本身多有探讨、质疑,迄至于今,这一话题逐渐淡出研究者视野,转而被其他更为平实的学说或者更为务实的命题取代,但文学研究领域仍固守着这一教条。虽说学人也顺应学

---

① 董国炎:《市民文学与平民文学之争》,《吉林师范大学学报(人文社会科学版)》2014年第4期。
② 吴铮强:《中国古代市民史研究述评》,《云南社会科学》2003年第1期。
③ 同上。

术发展潮流,尽量减少使用"资本主义"这样的字眼,但我们的思维方式却并无多大改变,譬如我们的小说史研究关于市民及市民文学的探讨,并没有超出往日规模。

文学研究领域在两个时代的不同表现,或与两个原因相关。首先,20世纪50年代的学术探讨源出历史学领域,与文学研究接近,文史不分家本就是优良传统;且彼时直接涉及对中国传统社会的体认,与我们的研究对象直接相关。20世纪八九十年代的情况则与此完全相反,话题集中领域与我们较为疏远(社会学、政治学、法学领域的考察),加之他们多是从系统梳理西方市民社会理论的传统及内涵入手,比照当下的社会建设,似乎对我们的考察对象缺少参照,自然没有交集。但问题是,我们在讨论市民社会相关问题时,不仅要征引马克思的学说,也要考察西方社会的其他理论,毕竟对马克思的理解不能脱离西方传统脉络,按照学人的说法:

> 什么是现代西方的市民社会?它是古希腊罗马时期的公民社会和11世纪以来的市民社会这两个活生生的传统在现代汇合的产物……18世纪英国人和法国人代表的理解市民社会的第一种趋势和由黑格尔、马克思等人代表的理解市民社会的另一种趋势尽管有不相容之处,但这完全是由于他们心目中的市民社会出自不同的范畴而造成的,它们之间的冲突和不相容只不过是人们基于不同的文化和语言传统对同一市民社会现实作出的不同抽象和思考。①

就此而言,20世纪八九十年的系列讨论,某种意义上也是对马克思市民理论认识的深化,其中也包括对某些问题的纠正和澄清。由于我们缺少

---

① 方朝晖:《市民社会的两个传统及其在现代的汇合》,《中国社会科学》1994年第5期。

一种真正意义上的理论自觉,故而将相关讨论视为无关事情不予关注,依然沉浸在几十年前的语境中。

其次,更不能忽视宏观意识形态的强力干预导致的影响。20世纪50年代,市民文学研究的兴起与政治运动及意识形态密切相关,八九十年代则没有这种外在强制,故而前者"跟风",后者"冷漠"也就不难理解,某种意义上,"跟风"的结果也必然是"冷漠"。由于深受意识形态干扰,这就决定了当一种理论引入后,我们必须严格尊奉其旨趣从事研究,故而相关工作不是借鉴,而是"印证",即援引大量事实证明相关理论的合理性,并在相当程度上改写了我们文学史的评价标准、核心认识和总体规律。经过大量努力,推出系列成果,不但将命题坐实,且日渐推出新的判断,譬如有史学界人士即认为"在文学史的研究中,对'市民阶层'讨论摆脱了作为资本主义生产方式代表和'国家—社会'二元论的研究模式,从文学史料本身提供的信息出发,提出了市民阶层独立的意识形态、市民文化与儒家宗法文化关系、市民与士人社会地位关系等鲜明的'以中国历史经验'为起点的研究思路","小说史研究中对市民文学与市民文化的讨论显然拓展了市民史研究的视野与思路"。[①] 但这一判断显然对文学史研究的传统及模式极为漠视,"史料"固然客观,处理"史料"的方式却处处见出主观的印记。且不说具体判断,当学人在小说史研究中动辄强调市民阶层云云,就注定了这一研究有明确前提存在,即他们是将通俗小说作为市民文学的代表来处理。既是市民文学,则必然具备若干特征,大量史料的发掘只不过是相关判断的丰富、延展和深化而已。无论如何,我们通过材料"证明"了理论,并生发出系列命题和判断,因此我们对这一范式可谓"深信不疑",甚而已凝固为常规思路。那么,即使抛弃理论命题,也只是

---

① 吴铮强:《中国古代市民史研究述评》,《云南社会科学》2003年第1期。

去除外在标签,内在形态不会有太多变化。

三、市民文学理论的误读与误判

基于种种理论缺失,我们似不能对所谓"市民文学"理论有太多期待。详加审视,现有结论存在一些不尽合理处,而个中症结,或缘于人们对文学及文学意义的曲解,较为突出的问题有二。

一是对于读者的阅读趣味的误解,即某些学人似乎认为特定阶层的人群只能够接受与他们的文化素养相匹配的文艺作品,所以当论者发现文人与市民阶层有相同的文化趣味时显得惊讶。譬如方志远称:

> 即使是文化素养较高并通过科举进入仕途的官员,以及经过良好教育的最高统治者,他们对文学作品的态度也往往和一般市民接近。尤其有意思的是,在对通俗文学乃至一切被正统儒者看来是粗俗淫秽的事物的接受上,最高统治者和最底层的平民往往有惊人的相似处。①

牛建强也强调"不仅一般市井之人对俗文学感兴趣,就连那些整日受封建伦理熏陶的儒生也颇受感染"②。在他们看来,文人与市民两大阶层泾渭分明,市民阶层喜好的事物"粗俗淫秽",而文人士大夫"整日受封建伦理熏陶",注定无法调和。其实,这里根本无需大惊小怪。所谓的区分本就是一种偏见,"市民文学"不见得就是"粗俗淫秽",赵益即指出,"明以来通俗文学作品特别是一些优秀的篇章,在文学性上都达到了一个较高的

---

① 方志远:《明代城市与市民文学》,中华书局2004年版,第17页。
② 牛建强:《明代社会研究》,上海人民出版社2018年版,第40页。

水平""文学性、艺术性的存在是通俗文学强大力量的内在源泉"。① 甚而在不少文人看来,不少作品的艺术成就颇为可观,譬如李贽就将《西厢记》《水浒传》置于与秦汉诗文等经典艺术并列的"至文"地位②;至于文人士大夫虽受封建伦理熏陶,却不见得是"整日",更不是冥顽不灵、保守教条的怪胎。不同的阶级或阶层固然有特定的文化品位,却未必固定地拘泥于这些趣味,这正是我们上面讨论过的"人"的意义所在。士与工、农、商之分别,当然有文化层次的因素,但并不代表说他们只能欣赏"那一个"圈子的艺术,只具有"那一个"圈子的趣味。依照某些学人的理解,所谓"封建保守人士"就只能接受封建伦理,而无个人情感,而市井之人就只能接受通俗粗鄙,而无高尚的精神追求,显然不符合事实。

与这样一种误解相呼应,他们对市民文学的作者以及内涵、取向的认识也存在偏差。既然不同层次的群体有不同的趣味和需求,那么市民文学就只能是市民创作的产物,所谓"从本质上说,小说、戏曲之类的通俗文学文本及其行为化的诸种表现应归属于市民精神生活的范畴"③。前文提及,出于事实的考量,他们要将文人包括在内。但依照这一设定,文学似乎没有了自主性,完全是根据接受者的需求和偏好来组织:

> 这种新文学的服务对象主要是新兴的市民阶层,所以它在本质

---

① 赵益:《普化凡庶:近世中国社会一般宗教生活与通俗文学》,上海古籍出版社2021年版,第39页。
② 需要注意的是,学人在强调通俗小说自明后期以来地位提升问题时,其中的一项重要依据便是时贤迥异于传统的诸多论断。但我们对这些证据需多做一些深入考察。从结论上看,他们对通俗文艺多有褒奖确属无疑;但就思维方式看,他们虽肯定通俗文艺,具体原因却往往选择向传统看齐。换言之,他们往往是看到了通俗文艺与传统内在"契合"的部分,或二者可以呼应,方大力表彰。通俗文艺之所以地位提升,是因为它被纳入传统大框架中,根本的秩序并无劲摇或调整。至于今人强调的往往是"异",是通俗文艺突破、背离传统的内容。二者间明显存有龃龉。
③ 牛建强:《明代社会研究》,上海人民出版社2018年版,第34页。

上是市民文学。这决定了它必须表现新兴市民阶层的审美理想和审美趣味,而且不可避免地还得去迎合小市民的某些庸俗的趣味。①

与此相应,创作者也没有了自主性,在他们看来,无论是文人创作,还是商贾设计,都必须积极迎合市民趣味:

> 这些小说以市民的需求和嗜好为轴心,和市民的欣赏水平更加趋近。这乃是推动市民文学逐步走向繁荣的内在动因。有了广大市民对精神产品的饥渴和要求,就意味着一个庞大的文化市场的存在,书贾和那些纯粹为利的作家也就会敏感地去瞄准和发掘这一利源,组织和集中人力、财力,投入小说的创作活动。②

文学自然不能忽略当下发生的社会生活,尤其是其中的特别现象,但由谁表现、如何表现却颇值考量。譬如上述举动,到底是看到了市民的需求,而主动承担反映社会风尚的任务,还是只看到了一种"商机",刻意去迎合某类人的趣味? 前者可谓伟大的现实主义,是时代风貌的记录,后者则不免刻意、滥俗,理应批判,也不会推动文艺的发展和繁荣。譬如说,大量的重复、品位的低下,即是后者带来的必然反应。

说到底,诸多论断只是将文人视作工具,即撰文,却没有意识到他们的人文关怀与精神世界。文学创作不是生活的被动反映,更是作者的主动介入,高小康指出:

> 到了明代以后,文人创作的拟话本和长篇小说越来越多。在这

---

① 谢桃坊:《中国市民文学史》,四川人民出版社2015年版,第77页。
② 牛建强:《明代社会研究》,上海人民出版社2018年版,第87页。

些文人作品,倒是越来越多地表现出市民社会的特点。……与真正的话本相比,这类作品的特点不仅表现为更加书面化的艺术特征,而且在题材内容方面表现出兴趣视野的改变:市民感兴趣的是耳目外的幻想世界,而文人感兴趣的却是市民社会本身。①

迎合市民阶层的倾向虽然存在,但历史地看,文人旨趣非但不会轻易让步,甚而在相当程度上占据主导。要言之,是文人在观察、记录和反思这个社会现实。②

二是对文学史演进轨迹的误判。或云,"从唐中期以来,中国文学发展的一个明显趋势是市民文学逐渐成为文学的主流……它由唐传奇、宋话本、元杂剧、明清小说和戏曲,以及流行于各个时期的民歌时调为主体构成"③。此处展示的是通俗文学发展脉络,揆诸历史,该类样式确实呈现日益壮大趋势,但认为其渐成主流却未必是事实,至少在时人的心目中,诗文的地位未有动摇。当然,此种误会尚情有可原,昔日胡适等人为了宣扬新文化的需要,刻意打造白话文学史,造就了巨大影响,并在相当程度上改写了文学史框架,论者不过是延续了这一思路而已。

白话文学史的影响不仅体现在有关文学史发展轨迹的描述上,更渗透到对具体文学作品和文学现象的阐释、评估中,其中的一个明显趋势就是一味抬高通俗文学的地位,至于原因莫过于他们认定白话文学代表着

---

① 高小康:《市民、士人与故事:中国近古社会文化中的叙事》,人民出版社2001年版,第27页。
② 赵益也强调,"凡是具有文学意义的作品,必然存在着主体的创作追求,也就是作者具有对单纯娱乐读者之外的更高目标的追求的主观动机",由于通俗小说作者身份的特殊性,他们往往会"有意识地建构社会需要的宗教道德体系并以此教化凡庶"。载氏著:《普化凡庶:近世中国社会一般宗教生活与通俗文学》,上海古籍出版社2021年版,第207页。
③ 方志远:《明代城市与市民文学》,中华书局2004年版,第13页。

进步发展方向,这自然也是沿袭前人的话题与任务,但在具体操作环节却时有曲解、妄断处。譬如说为了论证文学权力的下移,学人特别强调"诗文是传统的文学品种,很大程度上是由士人垄断,但在明代,吟诗作赋、舞文弄墨的市井平民却为数不少",作为证据的是王世懋"今世五尺之童,才近声律,便能薄弃晚唐,自传初、盛。有称大历而下,色便赧然"等数语,在他们看来,这"既可见明人的狂妄,也可见当日诗文普及的事实"①。实则,王世懋所言不过是夸大、比拟之词,不应完全坐实,否则便是望文生义、牵强附会了。又,表彰通俗文艺自无不可,但有时为了强化效果,学人不惜采取极力贬低雅文学的态度,譬如学人即声称:

> 在所有的文学品种中,只要不去理睬格律家们编织的各种条条框框,诗歌是最容易普及的文学品种……任何有文化、并无多少文化甚至是文盲的人,或许写不出文章,也填不了词、曲,但只要有胆量,总能哼出几句诗来……只要有兴趣,所有的市民都可能是诗歌的创作者。李梦阳所说"真诗在民间",可以说是看到了诗歌的真谛。②

晚明文人虽有纵口纵心、独抒性灵之标举,其人也确实反对因袭前人、死守教条之窠臼,但 来此类口号不免矫枉过正之嫌,二来其表述有一定限制,不可随意放大。文学创作显然不是轻易之事,此中艰辛历来文人多有道及。

一方面是对雅文学的随意践踏,另一方面却对俗文学无限包容甚至歌颂。论者也坦诚通俗文艺中存在低级乃至恶俗趣味,"传统的自然经济是抑制欲望的,而城市市民生活是宣泄欲望的。当社会进入这一阶段的

---

① 方志远:《明代城市与市民文学》,中华书局2004年版,第246页。
② 同上书,第249页。

时候,不同类型的市民开始以不同的方式赤裸裸地来满足这些欲望",但在他们看来,此举"毫无遮掩必要",并且我们还应该高度表彰其正面的积极价值,"它是人们欲望长期遭受封建伦理道德压抑的总爆发,因此也透露出了宣扬人性、张扬主体的资本主义精神的曙光",并且还特别声明"在封建时代,以皇帝为首的封建贵族大地主集团和庞大的官僚阶级是最贪欲的阶层,他们依凭自己煊赫的地位和手中炙热的权力去占据、去享受,却要剥夺一般世俗人的基本生活资格"①。此种看法也具有相当代表性,在他们看来,封建贵族才是社会最大的毒瘤,普通人的出格行为不应过多挑剔,反倒要肯定他们的"平等"诉求,纵情声色、鼓吹欲望固然不道德,但却是揭露和推翻旧道德的重要推手,因此要充分肯定其进步价值。他们论道:

> 追逐利润,崇拜财富,听起来都是不顺耳的话;解放物欲,贪图享乐,看起来都是不顺眼的事。然而,所谓的"不顺",正是不合乎人们已经习惯了的传统。社会要进步,要挣脱过去被强加的然而又是习惯了的枷锁,是得经历一段不习惯,不顺。然后才是新的秩序、新的伦理道德、新的世界。②

这里面或有一定的道理,但却不可片面放大,否则就是过犹不及。在他们看来,传统秩序属于"旧"道德,将为"新"方式所取代。然而传统与现代、新与旧间从来不是纯粹的断裂,二者的关系也不是取代与被取代。特别是在"道德"层面,尽管古今的理解存在差别,但面对物欲、享

---

① 牛建强:《明代社会研究》,上海人民出版社2018年版,第98页。
② 陈东有:《人欲的解放:明清社会经济变迁与大众审美》,江西高校出版社1996年版,第70页。

乐等"不顺"的行为,抗衡的力量始终都存在,并致力于寻求一种平衡,重建一种"道德",而不是像我们理解的那样,依照商业逻辑重建一套伦理。道德就是道德,不管时代如何发展,世人总有对于"善"的一种期待和向往。

基于以上种种缺失,他们对"文学"的总体判断会产生偏差也就不难理解。有学者以为:

> 一代有一代的文学,能够代表时代的文学,必然是对整个社会都产生强烈震撼和影响的文学。这种文学只能是大众的文学。在城市繁荣并且领导社会风尚和消费潮流的时代,则只能是市民文学。因为只有大众或市民的认同、接纳、参与,文学才可能对社会产生震撼和影响。[①]

世俗认同程度确定一时"主流"文学的标准绝不是其世俗认同程度,但除此之外,关注艺术本身,譬如创作特色、艺术魅力种种。能够代表时代的文学可能受众极多,但要想成为时代的代表并获得广泛的认可,恐怕更需要艺术上的独创与高妙。即使是就通俗文学来说,赵益也认为,其"'应需而生'的商品本性决定了它必然具有'流行性',亦即很多作品虽然畅行于一时,但却是昙花一现,经不起时间的检验。文学史已经证明,只有那些努力超越社会需要表层,不断追求悲天悯人的终极境界,并能同时取得完美形式的作品,才能够垂诸久远"[②],无视这一关键要素,单纯地强调数量多寡根本毫无意义。

---

① 方志远:《明代城市与市民文学》,中华书局2004年版,第2页。
② 赵益:《普化凡庶:近世中国社会一般宗教生活与通俗文学》,上海古籍出版社2021年版,第141页。

通过经济视野观照文学研究,其规模和格局远远超出我们的上述探讨,如此不免让人怀疑我们一应讨论的全面性和系统性。实则具体到晚明阶段,最突出也最重要的现象莫过于由经济发展导致的社会阶层转型以及随之而来的文艺应对或突破。无论是我们的立论前提、理论征引、命题凝练乃至价值判断,都与此紧密关联,如此一来,考察经济视野对晚明诗学研究之影响,扣住商人地位及市民文学二者,可谓是切中了问题的关键,通过对二者的细致审查,可以前后勾连,上下贯通,遍及相关重要领域。

本章以问题梳理和辨析为主,似乎还缺少些建设性的思考,但此处需要强调的是,"破"某种意义上就是"立",且缺乏了作为基础和前提的"破",所谓"立"要么无从谈及,要么扭曲变形。诚如文本所揭示的,无论是市民或市民文学理论,都存在理论不自洽与史实不契合等问题,学人为了塑造它们的可能性与合理性,多方补救,结果却不免顾此失彼,反而进一步暴露了其缺失。尽管如此,他们却不愿意放弃这些理论框架,原因无他,相关范式隐含的立场与判断是他们用以重新认识文学史的核心参照与基本结论,在他们看来,唯有如此,文学史才能释放出全新价值,展示出进步轨迹,进而可与现实诉求遥相呼应,并因古已有之强化当前举措的正当性与必要性。换言之,种种现代阐释活动不仅影响,甚而是遮蔽了我们对晚明诗学的客观认识,更限制或阻碍了我们重新解读的可能,导致无论文献的阐发还是价值的评判都受制于一种先入之见。就研究范式的更新而言,我们需要强调的莫过于立足原始文献,回归历史语境。假使我们不对历史有过多"额外"期待,充分尊重其基本面貌,自然不会出现难以调和的矛盾。譬如说,随着经济的发展,一个新的阶层确实逐渐兴起,并孕育自身的文化需求,整体文化市场也随之改变,但没有我们想当然认定的隔绝(纯粹的市民阶层)和突破(与传统的完全决裂)。赵益即指出"通俗文学是社会中间阶层的创造,在主客观两方面都成功地达成了大小传统的沟通融会,因此也就必然具有抟合整体社会观念的效果"①。于我们而言,重要的是考察"发展的历史",而非"进步发展的历史",更何况,所谓的"进步"是否果真如此?

---

① 赵益:《普化凡庶:近世中国社会一般宗教生活与通俗文学》,上海古籍出版社2021年版,第35页。

第四章 策略与定论：
"追溯晚明"现象的系统考察

自"五四"以来，文学史上的一个突出现象即不少学人在提出自己的文学主张并借此重建文学格局时，往往把理论源头追溯至晚明。回顾百年文学史发展历程，可以毫不夸张地说，每一时期的重要文学思潮总少不了"晚明"的"参与"。如此操作的结果，一方面是通过再阐释不断赋予或揭示晚明的独特价值，尤其是显露出"现代"因子的特异元素，并进而彰显或塑造久远过去与直接当下的微妙关联，或者说，发明传统资源的现代价值；另一方面，由于获得了历史传统的印证及支持，种种新诉求、新理念就此具备了更为突出的正当性与合理性，从而能够引领风潮并发挥深远影响。至于其间的总体演进脉络，正如有学人所总结：

> 五四时期，胡适以"进化"为根本立场，将李贽、公安派等纳入了代表进步的白话文学史谱系；20世纪30年代以后，受马克思唯物主义思想洗礼的容肇祖、嵇文甫等学者强调左派王学的反叛精神和进步性；40~70年代形成经典叙事模式，旨在强调李贽等晚明士人的阶级反抗和革命战斗精神；80年代以后的新启蒙叙事强调以李贽代表的晚明士人所掀起的文艺思潮对人和社会的解放意义。[①]

---

① 谭佳：《叙事的神话：晚明叙事的现代性话语建构》，中国社会科学出版社2009年版，第192页。

学人对相关现象的重要性存有清醒认识,故展开了或整体或局部,或精微或宏观之充分梳理,绪论中已有扼要介绍。但系统审视,他们的考察视野及探讨范围多有限制,相关研究基本集中在对此类文学或文化现象自身之考察,重在对其背景、脉络及反响的细致探究。如此一来,"追溯"活动的基本情状与现实意义或许明晰,但其连带效果,即对晚明的阐释乃至重塑所造成的系列反响却未曾得到充分关注。诚然,上述活动也包含对晚明特定(特别)文人及其主张、行为的重新阐发,但这毕竟只是针对经筛选、过滤出来的个别对象而言,并未溯及或顾及有关晚明乃至明代诗学的整体重估;且他们多是服务于研究者的特定目标,即为当下诉求寻找历史渊源或理论依据,并无系统考察晚明诗学的设想与计划。对于"追溯"活动的倡导者和实践者来说,他们旨在借传统话语以支撑己说,晚明的援引和观照只是策略使然,专业研究领域的进展与走向并不在他们的考虑范围内,但诸般论调既是围绕晚明而发,伴随其影响的扩大与蔓延,越出晚明叙事的界限,成为一般意义上的"常识"或"共识"便难以避免。换言之,不论他们的主观意图与客观实践如何,所谓牵一发而动全身,加之他们所关注的对象在晚明文坛占据突出而重要的地位,当类似"新"结论奠定深厚基础,其影响必然溢出限定框架,连带甚至引发专业领域的一系列变革。于是在具体的晚明文史研究中,类似论调也逐渐"攻城略地",甚而成为悬为标的的金科玉律,并以此对历史现象进行筛选和评判。过去数十年的学术进展充分证明了此一变化,只不过我们少有自觉罢了。借助他者视角,扩大或转变考察视域,本是学术发展的重要契机,但具体到此处,我们却不宜过于乐观。追溯晚明既是策略,则为了契合既定目标,难免刻意申发与有心曲解,部分结论实难作为严肃的专业判断看待。至于追溯晚明活动的实际展开,又在相当程度上迎合甚至强化了此种倾向。其中心任务表面上看是要探求晚明与"当下"的内在关联,但我们往往将这一双向且繁复的工作简化为从晚明处为当下寻找依据,这虽说偏离了既定命题的轨道,若果真能从历史经验的反思与重估出发,依然会有不少发现,只是我们的目的性过于强烈,带着后知之明和先入之见去审视相关材料,"寻找"便在某种意义上变成了"赋予","现实"的合理价值未能得到充分彰显,历史的"本来"面目却在相当程度上被遮蔽。① 综上,当下诉求决定了对晚明诗学进行重新阐释的方向、角度及宗旨,相关阐释的效果又决定了当下建构的可能及影响,但我们的注意力多半停留在后者,即追溯晚明的现实影响层面,至于其对晚明诗学之改造或重塑,特别是其间的利弊得失,则缺少必要的关注与检讨。

第一节 "追溯晚明"活动的复杂性

从表面上看,自 20 世纪 90 年代末以来,追溯晚明活动已基本停滞②,未曾再度催生新命题、建构新理论,但其"幽灵"却始终笼罩着我们,经年造就的研究立场、机制乃至结论仍是大家理解和考察晚明诗学的基本参照或指标。因此,若要审查晚明诗学研究范式的建构逻辑、轨迹与得失,

---

① "晚明"既然是建构的产物,则相关学术梳理自应紧密联系具体时空,考察时人所说、所想及背后意蕴,即专注于解读,而不必太在意晚明如何。但晚明毕竟是历史的一环,有其发展脉络与种种情状,如果我们承认对晚明的考察是着眼于未来,那就不能仅仅满足于搜索一些资源为自己立论服务。我们似乎可以取一条较为超然的立场,总结出晚明的"真正"逻辑与特色,以为今日之借鉴。
② 此处的"停滞"是指"'晚明'难以再继续成为有效的社会文化变革的载体……作为历史资源的'晚明'也没能再有效地参与社会言说,没能在人文学术界内部有一套新的叙事框架陈述。历史资源如何再次真正地走进社会知识场域,并且作用于文学、文论学科内部的知识反省,如何真正推进研究范式的发展,成为新世纪一个缺席的理论与实践尝试"。载谭佳:《叙事的神话:晚明叙事的现代性话语建构》,中国社会科学出版社 2009 年版,第 191 页。

系统反思追溯晚明活动的影响实属必需,而这首先有赖于我们对相关现象自身有全面、客观之考察。就此来说,我们的既有认知相对不足,特别是对其复杂性,以及内置的种种障碍缺少明确意识。

一、层叠累加与盲目因袭

对于晚明的"追溯"实则自明末清初就已发端,但真正将它引入文学史并作为"新"文学的源头,无疑是肇始于五四时代,特别是周作人发挥了重要作用。自此以后这一视角便成为众多学人的基本研究理路,历经20世纪30年代、20世纪40—70年代及20世纪80年代等历史阶段的多次演绎,渐成繁复景象。我们已然意识到,尽管同为"追溯晚明",由于特定时期的具体形势与歧异诉求,在晚明性质的界定、晚明之于新文学的关联等诸多核心问题上众说纷纭,涌现了多种主张并呈现出鲜明的时代性和阶段性,个中差异较为明显。但当这些驳杂的过往事实作为历史经验一并进入我们的视野时,在缺乏系统的背景知识和必要的专门研究的情况下,想要予以明确区分本就着实不易,加之追溯晚明活动的发展特点又进一步强化了可能的"混乱"。换言之,我们应该对"追溯晚明"形成的系列成果的"成色"与"质地"有清晰辨识。谭佳已然意识到形形色色的建构行为本身就存在诸多龃龉,故其书中专辟"叙事矛盾与修辞技巧"一节,认为在晚明叙事中存在两方面的话语矛盾:一是依据"进步"标准,"将本来在晚明时期从事实上存有矛盾对立的人物或思想赋予了同质的现代进步精神";二是给"晚明"赋予了不同的"定义称谓和性质理解"。[①] 实则话语矛盾的形式及规模远不止于此。

---

① 谭佳:《叙事的神话:晚明叙事的现代性话语建构》,中国社会科学出版社2009年版,第206—207页。

虽说不同时期对于"晚明"的理解都存在一套主流话语,但就其总体格局而言,却不是"独语"状态,反倒"众声喧哗"。这一景象的造就,既是由于特定阶段的社会形势本就多元并生,自然异彩纷呈,同时也是因为前后历史阶段之间并非截然隔绝,旧观念难免延续到新时期,于是新旧共存,层层堆叠,显现出杂糅面貌,且越是往后,情况越复杂。五四时期,现代学者在围绕"晚明"与"五四"新文学的渊源等问题展开的论争中,对晚明诗学进行了多元而深入的再阐释,形成颇多具有开创性的论断;及至20世纪30年代,根本诉求虽由为新文学张目转而为左翼思潮勃兴,但前一阶段的理论主张并非完全停留在彼时的历史时空中,有相当成分的内容作为历史经验,或因袭或引申,继续参与到新一轮的理论建构中。譬如说,上面引文所提及的"进步"史观便在这两个阶段同样占据主导位置;又,学人在论及李泽厚20世纪80年代有关晚明文学与五四文学间精神联系的研究时,认为:

> 李氏关于晚明浪漫主义思潮和五四文化思潮相通中的经济、文化因素的论析,本身并无多少创见,不过是沿袭了20世纪30年代任访秋、嵇文甫、朱维之、刘大杰等学者的意见而已,且晚明"资本主义萌芽论"早在20世纪50年代便有人提出。①

将李泽厚的相关思考视之为"沿袭"自不免简单化,但彼此内在逻辑的一致,乃至大量论断的同调却是不争的事实。

此类现象显然不是孤立事件,我们可以在任一历史阶段都发现其踪迹,甚而接续前人话题并予以拓展或深入的现象也时有发生。譬如说,小

---

① 周荷初:《晚明小品与现代散文》,湖南人民出版社2004年版,第291页。

品文之争是20世纪二三十年代的重要话题,周作人的论调,特别是将晚明小品与五四散文联系起来追溯源流,在得到沈启无等本门弟子,以及林语堂等人的热烈呼应外,批评与反对之声也并不少见,甚而有人根本"质疑明末小品文在文学史之价值意义"①。他们的议题在后世引起了诸多余波,但也有人跳出争议之外,从实际创作的角度出发,发现"晚明小品有意无意地给予五四作家较大的影响确是事实"②。这实则源于一个基本前提,即由于周作人等人的提倡与鼓吹,晚明小品文进入大众视野,势必要产生一定影响,于是诸多不同年代的作家都受其感染,并在自己的文学创作中留下浅深不一的痕迹。换言之,尽管宗旨、趣味未必和周作人的规划一致,晚明小品文确实介入了现实的文学进程中。关乎此,研究最充分的当属周荷初,其《晚明小品与现代散文》一书系统考察了周作人、胡适、林语堂、废名以及鲁迅、俞平伯、施蛰存、阿英、郁达夫等现代散文作家跟晚明小品作家的关系。而且他不仅厘清了彼此的"同",也清晰意识到了必然的"异":

> 现代散文作家对晚明的小品认同与借鉴,展呈了新旧交替时代继往开来的历史延续性和变革性。由于文化背景的变迁,特别是西方思想和域外文学的启迪与陶冶,现代作家们在思想价值取向、文学观念与知识结构方面,都与晚明士人有了极大差别。③

创作层面的关注,加上本质特征的辨析,使得有关晚明小品与现实文艺关

---

① 王波:《作为事件的〈中国新文学的源流〉——关于言志、公安派、小品文的论争》,《重庆大学学报(社会科学版)》2021年第6期。
② 周荷初:《晚明小品与现代散文》,湖南人民出版社2004年版,第12页。
③ 同上书,第19—20页。

系的探讨得到了双重推进。

除此以外,伴随晚明诗学现代阐释的"扩容",也能给上述话题开创新局面。譬如有人即认为,晚明"此种文人文化将宋明儒家所标举的阳刚的崇高审美风格转变为阴柔的唯美——颓废审美风格,不断挑战着当时宰制的审美文化秩序,表现出中国审美文化中人与文的觉醒",职是之故,我们便可在晚明小品与现代文学间找到新的连接点,即"具有个性解放的现代意义",如此一来,不但可以回应五四以降新文学的诸多诉求,还可为解答中国现代化的发展动力,以及认识现代中国社会的演进历程提供思路:

> 对晚明此种绮丽的唯美——颓废审美风格的探寻,不只是为了说明晚明以降直至20世纪中国唯美——颓废文艺思潮不仅仅是西方现代主义入侵的结果,而且可以证明这种文艺思潮亦受到中国自身被压抑的唯美——颓废审美文化传统的影响,从而拒斥"挑战——回应"模式等有关中国现代化的论述,力主探寻中国文学自身的现代性。①

但此种延续也并非一成不变,种种变异始终如影随形,或是有关特定对象的评价大相径庭,或是针对同一对象的标举重点有异。譬如李贽,虽说自五四以来就被视为革新运动的思想领袖而多有褒奖,但在不同的历史时期,学人着力彰显的特征并不一致,甚而有时前后分歧较大。譬如说,尽管都强调通过经济视角观照文化或文学现象,20世纪60年代,游国恩主编的《中国文学史》认为李贽的思想有"叛逆性、战斗性因素,是当时社会经济新因素,即资本主义生产关系萌芽的反映。他的思想不是作为

---

① 妥建清:《绮丽审美风格与晚明文学现代性——以晚明小品文为考察中心》,《中州学刊》2018年第6期。

维护封建统治而出现的,而是代表了市民的要求和观点"[1]。至20世纪80年代,敏泽所撰《中国文学理论批评史》则既肯定"李贽在政治社会思想领域内所表现的强烈的反叛精神,他对于封建道统及其教条的坚决而勇敢的冲击,在一定程度上打破了封建礼教的束缚的思想,在客观上正体现着社会经济生活中的这一新的历史因素"[2],与此同时也认为"当时刚刚萌芽的资本主义因素,也还不可能在现实的或思想领域内提出明确的答案或出路,最后使他不得不走向主观唯心主义,把'童心'当作衡量是非的标准"[3]。由于对资本主义萌芽的性质及意义认识不一致,有关李贽的评价也因此产生了从全面肯定到不无批评的变迁。及至21世纪,在采用了一套全新的理论话语后,许苏民又对李贽予以了崭新而全面的肯定,认为其文艺思想具有鲜明的"新理性主义"特征,"在更高的基础上回归人学本体论的理性底蕴,李贽的文艺思想走了一个逻辑的'圆圈',形成了一个'首尾玄合'的严整体系;而其中一以贯之的基本精神,就是真善美之统一的理性追求和体现在这一追求中的人的自由本质的展示"[4]。不同的时代风尚与主流话语,导致对同一人物的阐释形成了复杂面貌,但不论是基于经济因素立论,还是透过人性论审视,我们对李贽的总体认识和评价却变化不大,细微的分歧难以掩盖倾向的趋同与结论的一致。对于历史的参与者和创造者来说,他们立场清晰、目标明确,对此多元景象当会有明确区分与合理取舍,但一般受众显然很难明了个中究竟,只觉众说纷纭,莫衷一是。

除此以外,另有不少观点未得延续而停留在历史瞬间,但作为历史经

---

[1] 游国恩等:《中国文学史》第4册,人民文学出版社1964年版,第167页。
[2] 敏泽:《中国文学理论批评史》,人民文学出版社1981年版,第705—706页。
[3] 同上书,第711页。
[4] 许苏民:《论李贽文艺思想的新理性主义特征》,《文学评论》2007年第4期。

验,它们同样"存活"在我们的印象中,并不同程度地对当下判断产生影响。由此带来的必然结果是:当我们直接面对追溯晚明活动的系列结论时,有些横贯多个时期,有些则专属于特定时代,但以"遗产"的名义接收它们时,彼此的时代限定及歧异表征在一定程度上或是被消解,或是被淡忘,对于我们来说,它们就是"历史经验",无论性质、功能还是影响,均呈同质状态。区分既然为难,鉴别、筛选以及取舍自然同样不易。这些看似类同的历史经验因存在诸多差别,显然不能随意取用、任意混搭,但由于认识上的困惑甚至繁难,种种"误会"在实际研究过程中极易发生或者说难以避免。譬如说上引文提及的"白话文学史谱系""反叛精神和进步性""人和社会的解放意义"等命题,他们虽分属不同的历史阶段,但在一般人的意识中,只怕难有明确自觉,往往被视为同质话题而径直全盘接收。又比如说时下论及晚明文学或诗学,往往会从政治形势、经济状况等社会文化因素入手,频频出现的概念莫过于资本主义萌芽、人性解放、启蒙等等,实则它们各有独特的语境和内涵,且每一概念自身界定本就不清晰,彼此间更是多有龃龉,不宜混为一谈。虽说今日学人在悬隔背景的情况下将他们熔铸到同一话语体系中,实现了理论自洽,但此等"歪打"仍不可视作"正着",后文将有具体分析。

"无意识"的疏忽已然无法避免,"有意识"地操作进一步强化了问题的复杂。基于特定需要,我们甚至往往"刻意"选取有效或有用资源以验证己说,此举多半出自精心安排和谋划,但种种"完善"的背后实则隐含巨大危机,即所谓"有意"若缺少了必要而细致的辨析极易变成"随意",以至于误将原本内在冲突或旨趣不一的命题轻易拼凑、嫁接成一物,看起来"富丽堂皇",稍一点拨,有可能导致精心构造的理论大厦瞬间崩塌。譬如说今日论及五四与晚明关系时,时而引用胡适、周作人的论断,时而借鉴资本主义萌芽学说,毫无违和之感,实则胡适当日明确声明"至少可以说明历史的解释不是那么简单的,不是一个'最后之因'就可以解释了的",此外还有"多元的,个别的,个人传记的原因"①,资本主义萌芽高度重视经济因素的根本性作用显然也在胡适的批评之列。不仅如此,胡适、周作人,"作为现代性叙事话语的奠基者……他们却在后来'进步'尺度的裁决中被鄙夷和唾弃"②。说到底,五四话语、阶级叙事以及启蒙话语虽有内在一致机理,但此中思路的类同无法掩盖其实质的差异(譬如立场、宗旨、目标等等),我们自然也就不能随意混同。

二、当下观照与视野偏重

经年的追溯晚明活动,积累了丰富的历史经验,它们构成了可贵经验的同时也是难以摆脱的历史遗产,指引并约束着我们的当下阐释行为。就此而言,它始终未曾远离我们的文学或文化建构活动,但客观来说,我们对此"进行中"状态缺乏必要的警醒和认识。

所谓的"进行中",首先是指众多观点和结论被我们接收和深化,从而使其影响持续发挥作用,上文已有充分说明。但更为重要和凸显的,则是思维方式、操作机制的一脉相承。某种意义上,正是此举为观点、结论的接收和深化能够持续开展提供了必要保障。这一现象的存在有其必然性和客观性,毕竟我们始终怀揣强烈的现实诉求,通过与历史建立联系来服务当下的策略自然要一再发挥作用。功能和机制自然可以延续,但必要的反思与超越却不可缺席,在"进行中"状态的掩护下,不少缺失被我们有意无意间遗忘了。

---

① 胡适:《中国新文学大系·建设理论集》,上海文艺出版社2003年版,第15页。
② 谭佳:《叙事的神话:晚明叙事的现代性话语建构》,中国社会科学出版社2009年版,第166—167页。

首先是思考的怠惰与僵化。譬如说自20世纪80年代以迄当下,仍有人在孜孜检讨周作人将"五四"与"晚明"对接是否合适,又或者延续周作人的思路而非更为开阔的视野讨论小品文。就前一话题来说,我们前文已有阐发,周作人此举多系策略使然,故而问题的核心不在于周作人的主张是否正确,而应详细审查其背景、价值及影响。正是在他们对晚明文学"新"思潮进行深入再解读的过程中,多种意图的交织与多种观念的交锋形成了丰富的文化现象与事件,成为学术史与思潮史的重要组成部分。至于小品文,当日的激烈论争已然说明了周作人视野的局限,但我们却对批评主张视而不见,依然将性灵、个性等教条奉为原则。与此同时,不少学人还"将对晚明小品的叙述放入经典叙事模式进行:认为晚明小品顺应了资本主义萌芽等客观经济因素的发展,符合市民阶层的审美需求,具有解放革新的意义"①,借助于社会经济因素强化了此前形成的审美判断,或者说在新理论的观照下再度收编了旧观点,如此而为则跳出束缚更加无望。此类现象的存在固然显示了问题的复杂,但更加说明,由于我们对历史,既包括晚明,也包括周作人们,缺少足够的反思,以致认识长期停滞。

或许仅仅以懒惰视之过于情绪化和简单化,"进行中"状态在一定程度上决定了我们难以抽身跳出,更遑论全面反思。于是我们不难发现,当诸多学者试图对相关现象予以系统省察时,总会不自觉间因袭既有范式规定,以致反思的范围及深度均有不足。此外另有些学人或是主观上未将自己置入现象中,或是客观上也试图对相关现象进行梳理,但他们只能就事论事,而无法深入历史语境,对相关现象背后的复杂因素予以深入剖析,绪论中提及的几部著作多少皆存在这一不足。

其次则是考察视野的缺失。追溯晚明活动自清末发端,绵延不绝,深

---

① 谭佳:《叙事的神话:晚明叙事的现代性话语建构》,中国社会科学出版社2009年版,第179页。

刻介入到文学现场并发挥深远影响。但面对这一重要话题,我们的研究视野不免有所偏重,具体来说即详前而略近,特别是对离我们最近的文化现象,明显关注不够。就前述四个具有突出意义的历史阶段来说,我们着力最多的无疑是五四至20世纪三四十年代,与追溯晚明相关的几部著作除谭佳一书属贯通立论外,其他几部几乎都集中在这一时期,可谓明证。有关周作人、陈独秀等人的理论主张,以及小品文论争的探讨不胜枚举;至于20世纪40年代以后形成的所谓经典叙事模式,我们虽至今仍因袭其思维模式及操作机制,却少有省察;至于20世纪80年代的那些话题,譬如人性论、早期启蒙以及近代变革等等,我们虽多有征引,但多属陈陈相因,未必清楚明白其问题意识、生成机制与理论内涵。此一局面的出现,正是"进行中"与"已停滞"并存的结果。前已多次提及,"追溯晚明"具有鲜明的现实性,意在介入和构建一时的文学格局,由于追溯行为的停滞,当下诉求或期待被搁置一边,所谓的"进行中"便不会是经调整、适应的继续发展,更多体现为因袭、照搬过往的经验和结论。相对来说,早期阶段的理论建构更为完善、丰富,特别是诸多命题本就在此阶段孕育和奠定,我们的目光主要聚集于此自然无可非议。但就追溯晚明活动的发展特点来看,前一阶段的有效经验往往会在后一阶段继续发挥作用,世代累积叠加,构建为追溯活动的最新理论成果。因此,除却基于研究需要的历史梳理外,从着眼当下入手,我们最应关注的当属其最新理论形态,因为它既参照了现实的迫切诉求,又实现了历史经验的有效整合,缺少了这一维度,将使我们对晚明诗学研究范式的认识以及其影响的持续发挥造成巨大的遗憾和缺失。

  基于这一"最新"视角,细致审查与"追溯"相关的文化现象,我们首先需要关注的应是章培恒开创的中国文学古今演变这一命题。前已提及,追溯晚明活动至20世纪90年代后期已然停滞,但专业领域仍在其影响下深入推进。学人在继承相关经验的过程中,或是简单因袭,或是阐发完善,章氏的工作及意义便在于后者。诚如前述,追溯晚明意在构建晚明与"当下"之关联,这一工作虽由周作人发端,但前文已有翔实分析,周作人更多是出于策略考量,且他并未予以系统论证,多停留在口号、教条层面,同时代其他人亦创见不多。经典叙事模式虽影响深远,但无论革命叙事还是阶级叙事都带有强烈的时代印迹,脱离具体语境,失去了立足的土壤,也难以令人信服。换言之,通过追溯晚明以建构当下理论的举动看似轰轰烈烈,但其存在明显的先天不足,无论理论前提还是立论逻辑都不见得牢靠,一应结论自然要令人存疑。不过这一局面在章培恒处发生了巨大转变,他在延续前人话题的基础上,从学理层面立论,通过宏观的理论探讨与具体的个案分析,充分完善和丰富了这一命题,使其真正成为具有系统性、严密性的理论体系。

就他的立论前提和基础来看,显然是要接续五四命题,并予以丰富和完善,譬如说通过古今比较,他发现:

> 从李贽、袁宏道、金圣叹、焦循等的主张中,已可看到胡适上述观点的零星的痕迹。只是李贽等人并无科学的进化论作为理论武器,更没有依据文学进化观念而提出以白话取代文言的要求。但从这样的历史联系中,我们可以认为:胡适的理论绝不是在中国古代文学中没有根的东西。①

换言之,胡适等人试图构建的文学演进脉络,包括对其间发展动力的认识,并非毫无道理,只不过不宜评价过高。彼时的文人,仅是表露出一些

---

① 章培恒、谈蓓芳:《论五四新文学与古代文学的关系》,《复旦学报(社会科学版)》1996年第4期。

痕迹,且缺乏科学的理论指导,但不管怎样,他们到底预示了一种征兆,可以视作后世的理论渊源。

纠正或深化某些具体观点并非章培恒的核心旨趣所在,他所从事的工作,与其说是对前人的接续,莫若视作深化或超越。他清醒地认识到,虽然"源流说"流布广泛、影响深远,有关晚明与五四新文学之间联系的认识理当不再存有争议,但现实却是:

> 对中国现代文学与古代文学的关系迄今尚未能展开认真的研究。有些学者说,五四新文学的出现是中国文学传统的断裂;有些学者则将它说成是在继承中国文学传统基础上吸收国外文学营养而形成的飞跃。然而,无论是前者或后者,都没有作过较具体深入的论证。[①]

职是之故,章培恒的不同处也是其高明处在于,他不仅要表达一种情绪,更致力于解决困惑、消解分歧,故而他时刻强调"具体深入的论证"。当"中国文学古今演变"这一课题推进数年后,他仍在强调:

> 有一个时期因为批判周作人,连其所揭示的晚明文学与五四新文学的联系也不承认了,好像新文学完全是外来影响下的产物;后来承认了,但晚明文学与新文学之间存在着怎样的桥梁,晚明文学本身又是怎样演变而成?还是说不大清楚。换言之,从古代文学发展到现代文学的总体脉络仍然模糊不清,更遑论其细部的演进。[②]

[①] 章培恒:《关于中国文学史的宏观与微观研究》,《复旦学报(社会科学版)》1999年第1期。
[②] 章培恒:《中国文学古今演变研究的意义和效应》,《河北学刊》2006年第5期。

既然要论证,首先应有基本的立场和目标,其次才是合理的方法与有序地推进。正如章培恒自己所说,"但必须先有了坐标,然后才能做第二步的细致的辨析工作。假如缺乏这样的坐标,那么,对古代作家作品的评价就必然带着很大的随意性,往往是无原则或部分地接受前人的有关评价"①。

正是这一坐标的确立,使章培恒倡导的研究迥异于他人,并上升为一项事业。通过确立坐标,他为"追溯"的动机,即由今溯古找到了正当性。此举不仅是为了给当下研究寻求合理性,而且它从根本上也是基于人类认识活动的必然要求。章培恒指出:

> 你把现当代文学作为坐标,这一说法本身就是一个主观性很强的东西。但是,如果不把现代文学作为坐标的话,我们凭什么自己来确定一个坐标?实际上,我想人都是只能够从现代出发的。因为我们生活在现代,现代的社会生活决定我们个人的生活(当然,个人的遭遇与个人的努力分不开,但个人的努力仍然受社会生活的制约),所以,我们每个人都自觉或不自觉地对现代社会生活及其各个组成部分——包括文学——有自己的评价,然后再以此为标准去评价古代。也就是从现代出发,去追溯这一切在历史上是怎样积累而成的,包括追溯现代的某些缺陷的历史成因。②

周作人以降的论述框架基本不超出晚明,且只是部分晚明(所谓"革新"),这就难逃策略性的限制。但章培恒不同,他的向上追溯是贯通性、

---

① 章培恒:《中国文学古今演变研究的意义和效应》,《河北学刊》2006年第5期。
② 章培恒、马世年:《中国文学的古今演变——章培恒先生学术访谈录》,《甘肃社会科学》2007年第1期。

整体性的。他不仅要为当下诉求寻找一些证据以增强底气,更旨在重估文学史的发展进程,确立文学发展的基本规律和考察文学发展的基本逻辑。此论看似与胡适同调,因为胡适在倡导白话文学时也强调:

> 我要大家知道白话文学是有历史的,是有很长又很光荣的历史的。我要人人都知道国语文学乃是一千几百年历史进化的产儿。国语文学若没有这一千几百年的历史,若不是历史进化的结果,这几年来的运动决不会有那样的容易,决不能在那么短的时期内变成一种全国的运动,决不能在三五年内引起那么多人的响应与赞助。①

不可否认,双方的思维方式和价值立场存有相似处,自然也同具某些缺失。但相对来说,章培恒的视野远较胡适开阔。譬如他并不拘泥于白话,而试图从更为多元的角度去体察中国文学的发展趋势,且态度也更为通融,于是不仅革新派得到了表彰,复古派也进入了他的视野,明代诗学的发展轨迹也显现出另类线索。但仅仅这些远远不够,他的目光从一开始就是辽阔而深远的。

2001年11月,复旦大学中国古代文学研究中心和浙江师范大学中国文学与文化研究所联合召开了"中国文学古今演变研究第一届国际学术研讨会",正式拉开了此一研究的序幕。五年后,当章培恒撰文梳理其间的研究进展时,认为"择其大端,主要有以下五个方面",其中的第一方面即:

> 在中国文学的整体研究方面,已对金、元两代到现代文学的发展

---

① 胡适:《白话文学史》,载《胡适文集》第8册,北京大学出版社2013年版,第137页。

过程勾勒出了粗线条的轮廓。举例言之,李贽、汤显祖、袁宏道与新文学之间的联系不仅得到了证实,思想认识也得到了空前深化,不仅在文学的形式上,更从人性解放的要求上将二者联系了起来;从晚明文学到五四新文学之间的重要桥梁——尤其是其作为桥梁的性质——已大致明确;晚明文学对其先驱——金、元两代进步文学的继承和发展也已有了初步的论证。①

这是根本性的审视与改造,无论宗旨、动机都有了明显的、根本性的变化。但我们对此显然估量不足,未能厘清他与前人的差别,仅仅袭用他的一二结论,混同前人的部分教条主张,拼凑论证某些观点。

同样因为着眼于整体,他虽仍不免复古—革新的对立意识,却能有较为辩证的视野。譬如他强调"古代文学研究首先必须以现代文学的形成和发展为坐标。只有这样,我们才能分辨清古代文学中哪些是能够通向未来的,哪些是在历史发展历程中所淘汰的";如此一来,非但那些"能通向未来的则具有较强的生命力"的因素,即使是"对未来的发展起着负面作用的东西"也要引起重视,因为它们"看似被历史淘汰的东西并非真的被淘汰,过些时候——甚至是很长时期——又会复兴,也应审慎考察"。② 这或许是文学甚至社会发展的一种必然状态,即使是在那些进步潮流中,也不免沾染了落后思维方式,譬如说陈独秀的建设"明了的通俗的社会文学"的主张"似仍不脱托尔斯泰学说之余绪","同时也与中国传统文学思想中占主导地位的观念一脉相承。把文学作为教化的工具、政治的手段,是从《诗大序》起就加以传播并在后来一直具有广泛、深远的影

---

① 章培恒:《中国文学古今演变研究的意义和效应》,《河北学刊》2006年第5期。
② 同上。

响的看法,而文学为了起到这种作用,就必须为大多数人所了解"。① 关乎此,我们似乎并未引起足够重视。依照章培恒的意见,我们的当代诉求及理论建构不是凭空产生,它与传统的内在关联也不是出于人为建构,而系历史发展的必然趋势。换言之,我们是要通过贯通的考察,发掘出文学发展的"进步"力量,并在此基础上建构其当代形态,历史经验是真正的渊源所在,而非策略性的使用或借鉴。与此同时,历史的发展并非单线演进,故而无论追溯活动还是古今演变,也不能唯新是从,否定的力量固然应当扬弃,但无法回避其影响的发挥,我们应有正面的郑重回应,包括对其合理因素的承认。

第二节 "追溯晚明"活动的明显缺失

"追溯晚明"活动的核心旨趣在于寻找晚明与现代之间的内在联系,凸显历史发展的连贯脉络,那么对"晚明"的深刻认识理当是题中应有之义,但实际情况却与此颇有出入,尤其是20世纪以降,诸多研究往往带有"浓烈的'五四'色彩和'五四'情结",成为"'以我观物'的'有我之境'"②,所论与事实多有龃龉。周作人等人在"晚明"认识方面的偏差,早有鲁迅、钱锺书等予以辩驳,但今人延续历史命题(包括个中偏见),掺入现实诉求,层层叠加造就的更为系统也更为纠缠的"误解"却一直少有人予以澄清,甚至连这类意识也基本欠缺,关乎此,前文已有辨析。

---

① 章培恒、谈蓓芳:《论五四新文学与古代文学的关系》,《复旦学报(社会科学版)》1996年第4期。
② 吴承学、李光摩:《"五四"与晚明——20世纪关于"五四"新文学与晚明文学关系的研究》,《文学遗产》2002年第3期。

相较而言，周作人们只是对历史进行了有意图地筛选，即在彰显某一层面的同时回避了对立或不利的内容，并不存在过多史实方面的错谬，今人则时常出现"常识性"错误。因追溯晚明涉及多学科、多领域，学人很难保证知识结构的完整与历史视野的齐备，特别是对相关领域——比如史学、哲学，乃至同一学科内部的其他领域——的情况一知半解、似是而非。在基本史料、史实方面时有偏差，似难以避免，也无法过多苛责，但若是不能清晰认识到这一缺失的要害，甚而不加检点地大肆阐发，必然要影响到史识、史观的准确与合理。除却这一"态度"问题，另有两方面的隐藏"危机"更当引起我们的重视。

第一，"常识"谬误的背后往往隐藏着特定的文学史观，关涉着对整体语境和基本规律的理解，影响颇为深远。① 譬如有论者认为晚明时"一向被认为不能登大雅之堂的处于边缘地位的小说、戏曲等俗文学，已移位于文学领域的中心地带"②。这看似只是有关明代文学格局变化的一种客观说明，但其背后却大有意味。诗文向来是中国传统文学之大宗，也是历来文人的首选文学形式，至于小说、戏曲则多被视为难登大雅之堂的小道。恰如论者所说，"诗文在明代文学中的主导地位，对明清人来说是一个再简单不过的事实"，直至到了民国时代，"这一'事实'才备受瞩目地被认为不符合真相"，原因即在于"一种新的文化形态和文学形态，必然导

---

① 实则周作人身上也存在类似问题，有学者指出，"对于袁中郎文论中的自相矛盾之处，与其说是周氏知识欠缺或失误，不如说是其有意为之。周氏在《中国新文学的源流》立论的这种方式，颇有六经注我的气势，这种'断章取义'之法与其对选本、选家的特殊推崇是息息相关的……他恰好是利用了'选本的缺点'来展现自身趣味和见识，宣扬自身主张和倾向"（载毛夫国：《现代文学史上的"晚明文学思潮"论争》，文化艺术出版社2011年版，第67—68页）。如果说周作人是故意为之，今日的学人则多半以为就是如此、就该如此，把"设计"当"事实"了，故而表面看来相似，实际的影响与效果大不相同。
② 朱德发：《中国文学：由古典走向现代》，《文学评论》1997年第5期。

致对历史事实的重新叙述和评估"①,换言之,诗文的隐退、小说的彰显正是现代以来的崭新观念。这一突出变化由胡适引领,相关原因及影响也自当去他那里寻求答案。在他看来:

> 旧日讲文学史的人,只看见了那死文学的一线相承,全看不见那死文学的同时还有一条"活文学"的路线……他们只看见了李梦阳、何景明、王世贞,至多只看见了公安、竟陵的偏锋文学,他们却看不见何、李、袁、谭诸人同时还有无数的天才正在那儿用生动美丽的白话来创作《水浒传》、《金瓶梅》、《西游记》和《三言》、《二拍》的短篇小说,《擘破玉》、《打枣竿》、《挂枝儿》的小曲子……他们全看不见方、姚、曾、吴的同时还有更伟大的天才正在那儿用流丽深刻的白话来创作《醒世姻缘》、《儒林外史》、《红楼梦》、《镜花缘》、《海上花列传》。②

此论可谓石破天惊,而且胡适以为(或试图将其塑造成)这才是久被遮蔽和压抑的中国文学的真正趋势所在。特别要注意的是,即使是公安派、竟陵派,即所谓的革新力量,也未获得他的全盘认可,甚而称其只是"扭扭捏捏的小家子"③。他真正想要肯定和表彰的只是那些使用白话创作的通俗文艺,故而在《白话文学史》一书"引子"中,他郑重宣告"白话文学史就是中国文学史的中心部分。中国文学史若去掉了白话文学的进化史,就不成中国文学史了,只可叫做'古文传统史'罢了"④。对于这一系列论

---

① 陈文新:《明代文学主导文体的重新确认》,《上海师范大学学报(哲学社会科学版)》2018年第1期。
② 胡适:《中国新文学运动小史》,载《胡适文集》第1册,北京大学出版社2013年版,第115页。
③ 同上书,第116页。
④ 胡适:《白话文学史》,载《胡适文集》第8册,北京大学出版社2013年版,第138页。

断,学人多有反思,特别是针对"白话文学",认为其中太多主观臆断成分,或是"捏造和歪曲"文言与白话的长期对立①,或是"想尽办法把一切的作品都说成是白话的"②。排除政治因素的影响与干扰,这些批评还是颇有见地的。从根本上说,胡适的一应论断伴随着太多的空疏与偏颇,包括"概念称谓的界定不够确切""逻辑前提缺少客观性""取舍过于主观……常常为了利于观念表述而对历史进行并不科学的主观切割和臆测"③等,故而他的一应突破之论可谓千疮百孔。

其后学人虽未必完全认同胡适的主张,也不尽了解他的立论前提与建构路径,却在相当程度上接收了其结论,并逐渐泛化为"常识"。言及晚明时代特征的基本认定,必是个性化、世俗化、通俗化云云,且凡此种种都意味着与传统的、精英的、封建的文化趣味的一种对抗与决裂,故而他们普遍强调下层力量的崛起,以及契合市民需求、反映市民趣味的通俗文艺的勃兴。诚如论者所说,"他们把从来被人轻视的小说、戏曲,和六经、《离骚》《史记》并提,甚至评价还要高些,这是一种前进的革新的思想观点",又称"这些作品,虽然良莠不齐,精华糟粕并存。但基本倾向是积极进步的。特别是它反映了市民阶层的生活、思想和情趣,是真正的市民文艺。它们有浓厚的生活气息和人情味"④。因此,所谓的文学转型实是社会变革的典型反映。胡适建构的体系既然多有缺失,后人在因袭相关结论时必然要正视乃至回应相关问题,但他们却不曾有过这样的意识,似乎他们接收的从来都是一个完整、自足的体系,于是也就表现得更为乐观和

---

① 余冠英:《胡适对中国文学史"公例"的歪曲捏造及其影响》,《文艺报》1955 年 6 月 22 日。
② 王瑶:《辟胡适的所谓"历史进化的文学观念"》,《北京大学学报(人文科学)》1955 年第 1 期。
③ 罗振亚:《"重述"与建构——论胡适的文学史观》,《文艺研究》2005 年第 11 期。
④ 潘琪:《晚明文学革新思潮初探》,《鄂西大学学报(社会科学版)》1987 年第 1、2 期合刊。

武断。譬如上述言论,仅仅是照搬民国时代的"新"判断,是"顺着说",而非"接着说"或"照着说",浪漫激情有余,客观论证缺失,并不具备充分的说服力。直至近日,方有学者明确意识到问题所在,并试图从学理层面予以完善,依照其看法,"明前中期文学以诗文为主导;明后期文学以白话小说为主导",恰好验证了前揭论断。具体来说,将明后期的主导文体确认为白话小说,主要依据有二:

> 其一,晚明精英文人有了明确的白话小说经典意识,"四大奇书"这一术语就是这种经典意识的集中体现。其二,在晚明精英文人手中,其诗文趣味与白话小说趣味有了越来越多的重合之处,白话小说以其卓越的表现力取代了诗文的中心地位。①

但坦白来说,这两点都不免存在以偏概全或夸大其词的倾向。首先,晚明文人确实非常倾心于小说、戏曲,其时创作也极为丰硕,并开始酝酿日趋明确的白话小说经典意识,但一则当日的整体文学格局,或者说文人对于通俗文艺的态度并未根本改变,否则何至于这一"事实"要等到民国学人来重新确认?且即使他们充分认可白话小说的经典地位,并不代表他们否认或背离诗文的主导地位和核心价值,即他们是在未曾动摇传统观念的基础上增加了新判断,故而所谓"此前文采风流的传统通常由诗文承载,现在却改由白话小说来承载了"之说显然不能成立。其次,所谓诗文趣味与白话文趣味的重合,论证提及的不过是小品文而已,且仅是袁宏道等人的小品文。有关小品文的趣味差别,早在民国时期就有激烈交锋,但一个基本事实是,既有"风花雪月"的晚明,这或与白话小说有同等趣味,

---

① 陈文新:《明代文学主导文体的重新确认》,《上海师范大学学报(哲学社会科学版)》2018年第1期。

另有"血腥与虐杀的晚明",个中旨趣便与所谓"性灵"大相径庭,更不必说明代文人诗文创作的范围要超出小品文太多,故而所谓"诗文的小说化"以及白话小说占主导等意见便不免过于草率。详考论者思路,多有征引民国文人论说以为证据处,文中也强调"20世纪的文学是以白话小说为主导的文学,周作人等对晚明小品文的偏爱就是在这个背景下发生的",他已然明确意识到此种转向系民国学人主导造就,却仍要遵从晚明叙事规约,重塑明代文学史,颇令人疑惑。或许正如前文所论及,他受到了追溯晚明活动"进行中"特征的影响,不自觉间遵从其约定,以后视之明,"重新"审查历史,进而有种种发现。

第二,由于文学活动的复杂性与多元性,我们时常要越出文学藩篱,借由外在社会文化因素来观照具体问题,但我们的知识结构似未能及时完善,或是对专业知识缺少必要了解,在涉及具体问题或征引相关言论时难免混淆与误解。譬如论者声称"李贽等人是反儒教的"[①],李贽对儒家的态度到底如何姑且搁置,单是在表述中使用"儒教"一词即有不妥。民国以来,以孔教会为首大力倡导儒家是宗教之学说,及至20世纪80年代获得学界大多数人的认同。因此,在今日的语境中,"儒教"是就儒家亦是一宗教而言,有其特定范围与意味,而作者此处显然是想表达反儒家学说、反封建传统等意思,二者内涵并不一致。此类概念、范畴的混淆情况极为普遍,且似乎未对理解造成妨碍,我们也就不以为意,但此举明显不够严谨、细致,理当杜绝;且概念使用的混乱意味着我们对相关内容理解的粗疏,有可能影响理论根基的可靠性,假使各个人随意使用概念,参照阅读时,也极易引起理解的混淆与错乱。

又或者对专业领域的认识仅是一知半解,多为临时参考部分文献,无

---

① 张福贵、刘中树:《晚明文学与五四文学的时差与异质》,《中国社会科学》1996年第6期。

法建立完整、系统的知识体系,故难免时有"硬伤"。譬如有学人认为"明代文风与学风总的来说是流于空疏,经世致用之文则很少"①。作者似乎认为这是清初文坛的主流文人,尤其是顾、黄、王等人的看法,但如此立论不免有失简单。三大家对明代文学确实颇有批评,但总体是针对王学流布以来的情况而言,并非认为有明一代全然如此。至于说"经世致用之文则很少"更是望文生义了,别的不说,明末时陈子龙就编有《皇明经世文编》皇皇大著,全书共五百零四卷,补遗四卷,今人更是编成《明代经世文编》,收录文献三十七种,编者特别说明:

> 明代最早以"经世"命名者,是嘉靖时黄训所编《皇明名臣经济录》,全书五十三卷,多关乎"一代治体"。万历以降,经世文编更盛,黄仁溥《皇明经世要略》、冯琦《经济类编》、陈其愫《皇明经济文辑》、冯应京《明经世实用文编》、陈仁锡《经世八编类纂》、张文炎《国朝名公经济文钞》、张炼《经济录》、郑善夫《经世要谈》、张燧《经世挈要》、陈子龙《明经世文编》等赓续问世,影响甚巨。其中,陈子龙《明经世文编》乃明代经世文献之大成,所载"关于军国济于实用者,上自洪武,下迄皇帝改元",为"明兴以来未有也"。②

若只是常识性错误倒也不必太过在意,关键是此类常识乃是我们理解历史的基础,并且我们也会据此作出比较与判断。譬如上引文作者便基于

---

① 毛夫国:《现代文学史上的"晚明文学思潮"论争》,文化艺术出版社2011年版,第29页。
② 《明代经世文编·出版说明》,北京燕山出版社2021年版。杨念群通过系统反思,更是认为"所谓明季清初士人缺失'经世'知识的论断缺乏根据,很可能是后人出于某种目的有意建构的结果"(载氏著:《百年清史研究史·思想文化卷》,中国人民大学出版社2020年版,第57页)。如此说来,相关学人可谓深陷其中而不自知,但若不能跳出既有陷阱,又如何有全新认知?

此等认识来理解明代的文学面貌及明清间的文学联系,相关结论自然有欠妥当,我们不能不引起足够重视。

除文学领域外,追溯活动产生的影响遍及政治、经济、文化、思想等诸多领域,或者说,相关领域都深受某一主导理念的影响,并据此做出相应调整。个中结论引入诗学研究领域后,必然要对我们的具体认识产生影响,甚而可能因为文学内外因素的双重叠加,致使印记更为明显。个中情况较之前者更为繁复,非细致分析难以说明通透,书中将在具体章节有专门阐发,此处仅作简略说明。个中荦荦大者,则为当日社会性质之判定。有论者以为彼时出现士人"觉醒"态势,并以实际行动对抗封建教条与压迫,致使社会格局与主导思想出现松动与破坏,其中翘楚当属所谓晚明启蒙思想家,他们普遍表现出"漠视道德秩序"[①]的意识。若说时人反对传统道德规范未尝不可,但认为他们"漠视道德秩序"却是莫大的误解。譬如说李贽,作为晚明启蒙思想家的杰出代表,龚鹏程却认为"他十分重视礼",其种种出格言论批评的只是"当时一般人讲礼都不通透。不通透的原因有二,一是执泥古礼,二是只以外在的佛法条约为礼"[②],因此积极寻求礼的内化。就《焚书》卷四《豫约》《告佛约束偈》等的内容来看,此种说法未必无识。又如广受赞誉的泰州学派固然强调物欲色彩与平民意识,但他们也一直致力于"在教化上使儒家学说通俗化"[③],重建规范正是他们的题中之义。

表面上看,上述问题的出现是源于知识结构方面的欠缺,但从本质上说,则与"以我观物"的考察方式以及浓重的五四情结有着紧密关联。他们极力想要在中国传统内部发掘"进步"因子,故而积极搜索"异调"并抬

---

① 朱德发:《中国文学:由古典走向现代》,《文学评论》1997年第5期。
② 龚鹏程:《晚明思潮》,商务印书馆2008年版,第24页。
③ 郭英德主编:《中国古代文学通论·明代卷》,辽宁人民出版社2005年版,第294页。

高其价值(正如胡适将白话文视为中国历来文学的中心),今人的现实诉求更为强烈,相关论断依旧免不了某种情结的干扰,只不过此时的情结变成了启蒙、解放精神以及受此感染而产生的浪漫情绪。在他们看来,那是一个激昂振奋、热情洋溢的时代,顺应着解放的潮流,开启了未来的方向,无数的新变化或在发生或在酝酿,不自觉间将想当然地自我情绪过度投射,既忘记了历史的背景,也忽略了合适的尺度,基于一厢情愿的现实需要,所谓的"异质成分"的成色、价值都被过度放大,历史的本然被他们想象的(或曰需要的)应然所替代。

第三节 "追溯晚明"活动的学理检讨

上述诸种问题的出现,虽说与强烈情结有关,但若是仅仅追究动机或态度的主观武断显然是不够的,它毕竟造就了一整套周密学说,在一定程度上实现了理论自洽,获得了相当的认同,所谓的主观倾向渐渐有了客观认识的意味,故而欲全面、系统审查其得失,就当细致考究追溯晚明活动的学理缺失,从根本上厘清内在的思维漏洞与逻辑错谬。

我们首先要检讨学人的治学方式。回顾持续了近百年的"追溯晚明"活动不难发现,早期学者自周作人以下,在进行"追溯"工作时,都曾认真研读诸人文集,甚而编有选本、撰著相关研究文章。个中虽不免有曲解、误解之处,至少态度是严谨认真的。近来学者却大多没有了这番钻研之功,论及"晚明",我们提及的代表人物、引用的核心文献、形成的基本判断,乃至论证的主导模式,可谓是千篇一律。我们似乎认定前人的结论颠扑不破,无须再做检视工作,直接因袭照搬或者阐发拓展即可,正如前文所提及,"追溯"虽在进行,"晚明"却悄悄缺席了,有所偏颇自然难以避免。譬如绪论中提及的几部专门研究之作,它们对于"晚明"自身的观照依旧甚微,由参考文献即可获得清晰印象。研究著作中的忽视及因此产生的偏差似乎情有可原,因为他们关注的是后人对晚明的"想象"与"建构",与针对"晚明"自身的研究存在一定距离,故而在材料的使用和关切的重心上有所偏重。甚至有人认为,更重要的是后人如何"理解"晚明,而非晚明本身的基本形态,"误解"本身即价值所在,一味追究晚明的本来面貌不免拘泥。但谭佳认为她的研究需有三种准备,第一项就是"理解晚明时期的文献资料"①,可见这依然是研究中的重要一环,一旦欠缺,也会产生诸多不利影响。首先自然是由于这种"忽视"极易出现史实方面的偏差,前提若不可靠,后续的引申无论如何精妙也是聚沙成塔。其次,所谓的"想象"与"建构"必然是建立在二者关联的基础上,没有双方面的比照合观,根本无法确认这种联系是否合适与成功,所谓的反思与审查亦根本无从措手。这似乎对研究者提出了过高要求,但基于我们目前的研究已经取得了相当成绩,就不应再原地踏步。我们理当重申,尽管晚明的重新"发现"更多是基于时人的当下立场与使命,但寻找二者的可能联系是其中关键。随着认识的进步,所谓的"联系"需要调整、重构,甚而可能不再成立,我们势必不可以罔顾相关研究进展,闭门造车、自说自话,而这可能正是我们问题的症结所在。

诸人笔下并不乏对晚明时代政治、思想、文学情况的说明,且他们似乎认为"晚明"即如此,就该如此。既然对于"晚明"已经形成共识,不再细心"推敲"便理所当然了,质言之,正是源于僵化的认识及思考模式才束缚了我们的进一步深入。细绎诸说,尤需引起我们注意的问题或是理论观照与现实诉求之间过于紧密的关系以及连带产生的系列反响。晚明诗

---

① 谭佳:《叙事的神话:晚明叙事的现代性话语建构》,中国社会科学出版社2009年版,第8页。

学研究范式的建构受多重因素影响,但其中最为关键者莫过于思想观念介入(譬如早期启蒙学说等)和追溯晚明活动干预,前者的阐释框架和后者的现实关怀共同造就了晚明诗学研究的特定面貌与多元可能,且这一格局的出现是二者紧密结合、互相成就的结果。

"追溯晚明"成就的背后,多有各种理论学说的影子,且正是得益于必要理论指引下的社会历史观照,才发掘出文艺思想的丰富内涵,契合了当下理论建构的需要。综合前述四个典型时期的情况来看,我们可以开出一串很长的名单:进化论、资本主义萌芽、阶级论、早期启蒙说、自然人性论、市民社会学说、浪漫主义……正是得益于它们的滋养与启发,方造就了追溯活动的多元格局。至于20世纪90年代以后的发展状况依然延续了此种诉求,譬如章培恒重新编著中国文学史的一个鲜明倾向即在于人性论的凸显,他认为"如果确认文学的发展与人性的发展相一致,那么它就必然有一种按自身的需要持续下去的趋向",在此视角观照下,文学史的演进展示了别样轨迹:

> 自元、明以来,个性解放的思潮随着城市经济的发展多次高涨,虽屡经挫折,却顽强延伸。它在文学中也有鲜明的表现。五四新文学的许多重要主题,如通过赞颂爱情和情欲来张扬受压抑的个体意志,揭露封建势力对热爱自由的青春生命的扼杀,都可以在历史上找到源头。①

但这一阐释活动并非单向进行,而是彼此依托、互相成就。"追溯晚明"活动中有关"晚明"的叙事和想象得益于理论学说的支持,追溯形成的诸多

---

① 章培恒、骆玉明:《关于中国文学史的思考》,《复旦学报(社会科学版)》1996年第3期。

结论又构成了对于理论学说的极大丰富和完善,甚而提供了使其由假说而"定论"的强力依据。譬如李泽厚即说:

> 文艺毕竟走在前头,开时代风气之先……(三言二拍等小说)对人情世俗的津津玩味,对荣华富贵的钦羡渴望,对性的解放的企望欲求,对"公案"、神怪的广泛兴趣……,尽管这里充满了小市民种种庸俗、低级、浅薄、无聊,尽管这远不及上层文人士大夫艺术趣味那么高级、纯粹和优雅,但它们倒是有生命力的新生意识,是对长期封建王国和儒学正统的侵袭破坏。①

换言之,追溯造就的"晚明"也印证或强化了我们相关的理论设定,譬如此处的社会转型、观念突破等等。

综上,一方面,理论学说的介入为催生新视角、产生新结论,即实现当下诉求提供了可能;另一方面,现实意义的呈现,为发挥理论学说的指导作用提供了空间或目标。换言之,正是为了探求传统资源的现代价值,才需要借助一定理论的观照;而相关理论的指引也必须落实在现实维度才能体现其意义。二者虽各有立场和目标,但可谓是一体之两面。

理论学说与现实诉求间的协作配合造就了文学发展的恢宏格局,其影响固然深远,至于缺失也是显而易见的。譬如说,二者虽有良好互动,但仔细审查个中逻辑却存在严重悖论:当我们认为文艺中的新特色之所以出现,是资本主义萌芽等因素的必然要求与反映,而资本主义萌芽等因素的存在又依赖于文艺作品中的新因素来予以确认,这岂非循环论证? 二者或许是由于相互勾连,也即所谓一体两面,以致难以严格区分彼此界

---

① 李泽厚:《美的历程》,生活·读书·新知三联书店2017年版,第170—171页。

限。这又在某种程度上进一步验证了"循环论证"的存在,从而使其意义更遭质疑。假使暂时搁置此种疑惑,专就追溯晚明活动之展开予以考察,我们另有三端应有切身反省。

第一,一应判断的形成多得理论学说的支持,甚而可以说,它在某种意义上完全是理论推演的结果,"常识""根基"不依托于史料,而凭借"理论"的支撑来保证其正当性,这无疑非常危险。追溯晚明活动的指导思想虽屡有更张,但其核心旨趣则多与"进化论"密不可分。此观念在"五四"前后成为社会的主导思想,对当时知识分子影响颇大,胡适就坦言"那时影响我个人最大的,就是我平常所说的'历史的文学进化观念'。这个观念是我的文学革命论的基本理论"①。该理论的引入显然具有重大意义,"以进化论新与旧、传统与现代、进步与腐朽的二元对立思维模式为先导,胡适将中国文学史一劈两半……形成双线并行的文学史格局。这一划时代创见打开了中国文学史的新视界",但与此贡献相伴随,随之而来的缺失也同样凸显:

> 进化论理念的内在扩张使胡适产生出一种理想主义和激进主义情绪,只顾及目的性而忽略了科学的严密性,单向度的思维势必带来某些行动上的偏颇……举起进化论的利器将传统分割成对立的两个部分,以一个传统否定另一个传统,试图用白话文学史代替整个中国文学史,从而抹杀了文学史本身的丰富性和复杂性,也无法对白话文学的发生作出科学的解释。②

---

① 胡适:《尝试集·自序》,载《胡适文集》第9册,北京大学出版社2013年版,第72页。
② 逄增玉、胡玉伟:《进化论的理论预设与胡适的文学史重述》,《东北师大学报》2002年第1期。

个中缺失,概括起来讲就是主观投射过强、理性判断不足,以致相关论证多有疏失,一应结论难以取信于人,甚至于倒置因果,根据既有结论去完善因果逻辑,个人的主观意图得到了充分展现,但历史事实的本来面貌与真实价值却难以彰显。可以说,我们在追溯晚明活动的多个历史阶段都可以发现上述踪迹,只不过具体形式更为多元、细致罢了。

如果说"进化论"是主导理念,那么从思维方式与操作手段来说,则日渐确立经济话语的主导模式,关乎此,前文已有细致分梳。但首先需要说明的是,此类话语,即"根据来自社会经济基础的变化对观念形态的变化所进行的必然类推"并非由本土孕育,而系因袭他者思路,故而有学人怀疑"这种类推在西方很奏效,但在中国,却很难令人信服"①。个中是非,迄今仍聚讼纷纭,至于分歧多半表现在对于相关历史现象的理解和界定上,上述持怀疑论调的学者认为:

> 与欧洲资本主义进程相比,在中国似乎存在上层与下层脱节的情形。一方面资本主义的生产形式在中国缓慢地生长发育,另一方面资本主义生长发育所需求的某些思想观念并未随之出现,而随之出现的思想观念并不直接肯定新的经济事实。在思想上,思想家进行了新的探索和组合,他们的灵感部分来源于传统思想,部分来源于社会危机的启示,而资本主义因素的作用只是促成社会危机而间接地对思想文学界发生作用。②

另有学者则针锋相对,着力强调经济基础与思想观念间的对应关系,进而形成对相同事实的不同判断。就此我们不难发现,诚如前文已经提及,不

---

① 林岗:《关于晚明以来文学浪漫思潮的断想》,《内蒙古社会科学》1985 年第 5 期。
② 同上。

少论争往往是因观念的分歧而导致,即在不同理论话语的影响下形成相应论调,并彼此攻讦。个中是非且存而不论,任何时候,罔顾某一理论学说的提出语境和问题意识,仅凭一些概念做逻辑推演,似乎不是高明做法,这一点早已有史可鉴。譬如当日鲁迅看到性灵风潮盛行,年轻人纷纷效仿时,觉得有必要"破蔽除障,让青年看清历史的面目,不再受害"①,至于方法不外乎"多翻,翻来翻去,一多翻,就有比较,比较是医治受骗的好方子"②,我们现在所缺的或许就是这"多翻"。

再从操作方式上看,追溯晚明最终结论的取得是理论主张与当下诉求二者合力的结果,但我们对此或有忽略。在一般的阐释框架中,我们更多看到的是基于一定的理论前提,对文学现象或主张进行系统分析,其中尤为明显的倾向即在于认定特定时代的社会状况,特别是客观经济状况影响、造就了一定的文学主张。质言之,我们更为强调文学发展受干预和受影响的一面。诚如论者所说,"先进的哲学家思潮和进步的文学革新汇成一股逆经叛道的洪流,冲击着禁锢个性的封建理学。这是在十六世纪资本主义经济萌芽的基础上成长起来的,代表个体生产者和市民阶层利益的意识形态"③,这正是马克思主义学说中经济基础决定上层建筑的极好诠释。至于当下诉求,似乎只是一个立场和前提,其实现完全有赖理论观照,这无疑对追溯活动中主动介入、积极探求的一面有所忽略。当下诉求作为时人的现实观感,也是"时代精神"感召下的产物,它与时代的文化语境、学术思潮,乃至经济基础、社会结构都共同呼应和响应了某一更为宏观的指导原则,因此它并非只是被动参与,同样体现出积极介入的色彩,这才是我们所说的互相成就的意义所在。换言之,援引理论,首先应

---

① 郝庆军:《两个"晚明"在现代中国的复活》,《中国现代文学研究丛刊》2007年第6期。
② 鲁迅:《随便翻翻》,载《鲁迅全集》第6卷,人民文学出版社2005年版,第142页。
③ 潘琪:《晚明文学革新思潮初探》,《鄂西大学学报(社会科学版)》1987年第1、2期合刊。

该对理论前提有明确厘定与整合，否则，难免陷入单一、偏狭模式。

第二，追溯晚明在很大程度上依赖于理论学说的支持，且这些理论往往来自外部，这就需要我们越出"文学"畛域，对历史、哲学乃至经济学等相关学科皆有必要理解，但我们的知识积累显然未能契合期待视野。譬如前引毛夫国有关明代学风的评价，大体不出游谈无根、空疏不学云云，学人确实有类似的严厉批评，甚而会将学风的鄙陋视为亡国的重要因素，其中自然有合理成分，但更多是清人的刻意歪曲和丑化之词。民国以降学人，譬如容肇祖、谢国桢等皆有辨析，今人林庆彰等更有系统论断，只可惜文学研究者对此缺少必要的敏感与关注。

在对"晚明"甚至整个传统思想观念进行重新定位时，文、史、哲等相关学科间理当形成良好互动，我们对此显然是充分认同的，但现实却是，一方面相邻学科持续不断地进行了诸多新探索、提出了诸多新见解，另一方面我们却未能及时关注，甚至无动于衷。这一反差的出现，并非仅因为无意的忽略，更与贯通意识的缺乏有关，即我们往往将文史哲综合简单理解为"知识"的扩充，而缺乏思维方式的整合。有关晚明诗学的研究，不仅要有"跨"学科的意识，更应主动打破学科边界，从综合视角予以观照。笔者曾借宋儒"理一分殊"学说有所申发，认为"古代文人往往一身而多任，文道兼擅，错综于儒林、文苑之间，文、史、哲等多学科的知识体系和话题模式聚于一身，面对不同的对象，他自会依照其特性而有专门认识，但此种专门认识必不出于或者说从属于其整体观念，所谓'理'、所谓'道'，又或者所谓'思想'"，"'道'笼罩了他们的一切认识，文学观念、哲学观念、史学观念等皆是其'分殊'之物"。[①] 因此，无论文学还是史学、哲学等等，并非简单参照，而是共同孕育，彼此呼应和配合，故而我们在分析相关问

---

① 王逊：《古代文学研究如何融通"文学"与"思想"》，《中国社会科学报》2019年4月2日。

题时便不能只是简单征引,而应深入内部,抓住核心命题,比照合观,如此方能及时更新知识结构,自觉调整理解机制,推动认识发展。

当然,这里存在可能的辩解,虽说在相邻学科内部出现了诸多反思与异调,"传统"学说依然具有相当的影响力。譬如说,时至今日,"时代精神"及其统辖下的"资本主义萌芽"诸说仍然具有相当效力。但假使考察我们的相关阐释活动,不难发现诸多学人在使用相关学说时竟然对该理论的前提、内涵、诉求等要素缺乏必要而基本的了解,至于最新进展更是一无所知,所谓借鉴、参考沦为随意的挪用和主观的专断。个中原因倒也不复杂,我们基本未曾在相关学科投入充分精力予以切实探究,甚而有时候只是盲目因袭前人陈见,一应言论自然疏阔而无当。理论学说是否高明、适用且不论,这样一种草率、粗疏的学术态度无疑应当矫正。文史诸领域被"时代精神"所笼罩形成了一种统治学说并仍在发挥效力不假,但其他学科毕竟意识到了此中论断的局限性,并通过积极反思来予以弥补甚而突破,取得的成绩也相当可观。我们即使在目前阶段并不认可他们的结论,但反思行为本身无疑值得肯定与效仿。

除却相邻学科,学科内部其他专业的最新发现也当及时进入我们的研究视野。由于材料的欠缺、思维的惯习,我们对过往历史的认识往往比较粗疏,存在诸多盲点和空白有待填补,随着学术研究的持续推进,我们对相关文学现象的理解也日益清晰和深化,丰富并纠正了往日的不少结论。"追溯"的起点既然是在晚明,那么有关晚明文学研究的新进展无疑应当被纳入我们的观察视野,进而更新我们的认识模式与基本叙事结构。比如说,谭文中对"晚明"和"明末"进行了区分:

> 晚明有别于明末:明末主要是指崇祯朝及南明四朝。将二者区分,是因为天启以后已有不少士人对嘉靖中期以后的社会变化总结

反思,明末已经形成一套成熟的"晚明叙事"话语,而且这套话语深刻影响了清人的观点立场,明末的叙事也从范式上区别于五四新文化运动以后的晚明叙事。①

虽说在具体的划分上不无可议之处,但这一时间区分弥足珍贵。谭佳虽是专就晚明叙事立论,但"叙事"态度反映的不正是时人对历史、社会、文学的基本观念吗?由此推进将涉及对明中期文学、学术认识的深化与细化。又比如说,以往论及晚明,往往径谈革新、解放,但其时复古思潮虽呈颓势,却并未完全消失,并将在明末以及清代前中期继续发挥重要影响。这些环节的引入将直接引发我们重新思考如何认识晚明以降的文学发展历程,至少说以"革新"统摄整个明中后期的文学发展显然是不完整的,将明后期的历史视作一个"和谐"的整体也是不合适的,仅凭"进步"史观来引领更是远远不够的,我们的文学史书写有待调整,我们的"追溯"根基也要经历挑战。

第三,追溯活动为我们提供了考察文学现象的别样视野,但它于发明的同时也不免造成遮蔽。由于我们太过倾心"当下",在考察"历史"现象时往往片面关注了与我们的现实期待直接相关的内容,至于历史脉络中的诸多"曲折"则缺乏足够的关注和思考,这不免影响了我们对历史人物与事件的全面体察。此举或与"追溯晚明"现象无关,却会对相关文学史、学术史的书写产生影响。譬如说,前已提及,周作人虽将新文学的源流追溯至晚明,他本人也对晚明颇多表彰,但这一看似笃定的事实却颇有值得怀疑的空间,其背后充溢着因强烈的现实刺激而催生出的策略考量。假使我们轻易信从了他的表面判断,既不能真切理解其用心,也极易忽略他

---

① 谭佳:《叙事的神话:晚明叙事的现代性话语建构》,中国社会科学出版社2009年版,第20页。

在其他方面的苦心经营。譬如陈平原即认为尽管周作人强调公安三袁与现代散文有明显的历史联系,"可并非佩服得五体投地;周氏的文章趣味,与晚明小品实有不小的距离",职是之故,他后来又对"六朝散文表现得颇为倾心,并在北大开设'六朝散文'讲座,似有进一步探讨新文学渊源的打算。但此举终因抗战骤起时局速变,未能取得实质性的进展"。① 但在相关探讨中,我们对于他的这一倾向却甚少关注。

第四节 "以今衡古"与"古今对话"

与"晚明"相关的叙事始终深受意识形态的影响,自 20 世纪 80 年代以来,政治层面的因素不断弱化,反倒是文化诉求日益强烈,由此引发出一个新的重要命题,即如何看待古今文化的继承与发展关系。自"五四"以来,前贤在"救亡"与"启蒙"双重使命的刺激下,积极寻求向西方学习,对传统文化进行了猛烈抨击,在一定程度上造成了古今断裂。但"中国文学这样一个庞大而复杂的存在,其实不可能切断了传统而完全从头开始"②,因此,不少学者日渐认识到"现代文学史是几千年的中国文学史的新的发展部分,它与古典文学的关系应该是继承与革新的关系,它们之间有着不可分割的历史联系"③。出于这样一种思路,"追溯晚明"活动不但获得了必要且正当的理由,并得以在更大范围与层次上广泛深入地开展,譬如前述中国文学古今演变研究的开展即如此。重新确立传统之于现代

---

① 陈平原:《现代中国的"魏晋风度"与"六朝散文"》,《中国文化》2007 年第 15、16 期。
② 骆玉明:《古典与现代之间——胡适、周作人对中国新文学源流的回溯及其中的问题》,《中国文学研究》2000 年第 4 期。
③ 王瑶:《中国现代文学与古典文学的历史联系》,《北京大学学报(哲学社会科学版)》1986 年第 5 期。

的价值,并积极探索二者间的继承与革新关系无疑具有深远影响,但此类活动依然未能摆脱"进步"史观的统摄。骆玉明认为,胡适、周作人等人的做法中包含有双重意味,"一是要探寻在中国的'旧文学'中孕育着的可以导致'新文学'发生的因素,一是通过对'旧文学'的评价,确定'新文学'的发展的合理方向"①,究其实,二者的动机和目标较为一致,即都是在认可"新文学"的基础上,以它为尺度去检验旧文学,发掘"旧文学"中的异质成分,并以此构建古今贯通的发展脉络,即以今衡古。黄曼君则说得更为明确:"一方面从这种新的视角审视传统,展示出这种新的观念发生的外部条件;另一方面又通过对传统的剖析和发掘,揭示出与这种现代意识相应的传统观念,从而揭示出这一时代思潮发生的内在依据"②,"新的视角""新的观念",处处强调一"新"字。精神可谓振奋、情绪亦属激昂,但其中却多有偏颇、狭隘处。

第一,上述思路对理解传统和建设当下两方面都产生了重要影响,在这一明确指导观念的观照下,传统文学必须"自觉"接受检验和筛选,这不仅关系到新文学如何确立自己的历史源头问题,更关切到旧文学能否被纳入文学史脉络并在文学演进中获得地位与意义。经检验和筛选,于新文学来说是增益和丰富,于旧文学来说则是区分和淘汰。譬如章培恒就认为:

> 举例言之,"唐宋八大家"中韩愈是被现代文学的主流所否定的,但在古代文学研究中却仍然得到相当高的评价,而且对其与现代文

---

① 骆玉明:《古典与现代之间——胡适、周作人对中国新文学源流的回溯及其中的问题》,《中国文学研究》2000年第4期。
② 黄曼君:《关于中国新文学源流的思考——对古今文学"对话"的一种现代传统观范式的考察》,《河北学刊》2006年第5期。

学的关系并无任何说明。我认为,如果对韩愈作较高评价,必须抉发出其创作中通向未来或今后必将复兴的东西,这才符合历史评价的要求。①

对中国文学史稍有认知的人都应该了解韩愈的突出地位和重要价值,所谓"文起八代之衰、道济天下之溺",相关讨论极为充分,历史评价也较为清晰。由于古今视域的不同,彼此的理解难免存在差别,我们自然可以在新的历史条件下予以重新阐发,但并不意味着要将此前认识全部推翻。章培恒认为理当推倒重来,原因仅仅是韩愈"被现代文学的主流所否定",但问题是现代文学主流的意见是否完全合理?他们对唐宋八大家的认识是否准确?除了与他们契合的思路外,其他古典思想就一无是处?

谭佳曾经言明:

> 通过对以李贽和公安派为重点的晚明叙事研究,笔者希望能揭示目前主导的晚明文学和文论知识如何被现代性范式所建立的?它与中国现代社会的内在联系是什么?能为我们反思中国的现代性问题提供什么线索和借鉴?②

作者关注的实则还是近代以来的探索轨迹,并从中为今日提供借鉴。说来这一思路并无不妥,现代化的诉求确实是自近代方才发端,除了步武他们的前进脚步,又可以去哪里寻找支点?但可能的问题也因之产生,我们的目标是建立现代中国,但如何理解这一"现代",至少说,此种"现代"意

---

① 章培恒:《中国文学古今演变研究的意义和效应》,《河北学刊》2006 年第 5 期。
② 谭佳:《叙事的神话:晚明叙事的现代性话语建构》,中国社会科学出版社 2009 年版,第 40 页。

识本身是否需要检讨？因循此种思路，追溯晚明虽是在古今融合的旗帜下进行，但就其实质而言，传统不过是一个"借口"而已，所谓的接续、继承根本未曾纳入思考的视野。

尽管我们采用"贯穿整个世纪、产生了重大影响"的"以精神启蒙、人性解放为主要特征的文学传统观范式"在对文学史的梳理中"建构"出严密体系，清晰传达出"个体启蒙意识和新的精神价值的追求与封建正统文化的冲突"以及"走向文学现代转型的历程"①，但对于传统文学而言，这种概括是否合适？至少说，这样一种模式是否能够全然体现传统文学的价值？毋庸置疑，传统与现代之间存在诸多歧异的理念，将"现代标准"扩充为一般价值是否会造成对传统的遮蔽？答案无疑是肯定的。即以思想史为例，沟口雄三指出自容肇祖以来对李贽的评价都非常偏于"欧洲的近代"，"李贽并不是没有这一面"，但只重视这一面"完全无视了李贽思想的固有的历史价值"②。文学领域同样存在类似问题。譬如说，在"追溯晚明"的活动中，晚明文学的关键词是反复古、反传统、崇尚性情，至若七子派则被打上"反动""落后"的标签而被弃若敝屣，慢慢地，他们又重新获得了部分认可，原因是李梦阳等人对于"情"的呼吁和弘扬可算是革新派诸人的先导，属于进步发展潮流的先导。上述认识在文学史领域影响深远，及至今日仍是主流学术话语。但需要注意的是，由于我们秉承"进步"史观，所以复古派一定要跟"进步"或者"革新"联系在一起才有其正当性，其他"非进步"的内容仍然没有价值。但我们需要思考的是那些未曾被"进步"史观收编的内容是否一无是处？即使是被收编的内容是否一定要参照上述的理解模式？或者说，七子派的文学与诗学有无其"固有的

---

① 黄曼君：《关于中国新文学源流的思考》，《河北学刊》2006年第5期。
② 〔日〕沟口雄三：《致中国读者的序》，《中国前近代思想的演变》，索介然、龚颖译，中华书局1997年版。

历史价值"? 晚明之所以会被不断提及,正由于其内在的多元、复杂。此中有进步的晚明,也有退步的晚明,有现代的晚明,也有前现代的晚明,不同的视角可以引发不同的思考,以往我们过多地注意了进步的一面,却对"反动"的一面无动于衷。历史不是单线进化,它多线、复杂,且有曲折。但一来此种曲折或有其必然,或有其必要;二来此种曲折不能想当然地被剥离,仅由进步因素来构建历史。对立面不仅能给予清醒之批判与提醒(当然不乏吹毛求疵之论),且正是二者的对立互补才推动了文学史的发展。

从根本上讲,这一思路与"五四"以来一贯的认识模式有关。由于"五四"的巨大影响力,其对立面,如文化保守主义,曾长期被遮蔽。这一缺席不仅影响了我们对那一段历史的整体把握,即使对理解"五四"也多有影响,因为这意味着我们的"五四"认识视域是绝对的,不能说狭隘,至少是单向的。正如有学者所说,我们不应当把"学衡派"与新文化派看成一种敌对的关系,而应当认为"学衡派的文化取向实则是构成了对新文化运动的补充"①,缺少了这样一个维度,既不利于评价历史,更不利于展望未来。

重视"五四"对立面,不唯是为了合理评价历史现象,也是为了更好地解决当下的思想论争。自"五四"以来,古今中西之争屡屡兴起,若是深究一番,不难发现举凡立场、观点、逻辑等等问题长期存在极大的相似性,换言之,多年来的争论虽有种种不同面貌,但核心内容却大体相似,我们只不过是一再重弹旧调而已。② 争论虽未停息,认识却不曾推进,原因何在?

---

① 蒋书丽:《学衡派和新文化派的错位论争》,《人文杂志》2004年第6期。
② 罗荣渠编有《从"西化"到现代化》(黄山书社2008年版)一书,我们可将当日话题与今日对比,发现时有似曾相识的感觉。又李明辉撰有《儒家视野下的政治思想》一书,其中有对台湾思想界20世纪50年代自由主义与新儒家争论之探讨,相较今日亦可见诸多重叠。

因为我们始终不曾摆正心态,抓住核心问题,深入其实质进行细致思考,反而将大把的精力放在了某些表面现象的一日短长之争上。

就新文学的发展而言,此类古今对话比较似乎重要,因为大家普遍认为古今之间存在必然联系,且不少人坚信我们可以立足本土发掘"现代"渊源;但就实际来看此种意识却未得到充分重视和实践,因为在衡古之前,新的发展方向与趋势已然明确且必定会照此运行,传统之有无并无大碍,充其量不过是以此增强立论的底气,不免带有为确立联系而刻意寻找证据的意味。

据此,我们需要进一步追问的是,向来强调晚明与新文学间具有联系者莫不强调晚明时已有"新"意识的觉醒,且有相当的发展,但到底是先有了对"晚明"的深刻理解,进而将其与近现代进行类比,还是先对近现代有所定性,进而追溯其可能的源头,故而发现了晚明?只怕是以后者居多。将现代与现代视野下的晚明进行类比,所有的同或异注定只是贴上标签的产物,其根据依旧是进化论、现代性、资本主义萌芽、早期启蒙云云。换言之,我们塑造了一个晚明,又用此一塑造的晚明来为我们正名。

戴着有色眼镜回顾历史,并从中寻找渊源重建历史或许是一种不可避免的行为。一名理论家,在现实刺激与外来文化渗透的双重影响下,形成了对今日文学及未来发展的看法,进而试图与传统相续以强化"当下"的合法性,其中不免饱含着对历史的想象性重构。但当我们的"现代探索"有一部分已经成为历史时,总结已有的探索自是题中之义,而反思的内容之一,必然是对此种"想象"的检讨与重新出发,尤其是此中还涉及如何对待传统与现代之关系的重要命题。

在处理传统与现代的关系时,无非两种思路。其一则且如上述,以现代为基准,回溯传统寻找相关资源,以为今日选择"正当性"的依据。在此模式中,联系的类型及受此制约的发展方向是明确的。其二,则当回归传统本身,系统总结传统中的经验、教训,在此基础上进行系统的反思,或是取法,或是借鉴。关系在哪、如何发展则充满了不确定意味,有待我们去探索。选择性地建构历史,所谓的打通古今不过是以今衡古,充其量只是现代观念配上古典资源与肤浅经验,事实上未能立足实际,真正去挖掘历史的一般规律及其可能价值。这既缺乏对历史的尊重,也不可能有真正的发现。我们需要历史提供经验,而非"证据";历史不仅是拿来利用的,也是要让我们重新出发的。这个起点可以是现代的某个时刻,也可以循着他们的思路上述百年,但这种上溯不应是戴着有色眼镜进行,而是基于对历史的审慎梳理,总结出切实的经验教训,由此来反思历史、展望未来。如此一来,视野要开阔许多,二者的联系也由单线变为多元,单调变为综合。

上面提及很多人对"五四"与晚明的同异进行了比较,似乎同则有追溯的可能与价值,反之则缺乏对话的可能。如果我们调整了看待古今关系的态度,这一问题也可迎刃而解。即使"五四"与晚明存在种种差异,哪怕是所谓"质"的差异,并不代表没有将他们整合考虑的必要与可能,正如陈来所说,"近代文明的发展是'连续'(continuity)与'变革'(change)的统一"[1],探讨古今变革的经验教训也是我们当下发展的重要资源之一。

今人在古今关系上依然秉承"进步"史观,实则亦可视为一种"时代精神",想要有所调整,则有赖我们在思维模式上有一转型。陈来的一番论述颇值得我们思考,他说"中国的现代化必须要进一步发展民主、科学、法制以及人权等,但这不等于说应由儒学提供这一切,这也不构成儒学恢复其生存及影响的基本条件"[2],这番话同样可以启发我们对于文学的思

---

[1] 陈来:《传统与现代:人文主义的视界》,生活·读书·新知三联书店2009年版,第37页。
[2] 同上书,第33页。

考。人性、启蒙之类确实代表了文学的现代方向,但并不意味着传统文学必须提供这些内容才具有"正当性"。同样地,传统文学的价值不应据此来评判,传统文学之于现代文学的意义也不在于此,至少不仅仅在于此。

由此过渡到我们需要关注的第二个层面。揆诸"五四"时人的行为,胡适强调白话文,周作人提倡性灵、个性,仍是瞩目于文学内部特质;今人则在统一的思维模式下,将文学视为思想的反映,只关注思想层面的调整,文学系随之改造,至于内部种种,少有人顾及。陈来称"当代中国哲学的社会功能也在相当大的程度上被文学家与文学批评家所替代"①。文学确有它的社会责任,也需承担一定的社会使命,但目前文学不仅履行了自己的应尽义务,甚而替代了其他领域的职能。其中的积极意义自然是有的,但社会功能过度膨胀,必然意味着对其他功能的压缩,至少会使各自的比重落入一个不太合适甚而畸形的状态。我们大力鼓吹启蒙,却没了审美;鼓吹人性,却罔顾性情;宣扬批判,却无视继承;倡导突破,却漠视积淀与必要规范。在思想"进步"的引领下,既抛弃了文学的固有成分,也无视了文学创作的某些必要过程,这不但导致了文学研究宗旨的背离,也对"追溯"活动造成了一定的负面影响。

我们可以与上文联系起来看待这一问题。为什么古今对话变成了以今衡古?就是因为我们专注于思想层面,且确立了"进步"史观,目标清晰、方向确定,所谓的探索只是一个"填充"的过程,即搜罗一些"证据"绘制出清晰的发展过程。而若回归文学本位,诸如古今语言、文体、结构、叙事方式变革等问题,个中充满着复杂性、未知性,需要结合大量作品进行综合分析,而非主题先行,拼凑几条材料就可以简单应对。至于说探讨传统文学对于当下文学的借鉴意义,那就必须首先对传统文学的风格、特色

---

① 陈来:《传统与现代:人文主义的视界》,生活·读书·新知三联书店2009年版,第26页。

等内容具有广泛把握和深入感知,进而依据文学特质、时代精神等进行创造性地思考,仅凭一知半解、似是而非的知识积累无论如何难以完成这一复杂任务。陈平原认为胡适、周作人当日的重建文学史活动有一重大弊病,即"绕过了本不该绕过的清末民初文学改良运动"①,这一弊病长期为人延续且不自觉。抛开陈平原此论的具体指向,我们可以有所阐发。中国文学始终是在时间链条上历时发展:或是延续,个中应有清晰轨迹;或是演变,也当有具体的规律、形式及过程。哪怕发生了重大变革,此间亦不存在所谓根本断裂。因此,若是描述文学历程的继承与革新,不可以也不能够随便抛弃掉某一阶段,上述以思想进步为标准描述晚明至现代发展轨迹的方式自然不可取。换言之,当把视角从思想转向文学,我们的思考将更为严谨周密,所见将更为具体细致,所得自然与现今大为不同。

---

① 陈平原:《小说史:理论与实践》,北京大学出版社1993年版,第69页。

第五章 祛魅与重建：
晚明诗学研究范式的全面审视

  托马斯·库恩(Thomas Kuhn)在《科学革命的结构》一书中着力标举了"范式"一词。他强调选择这个术语"意欲提示出某些实际科学实践的公认范例——它们包括定律、理论、应用和仪器在一起——为特定的连贯的科学研究的传统提供模型……以共同范式为基础进行研究的人，都承诺同样的规则和标准从事科学实践"①。换言之，所谓"范式"即指某一学科从业人员在特定时期内共同遵奉的原则，它包括了学科研究的全套观念和方法，"取得了一个范式，取得了范式所容许的那类更深奥的研究，是任何一个科学领域在发展中达到成熟的标志"②。库恩所论虽是就科学研究而发，但移植到人文领域，依然具有高度的参考价值和指导意义。我们的任一研究在长期发展过程中同样会形成较为稳定的立场、思路和方法，并在相当程度上成就了某一领域的繁荣局面，譬如前文提及的"冲击—反应"模式，以及"唐宋变革论"等就是我们耳熟能详的重要范式。关于范式之于文学研究的重要意义，金元浦有一精要概括：

---

① ［美］托马斯·库恩：《科学革命的结构》(第四版)，金吾伦、胡新和译，北京大学出版社2012年版，第8—9页。
② 同上书，第9页。

第五章 祛魅与重建：晚明诗学研究范式的全面审视

> 文学范式是一定时期一定范围内从事文学创作和研究的文学共同体所一致遵循的一般理论原则、方法论规定、话语模型和应用范例……是对全部文学现象的总体观照，是一定时期内总的看问题的方式，规范着整个文学研究活动的整体框架。它以一定的哲学美学思想为其基础，又具有作为一门具体学科所固定的范围、层次和时域。①

晚明诗学研究自不例外，虽说由于思想学说和现实关怀等因素的种种干预，多元阐释活动造就了晚明诗学的歧异面貌，但内在思维方式却大致接近，形成了基本的问题意识和趋同的研究思路，即确立了基本的研究范式，并在相当长的时间内指导甚至规定着相关研究。经特定范式的观照，我们多有创获，但也造成了不少遮蔽与曲解。迄至于今，学人对这一范式时有反思并尝试突破，但效果并不显著，甚而某些看似明显的调整，实则并未超越传统窠臼，固有的思维方式仍以隐秘方式发挥作用。职是之故，若不能就晚明诗学研究的基本范式予以系统而全面的考察，细致辨析其形成背景、行为机制及影响方式，便无法有客观之审视与超越之可能。

第一节 "复古—革新"范式的基本内涵

谭佳通过对晚明叙事的系统梳理，发现"尚有分歧的各种叙述方式日渐统一成一套成熟的话语模式，在20世纪后半期的思想史、文学史、文论史中一再复制出现，犹如经典作品一般享有似乎不容置疑的权威与牢固

---

① 金元浦：《当代文艺学范式的转换与话语重建》，《思想战线》1994年第4期。

地位"①。据她的考察,这一话语模式的确立理应追溯到嵇文甫和容肇祖。通过一系列著述②的细致阐发与精心建构,他们基本规定了后世研究的核心理路:

> 受社会经济的发展,即从王阳明的心学因为质疑和抨击封建传统思想(以程朱理学为代表),因此具有自由解放的精神;尤其是以王畿和王艮为代表的左派王学更将这股革新解放的思想潮流发展到极端;李贽就是这个极端上的浪峰,形成了以他为代表的晚明思想解放思潮,因此具有进步意义;晚明文学(以公安和竟陵为代表的白话文学)是这股解放思潮在文艺上的体现,也具有解放和进步意义。③

此一思路虽成于 20 世纪三四十年代,其后的社会主流话语时有更张,特别是到 20 世纪 80 年代发生了从"阶级性"向"主体性"的转变,但"支撑经典叙事模式的内在学理并没有得到真正突破"④,迄至于今仍在持续发挥强大效力。有学人在总结 20 世纪关于"五四"新文学与晚明文学的关系后也发现,"时值今日,谈论晚明文学,大多依然是这一路向。先谈社会环境,即资本主义萌芽的历史情境→在思想界的反映(李贽和王学左派的

---

① 谭佳:《叙事的神话:晚明叙事的现代性话语建构》,中国社会科学出版社 2009 年版,第 133 页。
② 主要是《左派王学》(嵇文甫,开明书店 1934 年版)、《晚明思想史论》(嵇文甫,商务印书馆 1944 年版)、《李卓吾评传》(容肇祖,商务印书馆 1937 年版)、《明代思想史》(容肇祖,开明书店 1941 年版)等著作。
③ 谭佳:《叙事的神话:晚明叙事的现代性话语建构》,第 156 页。
④ 同上书,第 185 页。

影响)→在文学界的反映(公安三袁等)"①。可以说,"王学—泰州—公安、竟陵"的叙述逻辑,资本主义萌芽、市民社会、早期启蒙、自然人性论等考察视角,基本规定了我们的研究格局。

　　上述研究思路的存在得到了诸多学人的承认——尽管不少是在批评、反思的意义上——但它仍不足以代表晚明诗学研究的基本范式,或者说它只触及一端,且只是现象和表面,而尚未接近核心。该模式的要旨在于从社会形态入手,强调经济因素对思想文化层面的深刻影响,这正是经典马克思主义社会历史批评的基本诉求,它在长时期内占据统治地位,统摄了一切既有对象。如此一来,不管它如何威力巨大,算不得是对晚明诗学的"特别"规定,以此作为研究范式不免稍隔一层。且社会经济因素作为总体规定,其(包括引申出的方式和手段,譬如"资本主义萌芽"云云)在实际研究中直接发生效力的空间非常有限(这也从侧面证实了其并非核心范式所在)。我们依赖这套模式,更多从事的不是"发明",而是"证明",即往往是通过看似严谨的论证过程来应验某一既定观念。② 审慎研判现有研究,我们很容易获得这样一个印象:与其说是上述模式的引入催生了无数"金科玉律",毋宁说是我们预先接受某种理念并依照其思路设计好诸多条条框框,即已有了明确的立场和设定的目标,再借助该模式予以具体化和合理化。表面上看,社会经济因素被视为总体规定处处发

---

① 吴承学、李光摩:《"五四"与晚明——20世纪关于"五四"新文学与晚明文学关系的研究》,《文学遗产》2002年第3期。
② 杨念群在反思现代中国史研究中的"正统观念"时,特别辨析了"复原论"的缺失,即"一切经验研究都是在证明一个设计好了的结论,在这方面中国史学就像是一部缺乏悬念的小说",他特别提及了"中国是否存在资本主义萌芽"这一经典命题,发现"皓首穷经式的考据、锲而不舍的论证,实际上都是在企图说明一个初始可能就并不存在的神话的自足合理性"。(载氏著:《中层理论:东西方思想会通下的中国史研究》[增订本],北京师范大学出版社2016年版,第35页)这一立场对于我们观照晚明诗学研究同样有效,且"资本主义萌芽"学说本就是这一领域中的核心话题,与其相关的种种表征无疑具有普遍性。

挥作用,但它的实际功效却着实存疑,学人或是将它视为一个无所不能的"护身符",又或者征引某些论述作片面、主观阐发,以此来印证结论或强化诉求,我们是借助于对它的"利用"而非借鉴来实现预定目标。这一结果虽然遗憾,但"过程"却是真实存在且屡屡"上演",只不过真正发挥作用的"范式"不是外在规定及相应的条条框框,而是对于它们的机械、盲目运用。我们对晚明诗学研究范式的反思之所以成效不大,很大程度上缘于我们弄错了对象:外在的教条固然应当批判,但它们何以能够长期占据主流并发挥效用,即一应操作背后的立场、诉求及思维方式更应检讨。因此我们反思的重点不在于种种外在理念及其处理手段和方法,而是看似由其引出,实则潜在约束、规定诸种手段走向及目标的观念与原则。说到底,社会经济、思想观念、文化潮流等因素的影响、渗透仅仅只是外在的强制约束,当涉及具体对象时必然会有自身的接受与消化,并依据对象差别显现不同面貌,经此造就的方能称作"范式"。就晚明诗学研究来说,社会历史观照确属我们考察文化现象的有效途径之一,但我们不免有变"之一"为"唯一"的趋势,即过分看重外在因素的影响,上述社会环境—思想学说—文学倾向的表述机制便是明证。"之一"可谓宽泛的外在强制,"唯一"以及随之引发的系列反应便是自身的接受与消化。此举虽积习渐重、流弊深远,但它将"教条"与"对象"紧密融合,并根据对象特性提炼、抽绎出具体而细致的原则,造就了专属于晚明诗学研究的特别思路。据此而言,晚明诗学研究的核心范式可概括为"复古—革新"范式。

有学者据库恩的范式理论来观照明代文学思潮研究,发现"相沿的典范也非常明显",并总结出了三条"共同遵奉的基本假设":前两条与明代文学研究的基本格局、基本判断相关,即戏曲和白话小说占据了明代文学的主流、诗文创作深受拟古主义影响以致成就不高;第三条为"在文学理论方面大概可分进步的、开放的与落伍的、守旧的两派;守旧派以提倡复古主义的前后七子为代表,进步派以反复古的李贽、汤显祖、公安三袁等为代表"①。这一判断多少触及了晚明诗学研究的核心旨趣,我们可据此予以完善和丰富。总体来说,晚明诗学研究的核心理路,即"复古—革新"范式,包括了三个层次的内容。一是文学阵营的划分,或为复古派,或为革新派,分别以前后七子和公安派、竟陵派为代表。当然学人不仅是简单予以分类,更着力强调了二者的"敌对"色彩,以为彼此泾渭分明、截然对立。二是评价标准的确立,即复古为落伍、守旧,革新则意味着进步、开放。三是发展轨迹的梳理,在他们看来,晚明诗学的历史演进虽呈现为复古—革新—复古再兴的轨迹,但由复古向革新的过渡才是顺应时代发展的主流,这一过程具有毋庸置疑的、合乎历史发展规律的必然性。至于"复古再兴",则属于反动和倒退,这虽是历史发展过程中难以避免的现象,毕竟前进过程中总是存在曲折与艰难,但它无法对抗社会进步的洪流,文学的发展最终还是要向革新一端进化。② 三者紧密勾连,层层递进,构成贯通的内在逻辑。多年来的晚明诗学研究大致围绕这一模式展开,一应新、旧材料的发现和使用,一应方法手段的选择和操作,都是为论证

① 李顺媚:《典范的冲击——评陈国球著〈胡应麟诗论研究〉》,《中国文学研究(9)——台港及海外中文报刊资料专辑(1987)》,书目文献出版社1988年版,第111页。
② 廖可斌对此有较为完备的总结,他指出"复古主义与浪漫主义的对峙,构成明代文学思潮的基本格局;古典审美理想的逐步解体、力图复振和不自觉蜕变,以及浪漫文学思潮的长期酝酿,如狂飙涌起又遽然回掇,构成明代文学思潮演进的基本轨迹",就复古主义的再次回归而言,"从文学思潮发展的角度来看,它无疑属于倒退",但我们必须要意识到,这一切要归之于"那个时代的社会现实",同时"复古主义的回归在某种程度上还有助于晚明浪漫文学思潮及进步思想潮流的自我反思,使之由比较单纯片面地强调情特别是男女之情,比较空洞地倡导自我的解脱等,转而更关注社会现实,对政治、经济、伦理等方面的问题进行更严肃认真的思考,从而向纵深的方向发展"。按:这里需要关注的是,廖氏对主流论断做了重要完善,即虽然明末出现了复古再兴现象,何以无法逆转或阻碍进步潮流的发展?在他看来,复古思潮虽是落后力量,并成为进步思潮的障碍,但通过二者的交锋,也使得革新思潮不断反思、完善,成为更加强大的力量,因此,暂时的退步非但无法成为阻碍因素,反倒助推了革新思潮的演进。详参氏著:《明代文学复古运动研究》,商务印书馆2008年版,第447—450页。

和完善这一模式而服务。影响所及,整个明代诗学的考察,以及明清诗学脉络的认识亦不超出这一规定。

上述范式的确立,虽经种种演绎和论证得以实现,且看似材料翔实、逻辑严密,但一个无法回避的事实是:它们与特定时代占主流地位的思想学说及强烈的现实关怀间存在明确而强烈的关联,处处显示出一种设计好了的意味。譬如说革新与复古的截然对立明显是受进化论思想及进步史观影响所致,复古与革新的价值判断,以及复古—革新的必然过渡显然得益于资本主义萌芽、早期启蒙学说等思想资源的支持,恰如有学人所总结:

> 他们所提倡的诗文改革,又恰与明代中叶以来资本主义萌芽时期的社会改革相呼应,成了思想解放运动的一部分,所以他们的复古主张,实际上蕴含着革新的内质。正因如此,明代后期的文坛,才能很快地从前后七子、唐宋派过渡到公安派和竟陵派(公安派主张独抒性灵,完全是思想解放在文学领域的体现)。①

此说尚较为温和,另有学人则极力突出对立色彩,称:

> 明代文坛上,自始至终贯穿了拟古与反拟古的斗争。明代中后期,由于资本主义经济的萌芽和市民阶层的成长,出现了新的进步思想,即是文学观点上的尚真主情和哲学上的反理学禁锢求个性解放的新思潮,于是反拟古的提倡通俗文学的市民文艺应运而生。这是

---

① 张胜林:《复古与革新——从复古运动看中国文学发展的背反律》,《华侨大学学报(哲学社会科学版)》1997年第1期。

文学的革新和思想解放的运动。①

"斗争""进步""应运而生"都是"复古—革新"范式的核心词汇,而这一切的出现都有赖于"资本主义经济的萌芽和市民阶层的成长",关乎此,前文已有必要阐发。但若是将"复古—革新"模式之确立完全视为别有用心的现代"建构",倒也失之偏颇。揆诸史实,相关规定在一定程度上也契合了传统认知,或者说,它们是在古人某个(些)一般理解基础上的丰富和明确,当然其间少不了变形和扭曲。厘清个中关联,特别是彼此差异,有助于我们更好地认识晚明诗学研究范式的演进历程。

第二节 "复古—革新"范式的历史溯源

古人虽无有关复古—革新论调的系统、明确表述,但作为两种具有代表性的创作思潮,它们的存在并广泛发挥影响却是不争的事实。就复古一端来说,"明代复古运动,从正式兴起的弘治年间算起,到余音袅袅的明末清初,绵延了约一个半世纪。它前潮未平,后波又起,高峰期几乎席卷了整个文坛"②,其中覆盖面最广、影响力最大的当数前后七子所主导者。关乎此,时人多有明确表述,譬如屠隆以为"李、何从宋元后锐志复古,可谓再造乾坤手段,近代后生慕教之"③,《四库全书总目》则总结称"是以正德、嘉靖、隆庆之间,李梦阳、何景明等崛起于前,李攀龙、王世贞等奋发于

---

① 潘琪:《晚明文学革新思潮初探》,《鄂西大学学报(社会科学版)》1987 年第 1、2 期合刊。
② 廖可斌:《明代文学复古运动研究》,商务印书馆 2008 年版,第 2 页。
③ 屠隆:《论诗文》,载《鸿苞集》卷十七,《四库全书存目丛书》子部 89,齐鲁书社 1997 年版,第 249 页。

后,以复古之说递相唱和,导天下无读唐以后书。天下响应,文体一新。七子之名,遂竟夺长沙之坛坫"①。此后七子派之势渐衰,"革新"思潮逐渐取代复古成为一时风尚,所谓"中郎之论出,王、李之云雾一扫,天下之文人才士始知疏瀹心灵,搜剔慧性,以荡涤摹拟涂泽之病"②。此间力量之翻转,时人多有自觉,或云"当是时,历下琅琊奔走六服,九子者出而持之,后乃公安景陵交拔赵帜,天下之士,尽为楚风"③,又有云"其前者竞为历下、娄江之重儓,传写八代三唐之似,而不自叩其性灵……今也尽背八代三唐之矩,即真合者亦讳避之,而市诙涂罝,攘臂以趋"④。就其陈述可得以下印象:第一,七子派与公安派、竟陵派曾各登擅场,主导一时风气,且追随者众,此可谓阵营之划分。第二,七子派以重视典范、师法古人为主导倾向,公安派、竟陵派则提倡反对模拟、鄙弃规矩、鼓吹性灵,世人或左袒七子派,或标举公安派、竟陵派,就某一个体来说,自然立场鲜明,甚而不免偏颇、极端,但若将各种评价综合审视,则可谓全面公允,双方的利弊得失皆得到了深刻剖析,而非像今日这般单一、偏狭。钱谦益对七子派攻讦甚厉,云"国家当日中月满,盛极孽衰,粗材笨伯,乘运而起,雄霸词盟,流传讹种,二百年以来,正始沦亡,榛芜塞路,先辈读书种子,从此断绝"⑤,但世人也不能否认,当七子派兴起之日,即使称不上"再造乾坤手段",也成就了"文体一新"之功。至于公安派和竟陵派,古人虽肯定他们反模拟、重个性的廓清之功,但对其缺失也有充分意识,同样是钱谦益,在承认他们"其功伟矣"的同时,也批评:

---

① 纪昀等:《钦定四库全书总目》(整理本),中华书局1997年版,第2662页。
② 钱谦益:《列朝诗集小传·袁稽勋宏道》,上海古籍出版社2008年版,第567页。
③ 万时华:《素园集序》,载《溉园初集》卷一,《四库禁毁书丛刊》集部144,北京出版社1997年版,第259页。
④ 刘康祉:《邵少文诗叙》,载《识匡斋全集》卷四,《四库禁毁书丛刊》集部108,北京出版社1997年版,第242页。
⑤ 钱谦益:《列朝诗集小传·李副使梦阳》,第312页。

机锋侧出,矫枉过正,于是狂瞽交扇,鄙俚公行,雅故灭裂,风华扫地。竟陵代起,以凄清幽独矫之,而海内之风气复大变。①

相较而言,自晚明以降,时人多左袒"革新"思潮,但这主要是出于对剽剥剿袭之弊的厌恶。古人于描述此类现象时多系就事论事,并没有在理论层面体现出明显而强烈的扬革新而抑复古的旨趣,自然也就缺乏今日的革新论调所凸显的昂扬、进步色彩。明代文人虽在一时内于二者难免好恶倾向,但经过审慎思考,他们的认知渐趋客观、辩证,意识到无论师古还是师心各有其合理价值,若一味放纵,皆非正常现象,所谓"夫貌汉魏初盛唐而失乎其已,与专己而无当于古之作者,皆非诗也"②。第三,与上述取向紧密相关,七子派与公安派、竟陵派虽先后继起,但古人只将此视为正常的风潮更替,并未强调"必然"规律意味,钱谦益有一形象表述:

譬之有病于此,邪气结轖,不得不用大承汤下之,然输泻太利,元气受伤,则别症生焉。北地、济南,结轖之邪气也;公安泻下之,劫药也;竟陵传染之,别症也。余分闰气,其与几何?庆、历以下,诗道三变,而归于凌夷熸熄,岂细故哉?③

他对七子派、公安派及竟陵派的评价虽表露出明显的个人偏好,但在描述彼此兴替的历程时,却以"治病"作譬,以为"不得不用"。换言之,后一流派的主张正是前一流派弊病的救治良方,这里强调的只是现实针对性,而

---

① 钱谦益:《列朝诗集小传·袁稽勋宏道》,上海古籍出版社2008年版,第567页。
② 宋征舆:《既庭诗稿序》,载《林屋文稿》卷四,《四库全书存目丛书》集部215,齐鲁书社1997年版,第303页。
③ 钱谦益:《列朝诗集小传·袁稽勋宏道》,第568页。

非历史必然性。且问题之产生,与"药"无关,系用药不当所致,亦即流布过程中因理解不当或操作偏颇产生的缺失,故而,就"药"本身来说,并无决然优劣之分,一应成效及影响乃用药手段及方式造就。质言之,无论复古还是革新,都不具备或不必赋予必然正确或进步的地位,关键在于能否因势利导,寻求平衡。

综合来说,古人确有复古、革新思潮之体认及区分,但仅是将他们看作客观事实、一般现象,虽不无情感偏向,却未必涉及决然的价值判断,也不曾抽绎必然的内在规律。自明末清初以来,虽对具体流派的评价态度不一,但对明代诗学演进脉络的基本认知不超出上述论点。至民国之时,伴随晚明诗学研究的"复兴",时人在传统基础上多有丰富和推进,同时也在种种因素影响下不断偏离轨道,日益形成今日局面。

明清文人虽有复古与革新的区分意识,但在具体立论时,依然从文学的基本格局和基本规律入手,故而其中心话题仍是七子派如何、公安派如何,以现象描述辅以个人评价为主,尚未以"复古—革新"为核心展开论述。民国学人则接续旧命题,开始就复古与革新的关联予以细致探讨。譬如吴重翰,他认为:

> 明代文学,有显明之两条阵线,一为复古,一为反复古。复古者为李王何李诸子,反复古者为王唐归有光等辈。王唐反对李何,归有光反对王李,壁垒相对,势成竞敌。而徐汤袁钟之流,又从而排诋复古。

有明一代的文学既围绕复古与反复古展开,则当有起点,他认为:

> 宋濂与高启,其文学主张,各走极端,一为复古,启之摹拟是也,

一为反复古,濂之当自名家是也,于无形中,已开明代文学论战之两条阵线,复古与反复古之争论矣。①

至于终点,则由于唐宋派、公安派、竟陵派的接续努力,"复古之风,终于熄灭",明末的复古再兴,也被他视之为"更一蹶不振"。其间则有对前、后七子及其反对者的细致梳理,如此一来,可谓脉络清晰,体系完整。仔细审查,他的部分观点存有偏差,譬如说将复古的源头追溯至明初自无疑问,但有关高启和宋濂的评价显然并不准确。至于说复古"终于熄灭"更不符合事实,彼时"北地、信阳、济南、娄东之言,复为天下所信从"②,这或许是受时代风潮的感召,将现实情感投射进去,以致有如此判断。但除此以外,他的不少认识都颇为中肯,特别是他虽对复古派有根本性的否定,所谓"唐人复古而新,明人复古而旧……唐之复古,有创造性也,若明人之复古,则诚复古矣",但也认为"复古派之才之学,诚不若拾遗、退之,然称之曰妄,恐亦太过"。更重要的则表现在他对复古思潮的总体认知上,即"明代因有复古,然后有复古之论战,然后明代文学得以自由发展,增长其文学之色采,为前代所未有之盛况,此非复古之所赐乎?"③诚可谓持平之论。复古固然存在缺失,但伴随其流布,却产生了不少正面成效,譬如推动了对于前代文学经典的研习,以及对文学创作规律的深入研讨等等,凡此种种都对明代文学之演进发挥了重要影响,我们不应抹杀。可惜的是,此一立场在后续发展过程中基本被遗弃,迄至于今,方有人重新论说。

---

① 吴重翰:《明代文学复古之论战》,《广大学报》1949年第1卷第1期。按:据吴氏文前自陈,此乃"十余年前旧作,惟从未发表"。
② 宋琬:《周釜山诗序》,载《安雅堂全集》,上海古籍出版社2007年版,第374页。
③ 吴重翰:《明代文学复古之论战》,《广大学报》1949年第1卷第1期。

以上考察虽不无现实干预,但仍可谓较"单纯"的学术探讨,与此同时,学人更加主动(或者被动)地接受时代思潮感召,进一步将现实关怀渗透其中,这便导致研究旨趣及评价标准逐步调整。首要的一个突出变化即在于他们不唯对七子派及其领导的复古思潮,更对当日的整体文坛,予以了彻底否定与全面批判。譬如张默生,他对于明代文学的整体风貌有清晰把握,所谓"明朝本是一个复古思潮最盛的时期,二百多年的文坛上,几乎全为复古的潮流支配着",但他对此并无好感,并予以了完全负面的评价,称"他们一则受到'以八股文取士'的影响,养成只知抄袭和模拟的恶习;一则都以古代正统文学的继承者自命,没有创新的观念和勇气,因而只好学鹦鹉弄舌,或是抱着骸骨迷恋了";复古思潮既因七子派而至全盛,故而他的抨击也尤其严厉,"徒然闹得有明一代的文坛上,乌烟瘴气,在复古的旗帜下,互相结纳,互相标榜而已,于文学又有何补呢?"他也意识到对立面的挑战者始终存在,譬如唐顺之、归有光、徐文长,以及"号称'公安体'的袁中郎兄弟和号称'竟陵体'的钟惺、谭元春等",但他对这些"敌对者"的力量并不看好,"他们号召的力量,终比不上复古派的浩大。所以有明一代的诗文,陷溺于复古的泥沼中而不能自拔"。① 这些看法虽在复古、革新二者间有所区分,但他向来对明代文学未作专门研究,故言辞不免空疏、夸张,且对新的时代潮流缺少了解,以致总体立场较为消极,对革新一方的力量估计不足。张氏的看法总体不出清人格局,但就其所处时代来看,则有另外意味,即他虽承认彼时存在"敌对"力量,但并不认可其意义和价值,其中的潜台词无过于传统之中无法孕育现代因素和革命力量,真正的革新还得展望于未来,这正与当日的时代主潮相呼应。与此同调者尚有杨即墨,其谓"明代……其文艺思潮及其言论,亦不脱复古

---

① 张默生:《张宗子论》,《宇宙风:乙刊》1941年第54期。

二字。偶有主创造者,而其影响,则殊渺也"①。

上述观点与我们"复古—革新"模式下的判断自然有异,但后者却在这番言论风行之际或者之前就已悄然孕育,并日益造就崭新格局。譬如刘大杰,依照他的理解,"在明代二百几十年中间,除掉小说戏曲不要说,如果只讲一向被人称为正统文学的古文诗词,大半是笼罩在模拟的复古的空气里",他对于这样一种风气显然不能认同,不唯批判,更有审判,即定性,他论及前七子时称"到了弘正年间,对于当日的文坛,持了革命的旗帜的,是李梦阳,何景明这般人的复古运动。他们这种革命的思潮是可贵的,但是他们的主义是错误的,他们的主义,是模拟主义"。②"革命"一词的出现,意味着相关探讨已告别传统论述框架,依照时人的朴素理解,所谓"革命"多与合理、进步相关联。特别要注意"他们这种革命的思潮是可贵的,但是他们的主义是错误的"这一说法,在当日的学术语境中,复古派日益遭受污名化并被最终舍弃,少有人关注或在乎他们行动宗旨或性质因"革命"(当然,如何理解这"革命"的内涵亦会产生分歧)而具备的正当性,倒是在若干年后,当学人重新"认识"复古派,并试图部分肯定他们的价值时,这套话语再次浮出水面。前七子已然不堪,"到了嘉靖年间,李攀龙,王世贞们出来,这种风气更厉害,作诗作文,完全是模拟剽窃";与此相对应,"一些有头脑的文人,如王慎中,唐顺之,归有光,徐文长辈,已经在那里做新文学的工作了",只不过限于彼我力量悬殊,"这些人只暗暗地在新文学的创作上努力,没有正式站出来,同当日的旧文坛宣战"。③ 直到时机成熟,袁中郎横空出世,"一方面努力新文学的创作,同时又鼓吹新文学的理论,正式提出文学革命的口号,向模拟的古典主义,加以激烈的

---

① 杨即墨:《明代之文艺思潮》,《东方文化》1942 年第 1 卷第 6 期。
② 刘大杰:《袁中郎的诗文观》,《人间世》1935 年第 13 期。
③ 同上。

攻击，创造新的浪漫文学"。① 虽说他在描述这一转变过程时强调的仍是 "'盛极必衰，穷极必变'，这是政治运动和文学运动上必然的结果"，似与古人思维方式并无二致，但他到底接受了新思想的洗礼，类似的言辞背后跳跃着的是歧异的指导思想，譬如他评价袁中郎时就强调其"主张的新文学，便是与古典派对立的浪漫派文学"②。新与旧、革命与反动，显然是根据进化论的话语模式做出了带有强烈情感倾向的价值判断，较之古人立场已是明显不同，向着"复古—革新"范式迈进了一大步。自此以后，相关文学史书写在论及复古—革新之间的变迁时，便不再是简单的客观描述，他们往往将革新一方视作进步势力，有关演进轨迹的表述也被改造为革新对于复古的对抗和取代。譬如郑振铎的叙述逻辑："拟古运动的疲乏——三袁以前的反抗者——王慎中、唐顺之、茅坤及归有光——徐渭——李贽——汤显祖——'嘉定四先生'——公安派的阵容——袁宏道兄弟——黄辉、陶望龄等——所谓'竟陵派'——钟惺与谭元春。"③换言之，这一整段的历史进程主要包含了两个阶段：复古与反复古。复古运动因其弊病不断涌现而日渐"疲乏"，反复古运动则此起彼伏，兴起了一波又一波的浪潮。

刘大杰虽强调了袁中郎的重要意义及价值，并突出了公安派与七子派间的对立，但仅是就大趋势而言，并未溯及一切，也没有强调或者提炼历史演进轨迹或者说规律的必然性或合目的性，首先有此意识并付诸实际的当属郁达夫。表面上看，他的视野似乎并未超出古人。譬如有关明代文学发展历程的认识，《四库全书总目·明诗综提要》有云：

---

① 刘大杰：《袁中郎的诗文观》，《人间世》1935 年第 13 期。
② 同上。
③ 郑振铎：《插图本中国文学史》，人民文学出版社 1957 年版，第 938 页。

> 明之诗派,始终三变。洪武开国之初,人心浑朴,一洗元季之绮靡,作者各抒所长,无门户异同之见。永乐以迄弘治,沿三杨台阁之体,务以春容和雅,歌咏太平,其弊也冗沓肤廓,万喙一音,形模徒具,兴象不存。是以正德、嘉靖、隆庆之间,李梦阳、何景明等崛起于前,李攀龙、王世贞等奋发于后,以复古之说递相唱和,导天下无读唐以后书。天下响应,文体一新。七子之名,遂竟夺长沙之坛坫。渐久而摹拟剽窃,百弊俱生,厌故趋新,别开蹊径。万历以后,公安倡纤诡之音,竟陵标幽冷之趣,幺弦侧调,嘈囋争鸣。佻巧荡乎人心,哀思关乎国运,而明社亦于是乎屋矣。大抵二百七十年中,主盟者递相盛衰,偏袒者相互左右。①

而郁达夫则称:

> 统观盛明崛起,先有了刘文成、高青邱两大诗人,树立于前;一则郁伊善感,万象包罗,一则清华郎秀,词坛独步。盖创业初期,文气自然豪丽也。承平日久,馆阁诸公,竞以矞皇典丽为指归,孔步亦步,孔趋亦趋,于是乎滔滔者天下皆是优孟衣冠了,明代前后七子模仿盛唐的流弊,就在乎此。……公安袁氏,兄弟三人……独能于为办诗文疲颓之余,自树一帜,洗尽当时王李的大言壮语,矫揉造作……较袁中郎略后,继公安派而起的所谓竟陵钟伯敬、谭元春之流,因公安派诗文的清真近俚,欲矫其弊而变为幽深孤峭,那又是一时的风尚……②

两相比较,具体评价虽有不同,二者对明代主流文学演进轨迹的描述大体

---

① 纪昀等:《钦定四库全书总目》(整理本),中华书局1997年版,第2662页。
② 郁达夫:《重印〈袁中郎全集〉序》,《人间世》1934年第7期。

相似。不过郁达夫试图在历史梳理的基础上前进一步,即据此总结出一定的规律,所谓"由来诗文到了末路,每次革命的人,总以抒发性灵,归返自然为标语",这一点于史有证,譬如"唐之李杜元白,宋之欧苏黄陆,明之公安竟陵两派,清之袁蒋赵龚各人,都系沿这一派下来的……终是不能泯灭的"。① 就此处的言论来看,由复古向革新的过渡虽属必然,郁达夫的见解并未超越古人太多,晚明的"革命"依然被他置入传统文学的变革轨迹中,并未揭示其"现代"因子。这或与他的考察角度相关,即他是在文学视域下思考相关问题,强调的是文学发展的特定规律,至于社会历史层面的宏观烛照则有所忽视,自然也就不会提炼出一般性、抽象性的指导原则。但他并不缺乏这一层面的考量与判断,且明确指出"文学亦同政治和社会一样,是逃不出环境与时代的支配的;穷则变,变则通;通而又穷,自然不妨再变"②,不唯指出了"变"之必然性,也说明了此"必然性"的缘由,即"环境与时代的支配"。据此可稍作比较:古人持"矫弊"之说来看待复古与革新力量的彼此交替,晚明诗学之所以发展到革新阶段,正是前期复古思潮势力过盛以致打破平衡所致,易地而处,当革新思潮的发展滋生流弊之时,便很有可能需要借助复古理论来矫正相应缺失。就郁达夫的立场来看,他虽强调"穷则变,变则通;通而又穷,自然不妨再变",似乎仍与古人同调,但同时却又认为一切诗文运动的末路都是走向"抒发性灵,归返自然",即以革新为旨归,这显然是受到了新的时代精神的感召。有学人据此认为,"在郁达夫看来,'性灵'具有的跨时空永恒意义,是人性进步的象征,也是文学革命的依据和动力。而所谓'性灵'就是反古,归返自

---

① 郁达夫:《重印〈袁中郎全集〉序》,《人间世》1934 年第 7 期。
② 同上。

然,抒发己志"①。问题在于,上述有关"穷—变—通"的论述依然带有强烈的循环论色彩,与最终以"性灵"为旨归明显存在矛盾处,且赋予"性灵"如此终极和永恒意义,虽体现出强烈的现代进化论色彩,但除却一腔热情外,尚缺少完整细密的逻辑论证。真正的观念变化要等到容肇祖和嵇文甫处,因为他们开始运用马克思主义观点来系统研究晚明思想史,进而重塑了晚明诗学的研究逻辑与轨迹。关乎此,后来的刘大杰有一番经典表述:

> 到了明代的后期,在新兴经济和市民思想的影响下,在学术界产生了富有积极精神、反抗传统、追求个性解放的哲学思想……这样的思想反映到文学上去,形成晚明反拟古主义、反传统观点、重视小说、戏曲价值的具有进步意义的文学运动。②

对于其时哲学思想的具体理解或有不同,但强调社会思潮对文学的影响,以及认定社会发展的进化标准及走向,则是长期以来的趋同思路。就此为由复古向革新的必然过渡寻得了客观理据,因为这正是社会发展的必然趋势所在。至此,种种思路和判断都得到了必要且合理的支持、验证,晚明诗学研究范式可谓基本形成,并伴随时代发展,于调整、修正过程中日趋完善和稳定。

需要注意的是,民国学人的晚明诗学研究于"主流范式"外亦孕育了不少异端卓见。譬如施蛰存,他着力表彰了嘉定四先生,"这四个人生当公安竟陵炽盛之时,虽然又都与三袁钟谭相熟识,但是他们对于诗的主张

---

① 谭佳:《叙事的神话:晚明叙事的现代性话语建构》,中国社会科学出版社2009年版,第146页。
② 刘大杰:《中国文学发展史》下册,上海古籍出版社1982年版,第866页。

却另有独立的意见",具体表现为他们既批评"拘拘求面目之相肖"的王李之摹古,又反对"苟为新异,抉摘字句为悟解"的公安、竟陵诸人评选之风。在他看来,"大抵嘉定四先生这一个诗派,其所以异于王李者,在排斥摹古;其所以别于钟谭者,在反对求字句之新异;而大旨则以'自然地表现真性情'为归"。① 据此,他已然发现了跳出七子派和公安派之外者,所谓复古—革新的对立逻辑难以统辖全部诗学现象。

另有学人言道,"七子之文敝,袁伯修变之,继之有乃弟宏道小修。公安之文亦敝,钟伯敬、谭友夏复变之。文体屡变,非变之喜其格新调新也。乃文艺家自求解脱尔",又云"中郎变七子之文,而为七子之功臣,变于鳞历下之诗,而为于鳞历下之功臣,伯敬、友夏变公安之文,而为公安之功臣矣。小修求变中郎之文,知弊而弗文弊也。伯敬变中郎之文,乃以中郎之功人者功中郎也",②种种认识与古人的"矫弊循环"说似多有同调,但却不能据此抹杀其价值。当时代风潮巨变,文学判断多为外在因素裹挟之时,其能始终立足文学自身的发展规律来认识问题便堪称可贵;与此形成鲜明对照的是,由于种种外在干扰,文学本位的探讨日渐消沉,倒是社会化、政治化的批评大行其道,并日益僵化。此外,其所揭示的诸种现象,譬如文体之变并非一味趋新,"乃文艺家自求解脱尔",又如关于"功臣"的多元、辩证思考,既可谓卓识,也可说是常识,只不过"常识"屡屡为人所遗弃,进而成为"卓识"。

---

① 施蛰存:《读〈檀园集〉》,《人间世》1934 年第 15 期。
② 刘燮:《公安竟陵小品文读后题》,《人间世》1934 年第 16 期。

第三节 "复古—革新"范式的先天缺失

"复古—革新"范式虽经长期发展而孕育,并历时长久、影响深远,但若尽量摆脱外在束缚的干扰,详加审视历史事实与论证逻辑,不难发现其中多有疑问与缺失。总的来说,复古与革新的截然对立过于狭隘,崇革新抑复古的思路失之偏颇,由复古向革新演进的脉络更是遮蔽了诸多可能。该范式本就先天不足,加之操作过程中的极端与绝对,更是进一步销蚀了其可能的合理意义。

其一,施蛰存已然发现了所谓复古、革新两派以外的独立力量,因而过于狭隘地看待复古与革新两派,特别是将其视为泾渭分明、截然对立本就不妥。古人虽明确意识并详细陈述了明代文坛的风气变迁,但仅是就其大势而言,无论复古还是革新都不过是一时的主导倾向,并不能笼盖当日全部对象。正如论者所说:"万历一朝前后四十八年,是明代文学中思想最为复杂、纷变的时期。其前期,七子派不足以一统文坛;其中、后期,公安、竟陵也难以囊括诸家"①,甚而就某一思潮的倡导者而言,所谓的"主导倾向"也不能掩盖其构成的多元与繁复。将复古与革新双方视为单一而稳固的存在纯属误解和曲解,既不符合客观事实,也有违文学规律。

一般说来,学习古人、讲究法度的可称为复古派,如前后七子;而强调师心自用、直抒性灵的可称为革新派,如公安派、竟陵派。这样一种区分大致是合理的,但也仅是"大致"而言。如吴瑞泉检视前、后七子十四家的诗论,发现了众多"杂质":

---

① 袁震宇、刘明今:《中国文学批评通史:明代卷》,上海古籍出版社1996年版,第485页。

(论李梦阳)李梦阳之倡格调,非但不鄙性灵,于神韵亦能兼顾。

(论徐祯卿)昌谷论诗之要素,系以情思为本。其内在要素即历来主神韵与性灵说者之所贵;而外在要素又系形成格调说之主体。

(论谢榛)其格调不废神韵,亦不弃性灵。

(论王世贞)论格调颇援性灵以调和格调。

(论前后七子)此七子派之贵格调亦不废性情,前后七子均有此倾向。①

此说看似令人惊讶,其实并无新意,郭绍虞《中国文学批评史》一书中多有更为系统的阐发,今日学人也喜谈复古思潮中的异质因子。但这类概括往往不曾详细辨析各种范畴的具体内涵,只考虑表面论述的相同,而忽视了其内部的差别。如黄卓越在评价郭绍虞对谢榛的论述时就指出,"这几乎是将谢氏之论等于性灵说了,从而事实上已是将性灵说的发明大大提前了(如是则沧浪之论亦可描述为性灵之说了)",在其看来,致误之由无过于"将与形式论(其所谓的'格调'论)对立的观念如神韵说、妙悟说、兴趣说等,都视为是性灵说的近义词,而未划清这些概念与性灵说之间存在的限界"。② 就此而言,各种范畴间存在明显差别,不能简单混同,但"误解"之所以容易发生,恰也说明彼此界限并非如想象中分明。因此我们在考察"格调""神韵""性灵"等范畴的关系时应具备辩证眼光,特别是不能将其完全对立,以为非此即彼,而忽略了其间的内部联系。③ 激烈如袁中郎,晚年反思早年岁之非,也认为作诗要重视"才"与"学",称:"今之为诗

---

① 吴瑞泉:《明清格调诗说研究》,东吴大学 1988 年博士学位论文,转引自陈国球:《明代复古派唐诗论研究》,北京大学出版社 2007 年版,第 355 页。
② 黄卓越:《明中后期文学思想研究》,北京大学出版社 2005 年版,第 236 页。
③ 辨析"杂质",看似展现了相关范畴的复杂性,但这基于一个前提,即某一范畴应当是单纯而明晰的,秉持的仍是对立思维。

者,才既绵薄,学复孤陋,中时论之毒,复深于彼,诗安得不愈卑哉!"①先导者尚且不免要吸纳异质因素,众多后学自然难以避免。自万历后期开始,不少文人都表现出融合"师古"与"师心"的自觉,于是便有格调、神韵、性灵"折衷""融合"之取向,譬如作为那一时期"理论家"代表的胡应麟则是"一方面尚格,一方面论变","他的诗论是欲调和此两端的"。② 只不过学人受制于狭隘视野,往往将多元融合之举视为此消彼长的"取代"行为,特别是凸显格调论者的转型,并对其观念中透露出的神韵、性灵色彩予以高度表彰。

此类"杂质"的存在(甚而自觉追求融合)看似令人意外,但若结合文学创作的基本规律来看,实在是理所当然之举。以上诸人只是提炼若干具体经验,未能从理论上予以说明,后世学者则试图从根本上解释这一现象。黄卓越即指出,"各种潮流的运行也并非严格循规蹈矩,依最初所设定了的框架与边界推演的,而是表现为多重线索在其间的复杂穿行、冲离交合等"③,此说道理固然深刻,但不免有些玄虚、蹈空。日人青木正儿则紧扣创作体验,有更为具体、质实的表述:

> 因此,极言之,可以说,没有性灵的诗、没有格调的诗、没有神韵的诗是不能成立的。所以,三者完备最为理想。但是实际上,个人的喜好总难免倾向于某一方面。……所以,这三种诗说的分歧,是在于它们各自的着重点不同。④

---

① 袁宏道:《叙姜陆二公同适稿》,《袁宏道集笺校》卷十八,钱伯城笺校,上海古籍出版社2008年版,第696页。
② 郭绍虞:《中国文学批评史》,百花文艺出版社2008年版,第191页。
③ 黄卓越:《明中后期文学思想研究》,北京大学出版社2005年版,第235页。
④ 〔日〕青木正儿:《清代文学评论史》,杨铁婴译,中国社会科学出版社1988年版,第123页。

青木氏之论,超越具体派别之见,从文学创作的一般规律入手,审视各家主张之异同,特别是必然的勾连,堪称卓识。从根本上说,诗歌创作是一个复杂而综合的过程,它牵涉多个要素的共同作用,譬如李梦阳有"十三难"之说,徐祯卿有"诗之流"与"诗之源"之分。"性灵"说所提倡的一己之真性情,"格调"说提倡的格调、法度,"肌理"说提倡的学问,"神韵"说提倡的自然、入神的境界,皆是诗歌创作所需,难有偏废。更重要的是,个人的性情天然有所差异,难免于其中一端有所偏好与专擅,但任一文学繁盛的时代必然是异彩纷呈,呈现出多元的创作面貌,这便有赖于各种偏尚"合力"造就。

如果由理论家来辨析相关范畴的内涵,那么彼此间自然是泾渭分明,但七子派不唯是理论家,也是实践家,他们的文学主张得之于创作经验的总结,因此在论诗时便不会也不该那么绝对、狭隘,反而综合考虑到多种因素,出现种种"杂质"可谓理所当然。因此,在总结某段诗史或提炼某种创作方法时,我们需有全局视野,不能仅据一己立场而忽视他者的存在,在形成诗学理论时,可以有所偏重却难以偏废。如胡应麟以格调论诗,确有折中入神韵的倾向,这在有意无意间显露出寻求格调与神韵融合之努力;翁方纲以"肌理"论诗,则有沟通神韵、格调、肌理三者之迹象,个中意图虽有牵强处,但这份"苦心"却深契创作的内在需求,值得推崇。如果说这种融合的诉求在明人处还不甚明晰,清人则有着相当的自觉,并在表达自我诗歌观念时予以鲜明而突出的强调。以袁枚为例,作为清代性灵派的代表,他论诗以抒写性灵为主,但也十分重视广泛地向古人学习,其云:"人闲居时,不可一刻无古人;落笔时,不可一刻有古人。平居有古人,而学力方深;落笔无古人,而精神始出。"[1]学是必要的,只是不可剽袭罢了。

---

[1] 袁枚:《随园诗话》,顾学颉校点,人民文学出版社1982年版,第352页。

复古与革新的并存及融合,不唯事实上有据,理论上有根,我们还可从古人的立场与使命处找到根据。前、后七子明确标举"复古"的主张,又有一顶"格调"的帽子,但这并不意味着他们的主张只能是"复古"与"格调"。从根本上说,他们的目标是要在批判他者的基础上寻求根本之"道",是要确立诗文创作的指导思想并进而总结归纳出一系列的创作方法,从而为建设明代诗歌提供理论指导和方法支持(当然,这一思路是否正确值得反思,但并非此文题中之义)。因而尽管他们标举"复古""格调",但是凡有助于诗文创作者,都可以且应当为其所用,他们的"理论"包容性极大,随时可以容纳异质成分,故而所谓七子派(事实上他们的不少头衔本是后人追加),本不可狭隘视之。因此,某些被划在公安派名下的合理主张,他们一样可以借鉴;公安派在认识到自己的理论缺陷后也可以且应当积极吸收七子派的主张。彼此都是在某一"偏重"的名义下,充分吸收他者的合理成分。

当然,正如上面已经提到的,复古、革新二者之间的划分是大致准确的,"杂质"纵然存在,主导的观点仍是确定无疑。李维桢、胡应麟等人虽有折中、调和的观点,但都是在"复古"的名义下进行,他们考虑的是如何将"师心"的主张合理地融入他们的"复古"大旗下。[①] 如果否认了这一点,不但有违基本事实,甚至连这种区分本身也失去了意义。之所以要凸显这些杂质,意在说明不可采用简单、狭隘的手段对复古和革新进行区分,否则我们便不可能对这两种思潮做出全面而客观的评价与认识。

其二,复古与革新的"对立"既不可靠,所谓"过渡"也难免存疑。前引文在描述风气转换时有"前者竞为……今也尽背……"之语,意即时人多半趋时跟风而动,并无理性思考,难有什么规律性、目的性可言。恰如

---

① 详参拙文:《末五子与晚明诗学》,《文艺评论》2014年第10期。

四库馆臣所批评,"七子之风未艾,三袁之焰方新。或棘句钩章,或矜奇吊诡,操觚者出此入彼,大抵随波而靡"①。当然,彼时也有不少经审慎判断而做出抉择的文人,他们的看法既然是出自反观自省、取长补短的考量,必然辩证、灵活,也不会简单地非此即彼。但在"复古—革新"范式的引领下,学人多半顺着"敌对"思路,强调此间转型的正义、进步色彩。譬如有论者在评价屠隆时不免煽情地写道:

> 如果说《与王元美先生书》是他加入文学复古思潮的申请书,那么《玉茗堂文集序》则是他交给文学解放思潮的投降书。历史就以这份投降书宣告了明中叶复古思潮的终结。②

甚而论及王世贞时已然出现类似论调:

> 性灵文学思想在明代万历前期迅速兴起,文坛领袖王世贞起到了推波助澜的作用。他以包容精神推毂后进,为这一思想的滋长提供了宽松的文坛氛围。他自己的文学思想也朝着这一方向转变,一定程度上超越了格调说,为16世纪的文学复古画上了一个重性灵的句号。但由于宿习太深,名心太重,他终未步入性灵说之殿堂。③

"句号"云云,显然是要揭示一种转型现象,"终未步入"中则透漏出莫大遗憾,优劣判断一览无遗。但此类论断看似言之凿凿、激动人心,却经不起必要的反思与验证。

---

① 纪昀等:《钦定四库全书总目》(整理本),中华书局1997年版,第2331页。
② 成复旺、蔡钟翔、黄保真:《中国文学理论史》(三),北京出版社1987年版,第140页。
③ 孙学堂:《王世贞与性灵文学思想》,《苏州大学学报(哲学社会科学版)》2002年第4期。

当需要在模仿与创新二者间做出抉择时,世人很容易选择后者,毕竟谁也不愿意生活在前人的阴影之下。但"学古"实在是古人无法摆脱的历史传统,自荀子以下,类似表述不胜枚举,此不赘述。究其实,学习古人本就是创作的必需阶段,后人的一切成果都可谓是建立在继承和发展前人的基础之上,所以艾略特(T. S. Eliot)在其《传统与个人才能》中不无极端地指出:

> 我们却常常会看出:他的作品中,不仅最好的部分,就是最个人的部分也就是他前辈诗人最足以使他们永垂不朽的地方。我并非指年轻易感的时期,乃指完全成熟的时期。①

取法古人可谓必然且必要的任务或步骤,因此便难以放弃这一立场而去寻求所谓"进步",比较实际的做法或在于正视自己的历史境况,探求合乎自己的道路。关于这一点,胡应麟有清晰论断:

> 不能兼该固前人之所短,自开一堂奥、自立一门户,亦明代之所阙也。盖前人当特起之运,天肇其机,人殚其力,故偏至非难,而兼长并茂为难,明文承累代之余,蹊径无余,矩矱俗极,故总统非难,而特出创造为难,时也势也,亦莫非才也。②

每一时代有其独特之境遇,故每一时代之文人有其不同之任务,此乃"时也势也",无法回避,因而对胡应麟们来说,最主要也是最合理的任务就是

---

① 赵毅衡编选:《"新批评"文集》,百花文艺出版社2001年版,第28页。
② 胡应麟:《第一首》,载《少室山房集》卷一百,《文渊阁四库全书》1290册,上海古籍出版社1987年版,第729—730页。

如何在"承累代之余"的基础上进行创造,由此方可理解他们一系列做法的缘由与动力所在,绝非简单的一"革新"思潮可以囊括殆尽。

从根本上说,文学的发展也不可能一味趋新。就某一"新"思潮的倡导者而言,为了打破旧局面的控制,往往矫枉过正,宣扬过激之论。经过一段时间的发展,当局面大为改观,己方观点已占据主流之时,自然无须再故作惊人之语,且因为偏废造成的弊端日益显现,必然要在反思的基础上修正自身观点,其中的一个重要举措就是吸收对立面的合理主张为我所用,所谓"融合"因之发生。复古与革新这两种潮流的发展也遵循了这一"规律",彼此融合原是基于矫正时弊的目的,但往往会就此形成一种新的文学观念。正如有论者总结道:

> 在"师古"与"师心"之争发生后,必有一种总结性的意见出现,从而形成折衷、辩证的思想,如金代的王若虚,明代的李维桢等人的观点。中国传统学术,自孔子奠定了寓开来于继往的发展模式之后,影响甚大,所以在文学思想中,由摹拟而创新(即"拟议以成其变化")的途径,便为多数批评家所认同,并为多数文学家所实践。因而,一味摹拟或一味求新,在中国文学思想的发展中,可以出现于一时,却不能形成一种传统。[①]

对照明代诗学发展的基本情况,显然符合实际。

其三,在"复古—革新"范式中,晚明文学思潮不仅存在复古与革新的对立,而且呈现出由复古向革新转变的发展轨迹,所有文学思潮、历史人物的归属都在革新处,一切有价值、有意义的思想,或曰进步的思想都应

---

① 张伯伟:《中国古代文学批评方法研究》,中华书局2002年版,第176页。

当契合和顺应这一潮流,但这一判断首先有违历史事实。在"复古—革新"这一演进过程中,发展的终点是"革新",但从明代文学的大势来看,"整个时代的趋向毕竟是复古的。公安派对复古文风的挑战,不旋踵便趋于消沉,晚明七子派健将如陈子龙等,依然锋头甚健;公安三袁本身也迅速转向,自悔少年时期矫枉之过正"①。纵然"性灵"说一时风头极盛,但"复古"思潮却没有就此沉沦,明末有陈子龙等人的回响,清代有沈德潜等人的接应,纵然是激烈批判"七子派"的人也依然不能回避对"七子派"的借鉴,某些观点及至今日仍有旺盛的生命力。就发展过程来看,晚明文学也并非遵循"复古—革新"这一简单的线性发展模式,不是复古声势逐渐减弱、革新力量逐渐壮大的简单过程,也不存在哪一方的压倒性胜利,各种声音在每个时期都是齐备的,只是其强弱程度不同而已。复古思潮虽在相当长时间内风头无两,但反对之声始终不绝,甚而当其全盛之日也时有异调,虞淳熙即云"元美、于麟,文苑之南面王也。文无二王,则元美独矣。余衣青衿,揖王、李于藩……所不能包者两人,顽伟之徐文长,小锐之汤若士也"②。此外,众所周知,明代文学发展的地域特色极为明显,譬如关中、山右、吴中、江右、闽地等处皆有深厚的地域文化传统。当前七子的文学复古运动获得全国性的影响时,吴中士人不可避免要受其影响,但他们并不曾放弃自己的文化传统,而是力求在二者之间获得一个平衡,这一点在徐祯卿身上的表现极为明显。而当王世贞去世后,一般认为复古派解体的时期,同样存在着李维桢、胡应麟、许学夷等复古派诗论的捍卫者与改造者,其对当日文坛的影响一样不可小觑。

  前述认识方式不仅有违历史事实,也显然悖逆了文学自身的发展规律。历史发展是一个不断扬弃的过程,"新"取代"旧"乃是常态,但复古

---

① 龚鹏程:《晚明思潮》,商务印书馆2008年版,第299页。
② 虞淳熙:《徐文长集序》,载《徐渭集》"附录",中华书局1983年版,第1353—1354页。

与革新虽代表着两种态度,却不能简单视之为保守落后与开放进步,在描述他们的"新""旧"属性时需联系特定环境。七子派较之公安派当然是被扬弃的对象,但相对于台阁体来说,他们也是文坛的拨乱反正者;因此,所谓"新""旧"只是相对而言,"新"也只有在与"旧"的比较中才能凸显其价值,公安派"独抒性灵"的口号正是由于矫正了文坛剽剥模拟的弊病才获得了巨大声望。复古派的论调固然没有革新派的观点那般激昂高亢、富有活力,但在他们所处的时代,却是合适的、合理的;而被视为"先进"的公安派如果被置于七子派活动的年代反而显得不合时宜。因此,每一观点的产生是某一时期文学活动的需要,而某一观点的沦落也是某一时期文学活动的必然。晚明文学乃至整个中国文学的发展就处于这样一种扬弃的过程中,如果我们只拘泥于某一复古—革新的过程,而忽视了整个明代诗学发展的宏大背景,是否太狭隘了呢!

第四节 "复古—革新"范式的潜在幽灵

详加审视,"复古—革新"范式不仅影响或者说遮蔽了我们对晚明诗学的客观认识,更限制并阻碍了我们重新解读的可能,无论文献的阐发还是价值的评判都因受制于一种先入之见而难以超越,甚至深受其影响却不自知。

不同论者在将这两个旗号作为标准或标签"赋予"古人,给他们划分阵营、确立地位时,也发现了所谓"杂质"的存在,但基于范式的强大约束力和影响力,他们并不会对其合理性有所质疑,反倒竭力辩护与磨合,以保证理论的自洽,于是出现了诸多细致的区别对待,本是理所当然的事情往往会被发掘出微言大义。譬如说袁中道等人后期激进色彩减淡、强调学古的主张被视为对进步理念的背弃,是革新思潮消退的反映,属于落后表现,一般评价不高;得到大力表彰和强调的则是"逗"出革新主张的复古论者,譬如王世懋、屠隆等人。譬如有学者在论及明后期文学思想的演进轨迹时指出,"明代后期文学思想的演变,实可分为两个阶段:从李梦阳到屠隆到袁宏道的前期,是向上的发展;从袁宏道后期到竟陵派是向下的发展"①,情感色彩虽不如前引文强烈,但"向上"与"向下"的区分,既有价值判断之表达,又有发展路径之说明,正是"复古—革新"范式的基调。与此相关,"弇州晚年定论""真诗乃在民间"等与复古论者相关的、"越出"其基本理论框架的学说也一再被人称引和表彰,甚而晚明诗学的演进轨迹也由此改写。有论者就声称:

> 七子派中的羽翼人物,以胡应麟、李维桢、屠隆等人为代表的"末五子"成员便沿着王世贞指明的方向对格调理论作着这样、那样的修正和发展工作,以致有些人成了神韵论队伍中的一员,有些人跨进了性灵论的门坎,最终导致七子派格调理论的破产。②

众所周知,历史发展轨迹多呈现为繁复多歧面貌,晚明诗学的发展尤具复杂性与多样性,类似清晰明快的论断实在令人生疑。学人显然也意识到了此中的简单、绝对之失,大量研究都展现出突破这类过于乐观的线性描述模式的姿态。且随着思想的不断"解放",复古派身上的"恶谥"逐渐得以洗刷,肯定他们的正面价值成为一种潮流,其中的主导倾向在于将

---

① 谈蓓芳:《明代后期文学思想演变的一个侧面——从屠隆到竟陵派》,《复旦学报(社会科学版)》1989年第1期。
② 史小军:《试论明代七子派的诗歌格调理论》,《陕西师范大学学报(哲学社会科学版)》1999年第2期。

理论与创作相剥离,予以区别对待,但究其实质,仍未摆脱上述弥合分歧的基本诉求。

学人或有承认复古派的理论主张存在不足,而表彰其创作成绩者。譬如吴志达通过对复古派的两位领袖李梦阳、何景明的系统考察,发现他们"在理论上曾经有过失误,特别是李梦阳尤为明显",但从总体上看,"其'复古'的实质,是创新,业绩卓著,不应曾有几个极端的拟古怪例而否定其创新的主流",他们的作品具有强烈的"现实主义精神","敢于直面人生,批判权贵,尤其是揭露昏暴之君的本质淋漓尽致,同情人民的疾苦,具有浓厚的忧患意识,竭尽诗人的责任与使命"。①

更为常见的思路则与此相悖,即一方面肯定其理论主张的合理成分,与此同时则否定其创作实践,特别是仍旧严厉批判因强调格调学说、拘泥法度而导致的模拟剽剥之弊。较之传统一边倒的批判论调,此类倾向确有"突破",但我们对其意义也不可估计过高。

对复古派理论主张的肯定计有两种思路,一种是肯定其立足文学本位,并有重要创见与贡献,但对其可能的缺失也并不回避。七子派的核心理论可归纳为两个方面,即主情和重格调。对于"主情"一端,学人评价颇高,认为其中展现了七子派对于文学基本特质和规律的深刻认识,譬如孙之梅,她通过对辨体、抒情、比兴论的探讨,认为复古派"立足于文学本体,始终着眼于文学本体论的确立""为诗歌创作脱离宋诗和性理诗的影响澄清了是非,也对后来的诗歌发展产生了深远的影响"。② 与此同调者还有史小军,在论及李梦阳时以为"这种以情为本的格调理论源于他对诗歌抒

---

① 吴志达:《重提旧案评"复古"——李梦阳、何景明复古理论与创作的高下得失》,《长江学术》2015年第2期。
② 孙之梅:《明代复古派的文学本体论》,《求是学刊》2003年第4期。

情本质的深刻认识"①。至于格调论,论者虽不无正面肯定,但相关判断必会同时强调其不足,此正可谓民国学人思路的延续,也即所谓"革命的思潮是可贵的……主义是错误的",当然今人的论述更为具体而客观。譬如孙之梅认为"明代复古派的理论仍然是不完善的,例如限隔时代的文学史观,模拟汉魏盛唐的格调论"②,史小军也强调"对格调的追求也必然落实在诗歌的起承转合、音韵、字句、比兴等具体的组织结构和表现手法上,从而产生了过于重'法'而相对忽视独创性的倾向"③。

　　上述思路较为辩证,且对七子派理论价值的肯定尚有保留,另有一类考察虽仍不免对七子派有所批评,但却对其意义,特别是所谓"进步"色彩予以了高度表彰。前文曾经论及,为实现早期启蒙通史的构建,消解复古与革新之间的对立成为一项重要目标,而实现这一目标的核心手段莫过于挖掘复古派理论中的"进步"因子,或者说得再明确一些,即寻找其与革新派的相似论调,七子派情感论的价值由此得到重新阐释与大力表彰。但不少学人对于二者的"同"虽多有强调,到底未曾完全消弭彼此的界限,可随着此一思路的延伸,相关判断难免又会转向另一面的乐观与简单,譬如有学人即认为"前后七子和公安派的相异只是一种表面现象,而基本精神的会通才是其实质……他们都主张文学革新,只是革新的途径、方式及其程度不同而已。而公安派的文学革新主张,又无疑是对七子派批判基础上的继承和发展"④。通过上述努力,七子派的理论价值不仅得到了充

---

① 史小军:《试论明代七子派的诗歌格调理论》,《陕西师范大学学报(哲学社会科学版)》1999年第2期。
② 孙之梅:《明代复古派的文学本体论》,《求是学刊》2003年第4期。
③ 史小军:《试论明代七子派的诗歌格调理论》,《陕西师范大学学报(哲学社会科学版)》1999年第2期。
④ 范嘉晨:《论"前后七子"对"公安派"的启迪》,《陕西师范大学学报(哲学社会科学版)》1993年第1期。

分肯定,甚而被纳入进步思潮的重要一环,但这一局面的形成似并不能让人期待过多。诸多论者看似在为七子派张目,实则他们的论述依旧未曾超出"复古—革新"范式的藩篱。此处的所谓"突破"仅是观点或结论层面的个别调整,却没有实现思维方式的更新,复古派之所以能得到肯定,是因为其内在孕育有革新因子,且类似成分越多,正面价值越凸显。换言之,复古派的正面价值往往是基于其背离复古派而获得,我们仍是以革新作为判断标准,扬革新而抑复古的基调始终如一。正如有学人所说:

> 对七子重情诗学阐释,不是为了证明七子诗学的深刻性与合理性,而主要为了彰明其"先进性",以破除人们心中已有的对七子"保守落后"的定位。所以他们要把七子派"重情"诗观联系到晚明思潮和公安派那里去,通过证明其与"先进"阵营的关系来证明其"先进性"。①

就此来说,这一思路对复古派肯定最多,却也不免误会和遮蔽最多。

前一种思路虽有值得商榷处,到底兼顾了格调与情感两端,此一思路则将格调说弃之不顾,仅就言情一端大肆阐发,明显割裂了七子派诗学主张的内在逻辑,注定了它不能对复古诗论的得失做出全面而准确的厘定,所得种种也难免因脱离实际而沦为自说自话。但经多年的发展、演绎,一应主张和观点却渐成主流,这就驱使我们更应对其缺失有系统而深入之省察。大致说来,其要有二。首先是研究方法的草率。前文已经指出,不少学人虽致力发掘复古派与革新派主张的类同,但他们却每每脱离了具体语境和概念体系,仅就字面意思做随意引申,故一应结论经不住细致推

---

① 段宗社:《李梦阳"重情"诗观评议——兼论七子派评价中的一个缺失》,《学术论坛》2016年第1期。

敲。其次,也是更为关键的,当属研究旨趣之混淆。学人确实有超越"复古—革新"范式的束缚、摆脱民国学人造就的种种"规定"的诉求,譬如说深刻检讨对公安派正面价值的一味肯定,以及对七子派重情诗学真实历史脉络的遮蔽等等,从而探寻晚明诗学阐释的新可能,但所有考察最终仍殊途同归,笼罩在一个基本原则下,即扬革新而抑复古,其中的潜台词在于唯有"革新""解放"才是时代大势与社会必然,"调和"者只能(会)向"革新"思潮过渡,支撑这一论点的理由则不外乎资本主义萌芽、个性解放、启蒙思潮等因素。此类结论的缺失前文辨之已详,但我们更需检讨的是,这些都不过是思想问题的另类表述,难以全面而深刻地解答我们的文学思考,譬如说其诗论本身是否存在有价值、有特色之处。同样是针对复古派情感论意义的重新发现,特别是对所谓复古派情感论与革新派内在一致性的检讨方面,徐楠在审视相关研究时,不仅意识到学人多是"泛言该派的'尊情'、'重真'并随之对相关文献作出一元化的特征解读、意义揭示",还为我们指出了可能的突破路径,即特别追问了"该派怎样具体判断情感的价值、限度,其事实判断和价值判断又是何种关系?"[①]等问题,由此,方将我们的视角真正定位到七子派情感论本身。与此相应,有学人在将七子派与公安派进行比较时,意识到前者是"对主流诗学传统的回应,使七子派'重情'诗观与公安派的粗豪浅俗有根本区别",故而"以'重情'诗观趋近于公安派作为七子诗学具有高位进步价值的表征,实为本末倒置之论,必然遮蔽七子'重情'诗观中充实而中肯的内涵"[②],这是结合具体语境、针对文学命题本身做出的切实之理解,我们理当延续相关思路

---

① 徐楠:《明代格调派诗歌情感观再辨析——以考察该派对诗歌情感价值、限度的判断为中心》,《文学评论》2015年第3期。
② 段宗社:《李梦阳"重情"诗观评议——兼论七子派评价中的一个缺失》,《学术论坛》2016年第1期。

予以深入考察。

另需郑重说明的是,有学人以为格调论之所以被排除在外,正因为其本身乏善可陈。论者每每批评七子派重格调法度而轻个性才情,又或者批评他们在二者之间徘徊,始终摆脱不了格调的束缚,因而不能写出重主体才情性灵的文章。其实他们何尝不向往那种物我两忘、情景交融、浑然一体的境界?胡应麟论诗,每于一般论述之后必要指出"大家手笔不可专泥此论",但所谓"大家"殊是难见。徐祯卿正是认识到"哲匠鸿才,固由内颖;中人承学,必自迹求",因此他才要详细论述"情""辞""气"等"诗之妙轨",让后学"由是而求,可以冥会"①。只有深知创作甘苦的人才能明白这些格调法度探讨的意义,也只有深知创作甘苦的人才能够将此格调法度说得如此清楚明白。而就"格调论"兴盛的背景而言,张伯伟指出唐代"也是文学批评史上的一大转折。在此之前,文学批评的重心是文学作品要'写什么',而到了唐代,就转移到文学作品应该'怎么写'"②。此论的提出,既给唐代在文学批评史上的地位作出了客观而恰当的评价,同时也给了我们一个考察后世文学批评价值的背景。"从'写什么'到'怎么写'的转变也并非跳跃式的一蹴而就"③,这是自齐梁以来,随着声律论、诗歌体制等的成熟而逐渐发展起来的,究其核心,则是深入考察诗歌创作的内部机制,如声律、对偶、句法、结构、语义等因素,从而教导人们如何写作文学作品。自唐以后,贯穿宋元明清二三百年间,无不受其影响。李东阳称"诗法多出于宋",虽系批评宋诗而发,却也说明了当时谈论"诗法"的盛行,正是在这样一种背景之下,才会出现那么多诗话类著作,深入、细致地探讨诗歌创作的各个环节。从这个意义上说,七子派之倡言格

---

① 徐祯卿:《谈艺录》,载何文焕辑:《历代诗话》,中华书局1981年版,第769页。
② 张伯伟:《论唐代的规范诗学》,《中国社会科学》2006年第4期。
③ 同上。

调(或如某些学者所称之"形式主义"),也可说是顺应时代潮流。今人的不少批评往往是基于一己现实因素立论,忽略了传统与历史事实,不免苛求古人、妄加评议。

每一时代总有其局限,能够超越固然值得推崇,但若未能偏离也不应苛责。作出一个先进或者落后的评价相对容易,但这样一种评价往往只能得到一个简单的结论,却完全消解了整体的历史语境,缺少了对古人同情之了解。对于古人的论点,我们需要做的不是秋后算账,而是应当重建一种语境,分析其内在的文化逻辑,既认识其局限,又发现其用心。若是进一步延续我们上述有关复古和革新二者关系的思考,即二者皆为文学创作经验或者说规律之一端,便不能也不会出现非此即彼的极端现象,去除偏颇论断,寻求二者之外的超越和平衡才是文学发展的常态。

第五节 "复古—革新"范式的扬弃与超越

行文至此,对"复古—革新"范式之缺失已有充分剖析,随之而来的问题必然是如何纠正或者重建。在此我们或要再次重复前文已经表达过的意见,为了实现研究范式的更新,需要的不过是去除外在束缚和立足基本文献。此说过于平实、平庸,或要令人存疑,我们可略作说明。

杨念群在反思既往历史研究的弱点时指出,问题的关键:

> 不在于史料不全或无法复原,而是因为在目的论的单线框架下,历史认知变成了一把恼人的思辨剪刀。在这把剪刀的挥舞中,为了强调其本质特征、最终含义或它们初始的和最终的价值,许多史实被故意简约掉了,如果不从这巨大的形而上剪刀阴影下解放出来,再细

致的考据与史料整理都是徒劳无功的。①

在探讨克服束缚的可能性时,他介绍了不少新的理论学说,但假使搁置彼此的歧异立场及手段,就思维方式来说,首要的莫过于"从这巨大的形而上剪刀阴影下解放出来",即摆脱已然教条、僵化的先在观念的束缚,同时解放个人的思维活动与阐释空间,恢复其本来面貌与无限可能。或许想要绝对避免"主观色彩"的影响是一种奢望,毕竟摆脱一套范式的同时,会不自觉间接受另一套范式的制约,但我们在方法的"选择"上可以最大程度地审慎辨析与灵活借鉴,使其更为契合研究对象的特点和规律,并保持充分的多元性与开放性。

晚明是一个特殊的历史发展时期,种种新变化在此期孕育、发展,这一基本事实难以否认和回避,但我们必须对这一背景有清晰、深刻的体认,而非想当然地随意或肆意引申;且我们必须清醒意识到,除却"复古—革新"模式所涉种种外,另有不少因素同样对此期的文学思潮产生了重要影响,却多被我们忽视或遗忘。因此,我们不妨搁置争议,仔细考察某些更为确定的话题。具体来说,就方法论而言,可能的思路无非有三,即回归历史语境、重视士人心态和强调文学本位。这些皆属于传统范畴,但由于思想学说和现实关怀的双重干预,影响了其效力的发挥,故而所谓的可能路径无非是勘破既有范式的缺失,解除枷锁,恢复传统方法的基本面貌,"破"的同时即"立"。

我们的相关判断多据"复古—革新"范式立论,实则摆脱个中束缚,所得将会有极大不同。譬如说,七子派内部围绕诗文创作的典范、路径等问题多有论争,影响较大的有前七子时代的李梦阳与何景明之争,以及后七

---

① 杨念群:《中层理论:东西方思想会通下的中国史研究》(增订本),北京师范大学出版社2016年版,第38页。

子时代的李攀龙、王世贞与谢榛之争。就后者而论,学人往往尊谢而抑李、王,严厉批判作为后七子领袖的李攀龙和王世贞不唯观点狭隘,且气势凌人。关乎此,廖可斌多有辩白,"诸子之厌薄谢榛,似也不尽由谢榛之'直言',也因为谢榛本人后来诗格逐渐退化"①,李攀龙作《戏为绝谢茂秦书》后,"诸子与谢榛仍有来往,并时时提到他"等②,对时下的某些"定论"有廓清之效。关于前者,学人往往将此与其他的一些争论相联系,从而证明文学复古乃是一项"错误"的事业,即使核心成员也早知其非,由复古转向革新实在是理所当然,"先导"说云云,也可从此处找到依据。某些时候,也正是基于这些论争的存在,坐实了明人学风霸道的判断。但此类结论皆不免自始就怀揣对于七子派或者复古诗学的一种"敌意",进而多有偏见。依照郑利华看来:

> 撇开其中是非优劣不说,相互不避忌讳进行不同意见的讨论交流而予以公开化,多少显示了流行于七子集团内部比较活跃而不主一家的切劘研讨的气氛。同时李、何作为文学复古的主要发起者和经历者,他们在复古活动的具体实践中具有切身的体验,除却某些感情意气的成分,双方在此场论争中所表达的见解,可说是建筑于前阶段文学活动基础之上酝酿多时而相对成熟和深化的有关学古法则的认识,或者说在一定程度上也是他们各自对复古实践所做出的一种经验归结,尽管双方是以论争的方式对相关问题进行阐述。③

---

① 廖可斌:《明代文学复古运动研究》,商务印书馆2008年版,第233页。
② 同上书,第234页。
③ 郑利华:《前七子文学集团的形成及其发展特点》,《中国文学研究》(辑刊)2005年第1期。

论争也好,矛盾也罢,既可能成为破坏性的力量,也可能成为建设性的因子,关键要看"对立"双方是基于何种立场、前提和诉求。某些时候,他们虽有个人的一己坚持,但却是为了成就一项共同的事业,故而往往能够求同存异或者为同容异。忽略这一前提,仅就表面事实立论显然存在风险;若是自觉不自觉间接受某一范式的裹挟,事先形成特定立场,更是会严重影响我们的判断,理当慎重对待。

晚明的重新发现多得益于现代学人的努力,在此过程中难免以今执古,忽略了彼时的现实语境,以致所论不无偏颇。譬如说论者虽持社会标准,但对某些社会状况却未曾重视。他们对明代的抄袭剽窃之风予以了严厉批评,且每每将矛头指向了前、后七子,七子自然难辞其咎,但却并非唯一的元凶。"末五子"在反思当日的文坛状况时就认为很多的问题也要归咎于后学,是他们学习时不知其法、不得其法才导致了流弊丛生,不能全都怪罪于前贤,如李维桢就云:

> 嘉隆之间,雅道大兴,七子力驱而返之古,海内翕然,向风其气不得靡,故拟者失而粗厉,其格不得逾,故拟者失而拘挛,其蓄不得俭,故拟者失而庞杂,其语不得凡,故拟者失而诡僻,至于今而失弥滋甚,而世遂以罪七子,谓李斯之祸秦实始荀卿。①

七子派取径固然狭窄,后人的行径则更为离谱,"末俗承流,空疏不学,不能如王、李剽剟秦汉,乃从而剽剟王、李,黄金白雪,万口一音,一时依附门墙,假借声价,亦得号为名士"②,其品级自然又差了好多。这一现象的出

---

① 李维桢:《吴汝忠集序》,载《大泌山房集》卷十二,《四库全书存目丛书》集部150,齐鲁书社1997年版,第559页。
② 纪昀等:《钦定四库全书总目》(整理本),中华书局1997年版,第2330页。

现又非单纯事件,除个人主观态度外,又和彼时的文化语境特别是科举制度紧密相关。简锦松探讨了科举影响明代文化的几大关键,即对科举的儒学效益及经学自身的怀疑、书籍缺乏与知见偏狭、进士后读书不易,最终的结果就是"浅学""鄙陋"。读书人多是以科举为中心,因而虽参与者众多,但水准普遍低落,形成了一种庸俗化趋向。① 这一结论与不少文人的观感极为契合,他们在谈及自己少年时代的求学经历时总不忘表达对科举的反感,屠隆即云"束发为诸生,厌薄制义"②,胡应麟亦称"九龄受书里中师,业已厌薄章句"③。在他们看来,日后文学成就的取得,往往与摆脱科举束缚、博览诸家有很大关联,这也从一个侧面说明了科举制度对于文学创作的拖累。事实上,明人对于在举业应试和文学创作二者间该如何取舍有明确的态度,汤显祖就称"弟十七八岁时喜为韵语,已熟骚、赋、六朝之文。然亦时为举子业所夺,心散而不精,乡举后乃工韵语"④,即先攻举子业,然后专心从事诗文创作。

再比如说,七子派虽有"拟议以成变化"之宗旨,但最终结果却沦为模拟因袭,个中缘由历来多有评述,朱东润则认为前后七子过多地停留在"拟议"的层面而甚少"变化",也可能是他们惮于变化,"此种笃守古本旧法处,皆所以为李梦阳一流人立言,其欲前又却之精神,实足以代表多数文人之见解"⑤。此种判断诚然有其道理,但对于七子派来说,"欲前又却之"的背后实则是对脱离"雅正"的担忧,而袁宏道等人的实践证明,偏离

---

① 详参简锦松:《论明代文学思潮中的学古与求真》,《古典文学》(第8集),学生书局1986年版,第313—357页。
② 屠隆:《与王元美先生》,载《由拳集》卷十四,《四库全书存目丛书》集部180,齐鲁书社1997年版,第558页。
③ 胡应麟:《石羊生小传》,载《少室山房集》卷八十九,《文渊阁四库全书》第1290册,上海古籍出版社1987年版,第653页。
④ 汤显祖:《答张梦泽》,载《汤显祖诗文集》,徐朔方笺校,上海古籍出版社1982年版,第1365页。
⑤ 朱东润:《中国文学论集》,上海古籍出版社1983年版,第69页。

这样一种立场,很容易导致鄙陋粗疏之弊。或有人要批评这种恪守儒家诗教的主张显得保守和落后,但在彼时却是必然与理所当然,此即廖可斌所说的中国古典审美理想,"它与中华民族在封建时代特定的生产生活方式、社会结构、思维模式等密切相关,是一个相对稳定、封闭的体系"①。在社会结构和文化观念没有得到根本性的颠覆之前,无法脱离这样一个典范的笼罩,后期袁宏道的转变以及袁中道等人的"修饰",也同样证明了这一点。没有新的资源可以借鉴,他们难以有质的根本飞跃,只能从传统中寻求帮助,走调和、折中之路。

一个人思想的形成与发展虽要在相当程度上受到时代风潮的影响和制约,但毕竟不是整齐划一式地简单接受,由于身份、性格、际遇等诸多个性化差异,形成了多元景象。职是之故,我们应充分关注"人"的因素,特别是个人心态、思想的转变所导致的文学上的变化。以袁宏道为例,其前、后期的文学创作与观念存在较大变化,业师周群教授指出,"无论是宏道前期文学思想的恣肆无碍,还是后期的检束反拨,都与儒释道为主体的学术思想的变化有关"②。再就七子派而论,从后七子时代开始,他们作品的主旨皆有一定变化,从过往的"历史沉重感及社会寄予感"③转而为抒发自适之情,这与政治形势引致的心态变化有关。罗宗强在分析此期的情况时指出,"嘉靖后期与万历皇帝,士之抗争虽愈益激烈,而受压制与打击亦愈烈。万历后期,对谏诤之臣除打击之外,还有一种新办法,就是置之不理"④,"面对一位贪于钱财,不顾生民死活、疑心甚重、借着厂卫牢牢掌握着权力,而又不理政事,亦不让臣下有理政事机会的万历皇帝,任

---

① 廖可斌:《明代文学复古运动研究》,商务印书馆2008年版,第6页。
② 周群:《儒释道与晚明文学思潮》,上海书店出版社2000年版,第272页。
③ 黄卓越:《明中后期文学思想研究》,北京大学出版社2005年版,第238页。
④ 罗宗强:《明代后期士人心态研究》,南开大学出版社2006年版,第51页。

是有着怎么样良好愿望的士人,必亦一筹莫展"①。可以说,这是一个想做英雄而不得的时代,是一个想悲情都不得的时代。没有了政治事件的依托,他们无法激昂,无由慷慨,纵然想要有所追慕,也只能徒具皮毛而已。一边是险恶的政治环境,一边是秀美的山水风光,倒不如"退遁荒野,栖于幽绝……以此卒岁,复何羡人间之浮荣哉?"②

更重要的,也是居于首位的,当是重视文学层面的细致考察。七子派也好,公安派也好,他们不是纯粹的理论家,更主要的是文学创作者,他们亲身参与文学创作实践,对其中利害得失有切身的感受,因此他们的很多主张往往来自对创作实践的反思和创作经验的总结。有论者指出,嘉靖前期,第一次复古思潮日渐衰落,第二次复古思潮未兴起时,某些坚持复古道路诗人的主张已经对复古学说有所超越,如乔世宁"倡导'情兴',更偏重诗歌创作中诗人的主体性",而对"情兴"的强调,"已超出了复古理论的基本内涵,而与后来性灵派的诗学观念有某些相似之处"③。这一"突破"不见得是什么思想进步的表现,更多的是基于对李梦阳狭隘主张的否定与反拨。李梦阳论诗崇尚"雄拔刚劲"的风格,这与其个人性格气质息息相关,但作为一派领袖的他,只重一己之情性,只提倡这样一种诗歌风格,要求每一个个性差异的人都遵守他所规定的典范,如此强人所难的做法对人的个性造成了极大钳制与扼杀,自然要遭到严厉反对。更何况,李氏所提倡的盛唐诗,原本就是兼容并蓄,岂可拘泥于一格。因此,乔世宁的"突破"某种意义上正是文学活动的必然。

此外,亦是需要引起特别注意处,因文学与思想之分野,将会使我们

---

① 罗宗强:《明代后期士人心态研究》,南开大学出版社2006年版,第530页。
② 屠隆:《与周元孚》,载《屠隆集》(第四册),汪超宏主编,浙江古籍出版社2012年版,第305页。
③ 余来明:《嘉靖前期诗坛研究(1522—1550)》,武汉大学出版社2009年版,第118页。

对具体问题的考察产生巨大分歧。譬如说徐渭,有论者细致梳理了他对儒、释、道三家的态度,发现他"以'道'统摄三教""完全超越了三教,进入到更高的哲学层面"①。但这一看法不尽合理,除了具体文献解读的偏颇外,亦与他未能区分思想和文学之差异有关。

在《论中·七》中,徐渭认为道家"与吾儒并立而为二,止此矣,他无所谓道也"②,将儒、道二家放在并列的位置上予以认可。虽说是"并列",是"认可",但并不代表二者之间没有优劣之分,也不代表徐渭在二者之间没有感情偏向。在《论中·一》中,徐渭对释、道都有批评,认为只有儒家圣人才"始无遗"已然足够说明问题。《论中·五》虽说是就诗文而发,而他的理论资源,所谓"明明德"三纲,所谓"八条目",都是儒家经典。因此,《论中》七篇虽语涉二氏,却仍是"以儒为本"。部分学人试图以此来说明徐渭思想超越三教,尤其是要论证徐渭对儒家思想的突破,实在是找错了证据。当然,徐渭对于佛、道(道家而非道教)二家的借鉴与吸收是确然存在的,只是不在此文而在他处,如《赠礼师序》中云:"大约佛之精,有学佛者所不知,而吾儒知之。吾儒之粗,有吾儒自不能全,而学佛者反全之者。"③因而,彼此间的融合势所难免,故而徐渭在《三教图赞》中说:"以予观之,如首脊尾,应时设教,圆通不泥"④,称三教各有所长。既然如此不免令人疑惑,《论中》中凸显儒学,此处又称三家各有所长,岂非自相矛盾?业师周群教授认为这与徐渭论"中"的主导思想有关。《论中》七篇之中有三篇论及文学,"显然,他论'中'主要目的是为文学发展论张本,而当时主盟文坛的复古派正是以儒学正统自居的,徐渭论'中'而标示儒

---

① 郭皓政:《徐渭超越三教的哲学思想》,《东岳论丛》2010年第5期。
② 徐渭:《论中·七》,载《徐渭集》,中华书局1983年版,第492页。
③ 徐渭:《赠师礼序》,载《徐渭集》,第532页。
④ 徐渭:《三教图赞》,载《徐渭集》,第583页。

学,似乎不无与复古派相颉颃的意味"①。如此,"因事制宜",不正是徐渭论"中"的题中要义!

除了误解(或费解),忽略文学和思想的差别,缺乏对二者视域和机制的剖析,难免会"错误"把握关键问题。就儒家思想而言,徐渭深受王学,尤其是阳明高第王畿、季本的影响,因而徐渭的哲学思想表现出对二者的兼收并蓄,即一方面指出片面强调"自然"的流弊,而推崇季本的"龙惕说",另一方面又取法王畿,认为"惕之于自然非有二"。这一融合也正符合徐渭论"中"之旨。受此影响,徐渭的文学思想也表现出一种兼综的特色。这一点上引文已有论及,但论者孜孜于徐渭在儒、道二者间的去取,因而主要关注"情于志""情与理"等思想层面的问题,却对文艺创作方法本身的关注不够。实则徐渭稽古而不泥古,师心而不纵心等②,这些才是他文艺思想的重要组成部分。

古代文人一身而多任,于文学和道学(思想)层面时有论断,彼此间自然存有相通处,但二者的论述方式天然有别,思想层面的探讨周密严谨,文学创作的言说则较为含混融通。因此,即使思想层面的探讨细致入微,延及文学领域未必能塑造出同样的明晰意识。加之不同领域中的理论体系、思维方式、表述机制到底存在差别,各有其广大可能,这就使他们的"针对性"回答综合看来不免"冲突"。历来的文人,固然有其一般立场,但当其从事具体的创作实践时,总不免要游离或溢出,文学创作中引申出的必然性和可能性远超一般所谓思想观念所及,根本不会局限或拘泥于某一特定立场。就徐渭来说,由于他的思想体现出"兼综"的特色,故虽有偏重,仍能在融通的面貌下寻得一致。另有些文人,则由于"立场"的分歧

---

① 周群、谢建华:《徐渭评传》,南京大学出版社2006年版,第119—120页。
② 详参周群:《论徐渭的文学思想与王学的关系》,《南京社会科学》2000年第12期。

太大,以致思想与创作的矛盾难以调和。譬如袁枚,有论者指出:

> 作为理论家的袁枚和作为诗人的袁枚是有区别的。从理论观点上,袁枚……把"灵机"归结于一种天赋性情所自然发出的东西。但面对具体的创作问题时,袁枚也不讳谈后天之学,对诗格、诗法也颇有独到见解,这是作为激进主义诗论家的袁枚的复杂性所在,也是最值得回味和探讨之处。但现代以来文学批评史著作大都主要强调他作为激进主义者抒写性灵的一面,而忽视了他在诗法论方面的兴趣。①

这看似费解,却正属理所当然,在每一专门领域中,除了个人的主导思想外,还需统筹考察历史传统、现实情状、命题特征等一系列问题,自然呈现出鲜明的特性与个性。职是之故,我们应充分考量并尊重每一研究对象的复杂性,兼顾多元(多个角度切入)与专门(有针对性地回应问题),方能获得对他们的综合认识,发现其在不同领域的独到贡献,切不可以"整体"为名,漠视彼此边界。不唯文学与思想的畛域不可混同,即使是文学内部,不同的立场或角度,亦会引申出不同的提问方式与思维逻辑,形成迥异的结论,后文将有专门考察。

---

① 段宗社:《"性灵"说与诗法论——论袁枚诗学的综合向度》,《陕西师范大学学报(哲学社会科学版)》2012年第1期。

第六章 文学与思想：
晚明诗学理论价值重估（上）

综观有明一代，"情"或是"情感""性情"皆为时人关注和思考的重要命题，文学创作领域亦不例外。或是借助于序、跋、书、记等形式的零散探讨，或者通过话体类作品的专门考察，明代文人留下了大量谈论或者谈及情感或情性话题的文字。但当谈及"情感论"时，我们每每首先会想到是徐渭、李贽、袁宏道、汤显祖等人的相关言论，这无疑与"复古—革新"范式的影响紧密相关。以上诸人向来被视为革新、进步阵营的典型代表，他们的众多观点，特别是情感论中的系列表述鲜明而深刻地体现了这一发展趋向：

> 情理观发生深刻变革是明代后期的事……反映在美学思想上，情与理这对范畴相互关系间的地位也发生了变化。传统的情理观是以理统情，以理节情，情与理的关系是制约与被制约的关系。新的情理观是以情统理，以情溶理，情与理的关系是包容与被包容的关系。①

此种观念理当大力表彰和宣扬。诸多论断久经阐发，渐成"常识"，但

---

① 夏咸淳：《晚明尊情论者的文艺观》，《天府新论》1994年第3期。

立场既有倾向,一应结论自然难免偏颇,有待重新检视。

第一节 "自然人性论"辩证

情感论是明代诗学的核心命题,种种表述贯穿明代诗学史始终,尤为学人表彰的,则是晚明时期兴起的一股浩大的被称作"自然人性论"的思想潮流。有论者即声称"晚明社会思潮最突出的特点,其实一句话,就是对人的自然本性的极度肯定,是对情感欲望的极端张扬"[①]。至于这股思潮的具体表现,有学人在讨论李贽时,认定他的情感论是以自然人性论为基础,并将其内涵概括为"情感的本体性""情感的自然性""情感的真实性""情感的个体性"四个方面[②]。但此类概括似流于空洞、泛化,并不能见出自然人性论与传统情感论的本质区别,因而无从彰显其独特价值,至于时下有关自然人性论的某些作为定论的"描述",更是未能在其中得以凸显。

以上表述不免空洞而失当。其他学人虽多方征引自然人性论,但涉及核心内容的具体界定和阐释,特别是对晚明思潮与自然人性论之间关联的系统阐发,却一直少有人关注与倾心。可能的解释有二:一是学人以为此种"关联"过于自然而明晰,无须多费笔墨;二是学人仅仅因从众而"袭用"陈说,对相关问题缺乏深入细致的了解,故难明(言)究竟。换言之,与晚明诗学现代阐释过程中形成的诸多命题相似,自然人性论也是概

---

① 成淑君、张献忠:《晚明纵欲主义社会思潮的历史反思》,《天津社会科学》1999年第5期。
② 详参黄南珊《以情为本 以抒情为宗——明清时期情理美学观组论之一》(《西南师范大学学报[哲学社会科学版]》1999年第5期)一文。

念不清、机制不明。但经久传播,习惯成自然,我们已将其视作定论,并想当然地赋予了若干内涵。若欲厘清相关认识,特别是去除虚妄成分,则必须综合考量其形成背景、理论内涵、流布影响等诸多方面,如此方能对其特征及意义有客观之审视。

学人虽未有系统阐发,但在论及自然人性时,往往会表现出相当一致的倾向性,大量表述高度趋同,并在一定意义上建构出自然人性论的基本面貌。综合诸家言说,其核心内涵可用以下数语来概括,即反封建、反传统、儒学异端,以及人性解放、崇尚奢靡、鼓吹个人欲望等。至于它的产生背景或形成原因,则基本归结为王学思潮流布、商品经济发展、资本主义萌芽产生、市民阶级兴起之类。这一思潮的代表人物则为徐渭、李贽、汤显祖、袁宏道以及冯梦龙等,彼此前后相继,构成具有内在逻辑的、不断丰富完善的历史进程,"传统文学性情观中的个性、世俗因素越来越被强调……是世俗欲望对传统情志说的渗透"[①]。在学人看来,此种倾向全面表现在当日的诗文、戏剧和通俗小说等各种文艺形式中,但诗文"在文字的表述上受到形式的束缚,未能尽意",故而以"三言""二拍",特别是《金瓶梅》为代表的通俗小说,因"大力肯定市民各种世俗欲望的合理性……表现出更为彰显的原欲色彩",受到了高度肯定与表彰。[②] 职是之故,有关这一思潮的评价必然是正面而积极的,"它代表了进步因素,反映了时代的要求……它的出现,有着逻辑的因果关系和历史的合理性。它给晚明文坛带来了一股令人耳目一新的勃勃生机"[③],或者直接声称"具有鲜

[①] 李明军:《从灵性到性灵——明代文学思想发展的内在脉络》,《甘肃社会科学》2007年第3期。
[②] 梅新林、葛永海:《从"原欲"到"情本":晚明至清中叶江南文学的一个研究视角》,《浙江师范大学学报(社会科学版)》2007年第4期。
[③] 李建国:《"理"的毁弃与"情"的张扬——兼论晚明的尚情思潮》,《西安外国语学院学报》1994年第2期。

明的启蒙主义和近代民主主义色彩"①。但受制于种种原因,譬如外族入侵引发的社会危机、传统力量的过于强大,以及革新思潮自身的缺陷等等,都导致了包括自然人性论在内的异端因素的骤然消亡,引发了一众学人的普遍感伤。

就此而言,所谓自然人性论,无论是对其内涵、机制还是意义的描述,基本不超出"复古—革新"模式的窠臼,思维模式与建构理路可谓基本趋同。至于概念、命题等更是大量重复使用,只是因为论域集中在情感论层面,故而突出强调了对包括饮食男女之欲在内的各种人类欲望的肯定与彰显,以及必然的有关雅—俗关系的探讨,或者说对"俗"之趣味及偏好的演进逻辑的梳理及现实意义的推崇。前文已对"复古—革新"模式有全面、系统之审查,前述的种种质疑与反思,在此依然发挥效力,因此我们对自然人性论可有基本判断,现有的种种积极和浪漫色彩理应祛魅。鉴于论题的重要性、论域的特殊性,以及过往反思的不充分,我们不妨再花费些笔墨,对某些命题进行辩证审视,如此既可对自然人性论有全面之考察,相关结论亦能强化我们的既有判断,进而充实和丰富我们对晚明诗学现代阐释的总体认知。

众多学人都高度表彰时人对"好货好色"等人类本能欲望的热情讴歌与推崇,认为这构成了对于传统的封建道德规范的冲击。此说诚然有其道理,但具体尺度的把握颇有讲究,譬如说众多言论各自"冲击"的力度如何,"冲击"的背景或原因何在,不免千差万别,不能笼统地混同

---

① 黄南珊:《以情为本 以抒情为宗——明清时期情理美学观组论之一》,《西南师范大学学报(哲学社会科学版)》1999年第5期。

为单一论断①;尤其是"冲击"在多大意义上产生了影响,在具体界定时要格外慎重。乐观者延续早期启蒙的理论模式,鼓吹:

> 在明代中后期的心学异端(以李贽为代表)的影响下,产生了一股强调自然人性论和平民意识的思想潮流,从而引起了晚明从雅到俗、从情到欲的审美趣味的转变,这不仅突出地表现在重情的文艺思潮的出现和一批世情小说的勃兴上,而且还表现在当时崇尚穷欢极乐的社会风尚上。这样,"情"就像脱离封建礼教束缚和封建家长管制的少女,再也不受礼和理的羁绊,可以大胆追求自己的爱情和幸福。正是在此潮流的影响下,人性得到了解放,个性得到了张扬。②

但谨慎者则认为"终明一代,这种新的社会思潮还只是作为传统思想的一个'异端'而存在,并没有从本质上彻底突破和超越它所由产生的那个时代的质的规定性,也没有形成足以摧毁整个礼教精神内核的细密、完整的新思想体系"③。

综合来看,似乎后者的结论更为符合现有认识,不少学人都对所谓"冲击"或"突破"的成色、性质及意义,特别是负面的,或者说不够积极的一面,有着较为清醒的认识,大致包括了以下几个层面。首先是对"异端"

---

① 有论者指出,"正是以欲言情的理论困境和欲望放纵在当时引发的人伦溃败的忧虑,晚明之际的主情思潮经历了一个因历史和个人境遇的变化而不断调整改造自身的过程,在狂飙突进、风靡一时的理论高扬期之后,最终回归于某种历史的理性精神。不但前后之间有明显的差异,即使是同一主情论者或在同一阶段也是歧义纷呈相互抵牾"。详参洪涛《以情为本:理欲纠缠中的离合与困境——晚明文学主情思潮的情感逻辑与思想症状》(《南京大学学报[哲学·人文科学·社会科学版]》2009 年第 4 期)一文。
② 李杰:《"情"的下嫁——晚明情感论美学思想浅探》,《兰州学刊》2004 年第 6 期。
③ 王星琦:《怎样看待明清艳情小说》,《古典文学知识》1995 年第 6 期。

思想性质的界定,或谓:

> 就思维高度而言,当时尚情论派和主情思潮虽然表现出批判程朱理学的激烈态度和离经叛道的异端精神,但并未从根本上彻底抛弃作为政统和道统的三纲五常及伦理道德规范,其自然人性论只不过是欲望适度满足论,其情感超越论带有空想性质。①

经细致辨析,我们日益认识到所谓激烈、突破背后的保守、因袭,这属于总体判断,落实到具体个人,亦能发现鲜明印迹。我们可在众多"先驱"者的身上看到"保守"或"矛盾"的因素。以徐渭论,前文已对其论"中"诸文进行了细致钩沉,更有学者经绵密分析特别提醒"无论从徐渭的性情还是文艺实践,都不能以疏狂奇谲涵盖其全部。徐渭尚有孜求中道的另一面相,这是我们全面了解徐渭亟需认识的"②。可以说,在众多"异端"者的身上,既有着激烈狂放,也有着中行甚而保守。③ 这看似矛盾,但矛盾本就是人性的底色,更是他们对所面临的问题自身的复杂与纠结的必然反应。

其次则是对自然人性论负面价值的严肃批判。有学人认为:

> 随着进步、开拓、追求而俱来的,又有封建性的糟粕与市民阶层

---

① 黄南珊:《以情为本 以抒情为宗——明清时期情理美学观组论之一》,《西南师范大学学报(哲学社会科学版)》1999年第5期。
② 周群:《徐渭文艺观的另一面相:中道》,《江海学刊》2015年第4期。
③ 有学者特别指出,"虽然有些放荡不羁的文人在努力践行'触情而忘性'的生活方式时,也曾追求过某些惊世骇俗的价值观,但绝大多数王阳明学派的同仁或追随者还是选择在婚姻的体制合法性内部完成'情'与'性'的调和"。她还特别提到李贽,认为其"对于十五秩序之'正'的关切,不亚于任何一个合格的儒学家。这个被学者们认为是反文化叛逆之人,同时也是情感道德操守最热切的维护者和尖刻的纵欲批判者"。详参[美]李海燕:《心灵革命:现代中国爱情的谱系(1900—1950)》,修佳明译,北京大学出版社2018年版,第34—35页。

的低级、庸俗和浅薄的纷陈杂现。在反对将文学变成封建道德工具的同时,又潜蕴着试图将文学纯粹作为个人遣兴消闲的玩物的同步逆动现象。其末流由此而步入了歧途,钻进了狭窄的胡同,给晚明文学带来了某种消极的影响。除此之外,还应指出,将"真情"作为文学批评的首要和唯一的标准,显然是失之偏颇的。因为"真"的未必就是"美"的。人的情感有高尚卑下之分,博大狭隘之别。只承认感情的"真"即为上乘之作,就有可能沉渣泛起,鱼龙混杂。各种丑恶的东西便会借着合理的外衣而浮现于世、充斥于文坛。但是,我们并不能以此而抹煞产生于明代后期的这股重情思潮的历史功绩。①

论者虽总体上对此一思潮持肯定态度,却也毫不回避个中问题,而"低级、庸俗和浅薄"云云,也的确切中时弊。尤为难得的是,他还特别甄别了"真"与"美"之别,而这正是我们昔日考察这一话题时所忽略的。所谓"革新派"之失在于此,而所谓"复古派"之得或也在于此,诚如有学人所指出的,"如何使诗既'真'又'美'成为明代中后期诗论的思考重心之一"②。关乎此,下文还有专门探讨。

再次,有学人不但要揭示缺失,更要追究其原因,认为:

> 晚明社会思潮是以赤裸裸的纵欲主义作为思想武器来对抗传统封建伦理道德价值规范的。把追求自身享乐及其满足看作人生目的,忽略了人生责任和对自身价值的追求,实际上倡导了一种享乐主义、纵欲主义和极端个人主义的颓废生活方式。……如果说禁欲主

---

① 李建国:《"理"的毁弃与"情"的张扬——兼论晚明的尚情思潮》,《西安外国语学院学报》1994年第2期。
② 邵晓林:《明代诗论求"真"观念研究》,《中南大学学报(社会科学版)》2018年第3期。

义是对人性的异化，那么以纵欲为思想武器的晚明社会思潮则是对人性的另一种扭曲，而不是张扬。同时也说明，晚明社会思潮对人、对自我的审视，还仅仅局限于自我意识的觉醒，而没有上升到主体意识层面上。赤裸裸的个人主义、享乐主义，对感性欲望的极端颂扬，一旦作为一种文化精神、一种大众思想加以表述和倡导，并作为斗争的唯一思想武器，其消极性不言而喻。①

类似表述时下也颇为流行，相关思考自有其合理处，但可能的问题也当引起重视。一是"赤裸裸的纵欲主义"之类表述显然不尽合理，此外，关于这一话题的大量表述，无论是肯定抑或否定，都不免言过其词。究其原因，多半是由于论者未能紧密结合历史语境与实际话题，做出审慎而客观的研判，反倒想当然地任凭情绪发酵。再者，论者的立场无疑是当下的，思维方式是现代的，将纵欲视作"另一种扭曲"，认为晚明思潮"没有上升到主体意识层面"，这些看法自然有其道理。但借今衡古，依凭超出古人认识水平的标准进行裁断，特别是给予严厉批判，难免少了些同情之理解，且高高在上的姿态，显示出浓重的旁观色彩。与上述状况类似，同样忽略或无视了当时的实际语境与复杂因素，未能就事论事，一应结论的有效性因此受损。

　　以上不避烦琐，大量征引学人论断，只是想要说明一点，即我们以为的那些"定论"实则早已受到了大量挑战，虽然各方论者的立场、视野及观点存在各种不足，但他们无不从特定角度揭示了晚明"自然人性论"的缺失。但奇怪的是，尽管"反对"声音如此充分，我们的既有印象却很少受到影响。于是一方面大量学人延续既有思路，对相关"定论"进行更为深入

---

① 成淑君、张献忠：《晚明纵欲主义社会思潮的历史反思》，《天津社会科学》1999 年第 5 期。

细致的辩驳,成果迭出;另一方面,我们对研究突破置若罔闻,仍在陈陈相因,肆意征引所谓"定论"。可能的原因有二:一是学人虽有质疑,但在整体描述时,仍首先要在总体上对"积极"面予以肯定和褒扬,譬如上引文在大量反思后一定要强调"我们并不能以此而抹杀产生于明代后期的这股重情思潮的历史功绩";有关局限的认定于是被置于较为次要的层面,无形中给人可以轻视、忽视的印象,自然不能引起"轰动",无法引发观念层面的调整,主流论调仍旧为积极昂扬所把控。与此相应,这种看似辩证客观——既反思负面因素,又从根本上肯定积极因素——的态度,往往在不自觉间成为一种价值判断或研究立场,带入具体对象中,一个突出现象即为对部分文人转向复古思潮表示遗憾,这恰好也是"复古—革新"模式的应有之义。但正如前文已然清楚辨析的,我们是否需要对此表示遗憾?更不必说不少所谓"遗憾",全属后视之"明",不见得合乎历史。二是相关判断多少仍带有一定的"随意",并无学理层面的细致剖析,特别是与西方文艺复兴思潮等的比较观照,往往只是现象层面的简单类比,缺少厚重与深入。关乎此,前文已有辨析,兹不赘述。就此来说,所谓"自然人性论",置入晚明诗学现代阐释的总体框架内,并未产生太多新鲜内容,凭借这一学说,也无法对当日的复杂现象进行合理界定与客观评判,我们实在不必空守此等教条陈说。有关情感的探讨应突破既有窠臼,另觅他途,至少不能拘泥于此。

既然提及自然人性论的话题,不提及章培恒及其相关成果似不完整。其与骆玉明合著之《中国文学史新著》(以下简称《新著》)明确强调:

> 中国文学从上古至近世的整个演进过程原是必然要导致这种追求"人性的解放"的文学的形成的,西方文化的影响只是加速了它的出现而已。作为这种必然性的内在动力的,是马克思早就阐明过的

人类本性及其体现于各个时期的具体的人性。至于此种内容之得以在文学领域内具体呈现，则有赖于文学形式的不断演进。①

学人充分认识到，"对人性的强调与张扬是章编文学史区别于以往文学史著作的最大特征"，且其所标举的"人性"有明确内涵，"并不等同于中国传统哲学中的'人性'这一概念，而是指'人类本性'或'人的一般本性'"②。虽有人对此处理方式提出了质疑③，但这一新模式对文学史的阐释和解读，却为我们提供了理解晚明的新视角，且对当下的某些"定论"有重要参照和反思意义。依照《新著》的立场，章氏已将"人性"视同人的基本特质（或者说，这就是章氏的基本立场），且自始孕育，并随历史变迁而同步演进，如此则在一定意义上剥离了我们刻意赋予"人性"的特殊性。将"人性"泛化，或许不能切中特定时代的特殊内涵，但却为文学史研究提供了必要且可贵的宏观考察视角，由此能够发现文学演进脉络的共性特征，避免刻意探求"异"而忽略"同"。有关晚明的称誉，便没有了一般所以为的"特异"色彩，尽管其较之以往突破极大，但并非"质"的变化，而是"量"的累积，始终未曾背离历史发展的一般规律和常态轨迹。

由于视角的转换，他们对于"复古—革新"模式有一定程度的扬弃，意识到了"新""旧"思想间的复杂关联。前已提及，以《李梦阳与晚明文学新思潮》一文为代表，章氏有融合复古与革新之企图，《新著》中则多有与

---

① 《增订本序》，载章培恒、骆玉明主编：《中国文学史新著》（增订本第二版）上卷，复旦大学出版社2020年版，第2页。
② 孙明君：《追寻遥远的理想——关于20世纪〈中国文学史〉的回顾与瞻望》，《北京大学学报（哲学社会科学版）》1997年第1期。
③ 譬如有学人指出，"章先生关于人性问题有四个看法是我所不敢苟同的。第一，他把文学中所表现的人性看成是人的一般本性，而忽略和部分否定了特定时代不断变化着的具体性，以及约定俗成对具有民族特征的特定情怀的倡导等社会因素"。详参朱杰荣《论中国文学与文学的发展观——就〈中国文学史·导论〉与章培恒先生商榷》（《江淮论坛》1997年第1期）一文。

该文互相发明处。譬如论及弘治至嘉靖中期的文学发展状况,认为"文学是在复苏的基础上稳步地进展;在嘉靖前期虽曾一度遭到唐顺之、王慎中等的反对,但经过李攀龙、王世贞等人的努力,文学仍然按照原来的方向行进",并郑重声明,"这一运动所借以号召的复古,虽不无流弊,但当时在复古的口号下包含着对于真情和真人的追求,因此,这一运动的主要方面是积极而有益的,为晚明文学新思潮的出现奠定了基础"①。论及李贽时也特别指出他的"这种思想在明代中后期并不是突然产生的,在他以前已有了若干类似的思想成分。……(李梦阳、唐寅)总之,从进入近世文学复兴期以来,异端思想就在逐步成长,至李贽而集其大成"②。这是揭示"旧"中所含之"新",又有总结"新"中所涉之"旧"。譬如袁宏道,其后期的"性灵说"可谓是"以'澹'为实际内容,甚至与宋代理学沆瀣一气了";再如汤显祖,"这与袁宏道的后退几乎是同步的。只不过汤显祖的后退的完成在万历三十年,较袁宏道略迟而已"。③ 诗文、戏曲如此,小说亦然,譬如"'三言'之所以能具有不少有趣的故事,首先在于作者、编者对传统道德观念的某种程度的漠视。不过,他们到底是生活在封建社会后期的人物,不可能完全摆脱封建思想的束缚。所以,'三言'中也有一些纯从传统观念出发的作品"④,可见类似倾向系普遍存在。此外,他们对于新思潮也并非一味肯定,同样清晰认识到了其不足,仍以李贽为例:

> 以李贽为代表的异端思想,在当时虽能引起人们对现存制度及社会规范的怀疑,却还不可能设计出新的、切实可行的制度及相应的

---

① 章培恒、骆玉明主编:《中国文学史新著》(增订本第二版)下卷,复旦大学出版社 2020 年版,第 63 页。
② 同上书,第 55—56 页。
③ 同上书,第 60 页。
④ 同上书,第 222 页。

社会规范,从而不可能以新的办法来解决社会危机。而按照传统的办法去解决,那就首先要求统治阶级中人自觉地把群体利益放在第一位,同心协力去克服困难;同时也要求人民驯服地接受统治,作出牺牲,至少不要捣乱。而以李贽为代表的异端思想(以及与这种思想相关联的文学作品)不但不能起到这样的作用,还可能产生负面效应。因此,关心国计民生的士大夫也愈益感到这种思想是要不得的了。①

认可晚明思想中的异质成分并给予表彰是一回事,如何综合评价则是另一回事。持早期启蒙思想的学者极为乐观,但此处则相对消极,由此导致了他们对历史走向的判断产生重大分歧。

上述发明无疑仍存在局限,譬如说既已认识到思想发展与社会、经济因素相协调,为何此处对袁宏道的转向强烈不满?说到底,研究者对于"革新"思潮过度偏爱,总是将其视作历史发展的必然方向,故而在梳理历史轨迹时,不自觉间带入个人倾向。但既是"现代"阐释,必然要带入当下或现代视野,预存立场因之难免,连带会产生系列后果。为了尽量避免可能的偏狭与遮蔽,我们当具备贯通视野,即从内在理路入手,探求个中轨迹,挖掘古今文人在自我意识层面的共通性与相似性,较之所谓"突破"显然更为贴切。但需警惕的是,这"内在理路"仍属今人立场,预设了后视之明,会否存有偏颇?譬如说,为了构建"社会—人性—诗文"演进史,便多有主观性选择,个人倾向过于突出,难免有所遮蔽和扭曲。一应难题似乎又回到了起点,实则也不必过于悲观,只要处理得当,排除以今论古或借古证今等偏狭思路,从整体的历史发展脉络中观照对象、抽绎线索,角度

---

① 章培恒、骆玉明主编:《中国文学史新著》(增订本第二版)下卷,复旦大学出版社2020年版,第61页。

更多、层面更广,结论也将最大限度地接近历史的真相。

此外,我们更应该意识到,《新著》不仅强调"人性",也强调"形式":

> 我们的基本写作原则——文学的发展与人性的发展同步,文学内容的演进是通过形式的演进而体现出来的——固然一如既往,但也对自己提出了新的要求:尽可能地显示中国文学的前现代期所出现的与现代文学相通的成分及其历史渊源。①

于是,较之于传统的关于"自然人性论"的考察,他们突出强调了"文学"本位。前文已有对文学与思想研究分野之梳理,《新著》强调紧扣文学作品,尊重文学规律,有效避免了落入思想史考察的窠臼,所得自然更为辩证、全面。譬如其论李梦阳,意识到:

> 嘉靖时期在文学上面临一个既坚持表现真情、真人,又克服上述负面现象的任务。然而,李梦阳的张扬真情、真人是打着复古的旗帜的,由于历史的惰性,这旗帜不可能立即抛掉,从而为完成上述任务带来了很多困难;何况艺术上的创新本来也离不开对前人经验的吸取,要划清创造性的继承和拟古的界限却并不容易。②

这一兼顾的立场与视野,才是《新著》最大的特色与成绩,也是对于我们最为重要且有效的方法论。

---

① 《增订本序》,载章培恒、骆玉明主编:《中国文学史新著》(增订本第二版)上卷,复旦大学出版社2020年版,第1页。
② 章培恒、骆玉明主编:《中国文学史新著》(增订本第二版)下卷,第92页。

第二节　情感论考察视野之明确

"情感论"是贯通有明一代的核心议题,至晚明尤著,诚如论者所说,"在当时文坛上掀起了一场狂飙突进的文学革新运动,形成了一股声势浩大的主情思潮,流波所及,一直延续到清代"①。此类论断于着力彰显的同时也造成了两重遮蔽:一是考察主体多限于所谓革新派文人,而对七子派及其余裔的一番苦心有所忽略;二是考察视野多专注于思想(史)层面,所谓情理关系的颠覆、欲望的张扬以及解放云云,莫不如此,至于文学立场则不免缺席。某种意义上,这二者可谓前后关联,譬如七子派情感论的被遮蔽正是因其偏于文学立场所致。郑利华对七子派诗学的理论特色有一总体评价:

> 若从以前后七子为代表的明中叶文学复古思潮的兴起及发展趋向来考察,相对于传统意义上的文学功用主义立场,更注重从诗文本体的层面尤其倾向从技艺性的规则或方法的角度,探究其艺术经营之道,在某种意义上,成为了这股文学复古潮流的基本取向,由此也显出它的超越传统功用主义的一种文学技术主义立场。②

换言之,七子派于形上思考少有倾心,一应探讨始终不脱离对具体创作问

---

① 洪涛:《以情为本:理欲纠缠中的离合与困境——晚明文学主情思潮的情感逻辑与思想症状》,《南京大学学报(哲学·人文科学·社会科学版)》2009 年第 4 期。
② 郑利华:《积学、精思、悟入:后七子诗学理论中的创作径路与境界说阐析》,《求是学刊》2010 年第 4 期。

题的考察,情感论也是如此。偏于文学视角,又强调师法古人,相关言说不免多局限在传统框架内,少有突破与激昂,自然难以获得足够关注与大力表彰。

回归历史语境,这一较为"偏颇"的研究立场似理所当然,因为无论是彼时情感论发展的特点及趋向,还是当日情感论的核心价值,都已有所偏离或转向,"当主情论者将'情'确立为人和世界的依据目的时,就已经越出了文学的边界,显示了这不是一场单纯的文学思潮,更是一场社会革新思潮"①。但此处我们应有两点必要的警醒。其一,针对情感的探讨尽管存在多重视域且具有明显而强烈的现实指向,但无论如何"越出",文学观照始终是其重要目标之一,很多时候更是其立论起点所在,越界后形成的主张也每每要落实到文学层面并借助其来扩大影响。就此来说,那些看似不够"进步"也少被"提及"的文学表述实则发挥着重要而关键的作用,既有的忽略无疑是一种巨大的遗憾和缺失。

其二,前文已有申明,文学家与思想家毕竟肩负不同的使命,进而造就异质的思考方式,哪怕是在同一人身上也会显示出明显差别,这就意味着两种立场不可随意混同,更不能轻易取代。当我们考察文学命题时,断不可仅仅留意于思想层面的突破与超越,而忽视了文学自身的特点与规律,甚至以思想标准凌驾于文学之上。譬如说李贽及其情感论述因所谓"反封建""离经叛道"的色彩而广为人们重视,不可否认,其思想,尤其是与文学相关的《童心说》《杂说》等文章中提出的观点,"主要是真情的表现(真情的自然而然的宣泄)"②,对晚明乃至后世的文学创作产生了极大影响,学人论之已详,此不赘述。但应留意的是李贽的身份始终是一思想

---

① 洪涛:《以情为本:理欲纠缠中的离合与困境——晚明文学主情思潮的情感逻辑与思想症状》,《南京大学学报(哲学·人文科学·社会科学版)》2009年第4期。
② 许建平:《李贽思想演变史》,人民出版社2005年版,第377页。

家而非文学家。在万历二十年(1592)前,文学在李贽的心目中不过是一件末事,与生死大学问了无关涉。其后他因认识到"文学即道",才会有上述几篇文章的撰就,但"《童心说》思考更多的问题是人生问题,至少是用世间万象说明童心,也以童心解释人生现象"①,因此,"所谓李贽的文学思想是李贽心学思想的组成部分,说得更明白点就是将心学之原理用之于对文学的思考之中而形成的童心文学观"②。职是之故,虽说它对包括文学在内的广泛领域产生了深远影响,但因并非立足于文学本位的积极探索,终究只是呈现为模糊的观念性样态,少有对创作规律,譬如如何处理感情等具体问题的细致探讨。结合其具体的文学批评实践来看,黄仁宇批评他:

> 在接触小说的时候,他所着眼的不是作品的艺术价值和创作方法,也就是说,他不去注意作品的主题意义以及故事结构、人物描写、铺陈穿插等技巧。他离开了文学创作的特点,而专门研究小说中的人物道德是否高尚,行事是否恰当,如同评论真人实事。③

就其《忠义水浒传序》的内容来看,此论倒也诚非虚言。与此相对照,七子派文人的情感理论多是来源于创作实践和理论反思,因而更具体,也更显实用性和针对性,理当予以充分关注和体察。

总的来说,明代诗学情感论发展逻辑的显著特征在于,无论尚情抑或重理,一应认识往往深受特定的政治形势、社会思潮及其影响下的士人心态影响,系有为而发,不得不然。笔者曾有如下认识:

---

① 许建平:《李贽思想演变史》,人民出版社 2005 年版,第 280 页。
② 同上书,第 294 页。
③ 黄仁宇:《万历十五年》,生活·读书·新知三联书店 2004 年版,第 220—221 页。

明人对于"情"的认识在情、理二端时有偏重,但"情"毕竟是文学之本,出于对文学特质的尊重,他们论文的根本理想在于寻求情理融合,七子派尤然……若仅以观念的"先进"与否作为准绳而忽视整个时代的发展特点,尤其是忽略时人的生存境遇无疑有失公允。①

换言之,对明代情感论的评价,应充分考虑并尊重当日的历史语境及时人心态,给予同情之理解,而不能过度投射"现代"意识,屈古以就今。以上可谓辩白,廓清了古人之立场及用心,此外尚需发覆,即结合其诗学之特色——所谓"技艺性"——充分展示其情感论之内涵及价值。

七子派诗学之核心,一为情感论,二为格调论,二者可谓互相依存,故论者谓"前七子的格调说是与情密切联系着的",但格调论向遭非议,情感论既与其关系紧密,便顺理成章地"分享"了种种批判。依照论者的看法,将情感论与格调论相关联,系七子派想当然的主张,这两种理论间存在巨大分歧,实在难以融合,"七子派法式古人,却忘了诗的根本,只摹仿古人的格调便失却真情,而古人之诗是本乎情的,如'设情以为之',就不是真正的诗,所以说'诗之实亡矣'";换言之,"对情的强调,势必导致格调说的瓦解",这一趋势不可逆转,在论者看来,哪怕是七子派,其"内部也已发现重情是与标举格调相矛盾的"。② 这一点于史有征,首先是"因情立格"说提出,这"实际上是对李梦阳格调说的重大修正",延续这一思路的必然发展,便是"后七子的后学、王世贞之弟王世懋终于提出:'本性求情,且莫理论格调'"③。与此同调者甚多,多半指责七子派强以格调牵制性情,以

---

① 参拙文:《心态律动与文学本位:明代诗学情理关系发展脉络之审视》,《华夏文化论坛》2018年第1期。
② 蔡锺翔:《明代哲学情性论的嬗变与主情论文学思潮》,《中国哲学史》1996年第3期。
③ 同上。

致文袭情伪。但类似说法或对古人观点的理解有误,或是考察立场不够全面、辩证,有待廓清。

就前、后七子而言,如果搁置具体观点的差异,其情感论主要体现在两个层面,即伦理道德和艺术审美。他们对理学思潮广泛流布于文学领域后产生的诸如台阁体、性理诗这类空谈义理之作深为不满,试图予以反拨,于是转而强调"情感"在创作中的重要地位。他们在论及诗歌应当重视情感表现时,每每会提及《乐记》和《诗经》,尤其是后者中的"风"诗。《乐记》强调"凡音之起,由人心生也","唯乐不可以伪",所以陈文新指出"对'音'的重视与他对作者的真实感情的重视是联系在一起的"[①]。换言之,他们突出"情"之意义,强调的是一种真挚自然、富于活力的真情实感,且此种情感的流露具有特殊的美感。与此同时,他们笔下也时常会提及观风、采诗传统,《乐记》本身也带有政治教化方面的色彩,故而他们同样重视文学作品"兴、观、群、怨"的现实作用,寄望其有益于世道人心的社会功能,只是相比于"性理诗"等创作,他们充分考虑到了艺术性和情感性,避免诗歌成为理论教条的简单图写。

尽管有着对于"真"的积极探求,但严格来说七子派对于情之内涵的考察或者说思想层面的考量并不过于倾心,上述立场其实不过是沿袭前人的老生常谈。与他们的诗学特征相一致,其主旨仍更多指向技法层面,即有关创作问题的考察,正如论者所说,"在李梦阳等人的意识中存在充分的'重情'观念,以及由此而来的对诗歌创作理路的合理设计"[②]。对于理学思潮泛滥的排斥以及政教观念的吸收最终都要回归这一基本前

---

① 陈文新:《明代诗学的逻辑进程与主要理论问题》,武汉大学出版社2007年版,第123页。
② 段宗社:《李梦阳"重情"诗观评议——兼论七子派评价中的一个缺失》,《学术论坛》2016年第1期。

提，七子派对此有着明确表述。首先是对《乐记》《诗经》的"物感说"和"物以情观说"的继承，进而强调"情为诗本"，类似言说甚多，如李梦阳就称"遇者因乎情，诗者形乎遇"，"忧乐潜之中而后感触应之外"。① 其次也是更明显地体现为对创作之"法"的细致考察。在他们看来，影响文学创作的因素众多，譬如李梦阳有"七难"之说，云"夫诗有七难：格古、调逸、气舒、句浑、音圆、思冲、情以发之"②，这一说法固然肯定了"情"在诗歌创作中的重要作用甚至绝对作用，但更关键的在于"情以发之"，即情的合理使用是保证其他各种因素得以完美融合，从而造就诗歌独特魅力和优秀品质的关键。除此以外，李梦阳还对理想的诗歌典范有明确表述，即：

> 辞断而意属者，其体也，文之势也；联而比之者，事也。柔澹者思，含蓄者意也，典厚者义也，高古者格，宛亮者调，沉着雄丽、清峻闲雅者，才之类也，而发于辞。辞之畅者，其气也；中和者，气之最也。③

此中涉及内容众多，可谓"格调"说之系统表述。前后对照，可见李梦阳既有对昔日典范之追慕，又有对情感作用之重视，依照他的看法，情感论与格调论乃是彼此融合，相互成就，并无龃龉之处，因为"复古运动的根本目的，就是为了恢复古典诗歌表达真情实感的优良传统及其他一系列审美特征……复古派强调复古与强调诗歌必须表达真情实感这两者是相互统一的"④。

相关思路在七子余裔处得到了进一步的拓展与发挥，他们依然强调

---

① 李梦阳：《梅月先生诗序》，载《李梦阳集校笺》，郝润华校笺，中华书局2020年版，第1680页。
② 李梦阳：《潜虬山人记》，载《李梦阳集校笺》，郝润华校笺，第1617页。
③ 李梦阳：《驳何氏论文书》，载《李梦阳集校笺》，郝润华校笺，第1918页。
④ 廖可斌：《明代文学复古运动研究》，商务印书馆2008年版，第117页。

对情感问题的重视，且与前人保持了高度一致，即虽然时时提及情、性情等话题，但注意点并非落在对"情"本身的探讨，他们所关心的仍是与创作紧密相关的内容，这一倾向尤其体现在对情感与格调紧张关系的调节上。

尽管七子派对情感与格调之融合怀揣极大热情及信心，但事实的发展却未能符合他们的期待，我们看到的更多是因拘泥格调而导致模仿剽剥、毫无个性等弊病，故而导致了论者的严厉批评。七子余裔生当其时，强烈而深刻地意识到了种种问题的存在，对此他们并不回避，且予以了系统反思。在他们看来，核心症结在于两点：一是后人在效仿七子、奉行"格调"论过程中带来的流弊，这一点前文已有说明；二是七子派"格调论"自身的理论缺失，此处可略作阐发。

有关格调论理论缺失的检讨，主要集中于视野和格局的狭隘，譬如李攀龙就"持论谓文自西京，诗自天宝而下，俱无足观"，取法的对象过于单一，且其所认可的文学风格也仅仅是高古等少数几种。在七子余裔看来，历代诗文创作都有其合理性和积极意义，诗歌风格也应该尽可能地多元化，但各人据以做出这种结论的理由却各不相同。在王世懋看来，"性情"是文学的本质，只要是描写"性情"的文学作品自有它存在的价值，更重要的在于他引入了"逗、变"的观点，指出文学依时代进行划分只是相对而言，其中仍存在诸多变数，譬如就唐诗而言，初、盛、中、晚之间的界限并非铁板一块，不可狭隘处置。李维桢则认为，前、后七子虽取得了巨大成就，但只是一专门名家，甚而大家如李杜，亦是如此，因此他呼吁世人当舍末归本，广泛阅读自三代以来的经典，融会贯通、兼容并收，从而可以自成一家。此外，他与胡应麟二人还有一个共识，以宋元诗为例，虽整体风格不高，但总会有一些特别之作具有相当的艺术水平，理当为我们所重视甚至借鉴，退一步说，即使宋元诗中多有体格卑劣之作，它们的不足也可以让人们引起警示。与此同时，为了扭转前一阶段的创作充溢因袭、模仿等弊病的倾向,他们鼓吹"独抒",强调"自运",高度重视并呼吁自我感受的抒发,在他们看来,"'性情'是以个性为前提,而决非雷同一律。一己之性情各各有别,从而形成了不同的风格……"①

以上主张看似有突破七子派理论框架,并向所谓革新派靠拢的趋势,但从本质上说,他们不曾背离七子派的核心主张,于反思与突破的同时,更有着坚守和传承,核心旨趣仍在实现性情与格调的协调。譬如胡应麟即认为"体格声调"这一提法本身就存在严重不足,因此他提出了"兴象风神"之说,对于文学创作提出了更高的要求。再比如说李维桢,将创作的核心要素归纳为"情、理、言、事"四端,通过对一般创作经验的总结,重新安置性情与格调的位置。所以有人认为"'格调说'的兴盛恰恰是在复古思潮走向成熟的后七子、胡应麟时代"②,是有一定道理的,故而其转变也只能理解为修正和完善,而不是摧毁。就有关情感论的考察而言,我们的主旨也不应在于先进与否的判断,关键是要落实到具体的文学命题中,结合文学情状和文学规律,进行切实分析。

第三节 "性灵"说新诠

与前人论诗的最大不同在于"性灵"一词在"末五子"论诗时得到了不同程度的使用,在诸人的笔下都能找到一定的例证,如:

> 其大旨要在陶写性灵,标举兴象,以自愉快,不欲以矫峻刻厉自见。(胡应麟《素轩吟稿序》,《少室山房集》卷八十一)

---

① 周群:《儒释道与晚明文学思潮》,上海书店出版社2000年版,第56页。
② 孙学堂:《对"格调说"及几个相近概念的省察》,《求是学刊》2004年第3期。

> 以世叔之诗挥洒性灵,淘浣风骨,思深以远,绪密以清……(胡应麟《瑞云楼稿序》,《少室山房集》卷八十二)
>
> 马使君德征吴人也,而诗非吴语,划削浮华,畅写性灵,流便而有则,丰赡而有骨,宏放而有致,若近而远,若小而大,若易而难,若下而高,若疏而密(李维桢《马德征诗序》,《大泌山房集》卷十九)
>
> 陈先生诗直抒性灵,不雕琢斫刻……(李维桢《陈计部诗选序》,《大泌山房集》卷二十一)
>
> 又况至人高士陶洗性灵而发之者邪!(屠隆《范太仆集序》,《白榆集》卷二)
>
> 夫文者,华也。有根焉,则性灵是也。士务养性灵而为文,有不巨丽者否也,是根固华茂者也。(屠隆《文章》,《鸿苞集》卷十七)

具体考察个人对"性灵"的使用可以发现:一则,虽各人都有使用,但频率却不同,相较而言,屠隆对"性灵"的使用要多一些,但考虑到"性灵"一词在使用时大都关涉到诗歌创作的根本问题,从上述引文中的"大旨""直抒"等词可见其重要,所以,我们并不可以根据使用次数的多少来判断其价值,而应同样地给予相当的重视,积极探索其中透露出来的信号;二则,"性灵"一语古已有之,且先不去考察它的历史渊源,就明代而言,正、嘉时期的文献中已零散可见,只是数量还比较稀少,且未能"上升为一种自觉的、具有惯常性的批评性用语",但其"已有后来性灵说所概括的若干意义征象"。[①] 在王世贞的笔下已有不少的"性灵"用语,王世懋则使用得更多,由此看来,"性灵"一词的使用也算是渊源有自,故而不能狭隘认为这就是晚明"新"思潮的产物,并机械夫寻找其中的关联,我们更需要的是

[①] 详参黄卓越:《明中后期文学思想研究》,北京大学出版社2005年版,第233—234页。

探讨时人使用这个术语的缘由以及理论源头。

"性灵"说的提出,其背后有着深厚的思想根源,牵涉佛学、心学、道家等思想的影响,学者对此已多有论述①,此不赘述,我们将重点关注作为创作指导思想和创作方法的"性灵说"的意义。"性灵"的提出与"情为诗本"这一根本的文学命题有着巨大关联,是对前人有关"情感"论述的深化与丰富;同时,它也直接促成了后人对"格调论"的反思,并从根本上提出了反思的目标与方向。

"性灵"一词的使用是与"性情"(或其他相关词语)的使用夹杂在一起的,"末五子"笔下有大量提及"性情"的情况,兹举数例:

> 然窃闻之诗以道性情,性情好尚辟诸草木,区以别矣。发而为诗,各得其性之所近,天籁万窍,纷然不齐,诗成而选亦各就其情之所好,非可强同也。(李维桢《选诗补序》,《大泌山房集》卷九)
> 故公诗本乎性情……(李维桢《马端肃公诗序》,《大泌山房集》卷十九)
> 诗本于情,发于景,好奇者求工于景所本无,求饰于情所不足,徇人则违己,师心则乖物。穿凿附会,若木偶衣冠形神不相系。(李维桢《龚子勤诗序》,《大泌山房集》卷十九)
> ……

这两个概念之间无疑存在差别(即使是在王世贞兄弟的笔下也是如此),众人虽不免时而将这两个词混用,但依然清楚认识到"性灵"这一概念的特殊所在。"性情"一词的内涵并不难辨别:或理解为"情感",或理解为

---

① 详可参周群《儒释道与晚明文学思潮》、黄卓越《明中后期文学思想研究》相关章节。

"情志",属于个人的感受、经验。使用"性情"(含"情")一词时,他们要探讨的是诗歌的本质问题。而就上述引文来看,凡有关"性灵"者,大抵是围绕着创作过程和创作效果而发。诗歌固然以情——并且是真情——为根本,但如何使此真情流入?如何使情感融入创作?这种融入要实现一种什么样的效果?他们有明确答复:为文要"不雕琢斫刻",要"流便而有则,丰赡而有骨,宏放而有致",这一切的关键即在于"直抒、抒写、挥洒、畅写性灵"。李维桢有一段话说得更为明白:

> 余窃惟《诗》始三百篇,虽风、雅、颂、赋、比、兴,分为六义,要之触情而出,即事而作,五方风气不相沿袭,四时景物不相假贷,田野间阎之咏,宗庙朝廷之制,本于性灵,归于自然,无二致也。①

《诗》既是儒家的经典,也是诗歌创作的典范,其之美即在于"本于性灵,归于自然",具体说来是要"触情而出,即事而作"。换言之,诗歌创作就是要处理好情与理、情与景、情与物、情与事等多方面的问题,使其能够得到真实、自然地完美展现,故有论者称"性情是诗的创作活动的来源,其灵妙的作用就是'性灵'"②。

进一步来看,有学者认为"当屠隆在逐渐形成三教合一的思想之后,他创造了一个融合三教的共同体'性灵'(心)"③,可见其认为屠隆的"性灵"指的是具有本体概念的"心",而李维桢亦批评"后世之为诗者,内不

---

① 李维桢:《王吏部诗选序》,载《大泌山房文集》卷二十,《四库全书存目丛书》集部150,齐鲁书社1997年版,第735页。
② [日]青木正儿:《清代文学评论史》,杨铁婴译,中国社会科学出版社1988年版,第123页。
③ 吴新苗:《屠隆研究》,文化艺术出版社2008年版,第107页。

根于心"①,谈论诗歌创作也在强调一个"心"字。如此说来,性灵当根之于心,所谓"本于性灵",实际是发挥"心"之功能,或如黄卓越所言,"性灵"系指"心性的能指结构"②,这正是上文所说的"内省"倾向的最突出表现。"性灵"是主体本身所具有的,它的发抒是自然、自觉,不假外力的,因此,不仅"性灵"的目的在于自然,这一过程本身就是自然而自觉的。

"性灵"说的流行是晚明思潮中的一个重要现象,论者每以此来理解后期七子派与"革新派"的关系及其在晚明思潮中的地位,但所论不免偏颇,有些问题需予以澄清。就"性灵"一词的使用及盛行情况而言,黄卓越指出:

> "性灵"并非袁宏道文艺思想的主要标识,更非由其独创,也非由其致力阐释而得以流行于世的概念。在此之前,大规模使用并于各个角度举其要意的是屠隆,并由此而对袁宏道等形成了一定影响。在此之后,即新思潮于万历二十七年/二十八年转折之后,由宏道之弟袁中道对宏道的文学思想作了概括论述,进而才使"性灵"语汇逐渐成为人们对袁宏道思想的一种评估性概念。③

由此可见,就命名而言,从袁中郎的诗论到"性灵论"是有一个过程的,当然这是由于二者之间有深刻契合,以此来命名合理而自然。但龚鹏程指出的一个现象应当引起我们的注意:

---

① 李维桢:《寄声草序》,载《大泌山房文集》卷二十一,《四库全书存目丛书》集部150,齐鲁书社1997年版,第760页。
② 黄卓越:《佛教与晚明文学思潮》,东方出版社1997年版,第129页。
③ 同上书,第133页。

> 此一性灵说，在中国抒情传统里一直占有极重要的地位，且能表现中国诗文的根本精神。故一般诗论家并不特别标榜它，作为论述的宗旨；凡特别强调性灵者，必是别有用意，欲以此矫正时弊，故所言反多属一偏之义，非性灵说的全貌。①

以此来对照中郎诗论，确属实论。进一步来说，就一个范畴而言，其内涵既是确定的，也是开放的，学术背景等因素的影响往往极为深远。以"性灵"为例，黄卓越指出，在早期使用者中，"以颜之推与谢灵运两家观点最有代表性，恰好反映了儒、佛二者在不同立场上对其所持的态度"②，这种差别同样体现在本文所要探讨的对象身上：

> 王世懋受王学"狂者"精神的影响较深，将"性灵"与"湮郁"的情绪联系在一起；屠隆是著名的居士，他谈论"性灵"受到了佛学思想的影响而赋予其清空的特征；李维桢受传统儒学思想的影响较明显，主要从"事、理、情、景"的角度论"性灵"。③

因此，尽管是使用同一个范畴，他们也会根据自我的需要，对其内涵进行一定的改造与调整。故而，在表面的相似——使用同一个范畴——之外，我们更多需要辨析其内涵的差别。

具体来说，今可将"性灵"拆分为"性"与"灵"二字来理解，这二字既是"性灵"说的核心，也直接关涉理解"性灵"说的两个关键问题。所谓"性"所指当是"情"的问题，此中关涉"情"与"性"（理）的关系问题；而

---

① 龚鹏程：《中国文学批评史论》，北京大学出版社2008年版，第495页。
② 黄卓越：《佛教与晚明文学思潮》，东方出版社1997年版，第128页。
③ 周群：《儒释道与晚明文学思潮》，上海书店出版社2000年版，第61页。

"灵"则关涉作诗之态度及效果。就"情"之属性而言,晚明诸人的使用呈现出了明显的差异。至于"末五子",总的来说他们对于"温柔敦厚"的诗教有所突破,但这种影响是或隐或显始终存在的,在诸人的笔下,时有崇古尚雅之论;真正关键的是在创作方法方面,公安派提倡"不拘格套",即破除一切外在的陈规、束缚,否认前代文学的典范意义与效仿的必要。如袁宏道说:"大抵世上无难为的事,只胡乱做将去,自有水到渠成日子。"①又说:"至于诗,则不肖聊戏笔耳。信心而出,信口而谈。"②而"末五子"诗论的一个核心就是关于"法"的探讨,龚鹏程认为性灵说"会减低创作技巧在文学创作活动中的重要性"③,因此"末五子"的一个重要命题就是如何调和"法"与"性灵"的关系。王世懋曾有"本性求情,且莫理论格调"④之语,学者多有称引,以为此可见小美对"格调"论的背离和对"性灵"说的张目,并将小美视为由格调向性灵转变之关键,反对者则引小美其他论述指其未脱"格调论"之窠臼,众说纷纭,莫衷一是。后查清华对此有一番论述:

  "学"诗时"严于格调",可不顾及才情;"作"诗时全凭才情,暂不计较格调。因此,王世懋并没有否定格调论,更没有走向性灵说,他的功绩就在于:清晰地区别了学养和创作两个不同阶段,清醒地界定了诗人在两个阶段应分别把持的美学取向。⑤

---

① 袁宏道:《李子髯》,载《袁宏道集笺校》,钱伯城笺校,上海古籍出版社1981年版,第241页。
② 袁宏道:《张幼于》,载《袁宏道集笺校》,钱伯城笺校,第501页。
③ 龚鹏程:《中国文学批评史论》,北京大学出版社2008年版,第495页。
④ 王世懋:《艺圃撷余》,载何文焕辑:《历代诗话》,中华书局2004年版,第780页。
⑤ 查清华:《明代七子派对才情与格调关系的思考》,《学术月刊》2000年第9期。

从学习与创作两个阶段来理解,却也符合情理,但此论尚未完满,将"学"与"作"、"格调"与"才情"的界限设置得太过分明。历来论者往往罔顾全文,而只引末句,不免有断章取义之嫌,实际上"故予谓今之作者,但须真才实学,本性求情,且莫理论格调"才是作者原意,不可分割。其固然有"且莫理论格调"之语,但有两个前提——真才实学、本性求情。格调自须遵循,然非有才、学,实难认识其中真味,亦无由识得何者高、何者下,及其中高下之原因,既如此,先不必妄言评论,且守住两条,一则遍参、妙悟,识得其中真味,再者,诗之本在情,能有真情,再参以妙悟之体验,自可做出好诗,二者缺一不可。所谓不理格调,非是抛弃格调,而是若无二者做基础没法谈论格调,纵然谈论,也多为荒唐、无谓之言。此说或可解为融格调于性灵,以性灵补格调。"末五子"大多延续了这一思路,并以此作为对"格调论"进行调整的指导方针。

据此,我们可重新明确考察性灵说的基本立场与视野。或从一般性入手,认为"我国古代'性灵'理论丰富且历史悠久,从先秦时期'性灵'概念的萌芽到不断丰富发展,至清代袁枚明确提出'性灵说',形成较为完整的理论"[①]。或从特殊性立论,强调"'性灵'一语古已有之,并非明人的独创,但它通行于晚明,且成为最能代表晚明精神特质的一个文化批评概念,亦是毋庸置疑的事实"[②]。一般性的处理,或对特殊时期、特殊语境下的"革命性"内涵有所低估,但却在一定意义上充分尊重了文学传统,特别是对文学创作的基本规律有细致而周全地探索与观照。相较而言,过于强调特殊性,极易造成另一种意义上,或者说思维方式、问题意识的"泛化",即越出文学的基本畛域,完全变成了思想史命题的阐发,而忽略了具体的语境。当然,笔者此处并非要强行扭转时下的一般意见,刻意剥离

---

① 蒋振华、陈卫才:《"性灵"理论与金元时期性灵思想》,《中州学刊》2019年第8期。
② 熊江梅:《"性灵"内涵变迁的历史考察》,《湖南师范大学社会科学学报》2009年第3期。

"性灵"说的时代价值,只不过此类意见影响太大,几成铁律,遮蔽了其他的可能性,故而才不免以"矫枉过正"的方式,引出其他的立场,此其一。晚明时期流行的性灵说与王学思潮存在密切关联,关乎此,学人多有精妙剖析,但哲学思想层面的"性灵"说或有复杂内涵并充满分歧。落实到文学层面,基于文学传统以及创作规律等因素,"性灵"说难免会化繁为简,剥离复杂的理论言说,并结合文学探讨的基本语境和话题,展现出不一样的面貌。诚如有论者所说,"所谓性灵,虽然与心学的良知有千丝万缕之关系,但是其最根本之处是情感的真实",这一判断未必完全准确,但它所揭示的道理,即思想命题落实到文学层面后发生的简单化、类同化,却是不争的事实,此其二。宽泛地评估都难免蹈空,不妨结合具体命题,做有针对性的研判。

性灵说是晚明诗学中极具显示度的重要话题,从其最具"颠覆性"的层面来说,当然是在对"情"的不同理解上,诚如学人所说,"晚明性灵说主要是在与情感说的交叉穿行中呈示其历史运行轨迹的,其概念内涵虽几经变迁,但却均已大大突破了正统性理观所能容忍的最大界限,括入了对自由精神的莫大允诺,正是在这一意义上,'性灵'一语成为晚明文学思想最具创意性的概念和最重要的收获"①。但性灵说在晚明的光大虽与公安派直接相关,却不应将其视为公安派的独家之秘或专属之物。性灵说古已有之,且形成了悠久传统,其间孕育的复杂内涵在流布过程中虽时有损益或扬弃,后人(包括晚明文人在内)不会也不能彻底抛弃。公安派的创获,是凸显与增益,而非另起炉灶。故而性灵说讨论的重心虽落在公安派处,却也不能只专注于这一重视野,否则只看到了当代之"新",却忽略了传统之"旧"。从后七子到公安派,不能只看到从主情到性灵的过渡,

---

① 熊江梅:《"性灵"内涵变迁的历史考察》,《湖南师范大学社会科学学报》2009年第3期。

即所谓个性的解放,也应注意到某些层面的一致与传承,特别是在创作层面。这不仅是基于对文学传统的尊重,更是当日文学现场的客观现实。众所周知,王世贞、王世懋、屠隆、李维桢等多人皆就"性灵"有过阐发,多人智慧的集聚,才形成了性灵说的洪流,不论基于何种立场和标准,都不应将他们随意忽略,至于视作"反面"经验予以批判,更属不当。他们对于"性灵"的理解和阐发蕴含着个人关于文学的独到思考,将其与公安派的学说予以对照、比较,方能对晚明诗学的面貌有更为完整、系统的认识。

文学创作的核心探讨,删繁就简,可归之为"写什么"及"如何写"。公安派对"写什么"提出了具突破性看法,连带"如何写"亦发生巨大变革,所谓"纵口纵心""宁今宁俗"云云。但一味背离传统将陷入道德滑坡的境地;无视规则与技巧,完全依凭个人喜好,看似超拔、高妙,但也仅限于理论层面的耀眼,难以践行到具体实践中。① 公安派及其后学的流弊多源于此,而王世贞以及七子派的"缺陷""矛盾",又或者说"进步"得不够彻底,也多半源于此。关乎此,后文还有具体分析。

---

① 与此形成对照的是,同样被视作"性灵"说的代表人物,且被视为公安派理论后续者的袁枚,则"从理论观点上……把'灵机'归结于一种天赋性情所自然发出的东西。但面对具体的创作问题时,袁枚也不讳谈后天之学,对诗格、诗法也颇有独到见解,这是作为激进主义诗论家的袁枚的复杂性所在,也是最值得回味和探讨之处"。详参段宗社《"性灵"说与诗法论——论袁枚诗学的综合向度》(《陕西师范大学学报[哲学社会科学版]》2012年第1期)一文。

第七章 文学与思想：
晚明诗学理论价值重估（下）

第一节 "过程史"的意义

有明一代，流派纷起，学说多歧，彼此间的辩驳论争此起彼伏，其中又以晚明为甚，过往学人举其大端，名之为"复古—革新"演进史。此间种种，早已详载典册、影响深远。但诚如前文辨析，回归历史现场，这一"定论"实在有接受检验与质疑的必要。一个重要原因即在于此类"定论"非理所当然之物，而系在历史演进过程中不断得以丰富与完善，且为了契合特定目标，不断抽绎、变形和重组，作为"结论"固然鲜明，却因注目现实诉求，脱离具体语境而失去了其丰富与多元，所谓的正确与合理也多少要打些折扣。

蒋寅曾倡导进入"过程"的文学史研究，其中提到，"古典诗学是一直处在动态发展中的，若不在具体的历史过程中把握其运动轨迹，就会遗失其具体语境下的所指，使历史上的概念、范畴和理论命题丧失其丰富的内涵和实践意义"[①]，此一主张对我们深有启发。历史发展并非单一、单纯

---

① 蒋寅：《王渔洋与康熙诗坛》，凤凰出版社2013年版，第4页。

轨迹,与此相呼应,对相关对象的认识和评价也应呈现出多元面貌。具体到晚明诗学的研究语境,当留心以下二端:一是要重视诗学命题形成的历史语境及现实考量。譬如说有关秦汉派与唐宋派的问题,顾名思义,所谓秦汉派以秦汉文为师法对象,而唐宋派则推崇唐宋文。但无论是唐宋派还是秦汉派,学人已然发现在这清晰却又不免简单的概括背后,遮蔽了各自内部的复杂情形,且我们重点关注的只是某一阶段的稳定情形,各自视域的动态变化未能得以彰显,学人经细致辨析,已然发现彼此间的种种分歧与差异。如此一来,所谓"唐宋派"或"秦汉派"岂不面临消解?但我们需要注意的是,今人面对且试图研究的是已被定型的"唐宋派"或"秦汉派",既是一"文学流派",自应有明确的定位、完善的主张,但对于古人来说,他们未必具有清晰的"流派"意识,或者他们未必会将诸人的观点进行通盘考量进而确定他们之间的复杂联系。他们之所以日益倾向于将相关文人并提往往看重的是他们的某个(些)重要论断,如取法唐宋或追慕秦汉,而这可能只是一种态度,至于各自背后的诸多差异则存而不议。换言之,他们只注重大旨,而淡化个别。今人的研究取向与时人动机存有此等差异,在处理对象时应有清晰认识,并适时调整自己的研究思路。二是要关注诗学命题流布的历史轨迹与当代变形。仍以唐宋派为例,秦汉文与唐宋文之争自明代中期发端,直至明末仍有回响,交锋的中心话题虽相对稳定,但彼此的宗旨、动机及诉求却多有不同。秦汉派的情况可能相对单纯,至于唐宋派,依笔者之见,当有"唐宋派"与唐宋派之区分。前者特指王慎中、唐顺之、茅坤等人,后者则泛指一众推崇唐宋文者。后者的文学主张看似承袭前者而来,但他们继承并推广的内容不只是对前者理论的直接袭取,更是经自我吸收后的转化与新生,与"本来面貌"多少有些差异。过往学人向来重视"本来面貌"的辨析,却对其埋解和接受过程少有关注,至少未从贯通视角考察其流变与影响,依照"过程史"的理解,将视野延伸至后学的"接受"环节,特别是他们对前人主张的继承和深化、调整与扬弃,既可丰富我们对于"唐宋派"理论主张之意义及价值的理解,也有助于了解旧命题如何成为新概念,并积极应对时代命题,开创诗学新格局。

推而广之,我们在考察一应命题时都应有此种自觉。师古与师心可谓晚明诗学中最为核心和重要的命题,现今的结论自然是明确的,但将此二者对立观照,并把相关对象、观点及评判纳入不同"标签"名下,显然是后人(部分人)有意整合与归纳的结果,它代表了一种倾向,却并非全部视野。就晚明诗学史研究而言,我们固然需要明确和清晰,但应充分观照多个面向与多种可能,且一应结论需建立在细节丰富与脉络多元的基础上。职是之故,复古与革新自身的多元繁复需获得充分重视,举凡其孕育背景、思想内涵、理论价值等等,都应结合特定的时代、经历、文化等多种因素,充分揭示其复杂面貌,特别是在流布过程中或自觉或被动地调整,如此方能对其"全貌"有深入之认识。

第二节 "第一义"学说与晚明诗学

过往研究虽有对师古、师心的细密阐发,但多半是就其具体主张和特定背景立论,贯通考察理论传统、问题意识、思维方式等话题,却少有超拔格局。因此我们当拓宽研究视野,一则拉长时间的线索,二则深入理论的背后,以期获得全新之理解。从根本上说,欲对师古、师心学说有全面之体察,需充分认识严羽《沧浪诗话》之意义,特别是"第一义"学说的深远影响。

一、接受与误解

胡应麟曾云:"严羽崛起烬余,涤除榛棘,如西来一苇,大畅玄风,昭代声诗,上追唐、汉,实有赖焉"①,对《沧浪诗话》的后世影响描述生动。当然,此种影响并不限于有明一代,方孝岳即认为"他这小小一部书,影响之大,令人可惊。从明朝李东阳及前后七子,一直到清朝的王士禛都跑不出他的门限,不过各人引申的说法各不相同罢了"②。学人对此显然是充分认同的,并曾对其间关联予以细致梳理。③ 具体到晚明诗学,若删繁就简,就大端而言之,"第一义"学说当是其中最具影响力的命题,尽管时人对它的态度或是认同,或是反感。众所周知,严羽以禅喻诗,标举"第一义",其旨趣在于:

> 学习的对象本身有高下之别,这种高下意味着真理性的高低,学诗者选择不同的学习对象,对于其所达到的境界具有直接的影响,换言之,学习对象的高下直接影响学习者水平的高下。④

七子派的诗学主张无疑深受这一观念的影响,所谓"文必秦汉,诗必盛唐"云云道尽个中滋味。郭绍虞即指出"第一义之悟,则又明代前、后七子所常言"⑤,具体来说,"论诗,空同并不专主盛唐,他只是受沧浪所谓第一义

---

① 胡应麟:《诗薮》,上海古籍出版社1979年版,第321页。
② 方孝岳:《中国文学批评》,文津出版社2016年版,第182页。
③ 详参陈伯海《严羽和沧浪诗话》(上海古籍出版社1987年版)、雷恩海《〈沧浪诗话〉与金元明诗学》(科学出版社2021年版)、朴英顺《严羽〈沧浪诗话〉及其影响研究》(复旦大学2000年博士学位论文)等。
④ 严羽:《沧浪诗话校笺》,张健校笺,上海古籍出版社2012年版,第15页。
⑤ 郭绍虞:《中国文学批评史》,百花文艺出版社2008年版,第317页。

的影响,而于各种体制之中,都择其高格以为标的而已……其论诗论文,全以第一义为标准"①,王世贞被其认为是"格调派之转变者",但是"关于第一义之悟,他是承认的,而且是赞同的"②。世人一般认为正是由于拘泥于"第一义"之窠臼,故而七子派视野狭隘,观念教条,以致因袭剽剥之弊肆意滋生,时人就已有如此印象:

> 自北地宗师老杜,信阳和之,海岱名流,驰赴云合。而诸公质力,高下强弱不齐,或强才以就格,或困格而附才。故弘、正自二三名世外,五七言律,往往剽袭陈言,规模变调,粗疏涩拗,殊寡成章。③

故而"第一义"学说以及复古之举广遭恶谥。

同样已被视为"共识"的,是"中郎之论出,王、李之云雾一扫,天下之文人才士始知疏瀹心灵,搜剔慧性,以荡涤摹拟涂泽之病,其功伟矣"④。而袁宏道的核心主张与关键诉求正可谓是对"第一义"的批判与突破,在其看来,"文之不能不古而今也,时使之也。……夫古有古之时,今有今之时,袭古人语言之迹,而冒以为古,是处严冬而袭夏之葛者也……古人之法,顾安可概哉!"⑤,古今皆有特定之"时",理当各适其宜,不能强行划一,盲目因袭更是百弊丛生。这一理论提炼显然具有充分依据,过往的文学发展历史充分印证了这一点:

---

① 郭绍虞:《中国文学批评史》,百花文艺出版社2008年版,第382页。
② 同上书,第390页。
③ 胡应麟:《诗薮》,上海古籍出版社1979年版,第351页。
④ 钱谦益:《列朝诗集小传》,上海古籍出版社2008年版,第567页。
⑤ 袁宏道:《雪涛阁集序》,载《袁宏道集笺校》,钱伯城笺校,上海古籍出版社2008年版,第709—710页。

> 夫法因于敝而成于过者也。矫六朝骈丽饤饾之习者,以流丽胜,饤饾者固流丽之因也,然其过在轻纤。盛唐诸人,以阔大矫之。已阔矣,又因阔而生莽。是故续盛唐者,以情实矫之。已实矣,又因实而生俚。是故续中唐者,以奇僻矫之。然奇则其境必狭,而僻则务为不根以相胜,故诗之道,至晚唐而益小。有宋欧、苏辈出,大变晚习,于物无所不收,于法无所不有,于情无所不畅,于境无所不取,滔滔莽莽,有若江河。今之人徒见宋之不唐法,而不知宋因唐而有法者也。如淡非浓,而浓实因于淡。然其敝至以文为诗,流而为理学,流而为歌诀,流而为偈诵,诗之弊又有不可胜言者矣。①

文中精要辨析了六朝以降诗歌创作的特征及得失,但其旨趣不限于单纯的褒贬评判,在中郎看来,不同时代皆有特定的文学发展境况及相应的文学演进趋势,进而形成了特定的创作思路与理念,造就了多元的创作面貌和风格,或法或变,或浓或淡,皆有其自足逻辑,不可一概而论、笼统视之。如此说来,每一创作个体最重要的任务便当是对当下及自我的明晰判断和客观追索,而非盲目效仿某一典范,这便在前提上否定了"第一义"的合理价值。不仅如此,他还消解了作为典范的盛唐诗的尊崇地位,所谓"盛唐诸人,以阔大矫之。已阔矣,又因阔而生莽",至于被视为批判对象的宋诗,虽流弊无穷,却并非一无是处,譬如欧阳修、苏轼这样的大家即"于物无所不收,于法无所不有,于情无所不畅,于境无所不取"。更重要的是,唐宋诗之间的关系并非如七子派理解的那样截然对立,历史地考察,"盛唐—中唐—晚唐—宋"这一长时段的诗歌发展历程正符合他所说的"夫法因于敝而成于过者也",宋诗依然从唐诗处取益良多,并在相当程度上实

---

① 袁宏道:《雪涛阁集序》,载《袁宏道集笺校》,钱伯城笺校,上海古籍出版社2008年版,第710页。

现了唐诗精神的延续与传承,所谓"不知宋因唐而有法者也"。如此一来,对典范的实质领悟便不能拘泥于部分特定对象,而应前后联通,把握一以贯之的内在规律,则取法"第一义"在具体层面的合理性与必要性也被推翻了。

两相对照,"第一义"自然更是难逃恶评。但以上论述看似明确清晰,就考察视域而言却不免粗疏,甚而某些"对话"是在错位的情况下发生,以致无论是对"第一义"学说的认识,还是对其造就的影响的评判,都存在诸多误会和曲解。

"第一义"学说与复古思潮紧密关联,二者既相互成就,也彼此伤害,很多时候,由于"复古"学说面临的种种恶谥,决定了我们对相关问题的考察难以突破或超越既定思路和范围。因此,想要实现对"第一义"学说与晚明诗学间复杂关联的多元认识,当从转变研究立场始。复古系明代诗学贯穿始终的重要命题,举凡兴起原因、内涵特征、利弊得失等问题,学人皆已有全面而充分的考察。但总体来说,虽不无肯定之词,却总会在模拟因袭、丧失个性等名义下予以严厉批判,特别是在与师心的对立中,师古更是被视为落后反动且必然被取代的对象。换言之,我们在考察师古与师心问题时,秉持的是对立(甚而"斗争")态度,如此一来,师古与师心间不存在什么内在关联(即相似性、延续性),也没有并置探讨的需要。但我们显然忽视了一个事实,即无论师古还是师心,都非凭空提出的理论,它们皆是针对具体的文学问题而发,且在一定程度上受到相同或相似的文学传统、社会现实、思想观念的影响,这就决定了他们之间必然会在问题意识、思维方式、理想诉求等方面存有一定的交叉,即使是那些批评言辞、对立态度,也意味着它们之间实实在在地存在"关系"。彼此间虽呈"替代"模式,也不无龃龉,却不应简单对立,或只重对立。从"思想"的角度出发,自可有进步或落后之鲜明判断与非此即彼的简单抉择。但就文学创作规律和演进历史而言，个中因素显然更为复杂而紧密，交锋并不意味着决裂，变化往往与继承相伴随，故而除了明显的差异外，依然存在难免的甚至必然的趋同①，我们对此多有不察，理当予以细致分析。

二、无奈与必然

究其实，"第一义"学说的丰富内涵中首先涉及的是对典范的仿效，如果换一种表述，这正是历来探讨甚多的模仿与创作的关联性问题。其中又可以拆分为两个话题，一是要不要模仿，二是如何确定模仿对象。就前者论，不论基于何种立场，就创作实际而言，似乎谁也不能否认这么一个前提，即凡论及诗文创作的法门时，起始阶段总免不了对特定对象的模仿。诚如李维桢所说，"昔信阳有舍筏之喻，盖既济而后可以无筏，未有无筏而可以济者"②。七子派既推崇复古之说，无论是为了正面立论，还是被动回应，都会对此一话题尤为重视，特别是到了明末阶段，在总结前人经验、反思现实缺失的基础上，七子后裔就师古与继承、模仿与变化、师古与创造等问题皆有专门细致的深入考察。即使是被人广为批评的"形式"

---

① 黄卓越即认为师古与师心二分，虽"有其易于理解的方便之处，也有一定的客观依据"，但若是极端化，"也容易造成简单化的判断，而忽视了文学思潮流动的非规则性、混成性等特征，比如，其中出现的诸如交叉、变异、汇同等的情况就很难在这种明切的归类中得到反映，而这些情形又随时大量地涌动其间"。但他认为"通过发掘被归类在师心派一脉中的人物对情感论的认同取向，除了能够展示在另外一条线路上对这一相同论题的呼应，也将使我们看到二大宗脉在对待具体问题上实际存在着的多方关联"，就此而言，其仍不免持"对立"取向。依照笔者之见，重要的不是分派，而是具体问题。文学史发展是随着具体问题的处理而展开，此中多有"交叉、变异、汇同"，因为在解决特定问题时难免需调动各种资源，这一过程绝非复古—革新的演进能够涵盖。载氏著：《明中后期文学思想研究》，北京大学出版社 2005 年版，第 225 页。
② 李维桢：《彭飞仲小刻题辞》，载《大泌山房集》卷一百三十二，《四库全书存目丛书》集部 153，齐鲁书社 1997 年版，第 695 页。

之模仿,他们也多有辩护与说明①,据此,清人有类同总结之声明,譬如姚鼐即称"近人每云,作诗不可摹拟,此似高而实欺人之言也。学诗文不摹拟,何由得入?"②相关言论甚多,兹不赘述。

既肯定了模仿之必要,自然要引出另一个重要话题,即模仿对象及范围之选择,其与"第一义"学说的关联似乎更大,影响及反响也更为深远。譬如说当我们论及七子派与"第一义"学说的关联时,首先想到的便是"文必秦汉、诗必盛唐",其中透露出了一个强烈信号,即学习的对象有特定范围,系基于一定标准筛选出的"典范"。追根溯源,相关意识在严羽处早有直接、明白表述,所谓:

> 夫学诗者以识为主:入门须正,立志须高;以汉魏晋盛唐为师,不作开元天宝以下人物。若自退屈,即有下劣诗魔入其肺腑之间;由立志之不高也。行有未至,可加工力;路头一差,愈骛愈远。③

李梦阳明显继承了严羽的主张,云"图高不成,不失为高,趋下者,未有能振者也"④,据此为其复古观点张目,自此以降,追慕者皆将这一信条奉为金科玉律。此等言论振聋发聩,但不由分说的价值判断和盛气凌人的强制说教或能产生震撼效果,却未必让人心悦诚服。譬如说,模仿为何要从最高典范做起?假使随意选择学习对象是否一定贻害无穷?诸如此类的问题难保不会令人心生疑窦。我们需要明白的是,第一,七子派的选择是

---

① 详参拙著《明末学风与诗学》,人民出版社2019年版,第180—196页。
② 姚鼐:《与伯昂从侄孙》,载《惜抱轩尺牍》,卢坡点校,安徽大学出版社2014年版,第129页。
③ 严羽:《沧浪诗话校释》,郭绍虞校释,人民文学出版社1961年版,第1页。
④ 李梦阳:《与徐氏论文书》,载《李梦阳集校笺》,郝润华校笺,中华书局2020年版,第1912页。

出于不得已的无奈。模仿是初学者的起步阶段,我们必须预先厘清头绪并确定目标,且从便于操作的角度考量,我们只能由部分或单一对象入手。历代文学积累丰硕,学人初入宝库,但见琳琅满目,惊奇欣喜固然有之,却也不免头晕目眩,若无先导开示门径,框定一个相对有限的范围以供学习,只怕不知所措。王世贞曾联系文学创作实际,对"第一义"之"效用"有生动阐释,云"李献吉劝人勿读唐以后文,吾始甚狭之,今乃信其然耳。记闻既杂,下笔之际,自然于笔端搅扰,驱斥为难"①,道尽个中滋味,故而这一态度便不只是七子派的一家立场,时人多有同调。

第二,七子派的观点很大程度上都是基于创作实践而来,如果说前文强调的是无奈,实则如此选择也(更)是出于必要与必然。自严羽以降,学人多强调"入门须正",明确区分何者当学、何者不当学,反对随意选择取法对象。此一主张看似专横武断,极易招致争议,却也是经审慎思量后的结果。万时华论诗时以作画譬喻,云"今之为数君子诗者,大都学诗如名手临摹古画法书,初纸乍脱,尚自依稀,从临本转相传写,再四而后,渐失故形,不若更就其原本脱之,乃复佳耳"②。就同一作品而言,再好的临本也少了些神韵意趣,影响取法借鉴的效果,更不必说那些格调品格较差的作品了,因此,就模仿的对象而言,必须是也只能是那些经典作品。作画与作诗之间或存在必要差异,不可混为一谈,但从初"学"的角度来说,总有些经验和教训存在一定的共性,如此也就不难理解文徵明的主张:"观宋人文,无若观唐文。观唐,无若观六朝、晋、魏。大致每如斯以上之,以

---

① 王世贞:《艺苑卮言》卷一,载丁福保辑:《历代诗话续编》,中华书局1983年版,第964页。
② 万时华:《答李复初》,载《溉园初集》卷一,《四库禁毁书丛刊》集部144册,北京出版社1997年版,第265页。

极乎六籍。审能尔,是心奴耳目,非耳目奴心,为文弗高者,未之有也。"①在他们看来,面对庞大的文学遗产之所以形成明确的区分态度,是对其艺术水准进行鉴定评判后的必然结果,盛唐诗和秦汉文等成为最高典范系出于一种"必然"。或有人对这一结论要产生疑问,但许学夷指出,"学者闻见广博,则识见精深,苟能于《三百篇》而下一一参究,并取前人议论一一绅绎,则正变自分、高下自见矣"②。而经其细致辨析,结论是:

> 《三百篇》而下,惟汉魏古诗、盛唐律诗、李杜古诗歌行,各造其极;次则渊明、元结、韦、柳、韩、白诸公,各有所至;他如汉、魏以至齐、梁,初、盛以至中、晚,乃流而日卑,变而日降。其气运消长,文运盛衰,正当以此别之。苟为无别,则齐、梁可并汉、魏,而中、晚可并初、盛也,诗道于是为不明矣。③

诸人皆言之凿凿,就逻辑而言,似未见严谨周密,但此类判断或结论历经文学史的沉淀,早已成为一种"常识",获得世人的充分认同,倘若有人质疑相关作品的典范意义反倒是咄咄怪事。

如此也就不难理解,不唯与七子派同调者,即使是那些对立面,详细考量他们的观点,也未曾完全摆脱"第一义"式的思维方式。譬如唐宋派,看似与七子派针锋相对、泾渭分明,但他们同样认可秦汉文的典范地位,只是在具体取径或操作方式上有所不同,强调由唐宋而上溯秦汉,换言之,他们对七子派的质疑和矫正,只是操作层面的调整,并未触及总体思

---

① 祝允明:《答张天赋秀才书》,载《祝允明集》,薛维源点校,上海古籍出版社2016年版,第229页。
② 许学夷:《诗源辩体》,杜维沫校点,人民文学出版社1987年版,第313—314页。
③ 同上书,第317页。

路的更张。再如袁宏道,虽对宋诗多有褒奖,且有"唐无诗"之说,但那不过是矫枉过正之辞,有学人指出,"袁宏道挑战李、杜崇高地位的真正动机,并非否认李、杜是伟大诗人这一事实,而是反抗16世纪复古派所订立的权威标准"①。其弟袁中道出于纠偏的考量,更是明确标举盛唐诗的典范地位,云"诗以三唐为的,舍唐人而别学诗,皆外道也"②。就此来说,认可秦汉文与盛唐诗的典范地位是古人的共识,且这一结论并非贸然得出,实有充分的文学依据,即这些作品的文学成就及价值当得这一尊崇。因此,严羽等人的观点并非大言欺人,实有其合理性与必要性。

退一步来说,既然只能从单一对象的模仿开始,自然或显然要选取典范之作,否则这"取法"也失去了意义。清人对此做出了明确回应,姚永朴有云:

> 若夫欲从数百千万卷中,撮其英华,去其糠秕,非知所抉择不可;欲知所抉择,非有真识不可;欲有真识,非有师承不可。盖有师承而后有家法,有家法而后不致如游骑之无归。③

桐城派的论文主张与七子派多有龃龉,但重视起点处的抉择却是他们的共识,并且都会依照一定的标准筛选出若干对象作为(最高)典范,所谓"撮其英华,去其糠秕"。可能的差别在于七子派的要求不免专断,表述也略嫌笼统,桐城派则强调学有统绪,每一步都应有明确规划,相较更为具体和客观。姚永朴为学文者重点推荐了《古文辞类纂》与《经史百家杂

---

① 周质平:《晚明公安派及其现代回响》,康凌译,中华书局2021年版,第152页。
② 袁中道:《蔡不瑕诗序》,载《珂雪斋集》,钱伯城校点,上海古籍出版社1989年版,第458页。
③ 姚永朴:《文学研究法》,凤凰出版社2009年版,第8页。

钞》这两部古文选集,且云"吾人从事兹学,自当先取派正而词雅者师之,余则归诸涉猎之中。又其次者,虽不观可也。果如是,必不致损目力而堕入歧途矣"①,较之严羽和七子派,基本思想可谓若合符契。

综上,我们对"第一义"学说的合理价值已有必要彰显,但此举似乎并不能完全消除必要的疑问,甚而有人要指责其中忽略了一项颇为关键的问题,即取法最高典范虽有重要意义,但仅以最高典范作为效仿对象是否存在缺失。关乎此,我们不难获得一些答案。有学人指出,七子派取法"第一义"并非简单的模仿,而是具有强烈的排他性,"此说强调了'直截根源',在择定了入门最高标准之后,其他作品皆被舍弃"②,依照"必"的思路,此举可谓理所当然,但偏狭僵化之弊也应运而生:

> 秦汉派觑定文学源头,奉之为最高理想,这本来也没有太大问题。但是他们一则截断了文学发展的正常路径,蔑视后世大家对前人学习的积极成果,从而也舍弃了有益的学古经验;再则由于秦汉文字本来与后世的轨辙备具、径路可循不同,往往篇章浑融,难以字分句析,这本属于文章发展的时代特征,但秦汉派遂以此为作文轨辙,在难以追寻篇章字句规则的时候,不免陷溺于摹拟声色以求逼真。③

这一层面或许争议更大,有关"第一义"的批驳主要与此相关,针对七子派主张的调整与纠偏也往往就此发端,甚至于我们有关"第一义"的主要印象及基本评价也都来源于此。但需注意的是,相关论述看似清晰明白,其背后仍不免有所遮蔽与混淆,譬如说,据上文分析,"第一义"包含了如何

---

① 姚永朴:《文学研究法》,凤凰出版社2009年版,第9页。
② 慈波:《文话流变研究》,复旦大学出版社2020年版,第136页。
③ 同上书,第150—151页。

筛选典范、确立何种典范,如何取法典范等一系列复杂问题,但我们汲汲关注的却仅仅是一个"排他性",且我们只是在严厉批判作为现象的"排他性",却少有考察其来龙去脉。因此,相关问题仍有进一步考量的必要,特别是细节的丰富与脉络的多元,其中的要义之一,即在于我们要开拓考察视野,将特定现象纳入历时发展进程中,明了其孕育环境、当下诉求与渊源流变,而非仅仅停留在共时层面,孤立、泛化立论。

三、处境与选择

以秦汉文与盛唐诗作为最高典范是时人共识,相关作品也确实当得这般尊崇,看起来这只是一个文学判断,实则我们还需要特别关注他们强烈的现实考量。就前七子身处的文学境况而言,最大的问题或曰危机有二:一是自明初以来,日益形成了一种"重经术而黜词赋"的氛围,"包括诗歌在内的古文词生存与发展空间为之缩减",二是其时的主导审美理想沦为一种淡缓柔靡的风格[1],时人多有检讨。譬如李开先有云,"国初诗文,犹质直浑厚,至成化、弘治间,而衰靡极矣。自李西涯为相,诗文取絮烂者,人材取软滑者,不惟诗文趋下,而人材亦随之矣"[2]。此类言论甚多,"衰靡"云云,成为时人的普遍印象,故而纠偏祛弊、改弦更张成为一种强烈诉求,于是乎才有了所谓"文必秦汉、诗必盛唐"之表彰。王九思即云"本朝诗文自成化以来,在馆阁者倡为浮靡流丽之作,海内翕然宗之,文气大坏,不知其不可也。夫文必先秦两汉,诗必汉魏盛唐,庶几其复古耳"[3]。个

---

[1] 郑利华:《前后七子研究》,上海古籍出版社2015年版,第122页。
[2] 李开先:《对山康修撰传》,载《李开先全集》,卜键笺校,上海古籍出版社2014年版,第916页。
[3] 王九思:《明翰林院修撰儒林郎康公神道之碑》,《渼陂集》续集卷中,《四库全书存目丛书》集部48,齐鲁书社1997年版,第231页。

中的可能流弊他们并非全然无知,但在特定境况下,不得不矫枉过正,"责备者犹以为诗袭杜而过硬,文工句而太亢,当软靡之日,未免矫枉之偏,而回积衰,脱俗套,则其首功也"①。

循此角度,即充分考量相关命题的具体语境,我们的认识及判断当有不同。譬如说七子派和公安派,前者高扬"文必秦汉、诗必盛唐"大旗,后者则宣扬"纵心纵口""独抒信灵"理念,彼此文学主张不同,价值立场有异,经过长时间的历史积淀,学人的态度已经基本确立为肯定革新而厌弃复古。个中原因也不难理解,独创、个性较之模仿、因袭本就更具强大吸引力,文学发展的动力也得益于扫除陈规、与众不同,加之七子派文学创作中大量存在剽剥蹈袭之弊,世人有此态度可谓理所当然。单纯就观点来看,公安派的主张无疑更为通脱、合理,但这种"单纯"的考察方式本身带有不可避免的缺失或遮蔽,其中的一个重要盲点就在于忽略甚至无视了我们此处提及的现实处境。

就七子派而言,秦汉文与盛唐诗的大力表彰与宣扬不仅只是一种文学类型或风格的喜好与采纳,而带有重新确立诗文地位、明确合理发展方向的诉求,正如有学人论及的:

> 李、何诸子极力倡导复古,本十尊崇古文词价值地位的立场……它的意义,还不仅仅在于以复古相尚,寻求别开蹊径,更主要的是其归向文学本位,在崇尚古典中实现了由重诗文经世实用性引向对它们本体艺术关怀一种文学价值观念上的转迁。②

这是一种根本上和总体上的文坛格局重建。对于公安派来说,在新的时

---

① 李开先:《李崆峒传》,载《李开先全集》,卜键笺校,上海古籍出版社2014年版,第932页。
② 郑利华:《前后七子研究》,上海古籍出版社2015年版,第56页。

代条件下，特别是基本的文学旨趣和审美理想已然重新确立的情况下，他们的任务已经从重建格局、确立典范转化为如何更好地靠近和建设审美理想。① 就"重建"而言，难免矫枉过正，譬如七子派通过强调"必"来扭转局面，对于他们来说，确立目标是首要的，具体手段和路径难免空疏甚至偏狭，有时甚至需要借助这些带有"缺陷"的方式来达成目的。但对后续建设者来说，他们不是宏观立论，而是要处理具体、直接的问题，此前的种种口号、论调因陈义过高或考虑过简，难免左支右绌甚至错漏百出，他们因之要有补充、完善甚至矫正、反拨之举。譬如说他们普遍认识到，七子派复古之失在于泥、在于袭、在于拘拘求与古人同，结果非但未能靠近典范，反而失去了自家面貌，那么反其道而行之，重视个性、鼓吹性灵也是理所当然。与此相伴随，文学典范也有所更张。譬如舍弃七子派直接取法秦汉文的路径，强调从唐宋文入手，又或者大力表彰宋诗的价值，但正如前述，此类言论并不构成对七子派"第一义"取径的反动，他们是鉴于前者之失，探求更为合理地接近典范的方式。由唐宋文向秦汉文上溯自不必说，鼓吹宋诗价值，针对的正是时人泥唐太过之弊，症结虽在"泥"上，但就事论事的批评和具有针对性的纠偏或许难以奏效，毕竟泥唐已经成为一种根深蒂固的意识，让人无法轻易抽身。假使一方面仍以盛唐为典范，另一方面又强调自我和个性，世人极易由于"惯性"和"成规"重蹈覆辙，那么唯有推倒重来，实现包括取法对象在内的整体改易，时人的思维方能有较大转变，即唯有造就全新局面，方能崭然有异。当然，某种意义上这也

---

① 公安派与七子派的分歧自然不仅在于文学层面，思想文化因素或许更具重要影响，但这方面的话题学人多有探讨，无须赘述，倒是文学层面的观照较为稀少，本就应当有所突出。更重要的是彼时思想与文学命题系出于彼此夹杂状态，但学人往往只看重思想层面的突出影响，倒是对文学"思考"采取了忽视的态度。需知他们首先是文人，身处历史传统与现实处境中，有特定的命题要回应，思想观念需施加在文学命题上方能产生影响。这些都要求我们对"文学"层面有专门关注，由此也能了解到他们的另一面。

是一种"矫枉过正",部分思路也有待后续调整,譬如竟陵派就对公安派的主张多有扬弃。① 就此来看,文学史的发展中不存在什么最正确、最进步的举措,更多时候需要的是现实针对性,它只属于那个特定的时刻,易时而论,便不见得合适了。

虽然七子派的诗学命题存在严重缺陷,但公安派的理论主张也并非全然允当②,更重要的是,后者对于前者的反拨甚至取代并不只是文学观念的简单对抗,我们的注意力不应该仅仅停留在他们提出的命题上,更要细致考量背后的动机,毕竟一应命题并非凭空提出,其中有社会环境与学术思潮的影响,但首先还是对现实文学状况的回应。我们在评价相关命题时,不应简单判断何者先进、何者落后,而需首先回答它们的提出有无现实性、必要性和针对性。就此而言,无论七子派还是公安派,他们种种理念的提出,都有其必要价值,至于后续流变,特别是种种弊端,虽与他们存在密切关联,但也不能就此否认其提出时的可贵价值。

"第一义"学说的标举是基于现实处境,那么随着现实的变化而调整便是题中应有之义,七子派对此显然具备鲜明意识并自觉求变。模仿或许确为写作起始的必然选择,但七子派亦有拟议以成变化之说,他们同样追寻由袭到创的升华与超越。"第一义"存在严重的排他性,一应流弊皆与此相关,七子派对此也有深刻检讨与反省,我们最为熟悉的或许是谢榛的主张:

---

① 或有人认为,较之七子派,公安派的思想主张亦是一种颠覆,但这一立场并不影响我们的观点,因为我们强调的只是不同理论主张有其特定生成语境,故而不可在"真空"状态下仅凭只言片语进行比较。
② 余来明指出"公安派以抒写性灵为创作的内在机制,甚至不惜以牺牲诗歌技巧的锻炼为代价。如此做法,也遭到后世论者的批评,如钱基博认为公安派'惟恃聪明,其尤甚者,轻薄以为风趣,矜诞以为吊诡',确为公安派弊病之一"。载氏著:《明代复古的众声与别调》,中华书局2020年版,第267—268页。

予客京时,李于鳞王元美徐子与梁公实宗子相诸君招余结社赋诗。一日,因谈初唐盛唐十二家诗集,并李杜二家,孰可专为楷范?或云沈宋,或云李杜,或云王孟。予默然久之,曰:"历观十四家所作,咸可为法。当选其诸集中之最佳者,录成一帙,熟读之以夺神气,歌咏之以求声调,玩味之以哀精华。得此三要,则造乎浑沦,不必塑谪仙而画少陵也。夫万物一我也,千古一心也,易驳而为纯,去浊而归清,使李杜诸公复起,孰以予为可教也"。①

过往研究在处理谢榛与后七子的矛盾时往往左袒茂秦,一个重要原因即在于认为谢氏论诗圆融,较李攀龙等人高明,譬如李庆立即说:

　　李攀龙发起诗社,倡言复古,对持异议者,历来就视同异类,极力排斥。谢榛崇尚近体,力主"以盛唐为法",但他并不是"视古修辞,宁失诸理",回到盛唐去;而是立志在继承盛唐的前提下创新,自成一家。这与李攀龙的主张小同大异。

且在论者看来,"其他诸人,特别是王世贞、吴国伦,后来在自赎性反思中有所清醒,增加了对谢榛的理解和认识"②,即他们经长期实践与反思,开始自觉认同谢氏的诗学主张。这一观点实出自钱谦益,其云"诸人心师其言,厥后虽争挤茂秦,其称诗之指要,实自茂秦发之"③。

　　类似说法陈陈相因,几成常识,但可能的误会仍有不少。与谢氏类

---

① 谢榛:《四溟诗话》卷四,载丁福保辑:《历代诗话续编》,中华书局1983年版,第1189页。
② 李庆立:《"后七子"内部分化的一桩著名公案——李、谢之争考论》,《温州师范学院学报(哲学社会科学版)》1995年第4期。
③ 钱谦益:《列朝诗集小传》,上海古籍出版社2008年版,第424页。

似,后七子其他诸人亦有杂取众家、融会贯通的想法,譬如王世贞即云:

> 若模拟一篇,则易于驱斥,又觉局促,痕迹宛露,非斫轮手。自今而后,拟以纯灰三斛,细涤其肠,日取六经、《周礼》、《孟子》、《老》、《庄》、《列》、《荀》、《国语》、《左传》、《战国策》、《韩非子》、《离骚》、《吕氏春秋》、《淮南子》、《史记》、班氏《汉书》,西京以还至六朝及韩柳,便须铨择佳者,熟读涵泳之,令其渐渍汪洋。遇有操觚,一师心匠,气从意畅,神与境合,分途策驭,默受指挥,台阁山林,绝迹大漠,岂不快哉!世亦有知是古非今者,然使招之而后来,麾之而后却,已落第二义矣。①

若将此归结为受谢榛启发或影响不免简单化,结合文学史发展来看,这可谓是当时的一种共同态度。有学人指出:"将取法对象由杜甫推及盛唐其他诸家甚至初唐诗,是正德、嘉靖间复古诗论拓展最直接的表现。与此相联系,拓展模拟、学习诗风的范围也成了题中应有之义"②,进一步来看,取法范围的扩大还不止于此,"从诗学统系选择来看,六朝、初唐、中唐甚至晚唐时代的诗风,嘉靖前期都曾有人提倡"③。甚至更早一点,何景明鉴于李梦阳之失,就有"富于材积,领会神情"④的主张,这"富于材积",强调的就是不主一家,多方借鉴。

扩大取径的主张或与个人的天分、学养有关,但它很大程度上是基于

---

① 王世贞:《艺苑卮言》卷一,载丁福保辑:《历代诗话续编》,中华书局1983年版,第964页。
② 余来明:《明代复古的众声与别调》,中华书局2020年版,第253页。
③ 同上书,第256页。
④ 何景明:《与李空同论诗书》,载《何大复集》,李淑毅等点校,中州古籍出版社1989年版,第575页。

对文学创作实践的探索和反思而得出,王世贞的经历很有代表性。他最初觉得"李献吉劝人勿读唐以后文"的主张过于偏狭,继而因下笔时有"驱斥为难"的烦恼,方才意识到李梦阳主张的可贵,但在大量实践中又发现"若模拟一篇,则易于驱斥,又觉局促,痕迹宛露,非斫轮手",故而才有多方取益、融会贯通的呼吁。因此,隔绝语境,单纯就"理论"本身做价值评判多少有些遮蔽,更重要的仍是需考量它们的问题意识与实际成效。

就此来看谢榛等人广受赞誉的主张,取径的扩大确是矫正褊狭之弊的"良药","它在一定程度上拓展了诗歌领域师法于古的渠道,增强了复古话语的多样化,也为此阶段文坛格局的变通开辟了一条途径"[1],但这种理论层面的完善,未必意味着实践层面的成功。譬如有学人指出:

> 主张习学古作的神气精魂而不拘句字的形似,自然是合理的,无可非议……但关键的问题是,将这一原则性的宗旨落实到具体创作之中,就绝非一件容易的事情,因为如何才算真正的"摄精夺髓""提魂摄魄",可能会招致仁者见仁、智者见智的异议。在李、王等人看起来,谢榛的拟古之作就因为刻意强调合诸家之长,摄取神气精魂,未免无"法"可依,变得"绝不成语"。[2]

理论主张看似圆融,但置入实践环节,却让人无从下手,类似困扰无疑是真实存在的。这看似是"操作"问题,实则也是"理论"问题,清人的意见或能给我们一些提示。姚鼐云,"须专摹拟一家,已得似后,再易一家。如是数番之后,

---

[1] 郑利华:《前后七子研究》,上海古籍出版社2015年版,第313页。
[2] 同上书,第344页。

自能镕铸古人,自成一体。若初学未能逼似,先求脱化,必全无成就"①。他虽提议要转益多师,但在操作环节,需要"专摹拟一家已得,似后再易一家",即每一阶段,只针对某一对象深入学习,通过一个接一个地细心模仿,最终实现融会贯通,谢榛所谓"历观十四家"熟读玩味之举显然是他所反对的,没有具体的、个别的学习作为基础,盲目寻求"脱化",必然一事无成。

  前已提及,之所以要有"第一义"之标举,在初学者层面实属无奈,不如此便难以措手;谢榛等人的主张看似通脱,但对于初学者来说便显得不切实际、难有实效。某种意义上,起始处,必须有一"必",以便入门;待到一定程度,再导之为阔大,如此方能发展。正如有学人指出的,"如果'必自迹求'只能算作常人的摹习水准,那么'广其资'、'参其变'应该说就是克服这一状态的一种应对之策"②,不同的阶段,便当有对应的主张,此间次序不可轻易或随意颠倒。谢榛的理想固然完善,但用在初学者身上只怕并不能奏效,要么"驱斥为难",要么变成随意拼凑的四不像。职是之故,我们在考察理论命题时,不能过于平面化和单一化,接受对象的层次与实践环节的变形等因素都需要充分考量。

四、立场与效果

  七子派鉴于"第一义"引发的"排他性"之弊,提出了扩大取径的思路,但由于忽略了接受层面的实际接受情况,使其效果难以尽如人意。既有研究同样对其意义评价不高,但思路却与我们上面的分析迥异,在不少学人看来,扩大取径"在相当大的程度上当是基于某种策略性的需要……

---

① 姚鼐:《与伯昂从侄孙》,载《惜抱轩尺牍》,卢坡点校,安徽大学出版社2014年版,第129页。
② 郑利华:《前后七子研究》,上海古籍出版社2015年版,第188页。

不过是宗尚的重心从一类目标移向另一类目标而已,更多是反映在习学的具体对象及方式上的一种调整,并不是在真正意义上对于复古壁垒的突围"①。质言之,如果不突破复古派的理论框架,任何调整都无法真正应对当日的问题,他们欣赏的是对七子派的彻底反动和推倒重来,唐宋派、公安派、竟陵派的主张之所以得到大肆表彰也与之相关。这一思路或有其合理成分,但也存在遮蔽与曲解。

七子派与其反对者的一个重要区别或在于对"法"的认识不同,与此相关引出了文学创作中的三个重要命题,即古与今、时与法、因与革。七子派之失正在于未能合理认识和处理上述三者的关系以致流弊无穷,有学者即指出"一种文学样式,理应依循于一定的创作规范,但是,体裁格法毕竟是表现内容的手段,内容才是首要的。拟古派之偏颇,不在于重视古法,而是胶柱于古法,即无视世运迁流、风雅代变的事实",与此相关联,"如何处理'时'与'法'的关系便成了区别复古派与晚明主张抒张自我性情的革新派文人的重要标志"②。值得注意的是,即使是革新派,虽表彰"独抒性灵、不拘格套",最终也不能完全弃"法"不顾,务实的做法是纠正前人胶柱于古法的缺失,寻求灵活法度的可能,特别是不能遮蔽了一己个性。有学人论及袁宏道的主张时指出,"法度并非固定而刻板,而是具有极大的弹性……诗人应当在法度之中找到个体自由,而非被其窒塞了一己精神之表达"③。

公安派的思路显然要更为通脱、合理,但正如我们在文中一再强调的,理论的"完善"并不能等同于效果的"完美"。首先,法度与个性的平衡始终是一个不容易解决的难题,七子派固然有拘泥法度而抹杀个性的弊病,公安派也不无逾越法度的行为并饱受后人的抨击。其次,圆融的论

---

① 郑利华:《前后七子研究》,上海古籍出版社2015年版,第313页。
② 周群:《袁宏道评传》,南京大学出版社1999年版,第94—95页。
③ 周质平:《晚明公安派及其现代回响》,康凌译,中华书局2021年版,第159页。

调总不免有"蹈空"之嫌,很难落实到操作层面。对于后学来说,他们真正关心的并非理论的多重内涵及高妙理想,便于上手的门道才是他们的迫切所需。于是我们便看到了这样的情况,陈际泰曾感慨"效吾二三兄弟者,去其始造之意,已若立乎定、哀之间,以望隐、桓,僻违而无类,幽隐而无说",他们提倡豫章之文是为了让世人就此去体悟"圣贤之规旨与秦、汉以逮成、弘之义类"①,而后学却辜负了他们的一番苦心,仅仅将模拟的对象由七子之文转变为豫章之文而已。如此一来,七子派因尊奉"第一义"而产生的弊端再度出现。至于袁宏道的效仿者们,"稍入俚易,境无不收,情无不写,未免冲口而发,不复检括,而诗道又将病矣"②。此处反映的自然是理论传播过程中产生的流弊,但也明白昭示:后学限于学力等因素,并不能很好地领会理论的精神内涵,他们往往"便宜行事",极力寻找一个便于操作的抓手。对于他们来说,越明确、越机械,越是便利,至于灵活云云,反倒成了玄虚之论。公安派论诗提倡"时"与"创",那如何写作诗歌?真的是纵心纵口、独抒性灵?就概率论,据此创作出的有可能是好诗,但从一般意义上说,仅凭纵心纵口、独抒性灵显然不能成就好诗,关乎此,可谓常识,无须赘言。再如唐宋派,熊礼汇认为在如何创造新文风问题上他们有两点明显高于秦汉派:一是前者继承的是整个文学传统,后者则连"半截子散文艺术传统也没有很好继承下来"。二是前者重在继承古代散文艺术精神,后者则是临帖般的模仿;前者强调由"约以法度到超越法度",后者则拘泥于法度。③ 从"约以法度到超越法度"确属应该,但如何超越?从倡导者的理念到追随者的实践,尚有一莫大距离或障碍,即如何执

---

① 陈际泰:《豫章文正二集序》,载《太乙山房文集》卷六,《四库禁毁书丛刊补编》第67册,北京出版社2005年版,第458页。
② 袁中道:《阮集之诗序》,载《珂雪斋集》,钱伯城校点,上海古籍出版社1989年版,第462页。
③ 详参熊礼汇:《明清散文流派论》,武汉大学出版社2003年版,第300—304页。

行,方法、手段为何。"悟"之提倡美则美矣,但不免玄虚,就后学来说,他们需要的是种种切实的规则和步骤。据此,反七子派诸家虽指出了问题的所在,但除了一腔热情及高调言说外,却未能从根本上实现问题的解决。

通过上述分析,我们不难发现有关诗文创作的探讨有两种模式:一种如七子派那般,对学习何种对象以及如何学习对象有具体明确的种种规定;另一种如公安派那般,仅有一些根本性的规定,且强调的是自我和自主,反对拘泥于种种格套之中。换句话说,前者强调操作性,重视细节;后者强调灵活性,突出根本。学人在两种倾向间明显偏爱后者,但这种判断似乎不够客观。七子派的主张虽极易招致拘泥于形式或表面之失,并引发种种问题,但到底方便后学入手;公安派的追求虽有助于尽情释放和展现人的天性,但也容易招致所谓"轻薄""矜诞"等缺失,特别是后学,受此等精神感召,容易沦落至"今人议七子后,动称性情诗,问渠性是何物,罔措矣"①,承袭竟陵派者甚而"以空疏为清,以枯涩为厚,以率尔不成语者为有性情,而诗人沉着含蓄、直朴澹老之致以亡"②。笔者在考察秦汉文与唐宋文之争时发现存在一个悖论,即视角太过细致,必然凸显差异,受门户之见的影响极易偏激并成流弊,至若矫正之法无过于忽略末节,强调大本,但所谓根本之法太过空浮,如何呈现仍需落实到细节,无论是"根本"还是"达末"皆属为难。可以这么说,偏于"悟"之一面,容易导致无所措手;落实到具体的体制规范,又会滋生僵化因袭之弊,这不仅是七子派的困惑,更是历来学人的一贯难题。即便如禅宗,为免文字障碍,强调明心见性、不立文字,但为了传承的需要,仍不免留下了诸多语录,也确实造

---

① 董斯张:《徐元叹诗小叙》,载《静啸斋遗文》卷一,《四库禁毁书丛刊》集部108,北京出版社1997年版,第128页。
② 吴应箕:《曾学博诗序》,载《楼山堂集》卷十六,《续修四库全书》第1388册,上海古籍出版社2002年版,第554页。

成了迷障。或许桐城派给我们提供了一个相对理想的答案,陈平原在论及姚鼐的《古文辞类纂》时指出:

> 注重"法",则强调可操作性,适合于教学;注重"变",则神龙见首不见尾,更适合于独自远行。相对来说,桐城教学有方,强调"法"的时候多,对"变"考虑得较少。这既使得桐城文派迅速扩张,声名远扬,也因其文章规矩太多,个人才情发挥不够,因而备受责难。带进"教学"这一角度,当更容易明白姚鼐及桐城文章的利弊得失。[1]

我们都知道古人极为关注诗文如何写作这一现实问题,这就决定了他们不仅要宣扬一种理念,更要提示必要的尺度、准绳、方法和步骤,以期金针度人,某种意义上也是在重视"教学",或者说,他们的理论表达方式及诉求都指向了"教学"。有论者指出:

> 古代诗话、文话除了辑佚诗文、记录诗事外,还有很多诗文理论的谈论,这些谈论往往源于创作实践,用于指导诗文书写。显然这些谈诗论文的话语主要源于书写的需要,时人对诗文如何书写的关注也源于现实生活的需求。

七子派的思考方式及观念主张显然与这种倾向更为契合,但可惜的是,既有研究不免"偏离了七子派及诸诗文流派如何快速、高效提升书写水准的'焦虑'以及从实践层对相关问题的思考和探索"[2]。当选择了一定的立

---

[1] 陈平原:《从文人之文到学者之文》,生活·读书·新知三联书店2004年版,第225—226页。
[2] 魏宏运:《技法与德性:明代七子派"诗文如何书写"探研》,《湘潭大学学报(哲学社会科学版)》2019年第1期。

场,采用了一定的方式,某种意义上也就需要承受可能的缺陷。任何的表述方式都难以完美,因此我们在审查相关现象时,便不应只顾苛责存在的问题,更该关注的当是它在"特色"一面贯彻落实的效果。

综上,"第一义"与中晚明诗学确实存在无可争议的密切关联,因"第一义"的推行而产生流弊也是无法回避的事实,但对此话题的审视不可过于拘泥,即仅仅考量创作成效一端。说到底,"第一义"学说在文学领域的推广和践行,始终是基于创作的基本规律和实际境况,它既具现实性,也具灵活性,但从理论表述到实际操作,由于个性理解的差异、言说方式的限制,以及接受过程的迟滞,总是难以完全对应,故而我们应从整体上对其有所把握,那么就可以对此中甘苦有所理解,七子派的难得与难能便不会被一味抹杀。否则,孤立地就任一方面考察、立论,虽不无发现,到底是片面的,甚至偏颇的。

第三节　元明诗学传统观照下的师古师心论争

师古与师心是诗学史上的一对重要范畴,有论者说"元明时期有关文学创作的理论探讨和艺术批评十分活跃,其中与文学观念关系最密切的,是关于师古与师心的争论"①,就明代而言,不少论家即以此为主线,围绕二者的演进来结撰文学思想的发展、演变史。但因相关历程被纳入"复古—革新"模式的框架内,经特定立场观照,其繁复历程被简单化抽绎,多元化内涵被片面化阐发,看起来我们对师古与师心的利弊得失皆有客观分析,但那多是依照进化论模式,持扬革新而抑复古思路下做出的判断,

---

① 郭英德等:《中国古典文学研究史》,中华书局1995年版,第421页。

一应结论难免存在缺失,亟须兼顾历史传统与现实处境予以重审。

一、师古、师心理论的悠久传统

正如学人所说,"任何一门艺术都涉及模仿与创造、继承与革新的关系问题。中国诗歌艺术源远流长,传统悠久,如何处理二者的关系,尤为历代诗学所关注"①。在深入探讨二者关系方面,刘勰的《文心雕龙》即作了重要表率,论者指出:

> "师圣""师心"被放在一起提出来,击中了文学创作中的一个要害问题,即继承与创新的关系。"师圣"是继承古人的观点并学习圣人写作的各种手法与经验,这是讲如何继承的问题;"师心"则是要听从内心的召唤,以心为师,提出自己独到的见解,涉及的是创新问题。……继承与创新在文学理论中是经久不衰的论题,早在《文心雕龙》的时代就被刘勰注意到了。虽然他没有将二者明确地放在一起进行评论,但实际上已经辩证地解决了二者的关系,这足以让后人惊叹其理论的包容性与阐释力。②

此后绵延数代、影响深远。譬如唐人,郭绍虞认为,由隋至五代的三百多年,就批评主张而言,"也可以复古运动为中心而分成上述的三个时期,不过在前一时期是酝酿时代,中一时期是高潮时代,后一时期是消沉时代"③。唐代文学(批评)发端于对六朝柔靡骈俪文风的批评与扬弃,在此

---

① 周裕锴:《宋代诗学通论》,上海古籍出版社2007年版,第163页。
② 刘志中、唐诗:《〈文心雕龙〉中的"师古"与"师心"》,《中国文化研究》2014年春之卷。
③ 郭绍虞:《中国文学批评史》,百花文艺出版社2008年版,第113页。

过程中逐渐确立尊奉汉魏古诗、建安作者,并上溯《诗经》为学习典范的思路。但此种效法绝非亦步亦趋的简单模仿,其中典型可以杜甫为例,其《戏为六绝句》有云:"别裁伪体亲风雅,转益多师是汝师",多方取法,博采众长,最终为的是形成自己的阔大格局与独到风格,其创作实践恰与该主张交相辉映。此种意见在唐人尤其是盛唐诗人中颇具代表性,这或与他们身处特定时代有密切关联:

> 盛唐诗人身处唐王朝强盛时期,大抵眼界开阔,心胸博大,气概豪迈。他们在诗歌创作上取得了超越前代的辉煌成就,因此在理论批评方面也显示出一种强烈的自信心和自豪感,对古代诗人不是顶礼膜拜,而往往表现出一种居高临下的睥睨态度……表现出一种要求超越流辈和古人、囊括宇宙的宏伟气魄。①

据此,唐人虽未有正面的直接论述,但其思想旨趣与刘勰并无太大出入,一方面强调师古继承,与此同时要求融会贯通、别开生面。②

---

① 王运熙、杨明:《隋唐五代文学批评史》,上海古籍出版社1994年版,第180—181页。
② 谈及"复古"问题时,学人有"以复古为革新"之说,郭绍虞论之甚详,云:"作家之受批评界之影响,固也;但是批评界的复古说尽管高唱人云,而历史上的事实,终究是进化的。所以作家虽受复古说的影响,而无论如何终不会恢复古来的面目,维持古来的作风。非惟如此,作家因这种影响,反足以变更当时的作风,反因复古而进化。这是所谓循环式的进化。但是他不是如循然的周而复始的,后人的复古决不仍是以前的古而是后人的古,所谓后波逐前波,后波的起伏同于前波的起伏,而后波决不便是前波,这是所谓波浪式的进化。……他们下了决心要创造一种新文学。也可以说他们下了决心要完成复古的文学主张。"(载氏著:《中国文学批评史》,百花文艺出版社2008年版,第137页)学人多据此为"复古"学说张目,以展现其正面价值。郭氏描述的文学史事实及总结的文学发展规律确有道理,但若简单以"革新"来证明"复古"的价值似非其本意,且此举不免忽略了"复古"学说本身的特色及价值。"以复古为革新",看重的实则只有"革新",继承若不能和变化相关联,似乎便乏善可陈,这显然扭曲了相关理论的内涵。继承与创造既是一体两面,也即所谓"通",那么我们就不应偏于一隅。

至于宋人,则有鲜明自觉和系统表述,其有关于师古与师心二者关系的探讨:

> 就"大判断"而言,似未超出《文心雕龙》的范围,然而在"小结裹"方面却颇有发明……故而宋诗学中"通"与"变"、"参"(模仿)与"悟"(创造)、思古之情与求新之念,往往互相错综,对立互补,体现出宋人特有的文化心理结构,带有鲜明的时代特色。①

具体说来有三:首先,宋人论诗始终秉持师古论调,"均不离'学古'二字",但他们也反对泥古、崇古,奉行"批判扬弃,去伪存真""广泛学习,融通众长"的思路;其次,相较学古,宋人更为重视"求新变,期自立",在他们看来,通过转益多师,最终目的是自成一家;最后,基于前两点,宋人就师古与师心形成了融通论断,在他们看来,二者本系"有机地联系在一起",因此最伟大的诗人就当是"兼容众长的大师",在他们那里,"继承传统的广度与开创成就的高度成正比"。②

延及元明,还包括清,即所谓近古时代,师古与师心学说更是堪称诗学发展的根本性或决定性要素之一,学人论之甚详,兹不赘述。

此处不避烦冗,就前代情况做具体说明,无非是要强调三点。第一,如何处理师古与师心的关系,相关思考及实践在诗学史上具有悠久历史,这并非出于主观偏好地刻意为之,实是因为它们是处理创作问题时无法回避的必然命题,故历代学人都有悉心研讨、积极探索。二者在文学发展过程中皆有重要意义,当然,一方面,如何实现师古与师心的协调发展是历代文人的理想追求;另一方面,受各种因素的影响与制约,具体的实践

---

① 周裕锴:《宋代诗学通论》,上海古籍出版社2007年版,第164页。
② 详参周裕锴:《宋代诗学通论》,第164—173页。

效果多有差别,经验与教训并存。就此而言,扬此而抑彼,甚至宣扬进步和落后等评价可谓不切实际的无谓之词。第二,历时考察相关文人的主张,我们可以发现很多熟悉的影子,甚至可以说核心观点大致相似。从反面说,我们或许要批评后人(包括明人在内)在理论层面未有更新,缺少超越之见。但这不免是一种苛责,很多文学规律是相对基础和明确的,古今感悟并不会有太大差别,因此它们往往自起点处就奠定基调,持久的理论探讨与丰富的实践检验,只是让它们更为全面和系统,而不会有什么突破性的质变。这并非后人的无能或懒惰,而是"事实"本就如此。职是之故,当我们在考察相关问题时,注意点不应在理论本身之突破,而在其实践效果,但这实践效果不能简单理解为创作实效,就后者而言,明人的大量作品无疑是失败的;同时还应观照理论的"实践"行为本身,即古人在何时、为何要引入相关理论,是简单照搬,还是依据现实情境有所调整,譬如刻意的强调、有意的误读等等。观点不妨重复,理论难免单一,但"重现"或"实践"本身即一种重要"创造",因为它面对的是陌生的对象,开创的是崭新的事业。第三,之所以要重视立论的现实情况,或可称之为"在场"表现,是因为每一次的理论"搬演"都与特定时代的现实处境及受此影响的个人心态紧密相关。通过上面的梳理不难发现,盛唐诗人的文学追求与特定时代紧密相关,宋代诗学也"体现出宋人特有的文化心理结构,带有鲜明的时代特色",这些都是"在场"意识的生动展现。相关理论的实践、发展既然和特定时期的"环境"存在密切关联,那么所谓的"结果"并不能完全展现"过程"的丰富和生动,更不能以"结果"的成败来简单评价"过程"的得失,我们在研判相关现象时,理当有设身处地之理解。据此,我们不难发现学人的部分批评似嫌严苛,譬如周裕锴即认为"严羽的《沧浪诗话》无疑是宋诗话中的杰作,但在对待前人作品的问题上,却抛弃了宋诗学求新变的精神……这是严羽诗论的致命伤,且谬种流传,遗患明人"①。严羽及明人是否抛弃了"学求新变",似需审慎考辨。即便果真如此,也应首先考察其立场、动机等因素,进而做出综合研判。

既然倡导"过程史"的研究,显然应具通贯意识和全局视野,则历史传统与现实处境缺一不可。有关明代师古、师心学说的考察基本是专就一代,甚至拘泥于晚明一时立论,缺少了文学传统观照的整体视野,所谓的"就事论事"难免有所偏狭与遮蔽。同时,"传统"的缺位也影响了"现实"的凸显。缺少了通贯视野,无法就同一理论的历代实践情况进行参照比较,彼此境况的异同也在无形中被忽略,我们自然对"现实处境"的意义及影响少有自觉,"过程"的意义也隐而不彰,凡此种种,都使得相关探讨有了延伸的空间与必要。职是之故,以刘勰以降的相关论述为参照,特别是具体结合元明时期的相关主张予以系统考量,一应结论仍有检讨的可能与必要。

二、元代诗学观照下的视野开拓

元代诗学长期遭受冷遇,有鉴于此,不少学人大力鼓吹,并率先垂范,开创良多。查洪德认为元代诗学具有多重学术品格,其中之一为"圆融性与通达性",并特地举了"师古""师心"论和"宗唐""宗宋"论予以说明。就前者而论,他认为"研究中国诗学史的人一般认为,元代诗学的倾向是复古。……元人自己好像也认为,其诗学的走向是趋于古……元代没有明代那样的复古论,以元人尚古为复古,是对元代诗论的误解"②。既然有误解,自当廓清,经他研究发现"元代诗学虽有'师古'与'师心'之论,

---

① 详参周裕锴:《宋代诗学通论》,上海古籍出版社2007年版,第164—173页。
② 查洪德:《元代诗学通论》,北京大学出版社2014年版,第349—350页。

但师古与师心并不对立。古与今也不对立。合风雅正脉之作,今亦为古;'今'之作者,志存高远,'能自为古',则我即古,或者说不今不古,亦今亦古",并特别援引黄溍"不二于古今"之语,以为可以作为其精神的概括;不唯如此,他还特意将元代的师古、师心论与明代诗学进行类比,称"人们熟知明代师古与师心论的矛盾。或主师古,或主师心,各持一端,各成流弊。……明人看不起元人,但元代诗论家不犯这种错误"。① 学人有关元代诗学的判断的确存有缺失,而对明代诗学的认识也未必全然正确,即如查洪德,他有关明代诗学的理解也不无偏颇,至于个中原因,元明诗学的遭际可谓基本一致,即相关结论多出于查洪德所说的"一般认为"。换言之,在考察相关命题时,学人虽振振有词,但多是简单因袭陈说,我们很少思量此中是否存有误解。既缺辨析,遑论发覆。或者说,我们已自觉接受了某些"共识",并将其视为"常识",倘若回归元典,结合具体语境,重加思量,系统审视,亦有迷雾亟待澄清。但在此之前,仍有一个前提需要明确,前文已屡屡申说,现有晚明研究的重要障碍在于,某一先在观念根深蒂固,哪怕有新材料的发现,也会被自动贴上相应标签,归入某一阵营名下,新材料从属于旧观念,依然不免陈陈相因,因此,观念的突破更是关键所在。查洪德有关明代诗学的评价未必全然允当,却为我们提供了一个重要思路,即将相关问题纳入文学传统,通过前后的继承与变异,考量其中利弊得失。唯有对照比较,方能避免就事论事、自说自话之失,一应无谓的意义引申和价值评判也可不攻自破。

具体到明代的师古、师心论,我们虽已构建起了完整周密的知识体系,但若以元代诗学为参照,可以别开认识角度。第一,在构建明代复古诗学(革新诗学亦然)时,我们往往关注的都是有明一代的理论演进,而对

---

① 查洪德:《元代学术环境与元代诗学的学术品格》,《北方论丛》2014年第6期。

元明诗学的延续性有所忽略。有人或要质疑,譬如说我们虽认为高棅《唐诗品汇》一书是明代复古诗论孕育的重要理论源头,但也会上溯元代,发现元人杨士弘编撰的《唐音》一书,"具备了相当的诗史意识,企图对唐代的诗歌发展做系统的掌握,与明代复古诗论的趋向大致吻合。后来高棅就是以此为基础,再斟酌体例,扩充内容,编成《唐诗品汇》"①。但类似认识显然不够全面,或者说,仅仅依赖明代诗学研究中的"追溯",并不足以充分展示其中的完整脉络,倒是随着元代诗学的推进,因视域的扩大和知识的累增,不断孕育新发现。有学者认为"元代的宗唐复古论对明代的复古思潮既有开创、导向之功,同时也有不利的影响","元代的师心尚今论对明代'性灵'说、'童心'说的产生也有一定推动作用"。② 文师华更是指出,元代"后期围绕对宋、金诗学流弊的反思,形成了'师古'与'师心'两派,师古派成为明代复古派的前身,师心派开启了明代性灵派的先河。元人推尊唐诗,重视对诗格、诗法的探讨,对明代'格调'论有直接影响"③。凡此种种,皆可见出元明诗学间存在紧密的内在关联,甚至可以说元代诗学在相当意义上塑造了明代诗学的基本格局,无论其规模还是影响都远远超出我们的既有认识。

但类似论述不论怎样强调元、明诗学间的关联,仍是停留在追溯源头、强调影响的意义上。源头虽有启示之功,但相关理论如何具体而细致地展开,似乎另有自身逻辑。一方面,由于时代、文化等方面的差异,元、明诗学于承继的同时,仍应有相当差异,或形成自身鲜明特色才是。另一方面,元明诗学的确存在大量"相似",但仅仅强调"启示",不足以揭示二

---

① 陈国球:《明代复古派唐诗论研究》,北京大学出版社 2007 年版,第 174 页。
② 云国霞:《元代诗学研究》,四川大学 2007 年博士学位论文,第 224 页。
③ 文师华:《元代诗学理论发展的轨迹》,《南昌大学学报(人文社会科学版)》2001 年第 1 期。

者的"延续"轨迹,也无法见出二者的深层关联。诚如前述,师古、师心论说并非明人所独有,历史传统早已奠定基础,至于元明两朝,彼此的关联性更为密切。查洪德除却对明代师古、师心论的整体评价外,另揭示了不少细节,他指出:"在弘治以前,人们对'复'与'变'的态度,大致仍沿元人思路。洪武时高棅编《唐诗品汇》,言正变,标举的是'正中之变'和'变中之正'。与元人'不二古今'的精神一致。"①又说"像七子那样的'师古'之论、公安派那样的'师心'之论,元代之前也曾有过类似论调"②。由此可见,明代的师古、师心论在一定意义上就是元代的重新演绎,面对这一事实,我们的考察方式及评价标准当有调整。假使我们持片面视角,非但不能见历史之全貌,且一旦任凭其发展到极致,更会滋生无穷流弊,即将明代诗学的某些常规"现象"理解为其时的特殊产物,并赋予极高的社会意义。譬如说,仅仅立足于明代诗学的语境,学人构建起师古—师心彼此攻讦的发展脉络,并建构出"复古—革新"范式。但问题在于,七子派与公安派、竟陵派的类似论调早已在元人处有过生动演绎,诚如论者所说:

> 在复古倾向加深的同时,反对复古,主张师心、尚今、尚我的议论也一直没有间断,代表人物有刘诜、黄溍、吴师道、王沂、陈绎曾、杨维桢、张翥、王礼、罗大巳等。这样,师古或师心、尚今,便成了元代中后期诗学的基本潮流。③

如此一来,是否要将所谓"文艺启蒙"提前至元代?论者肯定要大加挞伐

---

① 查洪德:《近古诗学的"变"与"复"》,《文史哲》2017年第2期。
② 查洪德:《元代诗学通论》,北京大学出版社2014年版,第349页。
③ 文师华:《元代诗学理论发展的轨迹》,《南昌大学学报(人文社会科学版)》2001年第1期。

这番逻辑的,他们一定会强调形式虽同,内质却有巨大差异,不可混淆,只是少有人做过这番辨析的功夫,让人难以确认是否果真如此,甚至于他们是否了解元明有这种文学主张的"因袭"也颇令人怀疑。①

第二,师古、师心论之所以在元、明时代出现类似发展趋势,一个重要原因在于文学主张虽受一时政治、经济、文化等多种要素的影响,但它首先存在一自足逻辑,反映着对于文学特质和文学规律的一般认识。元明文人在此方面具有强烈的自觉和热情,一个明显的标志即在于诗法、诗话类著作的大量出现,"讲明诗法,乃为了创作出好诗,提出应该学什么和如何学的问题,这样就接触到了诗歌的本质"。元人的诗法著作颇为兴盛,据此形成了他们"融会贯通、统合唐宋的意识",以及"注意于法而又不拘泥于法,由诗法入而超越诗法"的特点。② 至于明人更是不遑多让,李东阳虽号称:

> 唐人不言诗法,诗法多出宋;而宋人于诗无所得。所谓法者,不过一字一句对偶雕琢之工,而天真兴致,则未可与道。其高者失之捕风捉影,而卑者坐于粘皮带骨,至于江西诗派极矣。③

---

① 也有人认可元明诗学具有所谓反封建的一贯传统,说"在反复古文学思潮的推动下,明代产生了更多的、更为深刻的批判封建正统思想的诗文及戏曲作品……我们认为以元代师心论为起始点的明代反复古思潮,对封建正统文学观念反叛的猛烈与激进程度是任何其他朝代所无法比拟的。从更深的层次讲,则是人们争取自由,极力想要挣脱封建传统思想束缚的一种体现,因此其价值自不可低估"(云国霞:《元代诗学研究》,四川大学2007年博士学位论文,第225页)。但这样一种描述系对元明诗学发展历程的简单化概括与庸俗化解析,忽略了其中纷纭复杂的历史面貌,让人难以取信。且此论以思想史取代文学史,对文学自身的演进脉络过于无视。
② 雷恩海:《古典诗学的整合与重建:〈沧浪诗话〉与金元明诗学》,科学出版社2021年版,第407页。
③ 李东阳:《怀麓堂诗话校释》,李庆立校释,人民文学出版社2009年版,第27页。

但他本人却首先背离了自己的立场,大量谈诗论艺。明人的相关著述更是层出不穷,它们"发扬元诗话偏重诗法的优点,予以充实提高,成为系统的诗学理论",并在此基础上形成了"时代性、针对性、理论化、系统化、专门化"等鲜明特色。① 因此,他们提出的都是文学主张,反映的都是文学见解,一应调整、变化的背后,都与对文学的理解息息相关,或者说,其他多种因素的影响终究要落实到文学层面,根据文学规律、依照文学方式来展现。譬如有学人在研究赵孟頫时指出:

> 赵孟頫的复古主张是期望通过宗唐溯古,从而扭转由于宋金割据所导致的偏安一隅、缺少法度、师心自用的创作弊习,同时也通过复古以创新的方式来适应新王朝多民族文化交汇、多级地域环境并存的特征,实现吸收、调适并最终整合,形成恢宏、融通、大气的创作风貌。②

无论师古还是师心,种种文学主张深受现实政治与文化的影响,但理论的凝练与实践不是外在因素的简单映射,实有赖他在诗、书、画等领域的专门开拓,"赵孟頫的整个文艺复古精神的基础就是回到文艺创作最初的原点,从古法的学习开始"③。这一现象无疑具有鲜明的代表性,反映了绝大多数文人的基本情况,"文艺"构成了所有思考的核心和落脚点。

围绕文学形成的思考往往具有系统性,以及相当的独立性,故而我们虽认可文学主张受到多种因素影响的可能,却始终将"文学本位"置于首

---

① 周维德:《论明代诗话的发展与专门化》,《浙江大学学报(人文社会科学版)》2003年第5期。
② 邱江宁:《元代文艺复古思潮论》,《文艺研究》2013年第6期。
③ 同上。

位。揆诸文学史,我们发现存在这样一种现象:当我们通过细致涵泳经典形成独到感悟与理解,并确立某种立场或共识后,便会以此为理想目标和信仰追求,终身自觉坚守,绝不为时代潮流所左右,明人在此方面为我们提供了一则生动案例。

  云将折衷今古,诗好玄晖、少陵,近则何、李,于文好左丘明、韩非、司马子长、班孟坚,初与诸君子为九子社。当是时,历下、琅琊奔走六服,九子者出而持之,后乃公安、竟陵交拔赵帜,天下之士,尽为楚风,云将终固垒自若,彼所以自命于文章者,可知已矣。①

诗文创作,初始时自然要有相应取法摹拟对象,这不免要受时代风气影响甚至裹挟,但亦会有时人自我之抉择,即个人对文学之理解与体悟,否则,内在根基难以确立,仅是影随盲从,非但是学者之悲哀,亦是被学者之不幸。对此,小修早有明示,云"及其后(按:指中郎)也,学之者稍入俚易,境无不收,情无不写,未免冲口而发,不复检括,而诗道又将病矣",故其有"凡学之者,害之者也;变之者,功之者也"②之叹。其云将折中古今,形成了自我的明确见解后,必然会有坚守,任时代风气变换,他也不会随意更张,就此,以所谓"复古—革新"为说,实则忽略了个体之自主与文学之独立,以为时代可以裹挟一切。我们不反对追溯文学现象背后的政治、思想之因,并由此能对相关问题作出更为深刻透彻的理解,但正如前文已然郑重申说,无论如何,文学问题首先应在文学框架下予以基本阐释,而不能

---

① 万时华:《素园集序》,载《溉园初集》卷一,《四库禁毁书丛刊》集部144,北京出版社1997年版,第259页。
② 袁中道:《阮集之诗序》,载《珂雪斋集》(上),钱伯城校点,上海古籍出版社1989年版,第462页。

化作一堆"史料",成为政治史、经济史抑或思想史的注脚。

三、元、明文人共有的理论卓识

查洪德虽认可七子派、公安派的观点在元人处也有"类似论调",但他两相比较后认为"元人斥之为'执一废百',当然是不取的"①,因为"明人或主'师古'或主'师心',各执一端,或倡复古或反复古,各极其致"②。但这一观点不免苛责,明人虽有偏颇之失,却也有积极反思与回应。查氏也承认明人中也有清醒者,鉴于师古、师心之弊而有调和之论,他特别提到了身列"末五子"的七子派后学李维桢,但他认为李维桢的"基本思路,还是要学古重法,只是主张学古要能变化"③。在他看来,元、明文人的关键区别在于"元人在提倡'师古'的同时,又主张'不二于古今'或'无间古今',这是他们与复古论在基本精神上的区分。所以,元人尚古而非复古"④,而像李维桢那样的折中之论,"元人也不会佩服"⑤。

查氏对"折中"的思维方式似乎很不欣赏,但有论者却认为,"在'师古'与'师心'之争发生后,必有一种总结性的意见出现,从而形成折中、辩证的思想,如金代的王若虚,明代的李维桢等人的观点"⑥,给予了"折中"充分肯定,并认为不唯明人有此意识,金人亦然。故而这"并非圆通之论,也未见高明"只怕见仁见智。

结合具体主张而言,查洪德对元人的"不二古今"之说作了多番图解:

---

① 查洪德:《元代诗学通论》,北京大学出版社2014年版,第349页。
② 同上书,第370页。
③ 同上书,第348页。
④ 同上书,第355页。
⑤ 同上书,第349页。
⑥ 张伯伟:《中国古代文学批评方法研究》,中华书局2002年版,第176页。

元人主张的是既备众体又成一家,遍学各家而又不同于任何一家,并非"舍筏则达岸矣,达岸则舍筏矣"的比喻所可表达。①

元人的古今之论是通达的,"师古"是学习前代诗人的优秀作品和优秀传统,目标是"师古"而变,写出无愧于前人且力图超越前人的作品。②

诗以情真自然为"古",模拟非古。③

其要有三。一是正确认识"古"之真谛。所谓"古"并非就时间意义而言,只要具备一定的标准,譬如"情真自然",无论古今,皆属于理当师法之"古",反对盲目以古人为尚。二是明确学古的目标。取法古人并非期望与古人相同或相似,继承的同时更应求新求变,实现发展和超越。三是指点学古的正确方式。元人的认识与前人大致相当,即转益多师,融会贯通,进而自成一格。以上三点实则并没有超出有关师古、师心问题的一般认识,明人既不外于此一文学传统,想来也应有自觉意识,对照明人相关言论,我们不难发现明人确有融通之说,元明二者间多存共识。

晚明文人鉴于过往之失,意识到为义须当避免一味师古以致"学古而赝"与盲目师心以致"师心而妄"这两种偏颇倾向,李维桢即云"今诗之弊约有二端:帅古者排而献笑,涕而无从,甚则学步效颦矣;师心者冶金自跃……"④。他们充分认识到"师古"与"师心"皆有其可贵价值,故而每每以寻求二者融合为创作指导思想,其中首要工作正在于对"古"之真谛的反思。譬如李维桢,通过对比《诗三百》、唐诗及本朝诗人的成功经验,认

---

① 查洪德:《元代诗学通论》,北京大学出版社2014年版,第354页。
② 同上书,第355页。
③ 同上书,第356页。
④ 李维桢:《书程长文诗后》,载《大泌山房集》卷一百三十一,《四库全书存目丛书》集部153,齐鲁书社1997年版,第675页。

识到"诗文大指有四端:言事、言理、言情、言景尽之矣。六代而前,三唐而后,同此宇宙,宁能外事理情景立言?"①"作诗不过情景二端"②,而成功的创作就在于"即事对物、情与景合而有言,干之以风骨,文之以丹彩"③,或照胡应麟的说法"情与景适,象与境镕,比兴弥深,而斤节靡减"④。一言以蔽之,所谓"文章之道"的关键,或者说"古"的真谛就在于对当下情、景、事的合理安排,实现"情景交融,错综为意"⑤。胡应麟有云"从宋严羽卿得一悟字,于明李献吉得一法字……"⑥,道尽其中滋味。及至明末,相关探讨更为细致,时人认为对古人的借鉴取法应当超越字法、句法层面的简单模仿,转而体悟古人创作之"神",活学活用,如陈子龙云:

> 夫士苟负颖惠之姿,驰心文史,似古人之陈迹,可袭而取也。辄纵笔属文,非不灿然;而其源不远,其论不微,必无传于后世。故学者先去其自得之境而可矣。既以审其失,则必准量而方矩;言旨法则,范于已经;语裁古而愈庄,字铸雅而益密:可谓秩然纪律之师矣。然未化也,更有进焉者而不可求也。夫化如天地之生物,寒暑凉燠不爽其度,而若出于自然,此法度之至密也,岂放然无纪、恣违厥序而谓之化哉!⑦

---

① 李维桢:《汲古堂集序》,载《大泌山房集》卷十三,《四库全书存目丛书》集部150,齐鲁书社1997年版,第574页。
② 胡应麟:《诗薮》,上海古籍出版社1979年版,第63页。
③ 李维桢:《唐诗纪序》,载《大泌山房集》卷九,《四库全书存目丛书》集部150,第490页。
④ 胡应麟:《林贞耀观察覆瓿草序》,《少室山房集》卷八十二,《文渊阁四库全书》第1290册,上海古籍出版社1987年版,第592页。
⑤ 胡应麟:《诗薮》,第64页。
⑥ 同上书,第100页。
⑦ 陈子龙:《彭燕又文稿序》,载《陈子龙全集》,王英志辑校,人民文学出版社2011年版,第1065页。

古人的陈迹极易因袭、模仿,由此入手也确有小成,即所谓"非不灿然",但终属凡品,未臻向上一格,需得进入"自得之境",方能至善至美,传之后世。这就要求学者在"言旨法规,范于已经"的基础上,继续寻求"化"乃至自然的境界。此等作文境界实与时人的为学境界相通。

卧子所标举之最高境界为"自得"、为"化",然"自得"与"化"之说甚为玄妙,大有"不可为外人道"的意味,但我们可以知道的是,"化"虽为最高境界,此一境界却非"放然无纪",而是"法度之至密",只不过种种设计安排恰到好处,"若出于自然"。因此,"化"绝非无所拘束,亦非无处措手,它依然要遵循一定的格调法度,究其实质,即是将师心与师古的原则予以完美结合。他们所表彰的诗人也都是既能多方取益,又不丧失自己的个性,可以融古以铸今,如陈子龙云:

> 若我友子建,则恢恢乎难易之际矣。子建之为文也,不艰思于己造,役属众家,广缅错著。故未成也,陶然而乐。虽杂言群语,零乱融和,而观者忘其所本,如构新倡。……夫周、秦以来,数千年之间,文章不可胜数,高下互见,百端群分。子建遇无遗美,悉取而代之,而人莫不知为子建之文。①

郑鄤亦表彰茅坤"先生上下古文词,无所不研究,而必不肯剿袭一字,直取神脉于悠扬澹荡之间,名家宗唐、瞿者,未有若此之圆至者也"②,又有钱牧斋云"异羽之诗,清妍深稳,有风有雅,出入六朝三唐,不名一家,亦成其

---

① 陈子龙:《思讹室集序》,载《陈子龙全集》,王英志辑校,人民文学出版社2011年版,第783—784页。
② 郑鄤:《明文稿汇选序·茅鹿门》,载《峚阳草堂文集》卷七,《四库禁毁书丛刊》集部126,北京出版社1997年版,第373—374页。

为异羽之诗而已"①,诸家议论如同出一口,由此可见时人之偏好。元人认可"情真自然",明人强调"自得""神脉";元人要求发展超越,明人褒扬"忘其所本,如构新倡";元人追求多方取益、自成一家,明人亦是"遇无遗美,悉取而代之,而人莫不知为子建之文",元人的种种卓识皆可在明人处找到鲜明体现。

四、明代师古、师心论的开拓

相较元代文人,明人有同等卓识,加之师古、师心之说在明代文坛流布时间较长,虽在此过程中出现各至其极的状况,但也使其利弊得以充分展现。明人进而可对师古与师心、可变者与不可变者在创作实践中的关系进行更为细致、深入的探究。为文虽包含"可变者"与"不可变者"两部分,但它们并非各自独立,而系紧密联系。所谓"规矩法律"并非浮泛之物,总需落实为体制、结构等具体因素,有学者就将刘勰所认可的"古代文学中足备顾问值得取资的东西"归纳为五种,即"①成辞,②义理,③体制,④风格,⑤常规"②,规矩法律实则就体现于音声体制的结撰、组合方式中,对"规矩法律"的继承在某种意义上就是对结撰、组合之"法"的借鉴。古人倡复古之论,常好以画譬文,二者确有其相通之处,我们或可借鉴绘画方面的某些经验来认识文学。与为文类似,"临摹"是学习传统绘画的常见方法,"临摹是借着重复古人的作品,作为一种训练,务求在复制的过程中,领会古人对于构图、勾勒、用笔、用色、用墨等心得",但对于一个艺

---

① 钱谦益:《范玺卿诗集序》,载《牧斋初学集》,钱曾笺注,钱仲联标校,上海古籍出版社2009年版,第911页。
② 滕福海:《〈文心雕龙·通变篇〉"设文之体"辨》,《杭州大学学报(哲学社会科学版)》1985年第1期。

术家来说,通过临摹并非为了求似,而是要"通过临摹古人的笔法,和笔法展现出来的抽象价值,去领会古人的气度和人格"①。换言之,起点在于形式层面的模仿,终点则在精神气象的传承。诗歌的总体风貌及文化品格归根结底要落实到体制等要素的经营上,抽象的理念或境界要靠具体要素的组合来呈现。由此可见,所谓"不变者"有赖"可变者"来具体呈现,则不变中有变;而"可变者"之"变"的方式、途径亦非完全放任,需借鉴某些指导原则或理念,至少不能恣意突破此类规律,如此,则变中亦有不变。师古与师心二者你中有我、我中有你,本就并非截然孤立,彼此融合更是势所难免。

具体到明人的相关论述中,与此对应的两个重要命题是"体法"与"性情",前者多被理解为复古派的核心理念,后者则是革新诸子的强烈诉求,故而所谓师古与师心的汇流就体现为如何实现"体法"与"性情"的完美融合。对于这一"融合"的探索,或曰此种意识由来已久,七子派中人倡言格调,却在重"法"的同时于"情"多有关注:如李梦阳的诗论中存在着"祖格本法"与"情之自鸣"两种倾向,云"以我之情,述今之事,尺寸古法,罔袭其辞"②,试图实现自我情感与古典的审美形式的统一;徐祯卿有"因情立格""由质开文"之说,"要以情实为本,以质朴为宗,然后去追摹汉魏的格调、文辞"③,究其实,仍是要实现情、格协调;王世贞则提倡"裙拾宜博""多历情变"④,并将才思引入"格调说",云"才生思,思生调,调生格。

---

① 罗淑敏:《一画一世界:教你读懂中国画》,广西师范大学出版社2012年版,第12页。
② 李梦阳:《驳何氏论文书》,载《李梦阳集校笺》,郝润华校笺,中华书局2020年版,第1916页。
③ 袁震宇、刘明今:《明代文学批评史》,上海古籍出版社1991年版,第173页。
④ 关于李梦阳、徐祯卿、王世贞的具体表现请参陈书录《明代前后七子研究》(江西人民出版社1994年版)第七、九、十一章。

思即才之用,调即思之境,格即调之界"①。

李梦阳等人虽有对"情"的关注,并有实现二者融合的理想,但他们更为关注的仍是"格调",往往导致了"强调形式风格的古典性,但牺牲了情感的真实性"②的局面,美好的理想沦为空谈。真正具有自觉意识进行深入探讨并取得了相当的实效,从而为后人积累了宝贵经验的当属末五子。作为后七子的承继者,他们深受七子派诗学的影响,自然要恪守"格调论"的立场。与此同时,他们又需面对"辞虽肖,而情非真也"③的文坛弊病,如何在提倡格调的同时避免出现剽拟之弊就成为他们必须解决的问题。再者,随着公安派的兴起,师心之论声势日盛,如何回应对方挑战、坚守自身立场也成为他们更为紧迫的任务,且这种回应不能采取狭隘、固执地强调自身观点并一味批评对方的策略,毕竟在七子派的影响下产生了因袭剽拟之弊是事实,师心之论具有较大的合理性也是事实,加之他们不少人自身也接受了王学的洗礼,对于师心之论存有相当的认同。因此,他们的回应首要的是积极调整自身的观点,且这种调整的一个重要方面就在于积极吸收对方的长处为我所用,因而他们才对偏狭的师古与师心论者一概持否定的态度,如李维桢云"慕古之士束唐以后书不观,必若所云,人世亦何用有今?而俗学浅陋取给目前,又以生今不宜返古,二者皆讥无当于大方"④。他们的理想必然趋向消除二者之偏,融合彼此之长,实现"会通今古"。如果说情与格的融合在李梦阳等人处尚只是理论设想,那么师古与

---

① 王世贞:《艺苑卮言》卷一,载丁福保辑:《历代诗话续编》,中华书局1983年版,第964页。
② 张健:《清代诗学研究》,北京大学出版社1999年版,第43页。
③ 屠隆:《皇明名公翰藻序》,载《屠隆集》(第三册),汪超宏主编,浙江古籍出版社2012年版,第206页。
④ 李维桢:《祈尔光集序》,载《大泌山房集》卷十,《四库全书存目丛书》集部150,齐鲁书社1997年版,第522页。

师心的汇流则成了李维桢等人在特殊形势下的现实问题与自觉追求。

在末五子诸人的垂范之下,其后文人延续了他们的思考与理想,对于格法、性情的关系予以了更多的关注,对照"末五子"与明末文人的观点,既可以发现清晰的因袭线索,又能见到因社会思潮与学术倾向等因素的不同而产生的差异。明末文人中的典型代表当属以陈子龙为代表的云间派,张健先生对此有细致梳理。① 与前人一致,陈子龙认为诗歌创作的两个关键在于性情与格调,其云:"明其源,审其境,达其情,本也。辨其体,修其辞,次也。"②虽云主、次,但他的理想则在于实现二者的统一。与末五子一样,卧子对《诗经》评价甚高,视其为创作的最高典范,云"吟咏之道,以《三百》为宗"③,而《诗经》最突出的价值就在于"劳苦怨慕之语,动于情之不容已耳。至其文辞,何其婉丽而隽也"④,性情与格调各臻其至却又融合统一。在探讨性情与格调融合的方式时,卧子有与前人一致的一面,如其云:

> 自《三百篇》以后,可以继《风》、《雅》之旨,宣悼畅郁,适性情而寄志趣者,莫良于古诗。盖措思非一端,取境无定准,博谕而不穷,言近而指远,君子幽居旷怀,娱道无闷之善物也。为之有三难:一曰托意,二曰征材,三曰审音。夫深永之致,皆在比兴,感慨之衷,丽于物色;故言之者无罪,而使人深长思,足以兴善而达情,此托意之微也。《典》《谟》、《雅》《颂》之质以茂,骚赋、诸子之宏以丽,以及山经海志之诡以肆,上自星汉,下及渊泉,撷掇之余,即成清奏,此征材之博也。

---

① 详参张健:《清代诗学研究》,北京大学出版社1999年版,第50—73页。
② 陈子龙:《青阳何生诗稿序》,载《陈子龙全集》,王英志辑校,人民文学出版社2011年版,第1061页。
③ 陈子龙:《左伯子古诗序》,载《陈子龙全集》,王英志辑校,第1104页。
④ 陈子龙:《佩月堂诗稿序》,载《陈子龙全集》,王英志辑校,第789页。

词贵和平,无取伉厉,乐称肆好,哀而不伤,使读之者如鼓琴操瑟,曲终之会,希声不绝,此审音之正也。①

古诗是继《诗经》之后最优秀的作品,它的价值在于能够继承《风》《雅》传统,"适性情而寄志趣",这样一种精神境界的造就同样取决于一定的"法",即"措思非一端""取境无定准""博谕而不穷""言近而指远",类似于我们上面所说的"规矩法律"。作为根本性的"法",它不变中有变,需要结合具体的情事予以合适地呈现,具体表现在托意、征材、审音三个方面,此一思路与上述相当。

然卧子与前人的分歧亦十分明显,对于末五子来说,他们面对的主要问题是情伪,即一味强调形式层面的模拟,忽视了真实情感的表达,因此他们的目标在于实现古法与今事、情与格的统一,具体的解决方案就是改造"法",重新确立"法"的内涵和学习的途径及方法。从某种意义上说,他们的策略更多地体现了一种"让步",是将师心之论的某些合理因素吸收进自己的观点中为我所用,以师心来改造师古;而陈子龙的主张则与此相反,叵认为是以师古改造或曰补充师心,其云:

> 夫今昔同情,而新故异制。异制若衣冠之代易,同情若嗜欲之必齐。代易者一变而难返,必齐者深造而可得。故予尝谓今之论诗者,先辨其形体之雅俗,然后考其性情之贞邪。假令有人操胡服胡语而前,即有婉娈之情,幽闲之致,不先骇而走哉?②

---

① 陈子龙:《李舒章古诗序》,载《陈子龙全集》,王英志辑校,人民文学出版社2011年版,第1055页。
② 陈子龙:《宣城蔡大美古诗序》,载《陈子龙全集》,王英志辑校,第1060页。

卧子虽然凸显了情感的意义,却始终不忘强调体制、格调,所谓"情以独至为真,文以范古为美",将二者置于同等重要的地位,此处还将格调作为谈论情感的先决条件,按照他的理解,情感必须与体制相协调,因为体制与情感一表一里,我们总是先接触外在的"表"进而了解内在的"里",假若外在的"表"不能吸引我们的兴趣甚而激起我们的厌恶,内在的微言大义也无法传播,格调的品质直接决定了情感功能的表达效果。张健在分析这段文字时说:

> 如果按照先辨形体、后考性情的程序,就要先看其形体雅不雅……如果形体不雅、次要的方面不符合要求的话,就不用考虑其性情这个根本的问题了……先辨形体的程序性原则对情志为本的价值原则构成了限制。①

换言之,卧子虽倡导"情志为本",但却是格调论意义上的"情志为本",情志表达必须与格调规范相一致,格调成为情感的前提与规范,故而我们将卧子的思路称之为以师古限制或曰补充师心。

晚明文人理论主张的核心确在于"折中",但所谓"折中"并非简单拼凑、嫁接对立观点,此中有他们对于文坛弊病的积极反思和对文学发展的深入思考,进而才有对理论主张的自觉改造。就理论而言,当然有圆通与高明之说,但就实际文学发展而言,更为在乎的是是否具有针对性和现实性。当明代文坛拟古之弊泛滥时,若无师心之说的极端冲击,也难有改观之效,就理论而言,袁宏道等人的观点自有偏颇之处,也易滋生流弊,但就实际而言,正可谓猛药去疴,重典治乱。当师古、师心论都得充分发展,特

---

① 张健:《清代诗学研究》,北京大学出版社1999年版,第56页。

别是彼此弊端都已充分展现,需要有所矫正之时,合适的或者说可能的主张当然是充分吸收二者之长,互相补益,毕竟习见已成,想要以所谓高明理论彻底更张,只能是一厢情愿。看起来,明人似在师古、师心角度仍有侧重,但正如我们所说,一种立场既已确定,不宜轻易推倒重来,关键是看他们在坚持的同时是否狭隘、偏颇,否则,若能正视自己的问题,并积极解决,逐步靠近那个理想的目标,看似不够圆融,或者妥协、退让,却是更为实际、可靠的选择。圆融高明之说作为理想目标,必须在折中之功取得明显效果后才有实现之可能。因此,假使明代诗学不够圆满,也是时也势也。查先生称清人惩明人之失,走向"复"与"变"之融通①,正与上述思路一致。且清人诸举,得益于明人为其先导。

无论师古还是师心,无非一种理念,代表着我们对文学创作规律的独到认识,若偏于一隅,难免流弊横生,故而每每寻求二者的融合,即"不二古今",那么所谓的"古"与"今"就不应有绝对的先进或落后之分,甚而正如元明文人早有明示,所谓"古"与"今"并非时间意义上的简单切分。"所谓'古',所谓'今',都是相对的,从'古'至'今'是逐渐演进的"②。按说此类表述我们并不陌生,譬如袁宏道等多有论及,不同的是,我们都将此列入"革新"主张名下,持复古论者如王世懋、屠隆等若持此说则往往被视为文学主张变革的标志,所谓晚明诗学由复古向革新过渡的轨迹也就此构建。但查洪德却将元人的此种主张纳入"师古"论名下,彼此大相径庭。辩证、融通地说,查氏的观点显然更为合理。"古"是我们无法割舍的文学遗产,更是我们当下创作的源头活水,故而,"师古"是我们难以回避的选择,后期公安派与竟陵派都对此作出了积极回应。因此,正确地理解"古",或者更准确地说,认识此前文学的发展轨迹和规律,是我们处置当

---

① 查洪德:《近古诗学的"变"与"复"》,《文史哲》2017年第2期。
② 查洪德:《元代诗学通论》,北京大学出版社2014年版,第360页。

下,面向未来的前提,刘勰所谓"通变"之说即是此义。片面地凸显新、一味地褒扬新,终归不是通脱之论。推而论之,晚明诗学的种种判断,总不免一种由文学向思想游移的倾向,故而强调先进或落后之判定,但于文学本位却多有淡化,对文学的理解和认识也多有疏远,这不能不引起我们的警醒。

结　语

　　行文至此,全书似可收束,但为了清晰地昭示基本立场和突出核心诉求,仍需有所阐发,如此或也可对某些疑问有所回应。

　　简而言之,全书旨趣有二,一是辩证旧说,二是重建范式。从系统性与全面性来看,既有内容似有缺失,但大体考量,倒也堪称圆满。就辩证旧说而言,无非是要说明和澄清一事,即何谓"晚明"。时下对其范围的界定多有分歧,但核心判断基本趋同,学人倾向于认同因社会经济、思想文化等因素的影响,这一时段孕育并发展出诸多异质因子,昭示了由传统向近现代转型的积极和浪漫色彩,并积极与"文艺复兴""启蒙"等思潮进行比附;只是学者对这一现象的具体演讲轨迹,特别是发生和流变情况,认识不一,故而才在断限问题上众说纷纭,并由此影响到关于其性质和价值的判断。但若综合审视,多年来的持续探讨,无论对相关认识有何种程度与意义的推进和丰富,却不曾抓住问题关键,或者说遮蔽了某些更为核心的逻辑。最为基本的,也是最为根本的,应该对作为"时段"的晚明和作为"事件"的晚明有所区分。"时段"即从历史长河中截取的某一时间历程,自然相对客观,但我们所面对和处理的"晚明"往往被贴上了多种标签,赋予了丰富内涵,这就超越了"某段历史进程"的单纯意义,成为限定甚至区分后的产物。时下重点基本落在后者,并借助于"现代阐释"的名义,造就其基本面貌且仍在不断丰富,上述的歧异认识便是必然表现之一。

由何谓"晚明"出发,自然要深入考量何以"晚明"、如何"晚明",全书的立足点与出发点由此奠基,整体的逻辑框架也因此构建。大体论之,这"何以""如何"落在了"思想塑造"(以资本主义萌芽、早期启蒙、自然人性论等为代表)与"现实诉求"(时而倡导现代性、时而鼓吹人民性、时而崇尚个性)两个方面,书中就此作了尽可能的梳理与勾陈,无论是理论前提、基本历程、现实影响,还是利弊得失,都有较为清晰的辨析与审视。除了书中论及的内容外,假使扩大观照范围,留意到更多的细节与个案,介入并干预晚明诗学现代阐释的因素尚可补充,但无论其宗旨、逻辑还是影响等,多半与上述内容存在相似处,且彼此联结为一体,交互作用,早已密不可分。既有探讨可收窥一斑而知全豹之效,某些内容的缺失并无太大关系。

至于重建范式,依笔者之见,晚明诗学虽流派众多、观点纷呈,但删繁就简,核心论题有二,一在于"情",一在于"法",换用一种相对通俗的描述,即"写什么"与"如何写",已然将有关文学创作的一应探讨全部囊括在内了。二者的交锋、融合,更是造就了晚明乃至明代诗学演进的基本逻辑,相关表述汗牛充栋,既有研究也是充类至尽。但一应探讨多半是在既定范式内周旋,此即前揭的"复古—革新"模式,无论七子派或曰复古派,还是革新派,都已确定基本面貌与总体格局,所谓的深入与拓展始终受制于特定藩篱,既不会改变印象,也无法更新范式。本书则意在进行某种突破性的尝试,基本思路无过于拉开一定距离,做长时段的观照(即跳出"晚明"一隅,就明代诗学整体、明清诗学联系,乃至中国古典诗学的发展历程予以通盘考量)①。

---

① 郑利华新近刊文对明代复古派研究予以审视,他指出,既要向上追踪,探寻"复古派与古典系统进行对接的路径和呈现的效果",与此同时也要向下检视,"加强对复古派后续影响的研究","这样才能相对完整地展示复古派在文学史上绵长的影响轨迹,对其复古实践的意义做出更为恰当的界定,并有助于从一个更为开阔的视野观照中国近世文学的演变历程"。这一见解对于我们整体的晚明诗学研究都有重要的启发意义,相关思路用在其他研究对象身上同样是必要且有效的。详参氏著《明代复古派研究的省思与展望》(《文学遗产》2023年第1期)一文。

在"重新"审视一应命题的内涵与价值时,本书特别强调了两种立场,一是坚守文学本位。晚明是一个思想多元的时代,彼此间激烈交锋又深度影响,因而即使是"文学"命题,其"光谱"也是五光十色,举凡政治、经济、思想等都留下或明或暗的印记。学人对此种"复杂性"具有充分自觉,并从综合角度予以了多维考察。但我们对此"综合"与"多维"应有必要"警惕",视角的转换与视野的突破自是必须,但基本的立场不能随便动摇,即文学的问题,终究要尊重文学的基本规律,采用文学的评价标准。从实际情况看,我们往往背离了这一基本原则,以政治、思想、经济等因素代替文学,进而做出所谓进步或落后等区分,却对不少命题应基于"文学"的深入思考有所忽略和无视。本书则试图重新回归"常识",着力考察相关命题对文学现状的批评反思,及对理想状态的鼓吹建构。我们自然要对政治生态、经济形势以及思想学说做专门考察,深入辨析其内涵,细致梳理其轨迹,但相关结论不宜用来与文学现象简单关联与比附。譬如说,心学对晚明文学产生了巨大影响,不少文人会在其主张中标举"良知"或"天机"等概念,我们往往习惯于搜寻其出处,进而将思想史层面的认知照搬进文学领域,确立这一文学主张的内涵及价值。此举看似周全,却忽略了其中的本质差异。外在因素作为"背景",实则不曾直接介入实际的文学现场,它们只是影响了彼时文人的思考方式,没有也不会改变相关命题的基本性质。任何思想学说或概念,一旦进入文学领域,不见得能够保留其全部内涵,并难免要按照文学的内在理路有所调整或取舍。故而对于我们来说,首要的是充分思考它们基于何种凭借、通过何种方式,进入到文学命题中并发挥影响。

二是考虑"传统"因素。前文中曾对章培恒等所著文学史再三致意,学人的关注点基本落在其由人性论肇基建构的全新文学史模式上,一应探讨或争议都由此发端,此举虽有充分价值,却也不免遮蔽了其基本立场或思路的另一面,即对某种"一以贯之"的再三强调和坚持。譬如他们论及元代文学时指出"上述文学传统是在长期的社会发展过程中自然形成的。凡是历史的必然产物都不可能在短时期内被全部、彻底、干净地消灭"[1],故而在论及种种"新"现象时,总是特别注意它们与传统间的复杂关联。[2] 表面看来,此举似只是力避偏狭之失,兼顾新、旧两段,但究其实质,却展现了一种截然不同的思维方式,简单来说,即连贯的还是断裂的,历史的还是现代的,后者看到的是种种"变"和"异",前者则更多看到了"通"和"承"。非此即彼的态度显然不值得提倡,重视并重建前一种思路具有必要价值,这也正是本书借助"法"与"情"两个个案研讨意欲凸显的。就此而言,论题未必全面,论域未必丰富,但也算是另辟蹊径,足资参考。

以上系对全书观点的提炼概括,此外,尚需对总体的研究立场及思路有所说明。本书针对有关"晚明"的不少"定论"多有质疑,难免给人刻意唱反调的印象。就学术研究而言,求"是"去"非",自然免不了时有反思、辩驳之举,面对可能的质疑,实在不必在意。需要申明的是,或有人认为纠结于"误会"实在没有必要,毕竟"误会"也创造了重要价值。就晚明的"现代阐释"而言,正是由于种种曲解和误解才推动了诸多理论命题的推广和文学格局的重建,不从实际影响着眼,无视发展中的"现实",反倒拘泥于"误会",不免本末倒置、买椟还珠。但不论如何,历史的"本来面貌",或者说多元面貌应该尊重,至少不能仅尊于"一",尤其这个"一"还

---

[1] 章培恒、骆玉明主编:《中国文学史新著》(增订本第二版)下卷,复旦大学出版社2020年版,第10页。
[2] 当然,《中国文学史新著》对于"新"和"旧"之间关系的认识,与一般理解有所不同。他不是简单地强调传统因素的因袭与继承,尽管他并不否认这一点,但在他看来,造成"一以贯之"的绝对因素仍是"人性",所谓"中国文学从上古至近世的整个演进过程原是必然要导致这种追求'人性的解放'的文学的形成的"(《增订本序》,载章培恒、骆玉明主编:《中国文学史新著》[增订本第二版]上卷,复旦大学出版社2020年版,第2页)。

是出于现实需求的后知之明。依照部分学人的逻辑,传统自身似乎并不重要,任凭后人塑造,只要能为我所用即可。转换思路,对传统给予基本的尊重,切实探究其理论价值的基本内涵,细致梳理其后世流布的基本理路,我们能清晰了解历史演进的脉络,包括种种变形与曲解,有助于更好地思考传统理论的价值与现实建构的利弊,发现别样的可能。

此外,本书的"纠偏",不论成效如何,就立意论,是全面性和颠覆性的,换言之,试图重建一套范式。这样的"野心"或许自负,却并非哗众取宠。学人中时有"异调",前文中已涉及不少,此处可略作补充。有论者指出:

> 二十世纪,一些受到马克思主义影响的学者认为,明代存在一种由罗钦顺、王廷相和王夫之(1619—1692)等人倡导的以"气"为核心概念的思想模式,对道学唯心主义提出了一种唯物主义的挑战。但要说明代存在一群独立的进步思想家,运用"气"的概念主张唯物主义,无疑是用现代的意识形态偏见主导我们对历史上思想转变的理解。①

一应学人都不否认"晚明"思潮中出现另类因素,但对其性质的界定以及随之而来的评价却表示了必要的审慎,尤其是对简单"类比"表示质疑,甚而是直接的反对。前文中在讨论"早期启蒙"思潮时,就相关论调有充分讨论,我们的立场,或者前提,显然是明确的。

但如果一味反对"类比",则基本的认识很可能会失去了凭借而难以为继,也不利于相关思潮中异质因子的发现与发明。因此,为了便于说明

---

① 〔新加坡〕王昌伟:《李梦阳:南北分野与明代学术》,谭晓君译,上海古籍出版社2022年版,第256页。

和理解,适当的类比无可厚非,甚而理所当然,但必须保持警惕的是,"似"并非"是",不可简单混同(事实上,相关流弊时有发生)。很多时候,只要我们稍微秉持一点审慎的"怀疑",相关命题的缺失不难发现。譬如说,不少学人在论证资本主义萌芽之存在及其重要影响时,往往会强调某些文人祖上的从商经历或身份,[1]依照他们的理解,家族传统影响必然会导致他们对商人、商业的看法有异,尤其是更为理解与认同,此说似乎有些道理。但有学人则认为"李梦阳对平民文学的欣赏是不是出于阶级自觉还有待商榷"[2],这一严谨的态度于情理上似乎更加客观。论者还进一步提醒我们,"尽管商业的成功是李氏家族上升的第一步,但李梦阳显然并不认为依赖经商是长久之计。在族谱中,李梦阳不断强调家族创业的艰辛,以及教育对李家达到如今受人尊敬的社会地位的重要意义",并且"考虑到经商的不稳定性和家族共同财产的缺乏,李氏家族选择通过与宗室结亲,增加其优秀子弟踏上仕途的机会"。[3] 就此来说,李梦阳本人更多展现出的还是传统思路,这便无形中削弱了上述判断的可能性与合理性。由此导致的问题是,面对"晚明"的诸多特异现象,简单追求一个"是非",恐怕不是高明的做法。这并不意味着我们要否认彼时的"异质"因素,上述引文虽反对将有关"气"的讨论与唯物主义简单挂钩,但也强调"当时的确存在一种新的思潮,试图重新阐释'气'以及它与其他哲学概念的关系"[4],关键在于表述的尺度与界限,从而避免简单化或绝对化。很多时候,所谓的"新"与"旧"之间存在千丝万缕的微妙关系,譬如李梦阳标举

---

[1] 譬如章培恒在说明李贽对于发扬、壮大阳明学说的贡献时,特别强调其"是商人的孙子,并可视之为商人代言人"。载章培恒、骆玉明主编:《中国文学史新著》(增订本第二版)下卷,复旦大学出版社2020年版,第55页。
[2] [新加坡]王昌伟:《李梦阳:南北分野与明代学术》,谭晓君译,上海古籍出版社2022年版,第237页。
[3] 同上书,第36页。
[4] 同上书,第256页。

"真诗乃在民间"之说,学人多以此作为复古派领袖的反思、转向证据,以为其一反尊古、模拟之说,强调真实情感和民间(俗)立场,但此说不免一厢情愿,"李梦阳并没有通过与文人学子之诗保持距离来坚持平民主义的立场。相反,他希望通过对诗歌的重新理解,以一种巧妙的方式吸引文人学子"①。换句话说,李梦阳虽大力倡导对民间真诗的学习,根本旨趣却是要重建文人之诗。民间诗歌最大的特色和价值或在于对情感的"独特"处理方式,但这些并不代表诗歌创作本身或全部。此类诗歌只是学习的样本或通道,并非最终的目标,二者不能简单混同。

所谓的简单化、绝对化,从其论证方式而言,或得之于"以偏概全",或得之于"一厢情愿"。关乎此,书中皆有充分反思,根本性的症结在于,我们的着眼点过于"现实",我们做的是"命题作文",自然千辛万苦,向那"标准答案"靠拢,若是发散开来,依照前文中所昭示,反对并摆脱线性逻辑和后视之明,则结论大有不同。

经此大费周章地辨析与申说,似乎非但未能解释可能的疑惑,反倒进一步放大了书中论证逻辑的纠结:既反对"类比"过度,又不抛弃"类比"本身;既反对盲目肯定晚明思想的现代或近代价值,又不否认其可能蕴含的崭新元素。有高明的论者或要作狮子吼,喝问基本立场与核心观点到底是什么。其实这一"难题"的解答并不复杂,我们首先要明确的是,经由我们的考察,具体抵达了何处,是对某一对象的全盘审视,还是部分认定?前者自然是我们的理想目标,但很多时候后者才是我们的现实成果。由于对象自身的多元与复杂,以及研究者个人知识结构、现实立场等因素的影响和制约,都决定了我们只能获得片面的深刻,故而彼此间的理解和评价才会存在偏差。并且,无论何种方式的组合,或许都不能拼接出一个相

---

① 〔新加坡〕王昌伟:《李梦阳:南北分野与明代学术》,谭晓君译,上海古籍出版社2022年版,第237页。

对具体、完整的形象。但尽管缺少了完整性,我们却实践且实现了丰富性,我们从不同角度实现了对其的多维观照,认识和理解都处于不断深化中。这就要求我们,基于一定立场立论,但却不拘泥于特定立场和结论,则相关困惑可迎刃而解。①

全书在辨析前人陈说方面花费不少功夫,学人对此或有非议,认为研究现状梳理过多,个人创见太少,且淹没在大量材料中,让人不易捕捉"亮点"。但依照笔者之见,翔实的学术史梳理具有不可替代的重要价值,缺少了这一环节,不但无法发现"真"问题,且极易造成研究的重复。具体到"晚明"研究领域,之所以会形成"复古—革新"模式并造就长远影响,特别是文献资料的丰富带来的依旧是同质化的研究思路与结论,实在是由于某些共识过于强大,以致形成惯性思维,似乎晚明的界定与研究本就如此、理当如此。欲破除此种"前见",最为有效的途径或正是回溯历史,清晰展现其建构轨迹,剖析其立论逻辑,进而暴露其可能缺失。换言之,让事实说话。故而,持续地与既有观点对话、辩难,便成为推进认识、突破现状不得已的,同时也是必需的基本路径。

---

① 有学人撰文对晚明思潮研究予以反思,一应观点对我们多有启示。其文指出,资本主义萌芽说所采取的方法是有效的,可以帮助我们从正面思考晚明人文思潮的"破坏"属性,但却反对将此视为唯一的解释方法,甚而怀疑其可靠性。该方法以西方社会发展模式为基础,由于中西文化模式的差异,盲目的引用和对照难免产生偏差。尤其值得注意的是,他强调"从中国传统文化的自身特点及其自身发展的矛盾运动中去把握它的本质",因为"在中国传统文化中一向有一种被世俗社会或正统思想视为'异端'的文化现象,这种文化现象在中国历史上一直都很活跃",春秋战国时期的老庄哲学、魏晋玄学,晚明人文思潮尽管存在差异,但"它们的基本意图和表现形式都是相同的",即"都在不同程度上表现出了反传统精神(确切地说,应该是反正统)",具体则表现在"人格本体论、自由意志论、感性享乐论等三个方面"。详参张和平:《晚明人文思潮的性质及其社会导向:晚明人文思潮研究之三》(《中国社会经济史研究》1995 年第 1 期)一文。

附 录 "会通"与"贯通"视野下的《书画跋跋》
——兼及对晚明文艺思潮研究的一点思考

中国文人一身多任,非但文道兼综,即以"文"论,除了一般意义上的诗文外,亦广泛涉及其他领域,或书法,或绘画,或戏剧。就明代文人来说,有学者指出,"明代文学发展的特点是文学的流派化突出……文学团体的领袖人物多有比较深厚的书法和绘画方面的修养"[①],诗书画交融因而成为其时较为常见的文化现象。他们既长于文,又善于艺,一代瑰玮奇才徐渭更是号称"吾书第一、诗二、文三、画四"。文与艺相通,不仅意味着其个人创作领域的扩大,亦是其创作理念的延伸与拓展。不同领域内的观感既因对象的差异而显现个性,又因创作规律的一致而体现出共性,彼此互相补充与融合。故综观不同领域的言论和主张,对于我们的理解和认识颇有丰富、深化之效。学人虽对此有清晰认识,却因"学科"的限制,对其中的关联性少有详细阐发,多数仅是简单征引其他领域的只言片语以为支撑,如此带来的"遗憾"至少体现为两点。其一,只看到了"补充",未意识到"融合"的意义。譬如有学者认为明人的"论书诗、题画诗及书

---

① 张毅、陈翔编著:《明代著名诗人书画评论汇编》(上),南开大学出版社2016年版,第1页。

画题跋,构成了明代诗文思想和文艺思想里不容忽视的重要内容"[1],面对的虽是书画材料,立足的仍是文学视角,未能超越单一立场,格局不免狭隘。他们只看到了文学研究资料的丰富,却忽视了"书画"与"文学"二者间观念主张的内在贯通,或是互相印证,或是互相发明,后者尤其重要。其二,既然只是简单征引,又只在乎其作为补充材料的意义,故投入和重视都远远不足,特别是在"材料"的选择方面,多半带有随意性质,少有全面搜罗之功。同样因为只是简单征引,故只能依赖一些通行论调,于相关学术进展观照不够,往往常年因袭陈旧模式,思路难得解放与推进。这一状况在晚明领域尤为凸显。晚明历来被视为"革新"与"解放"的时代,多年积累,造就了"复古—革新"模式,于研究对象,划分阵营,或七子,或公安、竟陵;且有优劣之分,即崇尚革新而贬抑复古,相关研究也因之有所侧重;至于发展轨迹,亦被建构为由复古向革新过渡的线性演进模式。延及书学领域,亦复如此。学人认为明人的书画创作观踵武"复古与新变诗学理念"而有同步变化,他们高度强调和肯定的同样是晚明书法观念与理论所体现出的突破色彩,并称之为"浪漫主义"[2],在分析其背景时,亦时时提及王学等思想因素。学人每每将文学与书法领域内的现象并举,以强化相关印象,"正是因为明中叶黑暗的政治与高度发达的封建经济和资本主义生产萌芽的双重影响,同时由于王阳明'心学'思想的启蒙,形成了以李贽、汤显祖和公安三袁为代表的注重个性解放与个性情感的浪漫主义的文艺思潮。正是凭借着特定的时代背景和人文风气,在明嘉靖、万历间开始出现个性化书法风格,至明末王铎、傅山止,形成了独特的尚个性、尚

---

[1] 张毅、陈翔编著:《明代著名诗人书画评论汇编》(上),南开大学出版社2016年版,第1页。
[2] 有关晚明书学"浪漫主义"的代表性观点及其反思,请参周睿《对中晚明书法变革思想原因的重新阐释》(《东南学术》2005年第2期)一文。

表现、重情感的个性化的书法风格"①之类论调屡见不鲜。实则上述双重"限定"既为书法(学)研究提供了理论参照,也设置了不少障碍,彰显的同时亦多遮蔽与曲解。今以孙鑛《书画跋跋》为例略作探究。

一

由于崇尚革新而贬抑复古的风气,所谓复古主义书论所受关注较少,相关研究也难免疏略与误解,影响了我们对明代书学整体面貌的认识与评价。孙鑛,字文融,号月峰,晚明文人,一生著作宏富,以评经而盛行当世。郭绍虞认为"孙月峰便可视为七子文论之后劲"②,故多将其归于七子一派。其人以制义名世,书画非其当行,加之又位列复古阵营,故书法(学)领域对其关注不多。今人黄惇于《中国书法史·元明卷》中仅是一笔带过,王镇远《中国书法理论史》虽有专节论述,但所论偏于"天趣"一端,有欠全面。

《书画跋跋》一书系"跋王大司寇弇州先生书画跋而作也"③,故而在刊刻此书时,为避免"如不载世贞原跋则鑛之所云有不知为何语者"的情况出现,"取世贞诸跋散附于各题之下,其明人书札,可与鑛参证及为鑛语所缘起者,亦附载焉"④,由此构成了王跋在前,孙跋在后的特殊样式。就内容来看,诚如论者所说,"王世贞收藏宏富,书画真迹经眼颇多,前人书画论著更是稔熟于胸",故相关题跋颇有见地,"是明代重要的书画史研究

---

① 陈宇:《晚明个性化书法风格形成的因素及审美特质》,《东南文化》2000 年第 11 期。
② 郭绍虞:《中国文学批评史》,百花文艺出版社 2008 年版,第 450 页。
③ 《书画跋跋·凡例》,《文渊阁四库全书》第 816 册,上海古籍出版社 1987 年版,第 17 页。
④ 纪昀等:《钦定四库全书总目》(整理本),中华书局 1997 年版,第 1497 页。

资料",孙氏的续跋,"或推其说,或辩其讹,或补其阙,议论翩翩"①,亦不可轻视。从形式上看,两位学者的跋前后相继的"特殊体例在中国古代书画的著述形式上是绝无仅有的",本就蕴含丰富意味,彼此对照也能有不少独到发现,学人已有初步尝试。② 故而我们对该书的轻视属实不该。

该书"凡墨迹一卷,碑刻一卷,画一卷,续亦如之"③,仅就孙跋来看,与"书"相关的四卷中,有书法历史脉络的梳理、有前代书家风格特点的概括和优劣的比较,此外尚有考据、辩证等诸多内容,较为鲜明、具体地呈现了孙鑛个人的书学思想。王镇远、黄惇、王稼丰等人曾有程度不同、详略各异的梳理与探讨,但仅是对其基本面貌的大致勾勒,未有全面系统的展示,且相关考察仍属就书法谈书法,未能充分兼顾书法与文学二者间的贯通,进而考察整体意义上的孙鑛文艺观,④故相关探究有待丰富和深化。

首先,孙鑛揭示了艺、文领域可能面临的共性问题,并予以警醒。譬如说,明代文学创作领域的突出现象即在于师古思潮蔚然成风,书法领域同样存在类似情形,往往奉某名家为典范,追摹因袭,可能的差别在于,"文必秦汉、诗必盛唐"局面的形成是特定团体宣扬、推动的结果,书法领域的情况则较为多元。或是出于对权势的钦慕,譬如学李东阳,"西涯翁在位日,书名震海内,篆书姑置勿论,行草亦清劲有笔,第微带邪气,彼时大夫书多作此形状,盖几日用不知矣。"⑤;更多时候还是因为地域风气和文艺传统的熏染,譬如说"盖由待制风浃闾里,彼处凡夫庸子皆能作文家

---

① 汤志波:《点校说明》,载王世贞等:《弇州山人题跋 书画跋跋》,上海书画出版社2020年版。
② 譬如张多强《〈书画跋跋〉中王世贞、孙鑛二家书学之比较研究》(吉林大学2005年硕士学位论文)。
③ 纪昀等:《钦定四库全书总目》(整理本),中华书局1997年版,第1497页。
④ 由于明代文人旁及诗书画艺等多个领域,故学人提倡从"诗书画三位一体的角度来审视明代文艺思想的发展演变"。载张毅、陈翔编著:《明代著名诗人书画评论汇编》(上),南开大学出版社2016年版,第3页。
⑤ 崔尔平选编:《历代书法论文选续编》,上海书画出版社1993年版,第268页。

体耳"①,以文徵明为代表的艺术风尚全面深入地影响了吴中地区,有时候这种影响甚至超出地域限制,吸引到更多的仰慕者与追随者,"今字学吴中果甚盛,然丰人翁越人也,亦置菰芦中"②。学古自然无可非议,但若是陷入泥古寡臼,一味因袭,不知变通,可能的弊端就极为凸显。明代文学创作的一个重要弊端在于模拟成风,以致千人一面,时人多有批评与检讨,李维桢曾云"盖今之称诗者,虽黄口小儿皆言唐,而不得唐人所从入;皆知唐有初盛中晚,而不知其所由分。即献吉于唐有复古功,而其心力所用,法戒所在,问之无以对也。模拟剽剥,恶道岔出……"③。书学领域对此同样有鲜明自觉,孙鑛直言,"书法于古人何必尽合"④,一味模仿本就不可取。他不仅意识到了一般意义上的普遍问题,还考虑到了某些特殊情况,同样对盲目学古提出了疑问。譬如说取法的典范若先天存在缺失,那么效仿者自然不免,且有将问题进一步放大的可能,张东海就是一个典型例子,"惟未能去俗,凡俗体、俗笔、俗意、俗气,俱不免犯之,盖亦为长沙所误"⑤,正是不加辨析地效仿李东阳招致的必然结果。

　　孙鑛的卓识更多体现在反思与纠偏层面。为矫七子派之弊,公安派顺势而起,造就了崭然有异的局面,所谓"中郎之论出,王、李之云雾一扫,天下之文人才士始知疏瀹心灵,搜剔慧性,以荡涤摹拟途泽之病"⑥。但惯常的思维方式却未能完全调整,七子虽被背弃,效慕公安、竟陵又成为一时风尚,流弊依然不免。孙鑛对此情形深有了解,其与友人书信来往时

---

① 崔尔平选编:《历代书法论文选续编》,上海书画出版社1993年版,第266页。
② 孙鑛:《三吴墨妙跋》,载《书画跋跋》卷一,《文渊阁四库全书》第816册,上海古籍出版社1987年版,第32页。
③ 李维桢:《顾李批评唐音序》,载《大泌山房集》卷九,《四库全书存目丛书》集部150,齐鲁书社1997年版,第493页。
④ 崔尔平选编:《历代书法论文选续编》,第271页。
⑤ 同上书,第269页。
⑥ 钱谦益:《列朝诗集小传》,上海古籍出版社2008年版,第567页。

就称"厌济南亦是迩来轻俊常态,勿得妄认为奇"①。他不仅意识到了问题,且有辩证而深刻的思考,并将相关认识延及书法领域,云"学古人何名为奴?若从风而靡,则真从者气习耳。如今人耻先秦两汉不学,或拾欧、苏余芳,乃自矜舍筏,其失正同"②。他鲜明指出,即使取法对象发生了变化,假如错误的思维模式未得检讨甚至仍在延续,无论是前人学先秦两汉,还是今人学宋,其实质并没有区别,我们应从根本上反思并超越因袭模仿的弊端,才能造就全新格局,诚可谓于众声喧哗中拨开迷雾。

其次,孙鑛的艺、文主张可互相补充,丰富我们的相关认识。譬如说,孙鑛虽与七子同调,褒扬盛唐诗,但对抑宋论调并不完全认同,云"全谓宋诗绝无可取,则似太逐声耳"③,并称"李杜元白苏黄俱名家"④。此语或不免评价过高,但他也承认"欧、苏诗信不及文,然欧甚执规矩,苏时有独得"⑤,可惜的是仅为只言片语,且未曾深究。《书法跋》中另有零星言论,观点更为直接、明确,且揭示出宋诗妙处所在,与诗文评论交相辉映,可深化我们的理解。其云"今人率嗤宋诗,然宋人真率处却有风致,能感动人,今人徒雕琢。宋诗如生野花,今诗如画牡丹"⑥,又云"征仲齿长于献吉,其诗犹沿宋元来余习,以大历后俊语为的,其起句落韵亦坐此,然却

---

① 孙鑛:《与吕甥玉绳论诗文书》,载《月峰先生局业次编》卷三,《四库禁毁书丛刊》集部 126,北京出版社 1997 年版,第 219 页。
② 崔尔平选编:《历代书法论文选续编》,上海书画出版社 1993 年版,第 269 页。
③ 孙鑛:《与余君房论文书》,载《月峰先生居业次编》卷三,《四库禁毁书丛刊》集部 126,第 201 页。
④ 孙鑛:《与吕美箭论诗文书》,载《月峰先生居业次编》卷三,《四库禁毁书丛刊》集部 126,第 224 页。
⑤ 孙鑛:《与余君房论文书》,载《月峰先生居业次编》卷三,《四库禁毁书丛刊》集部 126,第 201 页。
⑥ 崔尔平选编:《历代书法论文选续编》,第 251 页。

有一种真趣,读之亦醒快,迩来诗家李杜,顾去真趣较远"①,通过比较展示出宋诗风采,核心宗旨落在了一"趣"字上,恰是其书学主导观念所在。

二

不唯补充和丰富,文、艺会通更可发明。通过对孙鑛书学理论的考察及与其文学思想的比照,不难发现二者具有内在统一性。现有研究除孙鑛书学主张基本内容的梳理外,都很重视结合彼时社会、文化思潮,对其书学思想的基本特点和性质予以界定,在此层面诸家观点体现出显著不同。因孙鑛的文学主张被视为复古派同调,延及书学研究,也会首先确立这一鲜明印象,并据此展开考察和评估。黄惇即指出孙鑛深受王世贞文艺思想的影响,书学思想"以崇古为尚,同时主张复古通变,与王世贞观点皆相去不远";但与此同时,他又发现孙鑛主张"天趣""作字贵在无意","似与后七子观点是有所区别的"。②一个"似"字颇值玩味,他既发现了孙氏书学中的"特异"处,同时似又难以解释,换言之,孙氏的书学呈现出较为鲜明的内在"矛盾"。王稼丰在黄惇的基础上有进一步的发挥,特别是对"复古通变"予以了着力申发,从而消弭"矛盾"。他认为孙鑛既有学古之一面,又有变古之一面。一方面,他"来自复古主义的内部",另一方面,"他以一个'学古'对复古主义的书学作了重新的定义",由此造就的局面是,"孙鑛消解了这种保守的复古主义中的先验判断,他主张取法前

---

① 孙鑛:《文待诏游白下诗跋》,载《书画跋跋》卷一,《文渊阁四库全书》第816册,上海古籍出版社1987年版,第38页。
② 黄惇:《中国书法史·元明卷》,江苏教育出版社2001年版,第416页。

古是广泛学习,是要脱去前人窠臼以形成自己的面目"①。王稼丰的观点较之常规论调已有不小突破,王镇远则在更早时跨越了一大步,认为"孙鑛虽然对王世贞的跋语颇加推重,然其论书宗旨与王氏以崇古为尚的主张不尽一致"②,故其着力揭示孙鑛不重法度而重趣,特别是标举"天趣"这一面。

同样一个人的书学观点,却引发了较为歧异的评价,想要解决这一问题,只能回归基本文献。孙鑛论书法,确实非常重视"趣",所谓"凡书贵有天趣"③,且"趣"之有无往往成为他评价一个人书法成就的核心标准,譬如"孟河公书学怀素,尤主《圣母碑》,然失之太狂,其狂亦多出有意,以故虽稍有逸态而乏雅趣"④。既然重"趣",便不会强求步驱古人,反而鼓励超越前人典范限制,彰显一己特色。他鲜明地意识到,拘泥陈法与另创新格导致的成效也大相径庭,就前者来说,"伯起恳恳趋古名家自矜",但不免"天趣小渴"⑤;就后者来说,或云"此二十章是本色,而微参以率更意,笔肥而骨劲,足称合作"⑥,又云"衡山翁书绝有古法,笔力甚苍劲,以不经意出之乃更妙"⑦;总结来说,"凡临书或取态或取势,大概以意求之,于位置间不能无毫厘失,果得其意,则失亦似矣"⑧。

但所谓"趣",不仅是"自然流露,率意纵笔"⑨所得之"天趣",亦有"古趣",譬如"书法比元常他迹微佻,然古趣自存。其姿态乃更从古拙中

---

① 王稼丰:《复古思潮中的变通——论孙鑛的书学思想及其当代意义》,《书法》2014年第7期。
② 王镇远:《中国书法理论史》,黄山书社1990年版,第370页。
③ 崔尔平选编:《历代书法论文选续编》,上海书画出版社1993年版,第349页。
④ 同上书,第283页。
⑤ 同上书,第268页。
⑥ 同上书,第267—268页。
⑦ 同上书,第276页。
⑧ 同上书,第252页。
⑨ 王镇远:《中国书法理论史》,第372页。

溢出，真所谓意外巧妙绝伦多奇"①。每一类型的书法作品自有特定典范为后世所不及，譬如说"唐隶固时有瘦者，第古色终让汉耳"②。若能追随前人步调，所得成就自然可观，"陆子传作《麻姑坛》体绝精整，其行款及字大小俱仿《麻姑》式，宛然鲁公遗意。览至此，顿觉神爽"③。"不经意出之"虽有奇效，遵从前人法度也不见得就会拘泥，"其真书多肉，草书多骨，然皆不出法度外，遇其合作时，亦咄咄露神采"④。甚而有些时候种种规矩藩篱不可轻易逾越，"道复书亦豪劲有姿态，第无古法，谓之'散僧'良然，亦只可参禅耳"⑤，孙鑛本人就对"仲温作字仅能不俗耳，无晋、唐笔意。弇州每推许之"⑥之举表示不能理解。

这一态度看似"矛盾"，倒也在情理之中，孙鑛有关诗文的看法或能给我们提供参照。其对学习古人之举从不怀疑，且相当重视。他在批评那些师心论调时云"操觚欲入作者之室，自非易事。书中道及，不免循墙，此则似悟入语，大都初入门必须频拾已披之华，至深且熟，则未振之秀，自来古人皆如此，高明者虽云舍筏登岸，第未离于岑安，可即凭河乎？"⑦认为取法古人是后学者难以回避且极为有效的学习方式。他对于学习路径颇为在意，并极力寻求较为容易的法门，譬如其云"此碑则肆笔出之，其陡折势尽露，正是纵逸耳。然畦径最明，学欧者以此为门路，乃易入"⑧，可见一番苦心。但他所谓学古，既不盲目，也不拘泥，"久之乃悟其神耳，文得

---

① 崔尔平选编：《历代书法论文选续编》，上海书画出版社1993年版，第315页。
② 同上书，第333页。
③ 同上书，第267页。
④ 孙鑛：《陈鸣野诗跋》，载《书画跋跋》卷一，《文渊阁四库全书》第816册，上海古籍出版社1987年版，第42页。
⑤ 崔尔平选编：《历代书法论文选续编》，第275页。
⑥ 同上书，第259页。
⑦ 孙鑛：《与吕甥玉绳论诗文书》，载《月峰先生居业次编》卷三，《四库禁毁书丛刊》集部126，北京出版社1997年版，第216页。
⑧ 崔尔平选编：《历代书法论文选续编》，第326页。

于神,斯善法古矣"①,且此等论调正是其时不少论文者的一致看法。不唯法古,且要"善"法古,故而孙鑛才会兼顾法度和天趣两端,这一观点并非他本人的天才独创,而是当时文艺领域的一致潮流,但学人对于这一潮流的理解存有偏颇,有待重新审查。

三

王稼丰将孙鑛定义为一个"变通"者,他认为"明代中晚期的书学思想,如同当时的诗学思想一样,处在中和雅正的复古主义和放情任性的性灵主义的互相角力之中……万历前期的孙鑛,则从复古书学的内部迎合了书学思想的转向,把复古变通为学古"②,通过文艺思潮与书学主张的对照,既解决了可能的困惑,又重新估量了孙鑛书学思想的意义。他的方法论极具启发,但可能的问题也很明显。首先,他将孙鑛视为"万历前期"人,实则孙氏基本跨越了整个万历朝,时间断限不同,我们的定位也差异明显。譬如说,按照他的观点,晚明文艺思潮呈现为由复古到革新的演进路线,一个人生活于不同的阶段,所受影响的程度不同,相应表现也自然有所差别,既然孙鑛贯通了整个时代,仅仅定义为"变通"者是否合适,又是否会有更加复杂的体现? 如果说这些质疑有吹毛求疵之嫌,较为凸显的问题在于王氏对晚明文艺思潮的理解并未超出常规思路,譬如其声称"明代中晚期发生了书法史上最为关键的一次转折……而在书学思想上,

---

① 孙鑛:《表忠观碑跋》,载《书画跋跋》卷二下,《文渊阁四库全书》第816册,上海古籍出版社1987年版,第86页。
② 王稼丰:《复古思潮中的变通——论孙鑛的书学思想及其当代意义》,《书法》2014年第7期。

明代以来一直占据主导地位的尊王重法的复古主张逐渐被提倡个性、主张性灵的性情主义蚕食,这让晚明的书学思想呈现出了全新的面目"①,这正是"复古—革新"模式的一贯论调。但这一理解范式正日益遭受挑战:复古与革新的截然对立过于狭隘,崇革新抑复古的思路失之偏颇,由复古向革新演进的脉络更是遮蔽了诸多可能。从根本上说,我们是以对思潮的简单化界定取代了对更为复杂情况的详细审查。

实则黄惇对晚明文艺思潮也极为关注,理解也颇为精到,结合艺、文领域的主张来做通盘审视也没有独到发现,某些观点恰能回应上述简单化的界定。譬如他指出:

> 常见近人一些研究晚明书法的文章,以为晚明诸家张扬个性,求新变,则一定是反对赵孟頫复古主张的;又将徐渭、董其昌、黄道周、王铎等晚明书家与赵孟頫对立起来,更有甚者将同为晚明时代的王铎、黄道周等书家与董其昌对立起来,其实历史并非这样简单的逻辑,这种看法对于我们认清晚明书法的性质,实际是一个误区。就晚明有代表性的公安派而言,他们实亦重视向传统学习,而并非求新变、求独抒性灵即反对广义上的复古。②

师古与师心并非泾渭分明,彼此既互相对立,又互相补充,每一个体基于对创作规律的深刻体察,必然要于二者间兼收并蓄,鼓吹师古之时,难以彻底抛弃个人心意的自由抒发;恣意师心时,也不能完全摆脱前代典范施加的影响,总之,绝非如时论那般仅是顺应某种思想观念做线性演化。但需要补充的是,强调复古与革新的融合,一来是出于对艺术创作规律的体

---

① 王稼丰:《晚明性灵主义思想的开端——李日华书学思想初探》,《书法》2016年第2期。
② 黄惇:《中国书法史·元明卷》,江苏教育出版社2001年版,第422页。

认，同时也可能是出于对时代偏颇的纠正，或者更笼统地说，是基于特定时代的现实命题而做出的积极回应。若是对彼时的文艺发展状况缺乏足够全面的了解，便难有切近的论述，而流于一般和浅表，甚至发现了特别现象，却难以清晰地阐明原因。

结合孙鑛的具体情况来看，他所身处的时代较为特殊，经过一百多年的发展，师古与师心之论都曾广为流布并发挥巨大影响，在此过程中双方的利弊得失都有清晰呈现。因此，在总结、吸收前代经验的基础上，扬长避短、取长补短，实现师古与师心的汇流就成为他的自觉要求与必然选择。他本人曾有反思，云：

> 大都摛辞家有二轨，法古者嗤巴人，独造者诮优孟，递相非无已时，然欧、曾何尝不枕藉经子史汉，而今之号不作天汉以后语者，又未始不屈首而撰序记也。鑛则谓其相非者迹耳，汉儒之党同门，至乃并左公羊訾之，夫岂果雠先贤哉？既立垒不得不操戈相向，如范大夫伍相国其用计相捭阖，誓不并立，然至夫私居而默念，又莫不心相羡服也。①

在他看来，无论师古还是师心，皆是艺术创作的一般规律，不可偏废，前人拘泥于派别立场之分，偏横霸道，以致错谬丛生，如今应当破除虚妄，尊重并回归文艺创作的根本与常道。

因此，从根本上说，孙鑛不是"变通"者，而是"会通"者。他的一系列观点——无论是文学领域，还是书法领域——的得出，并非如惯常论调所言，是顺应某种"进化"潮流，而是出于对当日文坛弊病的积极反思和对文

---

① 孙鑛：《寿茅鹿门先生九十序》，载《月峰先生居业次编》卷二，《四库禁毁书丛刊》集部126，北京出版社1997年版，第179页。

艺创作一般规律的总结,他不是在盲目追随某种"思想",起根本作用的是他个人深刻的艺术体验。这不仅对于我们认识孙鑛大有裨益,同样适用于我们整个的晚明文艺研究。所谓"思潮"作为一种宏大叙事自然有其价值,却不能凌驾和笼罩一切,不论是对基本面貌的梳理,还是对发展轨迹的概括,首要依赖的,也是根本可靠的,始终是对具体历史背景下的创作活动的深刻体察。

综上,传统文人文、艺兼通且兼善,文、艺领域虽因其特性和特色而各成有体系的专门论述,但就立论观念和思维模式来说,二者间难免互相借鉴和参考,故彼此对照,往往或可纠偏,或可发明。如此一来,这种"对照"便不仅是材料层面的,即吸收彼方材料以扩大己方的文献范围,更是观念层面的,即充分关注到文学思想与艺术观念的会通。个中原因也不难理解,每一个体总有其内在统一的观念体系,具体到文、艺领域虽有歧异表述,但它们终究要统一于那个根本的"理"或"道",借用朱子的说法,这便是理一分殊之说,故而我们应具会通视野,采取整体考察,方能深化相关理解。

参考文献

一、古籍文献

陈际泰:《太乙山房文集》,《四库禁毁书丛刊补编》第 67 册,北京出版社 2005 年版。

陈子龙:《陈子龙全集》,王英志辑校,人民文学出版社 2011 年版。

储大文:《存砚楼二集》,乾隆京江张氏刻十九年储球孙等补修本。

丁福保辑:《历代诗话续编》,中华书局 1983 年版。

董斯张:《静啸斋遗文》,《四库禁毁书丛刊》集部 108,北京出版社 1997 年版。

何景明:《何大复集》,李淑毅等点校,中州古籍出版社 1989 年版。

何文焕辑:《历代诗话》,中华书局 1981 年版。

胡应麟:《诗薮》,上海古籍出版社 1979 年版。

胡应麟:《少室山房集》,《文渊阁四库全书》第 1290 册,上海古籍出版社 1987 年版。

纪昀等:《钦定四库全书总目》(整理本),中华书局 1997 年版。

李东阳:《怀麓堂诗话校释》,李庆立校释,人民文学出版社 2009 年版。

李开先:《李开先全集》,卜键笺校,上海古籍出版社 2014 年版。

李梦阳:《空同集》,《文渊阁四库全书》第 1262 册,上海古籍出版社 1987 年版。

李梦阳:《李梦阳集校笺》,郝润华校笺,中华书局 2020 年版。

李维桢:《大泌山房集》,《四库全书存目丛书》集部 150—153,齐鲁书社 1997 年版。

李贽:《李贽文集》,张建业主编,刘幼生整理,社会科学文献出版社 2000 年版。

李贽:《焚书 续焚书》,中华书局 2009 年版。

刘康祉:《识匡斋全集》,《四库禁毁书丛刊》集部 108,北京出版社 1997 年版。
刘勰:《文心雕龙注》,范文澜注,人民文学出版社 1958 年版。
罗洪先:《罗洪先集》,徐儒宗编校整理,凤凰出版社 2007 年版。
钱谦益:《列朝诗集小传》,上海古籍出版社 2008 年版。
钱谦益:《牧斋初学集》,钱曾笺注,钱仲联校,上海古籍出版社 2009 年版。
宋琬:《安雅堂全集》,上海古籍出版社 2007 年版。
宋征舆:《林屋文稿》,《四库全书存目丛书》集部 215,齐鲁书社 1997 年版。
孙鑛:《书画跋跋》,《文渊阁四库全书》第 816 册,上海古籍出版社 1987 年版。
孙鑛:《月峰先生局业次编》,《四库禁毁书丛刊》集部 126,北京出版社 1997 年版。
汤显祖:《汤显祖诗文集》,徐朔方笺校,上海古籍出版社 1982 年版。
屠隆:《鸿苞集》,《四库全书存目丛书》子部 89,齐鲁书社 1997 年版。
屠隆:《白榆集》,《四库全书存目丛书》集部 180,齐鲁书社 1997 年版。
屠隆:《由拳集》,《四库全书存目丛书》集部 180,齐鲁书社 1997 年版。
屠隆:《屠隆集》,汪超宏主编,浙江古籍出版社 2012 年版。
万时华:《溉园初集》,《四库禁毁书丛刊》集部 144,北京出版社 1997 年版。
王守仁:《王阳明全集》,吴光等编校,浙江古籍出版社 2011 年版。
吴应箕:《楼山堂集》,《续修四库全书》第 1388 册,上海古籍出版社 2002 年版。
徐渭:《徐渭集》,中华书局 1983 年版。
许学夷:《诗源辩体》,杜维沫校点,人民文学出版社 1987 年版。
薛福成:《庸庵文编》,清光绪刻庸庵全集本。
严羽:《沧浪诗话校释》,郭绍虞校释,人民文学出版社 1961 年版。
严羽:《沧浪诗话校笺》,张健校笺,上海古籍出版社 2012 年版。
姚鼐:《惜抱轩尺牍》,卢坡点校,安徽大学出版社 2014 年版。
袁宏道:《袁宏道集笺校》,钱伯城笺校,上海古籍出版社 2008 年版。
袁中道:《珂雪斋集》,钱伯城校点,上海古籍出版社 1989 年版。
郑鄤:《峚阳草堂文集》,《四库禁毁书丛刊》集部 126,北京出版社 1997 年版。
钟惺:《隐秀轩集》,李先耕、崔重庆标校,上海古籍出版社 1992 年版。
周维德集校:《全明诗话》,齐鲁书社 2005 年版。
朱熹:《朱子全书》,上海古籍出版社 2002 年版。

朱彝尊:《静志居诗话》,人民文学出版社1990年版。
祝允明:《祝允明集》,薛维源点校,上海古籍出版社2016年版。

二、研究论著

陈伯海主编:《近四百年中国文学思潮》,东方出版中心2007年版。
陈东有:《人欲的解放:明清社会经济变迁与大众审美》,江西高校出版社1996年版。
陈国球:《胡应麟诗论研究》,华风书局有限公司1986年版。
陈国球:《明代复古派唐诗论研究》,北京大学出版社2007年版。
陈来:《传统与现代:人文主义的视界》,生活·读书·新知三联书店2009年版。
陈来:《中国近世思想史研究》(增订版),生活·读书·新知三联书店2010年版。
陈平原:《小说史:理论与实践》,北京大学出版社1993年版。
陈平原:《从文人之文到学者之文》,生活·读书·新知三联书店2004年版。
陈庆坤:《中国近代启蒙哲学》,吉林大学出版社1988年版。
陈望道编:《小品文和漫画》,上海书店1981年版。
陈文新:《明代诗学的逻辑进程与主要理论问题》,武汉大学出版社2007年版。
陈子善、徐如麒编选:《施蛰存七十年文选》,上海文艺出版社1996年版。
成复旺、蔡钟翔、黄保真:《中国文学理论史》,北京出版社1987年版。
慈波:《文话流变研究》,复旦大学出版社2020年版。
崔尔平选编:《历代书法论文选续编》,上海书画出版社1993年版。
邓绍基、史铁良主编:《明代文学研究》,北京出版社2001年版。
丁守和:《中国近代启蒙思潮》,社会科学文献出版社1999年版。
樊树志:《晚明史:1573—1644》,复旦大学出版社2015年版。
方孝岳:《中国文学批评》,文津出版社2016年版。
方志远:《明代城市与市民文学》,中华书局2004年版。
冯至:《冯至学术论著自选集》,北京师范学院出版社1992年版。

傅衣凌:《明清农村社会经济 明清社会经济变迁论》,中华书局 2007 年版。

高小康:《市民、士人与故事:中国近古社会文化中的叙事》,人民出版社 2001 年版。

龚鹏程:《现代与反现代》,幼狮文化事业公司 1989 年版。

龚鹏程:《晚明思潮》,商务印书馆 2008 年版。

龚鹏程:《中国文学批评史论》,北京大学出版社 2008 年版。

郭绍虞:《中国文学批评史》,百花文艺出版社 2008 年版。

郭英德等:《中国古典文学研究史》,中华书局 1995 年版。

郭英德主编:《中国古代文学通论·明代卷》,辽宁人民出版社 2005 年版。

郝明工:《从经学启蒙到文学启蒙:现代文学思潮的中国生成》,中国社会科学出版社 2013 年版。

何炳棣:《明清社会史论》,徐泓译注,中华书局 2019 年版。

何朝晖:《晚明士人与商业出版》,上海古籍出版社 2019 年版。

何干之:《近代中国启蒙运动史》,生活·读书·新知三联书店 2012 年版。

侯外庐主编:《中国思想通史》第五卷《中国早期启蒙思想史》,人民出版社 1956 年版。

胡适编:《中国新文学大系·建设理论集》,上海文艺出版社 2003 年版。

胡适:《胡适文集》,北京大学出版社 2013 年版。

黄惇:《中国书法史·元明卷》,江苏教育出版社 2001 年版。

黄开发:《言志文学思潮研究》,人民文学出版社 2021 年版。

黄仁宇:《万历十五年》,生活·读书·新知三联书店 2004 年版。

黄卓越:《佛教与晚明文学思潮》,东方出版社 1997 年版。

黄卓越:《明中后期文学思想研究》,北京大学出版社 2005 年版。

嵇文甫:《晚明思想史论》,东方出版社 1996 年版。

嵇文甫:《左派王学》,上海三联书店 2014 年版。

简锦松:《论明代文学思潮中的学古与求真》,《古典文学》(第 8 集),学生书局 1986 年版。

姜义华:《理性缺位的启蒙》,上海三联书店 2000 年版。

蒋寅:《王渔洋与康熙诗坛》,凤凰出版社 2013 年版。

雷恩海:《古典诗学的整合与重建:〈沧浪诗话〉与金元明诗学》,科学出版社 2021 年版。
李伯重:《理论、方法、发展、趋势:中国经济史研究新探》,清华大学出版社 2002 年版。
李焯然:《明史散论》,允晨文化实业股份有限公司 1988 年版。
李健章:《炳烛集》,武汉大学出版社 2012 年版。
李泽厚:《美的历程》,生活·读书·新知三联书店 2017 年版。
李泽厚:《华夏美学》,长江文艺出版社 2019 年版。
梁启超:《清代学术概论》,江苏文艺出版社 2007 年版。
廖可斌:《明代文学复古运动研究》,商务印书馆 2008 年版。
廖可斌:《明代文学思潮史》,人民文学出版社 2016 年版。
林庚:《西游记漫话》,北京出版社 2004 年版。
刘大杰:《中国文学发展史》,上海古籍出版社 1982 年版。
刘志琴:《晚明史论:重新认识末世衰变》,江西高校出版社 2004 年版。
鲁迅:《鲁迅全集》,人民文学出版社 2005 年版。
罗淑敏:《一画一世界:教你读懂中国画》,广西师范大学出版社 2012 年版。
罗执廷:《民国社会场域中的新文学选本活动》,山东文艺出版社 2015 年版。
罗宗强:《明代后期士人心态研究》,南开大学出版社 2006 年版。
马涛:《走出中世纪的曙光:晚明清初救世启蒙思潮》,上海财经大学出版社 2003 年版。
毛太国:《现代文学史上的"晚明文学思潮"论争》,文化艺术出版社 2011 年版。
毛文芳:《晚明闲赏美学》,学生书局 2000 年版。
敏泽:《中国文学理论批评史》,人民文学出版社 1981 年版。
牛建强:《明代社会研究》,上海人民出版社 2018 年版。
彭平一:《启蒙思潮史话》,社会科学文献出版社 2011 年版。
皮锡瑞:《经学历史》,周予同注释,中华书局 2004 年版。
祁志祥:《历代文学观照的经济维度》,河南人民出版社 2012 年版。
钱锺书:《谈艺录》,生活·读书·新知三联书店 2001 年版。
钱锺书:《写在人生边上 人生边上的边上 石语》,生活·读书·新知三联书店 2002

年版。
秦燕春:《清末民初的晚明想象》,北京大学出版社2008年版。
任访秋:《袁中郎研究》,上海古籍出版社1983年版。
任访秋:《中国新文学渊源》,河南人民出版社1986年版。
任访秋:《任访秋文集·未刊著作三种》,河南大学出版社2013年版。
任建树主编:《陈独秀著作选编》,上海人民出版社2009年版。
桑兵、关晓红主编:《解释一词即作一部文化史:近代中国的知识与制度转型》(概念编),上海人民出版社2021年版。
商传:《走进晚明》,商务印书馆2014年版。
邵毅平:《文学与商人》,复旦大学出版社2019年版。
施蛰存:《施蛰存散文》,浙江文艺出版社1999年版。
施蛰存编:《晚明二十家小品》,上海书店1984年版。
宋佩韦:《明文学史》,商务印书馆1934年版。
谭佳:《叙事的神话:晚明叙事的现代性话语建构》,中国社会科学出版社2009年版。
唐明邦主编:《中国近代启蒙思潮》,江西人民出版社1993年版。
妥建清:《颓废审美风格与晚明中国现代性研究》,人民出版社2018年版。
万明主编:《晚明社会变迁:问题与研究》,商务印书馆2005年版。
汪荣祖:《明清史丛说》,广西师范大学出版社2013年版。
王汎森:《晚明清初思想十论》,复旦大学出版社2004年版。
王汎森:《天才为何成群地来》,社会科学文献出版社2019年版。
王汎森:《历史是扩充心量之学》,生活·读书·新知三联书店2024年版。
王家范:《明清江南史丛稿》,生活·读书·新知三联书店2018年版。
王运熙、杨明:《隋唐五代文学批评史》,上海古籍出版社1994年版。
王镇远:《中国书法理论史》,黄山书社1990年版。
魏义霞:《平等与启蒙:从明清之际到五四运动》,中华书局2011年版。
魏子云主编:《中国文学讲话》第9册《明代文学》,贵州教育出版社2013年版。
吴调公、王恺:《自在 自娱 自新 自忏悔:晚明文人心态》,苏州大学出版社1998年版。

吴新苗:《屠隆研究》,文化艺术出版社2008年版。
吴承学:《中国早期文体观念的发生》,三联书店(香港)有限公司2019年版。
萧萐父、许苏民:《明清启蒙学术流变》,人民出版社2013年版。
谢国桢:《晚明史籍考》,华东师范大学出版社2011年版。
谢桃坊:《中国市民文学史》(修订版),四川人民出版社2015年版。
熊礼汇:《明清散文流派论》,武汉大学出版社2003年版。
徐朔方:《徐朔方集》,浙江古籍出版社1993年版。
徐朔方、孙秋克:《明代文学史》,浙江大学出版社2006年版。
许建平:《李贽思想演变史》,人民出版社2005年版。
许建平、祁志祥主编:《中国传统文学与经济生活》,河南人民出版社2006年版。
许建平:《文学研究的新经济视角与分析方法》,上海古籍出版社2008年版。
杨念群:《何处是"江南"? 清朝正统观的确立与士林精神世界的变异》,生活·读书·新知三联书店2010年版。
杨念群:《中层理论:东西方思想会通下的中国史研究》(增订本),北京师范大学出版社2016年版。
杨念群:《百年清史研究史·思想文化卷》,中国人民大学出版社2020年版。
姚永朴:《文学研究法》,凤凰出版社2009年版。
游国恩等:《中国文学史》第4册,人民文学出版社1964年版。
余来明:《嘉靖前期诗坛研究(1522—1550)》,武汉大学出版社2009年版。
余来明:《明代复古的众声与别调》,中华书局2020年版。
袁震宇、刘明今:《明代文学批评史》,上海古籍出版社1991年版。
袁震宇、刘明今:《中国文学批评通史:明代卷》,上海古籍出版社1996年版。
查洪德:《元代诗学通论》,北京大学出版社2014年版。
张伯伟:《中国古代文学批评方法研究》,中华书局2002年版。
张国光、黄清泉主编:《晚明文学革新派公安三袁研究》,华中师范大学出版社1987年版。
张国光、李心馀等主编:《竟陵派文学研究论集》,中国社会科学出版社1990年版。
张国光主编,竟陵派文学研究会编:《竟陵派与晚明文学革新思潮》,武汉大学出版社1987年版。

张健:《清代诗学研究》,北京大学出版社 1999 年版。

张显清主编:《明代后期社会转型研究》,中国社会科学出版社 2008 年版。

张毅、陈翔编著:《明代著名诗人书画评论汇编》,南开大学出版社 2016 年版。

章培恒、骆玉明主编:《中国文学史新著》(增订本第二版),复旦大学出版社 2020 年版。

赵益:《普化凡庶:近世中国社会一般宗教生活与通俗文学》,上海古籍出版社 2021 年版。

赵毅衡编选:《"新批评"文集》,百花文艺出版社 2001 年版。

赵园:《想象与叙述》,人民文学出版社 2009 年版。

郑利华:《前后七子研究》,上海古籍出版社 2015 年版。

郑利华:《明代诗学思想史》,上海古籍出版社 2022 年版。

郑振铎:《插图本中国文学史》,人民文学出版社 1957 年版。

周荷初:《晚明小品与现代散文》,湖南人民出版社 2004 年版。

周群:《袁宏道评传》,南京大学出版社 1999 年版。

周群:《儒释道与晚明文学思潮》,上海书店出版社 2000 年版。

周群、谢建华:《徐渭评传》,南京大学出版社 2006 年版。

周邵:《清明集》,辽宁教育出版社 1996 年版。

周裕锴:《宋代诗学通论》,上海古籍出版社 2007 年版。

周质平:《晚明公安派及其现代回响》,康凌译,中华书局 2021 年版。

周作人:《中国新文学的源流》,华东师范大学出版社 1995 年版。

周作人:《儿童文学小论 中国新文学的源流》,止庵校订,北京十月文艺出版社 2011 年版。

周作人:《苦茶随笔》,止庵校订,北京十月文艺出版社 2011 年版。

周作人:《苦雨斋序跋文》,止庵校订,北京十月文艺出版社 2011 年版。

周作人:《秉烛谈》,止庵校订,北京十月文艺出版社 2012 年版。

周作人:《风雨谈》,止庵校订,北京十月文艺出版社 2012 年版。

周作人:《知堂乙酉文编》,止庵校订,北京十月文艺出版社 2013 年版。

朱东润:《中国文学论集》,上海古籍出版社 1983 年版。

朱剑心选注:《晚明小品文选注》,浙江人民美术出版社 2015 年版。

朱义禄:《逝去的启蒙:明清之际启蒙学者的文化心态》,河南人民出版社1995年版。

左东岭:《明代心学与诗学》,学苑出版社2002年版。

左东岭:《李贽与晚明文学思想》,人民文学出版社2010年版。

〔德〕马克思、〔德〕恩格斯:《马克思恩格斯选集》,中共中央马克思、恩格斯、列宁、斯大林著作编译局编,人民出版社1972年版。

〔美〕柯文:《在中国发现历史——中国中心观在美国的兴起》,林同奇译,中华书局2002年版。

〔美〕李海燕:《心灵革命:现代中国爱情的谱系(1900—1950)》,修佳明译,北京大学出版社2018年版。

〔美〕托马斯·库恩:《科学革命的结构》(第四版),金吾伦、胡新和译,北京大学出版社2012年版。

〔美〕余英时:《儒家伦理与商人精神》,广西师范大学出版社2014年版。

〔日〕岛田虔次:《中国近代思维的挫折》,甘万萍译,江苏人民出版社2018年版。

〔日〕沟口雄三:《中国前近代思想的演变》,索介然、龚颖译,中华书局1997年版。

〔日〕沟口雄三:《中国前近代思想的屈折与展开》,龚颖译,生活·读书·新知三联书店2011年版。

〔日〕青木正儿:《清代文学评论史》,杨铁婴译,中国社会科学出版社1988年版。

〔新加坡〕王昌伟:《李梦阳:南北分野与明代学术》,谭晓君译,上海古籍出版社2022年版。

三、研究论文

包伟民:《唐宋城市研究学术史批判》,《人文杂志》2013年第1期。

包伟民:《城市史的意义:宋代城市研究杂谈》,载包伟民、刘后滨主编:《唐宋历史评论》第六辑,社会科学文献出版社2019年版。

包遵信:《晚霞与曙光:论明清之际的社会思潮》,《湖北社会科学》1988年第6期。

蔡江珍:《在传统与现代之间:中国散文现代性理论与公安派小品文》,《文学评论》2007年第1期。
蔡锺翔:《明代哲学情性论的嬗变与主情论文学思潮》,《中国哲学史》1996年第3期。
曹聚仁:《何必袁中郎:书刘大杰标点本袁中郎全集后》,《太白》1934年第1卷第4期。
曾锋:《轮回对历史叙述的支配——〈中国新文学的源流〉及周作人论之一》,《鲁迅研究月刊》2003年第4期。
曾广烈:《谈袁中郎》,《文学生活》1936年第6期。
常文相:《从士商融合看明代商人的社会角色》,《东岳论丛》2016年第11期。
常文相:《儒、贾之间:明代商人的职业选择及价值理念》,《齐鲁学刊》2021年第6期。
陈宝良:《晚明文化新论》,《江汉论坛》1990年第6期。
陈宝良:《明代的致富论——兼论儒家伦理与商人精神》,《北京师范大学学报(社会科学版)》2004年第6期。
陈东有:《社会经济变迁与通俗文学的发展:明嘉靖后文学的变异与发展》,《江西社会科学》2005年第6期。
陈建华:《晚明文学的先驱——李梦阳》,《学术月刊》1986年第8期。
陈立胜:《王阳明"四民异业而同道"新解:兼论〈节庵方公墓表〉问世的一段因缘》,《哲学研究》2021年第3期。
陈平原:《现代中国的"魏晋风度"与"六朝散文"》,《中国文化》2007年第15、16期。
陈文新:《明代前后七子与公安派的对立互补关系及其融合》,《荆州师专学报》1987年第2期。
陈文新:《信心论与信古论在晚明融合的学理依据及其历程》,《山东社会科学》2002年第2期。
陈文新:《明代文学主导文体的重新确认》,《上海师范大学学报(哲学社会科学版)》2018年第1期。
陈宇:《晚明个性化书法风格形成的因素及审美特质》,《东南文化》2000年第

11期。

陈子展:《不要再上知堂老人的当》,《新语林》1934年第2期。

成淑君、张献忠:《晚明纵欲主义社会思潮的历史反思》,《天津社会科学》1999年第5期。

邓晓芒:《20世纪中国启蒙的缺陷》,《史学月刊》2007年第9期。

邓晓芒:《启蒙的进化》,《读书》2009年第6期。

董国炎:《市民文学与平民文学之争》,《吉林师范大学学报(人文社会科学版)》2014年第4期。

段宗社:《"性灵"说与诗法论——论袁枚诗学的综合向度》,《陕西师范大学学报(哲学社会科学版)》2012年第1期。

段宗社:《李梦阳"重情"诗观评议——兼论七子派评价中的一个缺失》,《学术论坛》2016年第1期。

范嘉晨:《论"前后七子"对"公安派"的启迪》,《陕西师范大学学报(哲学社会科学版)》1993年第1期。

范立舟:《"三言二拍"中的市民意识与传统道德观念》,《湘潭大学社会科学学报》2003年第2期。

方朝晖:《市民社会的两个传统及其在现代的汇合》,《中国社会科学》1994年第5期。

冯琳、彭传华:《关于早期启蒙说的相关问题——许苏民教授访谈录》,《江海学刊》2017年第1期。

府丙麟:《公安竟陵派之文学》,《约翰声》1935年第46卷。

高建立:《明清之际士商观念的转变与商人伦理精神的塑造》,《江汉论坛》2000年第1期。

高寿仙:《变与乱:光怪陆离的晚明时代》,《博览群书》2012年第4期。

谷梦月、梁仁志:《明清士商关系嬗变新论——兼论商人墓志铭的史料价值》,《黄山学院学报》2019年第1期。

关爱和:《历史潮汐与文学回声——晚明至五四文学变动掠影》,《中州学刊》1993年第1期。

关爱和:《从同适斋到不舍斋——任访秋先生的学术道路及其贡献》,《文学遗产》

2010年第6期。
郭皓政:《徐渭超越三教的哲学思想》,《东岳论丛》2010年第5期。
郭麟阁:《论明代文学》,《期待》1947年第1卷第2期。
郭绍虞:《性灵说》,《燕京学报》1938年第23期。
郭绍虞:《竟陵诗论》,《学林》1941年第5期。
郭万金:《明代经济生活与诗歌传统》,《文学评论》2008年第1期。
郝庆军:《两个"晚明"在现代中国的复活——鲁迅与周作人在文学史观上的分野和冲突》,《中国现代文学研究丛刊》2007年第6期。
何历宇:《市民社会的演变及基本理念》,《学术研究》2000年第4期。
洪涛:《以情为本:理欲纠缠中的离合与困境——晚明文学主情思潮的情感逻辑与思想症状》,《南京大学学报(哲学·人文科学·社会科学版)》2009年第4期。
胡邵:《感事八首》,《工商日报》1937年8月7日。
胡义成:《人道主义启蒙思潮的散文载体——论明代小品文的思想实质》,《湘潭师范学院学报(社会科学版)》1998年第4期。
黄开军:《明清时期商贾墓志铭的书写与士商关系》,《学术研究》2019年第11期。
黄曼君:《关于中国新文学源流的思考——对古今文学"对话"的一种现代传统观范式的考察》,《河北学刊》2006年第5期。
黄南珊:《以情为本 以抒情为宗——明清时期情理美学观组论之一》,《西南师范大学学报(哲学社会科学版)》1999年第5期。
黄仁生:《二十世纪的明代文学研究》,《复旦学报(社会科学版)》2001年第1期。
黄仁生:《论公安派在现代文坛的多重回响》,《复旦学报(社会科学版)》2006年第6期。
蒋书丽:《学衡派和新文化派的错位论争》,《人文杂志》2004年第6期。
蒋文玲:《明清士商渗透现象探析》,《江海学刊》1995年第1期。
蒋振华、陈卫才:《"性灵"理论与金元时期性灵思想》,《中州学刊》2019年第8期。
金元浦:《当代文艺学范式的转换与话语重建》,《思想战线》1994年第4期。
李光摩:《钱谦益"弇州晚年定论"考论》,《文学遗产》2010年第2期。
李佳:《君主政治的演进与权力关系格局——关于晚明政治史研究的范式、问题与线索的思考》,《求是学刊》2018年第3期。

李建国:《"理"的毁弃与"情"的张扬——兼论晚明的尚情思潮》,《西安外国语学院学报》1994年第2期。

李杰:《"情"的下嫁——晚明情感论美学思想浅探》,《兰州学刊》2004年第6期。

李明军:《从灵性到性灵——明代文学思想发展的内在脉络》,《甘肃社会科学》2007年第3期。

李庆立:《"后七子"内部分化的一桩著名公案——李、谢之争考论》,《温州师范学院学报(哲学社会科学版)》1995年第4期。

李维武:《早期启蒙说的历史演变与萧萐父先生的思想贡献》,《武汉大学学报(人文科学版)》2010年第1期。

梁仁志:《"弃儒就贾"本义考——明清商人社会地位与士商关系问题研究之反思》,《中国史研究》2016年第2期。

梁仁志:《也论徽商"贾而好儒"的特色——明清贾儒关系问题研究之反思》,《安徽史学》2017年第3期。

梁仁志:《"良贾何负闳儒"本义考——明清商人社会地位与士商关系新论》,《湖北大学学报(哲学社会科学版)》2018年第4期。

林岗:《关于晚明以来文学浪漫思潮的断想》,《内蒙古社会科学》1985年第5期。

林森:《中华民族的正气》,《新运导报》1938年第13期。

林语堂:《新旧文学》,《论语》1932年第7期。

刘大杰:《袁中郎的诗文观》,《人间世》1934年第13期。

刘辉平:《王阳明心学与明清之际早期启蒙思潮》,《中州学刊》1994年第2期。

刘斯奋:《〈白门柳〉的追述及其他》,《文学评论》1994年第6期。

刘晓东:《"晚明"与晚明史研究》,《学术研究》2014年第7期。

刘燮:《公安竟陵小品文读后题》,《人间世》1934年第16期。

刘志中、唐诗:《〈文心雕龙〉中的"师古"与"师心"》,《中国文化研究》2014年春之卷。

罗岗:《写史偏多言外意——从周作人〈中国新文学的源流〉看中国现代"文学"观念的建构》,《中国现代文学研究丛刊》1996年第3期。

罗振亚:《"重述"与建构——论胡适的文学史观》,《文艺研究》2005年第11期。

骆玉明:《古典与现代之间——胡适、周作人对中国新文学源流的回溯及其中的问题》,《中国文学研究》2000年第4期。

梅新林、葛永海:《从"原欲"到"情本":晚明至清中叶江南文学的一个研究视角》,《浙江师范大学学报(社会科学版)》2007年第4期。

潘琪:《晚明文学革新思潮初探》,《鄂西大学学报(社会科学版)》1987年第1、2期合刊。

逄增玉、胡玉伟:《进化论的理论预设与胡适的文学史重述》,《东北师大学报》2002年第1期。

钱理群:《关于周作人散文艺术的断想——读书札记》,《江海学刊》1988年第3期。

邱江宁:《元代文艺复古思潮论》,《文艺研究》2013年第6期。

商传:《史学传统与晚明史研究》,《历史研究》2003年第1期。

邵晓林:《明代诗论求"真"观念研究》,《中南大学学报(社会科学版)》2018年第3期。

施蛰存:《读檀园集》,《人间世》1934年第15期。

史小军:《试论明代七子派的诗歌格调理论》,《陕西师范大学学报(哲学社会科学版)》1999年第28卷第2期。

宋克夫:《论晚明文学思潮的消歇》,《文学评论》2004年第2期。

孙明君:《追寻遥远的理想——关于20世纪〈中国文学史〉的回顾与瞻望》,《北京大学学报(哲学社会科学版)》1997年第1期。

孙学堂:《王世贞与性灵文学思想》,《苏州大学学报(哲学社会科学版)》2004年第2期。

孙学堂:《对"格调说"及几个相近概念的省察》,《求是学刊》2004年第3期。

孙之梅:《明代复古派的文学本体论》,《求是学刊》2003年第4期。

谈蓓芳:《明代后期文学思想演变的一个侧面——从屠隆到竟陵派》,《复旦学报(社会科学版)》1989年第1期。

谭佳:《现代性影响下"晚明叙事"的矛盾与修饰策略》,《中外文化与文论》2009年第1期。

滕福海:《〈文心雕龙·通变篇〉"设文之体"辨》,《杭州大学学报(哲学社会科学版)》1985年第1期。

田云刚:《早期启蒙说的当代使命》,《中国哲学史》2015年第2期。

妥建清:《绮丽审美风格与晚明文学现代性——以晚明小品文为考察中心》,《中州学刊》2018年第6期。

汪玢玲、罗聪秀:《"三言"的市民文学特色》,《东北师大学报》1989年第4期。

王波:《作为事件的〈中国新文学的源流〉——关于言志、公安派、小品文的论争》,《重庆大学学报(社会科学版)》2021年第6期。

王汎森:《启蒙是连续的吗？从晚清到五四》,《近代史研究》2019年第5期。

王记录:《论清初三大思想家对李贽的批判——兼谈早期启蒙思想问题》,《河南师范大学学报(哲学社会科学版)》2002年第3期。

王稼丰:《复古思潮中的变通——论孙鑛的书学思想及其当代意义》,《书法》2014年第7期。

王稼丰:《晚明性灵主义书学思想的开端——李日华书学思想初探》,《书法》2016年第2期。

王铁仙:《中国文学中的个性主义潮流——从晚明至"五四"》,《文艺理论研究》2001年第3期。

王星琦:《怎样看待明清艳情小说》,《古典文学知识》1995年第6期。

王瑶:《辟胡适的所谓"历史进化的文学观念"》,《北京大学学报(哲学社会科学版)》1955年第1期。

王瑶:《中国现代文学与古典文学的历史联系》,《北京大学学报(哲学社会科学版)》1986年第5期。

王瑜:《谁在写史？由〈中国现代文学研究丛刊〉几篇文章看周作人〈中国新文学的源流〉读解的"误区"》,《中国现代文学研究丛刊》2012年第6期。

王忠阁:《关于中国早期文学启蒙的断想》,《信阳师范学院学报(哲学社会科学版)》1989年第1期。

微中:《告政府与政客》,《亚细亚日报》1912年11月29日,第1版。

魏宏远:《论王世贞明诗文流变观》,《兰州学刊》2008年第1期。

魏宏远:《钱谦益"弇州晚年定论"发覆》,《上海交通大学学报(哲学社会科学版)》2013年第5期。

魏宏远、丁琪:《"宇宙文章"与"妖魔":明代七子派的污名化》,《云南大学学报(社会科学版)》2016年第6期。

魏宏远:《技法与德性:明代七子派"诗文如何书写"探研》,《湘潭大学学报(哲学社会科学版)》2019年第1期。

魏际昌:《胡适之先生逸事一束》,《河北文史资料》1991年第2辑。

魏紫铭:《明代公安文坛主将袁中郎先生诗文论辑》,《北强月刊》1934年第1卷第6期。

魏紫铭:《明清小品诗文研究》,《北强月刊》1935年第2卷第5期。

文师华:《元代诗学理论发展的轨迹》,《南昌大学学报(人文社会科学版)》2001年第1期。

吴奔星:《袁中郎之文章及文学批评》,《师大月刊》1936年第30期。

吴承学、李光摩:《"五四"与晚明——20世纪关于"五四"新文学与晚明文学关系的研究》,《文学遗产》2002年第3期。

吴根友:《萧萐父的"早期启蒙学说"及其当代意义》,《哲学研究》2010年第6期。

吴调公:《文艺启蒙的曙光——晚明文艺思潮鸟瞰》,《枣庄师专学报》1984年第1期。

吴调公:《晚明文艺启蒙曙色中的双子星座——公安与竟陵个体意识比较》,《文学遗产》1991年第3期。

吴铮强:《中国古代市民史研究述评》,《云南社会科学》2003年第1期。

吴志达:《重提旧案评"复古"——李梦阳、何景明复古理论与创作的高下得失》,《长江学术》2015年第2期。

吴重翰:《明代文学复古之论战》,《广大学报》1949年第1卷第1期。

夏咸淳:《晚明尊情论者的文艺观》,《天府新论》1994年第3期。

熊江梅:《"性灵"内涵变迁的历史考察》,《湖南师范大学社会科学学报》2009年第3期。

徐楠:《明代格调派诗歌情感观再辨析——以考察该派对诗歌情感价值、限度的判断为中心》,《文学评论》2015年第3期。

许苏民:《论李贽文艺思想的新理性主义特征》,《文学评论》2007年第4期。

许苏民、许广民:《明代文艺启蒙的三次冲击波》,《云南大学学报(社会科学版)》

2008年第6期。

许苏民:《为"启蒙"正名》,《读书》2008年第12期。

许苏民:《晚霞,还是晨曦？对"早期启蒙说"三种质疑的回应》,《江海学刊》2010年第3期。

杨即墨:《明代之文艺思潮》,《东方文化》1942年第1卷第6期。

杨泽波:《早期启蒙:中国文化的一个奇特现象》,《中州学刊》2019年第4期。

挹彭:《读缘督庐日记》(上),《古今》1944年第50期。

余冠英:《胡适对中国文学史"公例"的歪曲捏造及其影响》,《文艺报》1955年6月22日。

郁达夫:《重印〈袁中郎全集〉序》,《人间世》1934年第7期。

查洪德:《元代学术环境与元代诗学的学术品格》,《北方论丛》2014年第6期。

查洪德:《近古诗学的"变"与"复"》,《文史哲》2017年第2期。

查清华:《明代七子派对才情与格调关系的思考》,《学术月刊》2000年第9期。

张伯伟:《论唐代的规范诗学》,《中国社会科学》2006年第4期。

张德建:《"真诗乃在民间论"的再认识》,《文学遗产》2017年第1期。

张福贵、刘中树:《晚明文学与五四文学的时差与异质》,《中国社会科学》1996年第6期。

张和平:《晚明人文思潮的性质及其社会导向:晚明人文思潮研究之三》,《中国社会经济史研究》1995年第1期。

张默生:《张宗子论》,《宇宙风:乙刊》1941年第54期。

张胜林:《复古与革新——从复古运动看中国文学发展的背反律》,《华侨大学学报(哲学社会科学版)》1997年第1期。

张世敏、张三夕:《明代中晚期士商关系反思》,《北方论丛》2013年第1期。

张显清:《晚明社会的时代特点》,《河南师范大学学报(哲学社会科学版)》2005年第6期。

章培恒:《李梦阳与晚明文学新思潮》,《安徽师大学报(哲学社会科学版)》1986年第3期。

章培恒:《明代的文学与哲学》,《复旦学报(社会科学版)》1989年第1期。

章培恒:《关于中国文学史的宏观与微观研究》,《复旦学报(社会科学版)》1999年第 1 期。

章培恒:《经济与文学之关系》,《学术月刊》2006 年第 5 期。

章培恒:《中国文学古今演变研究的意义和效应》,《河北学刊》2006 年第 5 期。

章培恒、骆玉明:《关于中国文学史的思考》,《复旦学报(社会科学版)》1996 年第 3 期。

章培恒、谈蓓芳:《论五四新文学与古代文学的关系》,《复旦学报(社会科学版)》1996 年第 4 期。

章培恒、马世年:《中国文学的古今演变——章培恒先生学术访谈录》,《甘肃社会科学》2007 年第 1 期。

赵强、王确:《何谓"晚明"?对"晚明"概念及其相关问题的反思》,《求是学刊》2013 年第 6 期。

郑利华:《前七子文学集团的形成及其发展特点》,《中国文学研究》(辑刊)2005 年第 1 期。

郑利华:《积学、精思、悟入:后七子诗学理论中的创作径路与境界说阐析》,《求是学刊》2010 年第 4 期。

郑利华:《晚明诗学于复古系统的因应脉络与重构路径》,《文学遗产》2019 年第 3 期。

郑利华:《明代复古派研究的省思与展望》,《文学遗产》2023 年第 1 期。

中书君:《中国新文学的源流》,《新月》1932 年第 4 卷第 4 期。

周黎庵:《清初理学与民族革命的关系:明清之际读史偶记之五》,《宇宙风:乙刊》1939 年第 11 期。

周木斋:《袁中郎集》,《文学(上海 1933)》1935 年第 4 卷第 4 期。

周群:《论徐渭的文学思想与王学的关系》,《南京社会科学》2000 年第 12 期。

周群:《徐渭文艺观的另一面相:中道》,《江海学刊》2015 年第 4 期。

周睿:《对中晚明书法变革思想原因的重新阐释》,《东南学术》2005 年第 2 期。

周邵:《读中郎偶识》,《人间世》1934 年第 5 期。

周维德:《论明代诗话的发展与专门化》,《浙江大学学报(人文社会科学版)》2003 年第 5 期。

朱德发:《中国古代文学向现代文学转换的第一部曲》,《齐鲁学刊》1991 年第

3期。

朱德发:《中国文学:由古典走向现代》,《文学评论》1997年第5期。

朱维之:《李卓吾与新文学》,《福建文化》1935年第3卷第18期。

朱志荣:《论中国文学与文学的发展观——就〈中国文学史·导论〉与章培恒先生商榷》,《江淮论坛》1997年第1期。

四、学位论文

鲍良兵:《抗战时期的"晚明"言说与想象(1931—1945年)》,华东师范大学2017年博士学位论文。

吴瑞泉:《明清格调诗说研究》,东吴大学1988年博士学位论文。

云国霞:《元代诗学研究》,四川大学2007年博士学位论文。

后 记

经过长期而艰难的跋涉,总算要画上一个暂时的句号了。

说"长期",是因为早在 2010 年初,部分想法就已开始酝酿。彼时,我的硕士学位论文写作即将完成,在围绕"末五子"文学思想展开探索的过程中,我不自觉间有了些方法论层面的反思,对晚明诗学研究的基本范式形成了不少疑问,一应想法最终以《论晚明诗学研究中的复古—革新模式》为题形成了论文,并在读博期间得以发表。按照常规且合理的思路,我的博士学位论文理当围绕这一话题顺势展开,但我发现已有不少成果珠玉在前,一时间未能找到有效的"突围"路径,只能遗憾地放弃了这一想法,另谋他途。但这一话题却始终萦绕在我心头,不时向外扩张,于是待博士毕业,特别是入职扬州大学后,在筹谋自己的科研规划时,我重新将它拾了起来,日积月累,渐成今日规模。说"艰难",是因为这一课题完成得实在不易。基于晚明时代的特殊形势,有关诗学的理解涉及政治、思想、文化等多个层面,需要深入追踪相邻学科的研究动向,全方位、多层次地予以考察和理解,这其中的困难自不待言。为了完成设定的计划,我尽可能地积极"补课",开拓了多条"战线",获益良多,并在相当程度上解决了诸多困惑,但不少工作基本是出于特定目的的有意搜求,虽有助于廓清个人疑问,却未必能建构良好的知识体系,算不得登堂入室,总体认知不免有限。说"暂时",是指就有关"晚明诗学"的全面、深入考察而言,本书无论是论域的开放,还是论点的深化,显然仍有"进步"的空间,但限于个人的学识和能力,目前只能达到这样的程度,好在奋斗的历程仍在继续,我个人对未来的超越充满信心。

"晚明"因其绚烂多姿,一百多年来,引发了大量学人的关注,尤为特别的是,他们从中"发现"了诸多近代/现代因子,绘就了晚明诗学的多重面貌。相对而言,本人的立场显得"传统",书中并没有遵循当下的常规逻辑,即延续前人轨迹,着力丰富或深化晚明诗学的"现代"价值,并且还有意唱起了"反调",对各种研究思路予以系统反思和批评。需要申明的是,我并不否定对晚明现代价值的探索,但在如何理解"现代"、如何勾连"现代"等问题上,我有着自己的理解。通行的思路是将"现代"作为一种价值标准,着力挖掘晚明诗学与当下主流观念相通的部分,亦即突破其所处时代的异端因素。从操作方式上看,其中多有削足适履、以今衡古等缺失;就思维方式来说,其强调的是古今异质或古今断裂,至若价值判断,则认定传统观念唯有契合时下需求方有合理价值,否则便应作为历史遗迹被无情舍弃。说到底,这里涉及的核心问题便是如何理解古今关系。关乎此,史学理论层面多有反思与检讨。近读王汎森先生《历史是扩充心量之学》,其中多有发明,譬如:

> 如果只是为了把过去的历史打扮成现代人喜闻乐见的样子,那还研究它做什么呢?我个人认为"历史思考"的一部分是发掘历史中的各种音调(不只是低音),并厘清它们之间的层次,免得读者误以为一个时代只有一种单音,或只有一种主旋律。[①]

[①] 王汎森:《历史是扩充心量之学》,生活·读书·新知三联书店 2024 年版,第 43 页。

必须强调的是,有关晚明的"现代"阐释并非只有一个途径,以"现代性"立论更不能成为唯一答案,看似"保守"的立场与"传统"的结论,未必不能在当下焕发生机。

本书的绝大部分内容完成于 2020 年上半年,一段特别难忘的时光。彼时新冠病毒肆虐华夏,国人居家抗疫,内心多有苦闷与煎熬。小儿用谦上年七月的最后一天降生,此时正是爬行欢腾的时候。每日,我在书房内忙碌,而他则隔着一层玻璃在屋外的围栏中玩耍。时而当我因疲惫放下手头工作,四下张望略作休息时,总会看见他那明亮的眼神和恬静的笑容,一切烦恼顿时烟消云散。

本书的绝大多数章节都曾以单篇论文的形式刊布,具体如下:绪论以《晚明诗学研究的两种路径及其反思》为题刊发于《福建论坛》2022 年第 3 期,后被《人大复印资料·中国古代、近代文学研究》2022 年第 8 期全文转载;第一章第一节以《现代学人视域下的诗学晚明及其研究路向》为题刊发于《江苏社会科学》2022 年第 5 期;第一章第二节以《晚明文学研究现代范式的建构及其审视》为题刊发于《中国现代文学研究丛刊》2023 年第 8 期;第二章第一节以《论"早期启蒙"学说对两大质疑的回应及其反思》为题刊发于《原道》2023 年第 2 期;第二章第二节以《晚明诗学研究中的"早期启蒙"范式辨正》为题刊发于《文艺研究》2020 年第 3 期;第三章第二、三节以《框架与格套:中晚明"市民文学"学说重审》为题刊发于《社会科学》2024 年第 11 期;第四章第二、三、四节以《论新文学史上的"追溯晚明"现象》为题刊发于《中国现代文学研究丛刊》2016 年第 2 期;第五章第一、三节以《试论晚明文学思潮研究中的"复古—革新"模式》为题刊发于《天府新论》2012 年第 2 期;第五章第二、四节以《晚明诗学研究现代范式的确立及影响》为题刊发于《湖南大学学报(社会科学版)》2023 年第 1 期;第七章第二节以《中晚明诗学奉行"第一义"的不同路向及其得失》为题刊发于《中南大学学报(社会科学版)》2023 年第 29 卷第 6 期;第七章第三节以《明代师古、师心论争与元明诗学传统》为题刊发于《江西社会科学》2018 年第 6 期。收入本书时,曾做了不同程度的修改。在此谨向接受它们的期刊,以及提出诸多宝贵意见的编辑和匿名审稿专家表示敬意。

感谢我的研究生刘岳勇、陈雪、杜燕和任腾飞,他们帮我校对了书中的全部引文,并纠正了不少错别字。

此外,需要感谢我的家人、我的朋友们,正是你们的支持和帮助,给予了我不断向前的动力。

2024 年 9 月 30 日初稿于瘦西湖畔一隅

2024 年 12 月 17 日改定于瘦西湖畔一隅

图书在版编目（CIP）数据

晚明诗学现代阐释研究 / 王逊著. -- 北京 : 商务印书馆, 2025. -- (古典与人文). -- ISBN 978-7-100-25042-9

I . I207.2

中国国家版本馆 CIP 数据核字第 20254S45R6 号

权利保留，侵权必究。

古典与人文
晚明诗学现代阐释研究
王逊 著

商 务 印 书 馆 出 版
（北京王府井大街 36 号　邮政编码 100710）
商 务 印 书 馆 发 行
南京鸿图印务有限公司印刷
ISBN 978-7-100-25042-9

2025 年 5 月第 1 版　　开本 880×1240　1/32
2025 年 5 月第 1 次印刷　　印张 12⅛
定价：72.00 元